Gallmeister

LA QUÊTE DE WYNNE

Aaron Gwyn

LA QUÊTE DE WYNNE

Roman

Traduit de l'américain
par François Happe

Gallmeister

Collection NOIRE

Titre original :
Wynne's War

ISBN 978-2-35178-094-7
ISSN 1952-2428

Pour les hommes au béret beige
MALA MALIS FACIMUS

s'élevèrent, puis il reçut des tapes dans le dos et sur les flancs. Russell replia les coudes contre lui pour protéger ses côtes, mais ses compagnons arrêtèrent et lui prirent les bras pour le conduire à son lit. Ils allèrent chercher un ordinateur portable qu'ils posèrent sur ses genoux. Cairns se tenait debout, près de lui.

— Le héros du jour, dit le sergent.

— Ouais, dit Russell.

Un soldat, que tout le monde appelait Wheels – l'équipier de Russell, un Texan, comme Cairns –, leva la main pour demander le silence. Il était très petit et il avait une cicatrice qui lui barrait le front, des pupilles frémissantes qui regardaient sans cesse de droite à gauche. Une peau pâle rendue écarlate par le soleil. Des cheveux blanchis.

— Voyons s'il veut bien nous faire part de ses impressions, dit-il.

Le regard de Russell parcourut tous les visages impatients. Il leur demanda ce qui se passait.

Wheels se pencha en avant, posa les mains sur ses genoux et examina Russell. Puis les plis de son front se relâchèrent et il se mit à hocher la tête.

— Il n'est pas au courant, dit Wheels en jetant un coup d'œil aux autres, puis il se tourna à nouveau vers Russell : Tu n'es même pas au courant.

— Au courant de quoi ?

Plusieurs gars laissèrent échapper un gloussement. Apparemment, il devait y avoir quelque chose de drôle dans le fait de regarder quelqu'un revenir de l'infirmerie avec une commotion et des côtes meurtries. Il se demanda où ils avaient bien pu se procurer de l'alcool.

Wheels le prit aux épaules.

— Tu es célèbre, mon petit gars.

— Et toi, tu as trop bu, répliqua Russell.

Les hommes de sa section s'étaient rassemblés derrière lui sur le lit, s'installant de façon à voir l'écran de l'ordinateur. Une fenêtre YouTube était ouverte, un rectangle de vidéo avec en dessous la légende : "Un soldat sauve un cheval arabe". Wheels tendit la main et appuya sur une touche, lançant le film – un homme en train de courir dans une rue, le crépitement déformé d'une fusillade. La caméra suivait l'homme, et puis un cheval apparut dans le champ de l'objectif, et il fallut quelques instants à Russell pour se rendre compte que la personne sur cette vidéo n'était autre que lui-même.

Il resta là un moment, à secouer la tête. Puis il demanda d'où venait ce film.

— Une équipe de télévision sur un balcon, de l'autre côté de la rue, lui dit Wheels. De la BBC.

Russell continua à regarder tandis que son image saisissait une des rênes du cheval, et que l'animal et lui commençaient à tourner. Il voyait les petits nuages de poussière soulevés par les balles des insurgés. Il ne s'était pas aperçu à quel point il avait failli se faire abattre.

Puis il y eut la déflagration du RPG – le sillage de vapeur de la roquette et l'explosion qui l'avait jeté contre le flanc de l'animal –, suivie brièvement d'un plan le montrant traîné à côté du cheval. La scène fut masquée par un bâtiment, la caméra chercha à gauche et à droite, et on entendit le caméraman demander où il était passé. Quand le cheval réapparut, Russell était sur son dos et l'objectif le suivit jusqu'au moment où il sortit du champ. La vidéo s'arrêtait là.

— Ils la passent aux infos tous les quarts d'heure, dit Wheels.

— Ils ont aussi parlé de ton grand-père, dit un caporal nommé Bowen. Un type sur CNN.

— CNN, répéta Wheels sur un ton méprisant.

— Il a raconté qu'il avait été ranger, ton grand-père. Pendant la Seconde Guerre mondiale. Il a dit qu'il dressait des chevaux.

— Communist News Network, dit Wheels. Putain, qu'est-ce qu'ils y connaissent aux chevaux ?

Bowen examina le sol un instant. C'était un géant du sud de Boston et il avait régné sur le tournoi de boxe des Golden Gloves de la Nouvelle-Angleterre avant de s'engager dans l'armée.

Il raconta ses campagnes dans les déserts du Mexique, et il leur parla des chevaux tués sous lui, et il dit que l'âme des chevaux reflète l'âme humaine plus fidèlement que les hommes ne le supposent, et que les chevaux aussi aiment la guerre. Les hommes affirment que c'est seulement parce que les chevaux apprennent à l'aimer, mais il leur dit qu'aucune créature ne peut apprendre ce que son cœur n'est pas préparé à contenir. Son propre père disait qu'un homme qui n'est pas allé à la guerre sur le dos d'un cheval ne peut pas vraiment comprendre les chevaux, et il dit qu'il préférerait sûrement qu'il en fût autrement, mais il supposait qu'il en était ainsi.

CORMAC MCCARTHY, *DE SI JOLIS CHEVAUX*

Il vit le cheval avant les autres hommes de sa section et, d'un coup de pouce, il mit le sélecteur de son fusil en position SÉCURITÉ. Ils étaient huit, tapis derrière la rangée de gabions, huit rangers en tenue de camouflage pixellisé, genouillères noires et gilets pare-balles. Les projectiles des insurgés claquaient en s'écrasant sur le treillis métallique de la barricade. Depuis un moment, il observait par une fente le quadrilatère de la place du marché située entre lui et les ennemis – du grès rouge, des poteries, une fontaine en béton à sec – et c'est à ce moment-là que le cheval déboucha de derrière la carcasse calcinée d'une Toyota pour s'avancer vers le centre de la place. Jambe arrière gauche, jambe avant gauche. Jambe arrière droite, jambe avant droite. Aucune hâte dans son pas. Pas de selle, pas de couverture. Rien qu'une bride et des rênes en croûte de cuir. Russell avait vu des tas de mules dans ce pays, un poney hirsute aussi, mais jamais un animal comme celui-ci. C'était un *varnish roan**, marron foncé sur les joues, les coudes et les jarrets, et, s'il était effrayé par les tirs, il n'en laissait vraiment rien paraître. Il se dirigea jusqu'au centre de la place carrée et s'arrêta. Le silence se fit, et pendant quelques instants ils n'essuyèrent plus aucun coup de feu. Derrière Russell, les hommes regardaient furtivement au-dessus des fortifications et examinaient l'animal à travers leur lunette de visée. À cinquante mètres de là, le cheval s'ébroua en piaffant. Il fit encore quelques pas ; ses oreilles pivotèrent à gauche et à droite. Russell ramena ses pieds sous

* Cheval appaloosa à la robe tachetée. (Toutes les notes sont du traducteur.)

lui et se redressa en position accroupie. Le chef de sa section était un Texan nommé Cairns ; de la main il tapa sur l'épaule de Russell et désigna l'animal.

— Ils vont lui tirer dessus, dit-il. Sûr et certain, tu vas voir.

Russell secoua la tête. Posé au bord de l'horizon, le soleil baignait le ciel d'une chaude lumière pourpre. Les étoiles commençaient à apparaître. Il n'y avait pas un seul nuage. La soirée aurait été douce s'il n'y avait eu, en face, cette demi-douzaine d'hommes déterminés à les tuer. Il regarda par terre un instant, puis il leva son fusil et regarda dans la lunette. Pris au milieu du réticule, le cheval paraissait faire environ seize paumes, et sa conformation était parfaite. Russell examina le visage du cheval, puis promena sa lunette le long de son encolure, de ses épaules et de son dos. Ce n'était pas encore un cheval adulte, mais un poulain d'un an et demi. Comment il était arrivé là, à qui il appartenait et pourquoi il s'était approché des coups de feu au lieu de les fuir, Russell n'en avait pas la moindre idée. Il abaissa son arme légèrement, cligna des yeux pour se débarrasser de la poussière, puis releva son fusil pour regarder à nouveau. Il n'avait pas encore collé l'œil à son viseur qu'il entendit la première détonation.

Juste à gauche de sa ligne de mire, un petit nuage de poussière grise s'éleva là où la balle avait frappé, et il crut voir la cavité qu'elle avait creusée, mais il n'en était pas certain. Le cheval fit quelques pas et s'arrêta avant de tourner la tête pour regarder dans sa direction. Russell sentit son pouls s'accélérer. La lunette montée sur son fusil était une ACOG Trijicon, avec un facteur de grossissement de quatre, et à travers elle il pouvait voir les yeux du cheval. Il pouvait voir ses cils. Le cheval semblait plonger son regard dans le sien et, avant même d'avoir baissé son arme, il sut ce qu'il allait tenter. S'il en sortait vivant, alors il ne voyait pas très bien quoi d'autre pourrait le tuer.

Il jeta un coup d'œil à Cairns.

— Qu'est-ce que je t'avais dit ? fit le sergent. Ils nous prennent vraiment pour des débiles.

Russell acquiesça d'un signe de tête. Glissant une main dans sa poche, il toucha sa pièce d'un dollar en argent, puis il enleva son fusil de l'épaule et l'appuya contre le gabion. Il avait deux grenades dans les poches de son gilet de combat et il les sortit pour les poser près de la crosse de son fusil. Il fit un double nœud avec ses lacets de chaussures, défit sa jugulaire et ôta son casque qu'il plaça à l'envers sur le sol avant d'y mettre les deux grenades. Cairns l'observait. D'abord perplexe, il commença à comprendre et prit un air horrifié. "C'est même pas la peine d'y penser" furent les premiers mots qu'il prononça, mais il était déjà trop tard. Russell avait contourné le rempart de gabions et s'était élancé à toute vitesse.

Par la suite, il ne se rappellerait pas les coups de feu. Il y en eut beaucoup, mais il ne se souviendrait pas de la moindre balle. Il garderait la sensation de l'air de septembre immobile sur ses joues, de la terre battue sous les semelles de ses chaussures : elle semblait étouffer ses pas tandis qu'il courait. Il se souviendrait des cris de ses camarades derrière la barricade, dans son dos, de la voix du sergent Cairns, plus grave et légèrement plus sonore que celle des autres. Russell avait simplement baissé la tête. L'odeur neutre du désert l'entourait, puis, tout à coup, il sentit celle du cheval, de sa chair, et à l'instant où il la respira, il n'y eut plus ni équipiers en train de lui crier de se mettre à plat ventre ni insurgés tirant de longues rafales. Il n'y eut plus que lui et le poulain.

L'animal avait pivoté pour le regarder approcher, puis il piétina un peu sur le côté. À quelques pas de lui, Russell ralentit sa course ; il aurait voulu s'accroupir, mais il savait comment le poulain réagirait. Il resta aussi droit qu'il le put, face à face avec l'animal, et ils se mirent à décrire un cercle, le cheval faisant de petits pas sur sa droite et Russell se déplaçant aussi latéralement, comme deux lutteurs qui tournent en s'observant. Il tendit une main aussi lentement que possible, présentant la paume, et il se mit à faire claquer sa langue comme il l'avait appris de son grand-père.

— Holà, ohhh, dit Russell.

Puis il produisit une série de claquements de langue, et le cheval laissa échapper un hennissement en secouant la tête. Le sol sous leurs pieds était constitué d'une poudre couleur acier, de quelques fragments de grès et de métal rouillé. Un bâtiment à moitié démoli se dressait à une vingtaine de mètres – de vieux murs en pierres, des volets baroques en bois, un minaret. Le cheval reculait dans cette direction. Russell se dit que, s'il pouvait l'amener à se replier jusque derrière les murs, il parviendrait à les mettre à l'abri des balles, lui et le cheval.

Mais il n'y parvint pas. Le cheval continuait à tourner, les ramenant vers le centre de la place, à découvert, et le sable jaillissait de chaque côté, de petits cratères entrant en éruption à mesure que les balles frappaient le sol et ricochaient derrière lui. Il tendit la main vers une des rênes et la manqua, il essaya à nouveau et saisit la lanière de cuir, l'enroula autour de sa main gauche et l'utilisa pour s'approcher tout contre le visage de l'animal. Il pensait que le poulain allait essayer de se libérer de sa prise en donnant des coups de tête, mais l'animal se contenta de tourner sur lui-même, avec l'homme désormais attaché à lui, et pour la première fois Russell vit la terreur tourbillonner dans les yeux du cheval, ainsi que son propre reflet, déformé comme dans le miroir d'une attraction foraine.

Ils continuèrent à tourner, tandis que Russell essayait de saisir l'autre rêne de façon à pouvoir conduire l'animal dans une rue transversale, assez loin des combats pour qu'il n'y revienne pas. Il était à soixante-quinze mètres de l'ennemi le plus proche, et si ceux qui les mitraillaient avaient été de meilleurs tireurs, le poulain et lui seraient déjà morts. Il avait décidé de relâcher sa prise sur la courroie et d'essayer de donner des tapes à l'animal pour le faire avancer, lorsqu'il y eut une explosion derrière lui ; il se sentit soulevé par une onde d'air chaud qui le projeta contre le flanc du cheval.

Quand il reprit ses esprits, il était traîné sur le sol et son bras lui donnait l'impression d'avoir été déboîté de son articulation et d'être paralysé jusqu'à l'épaule. Sa vision était floue tandis que ses oreilles sifflaient, et son corps tout entier était parcouru de cette décharge électrique que l'on ressent quand on se cogne le coude contre un mur. Il avait la bouche pleine du goût métallique des explosifs. Ses dents lui faisaient mal. Il cracha plusieurs fois, puis il se tordit le cou pour regarder derrière lui. Le cheval marchait de côté, la tête inclinée et le corps de travers. Il avançait de quelques pas, traînant Russell, puis il s'arrêtait et essayait de se débarrasser de la lanière. Russell voyait le blanc de ses dents, les lèvres retroussées au-dessus du mors s'agitant frénétiquement. Il eut vaguement conscience d'entendre des cris, et quand il se passa la main sur le visage, il la sentit trempée d'un liquide chaud.

Le cheval fit encore un pas, releva brutalement la tête, et une vague de douleur aiguë se propagea le long de la colonne vertébrale de Russell. Sans même prendre le temps d'y penser, il se remit péniblement debout et le cheval se redressa immédiatement avant de partir au trot, Russell tentant de le suivre aussi vite qu'il le pouvait, se retournant de façon à courir à côté du poulain, le bras gauche toujours attaché à la lanière de cuir. Il sentit comme un coup de poignard derrière l'omoplate, il leva la main droite et, empoignant la crinière de l'animal, il se hissa sur son dos. Il oublia la douleur l'espace d'un instant et laissa l'étonnement suscité par ce qu'il venait de faire le submerger. Il était là, dans le nord de l'Irak, assis sur un magnifique cheval marmoré, et quand sa vision s'éclaircit et que le monde se fut remis d'aplomb, il s'aperçut qu'il se dirigeait vers l'ennemi au galop. De la main droite, il parvint à attraper la bride et se mit à tirer dessus, s'efforçant de faire tourner le cheval. Il n'avait jamais monté un cheval avec un gilet pare-balles sur le dos et il n'avait pas de pommeau sur lequel s'appuyer, ni d'étriers pour se maintenir droit. Il pouvait être éjecté à tout moment.

Mais il ne fut pas éjecté. Le cheval accéléra légèrement, et Russell s'aplatit sur l'encolure et s'accrocha fermement à la bride. À cet instant, il commença à entendre les coups de feu – les seuls, de tout cet épisode, dont il garderait le souvenir –

et le cheval ralentit au petit galop avant de s'engager dans une ruelle, entre deux bâtiments anciens imposants en partie détruits. Ils atteignirent une autre rue, qu'ils traversèrent pour prendre une ruelle, puis encore une autre plus loin. Ils débouchèrent dans une cour où se trouvaient garés plusieurs transports de troupes, des soldats américains, fusils braqués, et le cheval ralentit et se mit à marcher jusqu'au centre du convoi, où il s'arrêta. Russell se redressa doucement sur le dos de l'animal. Sous les casques, les visages ébahis des Américains se levèrent vers lui. Des interprètes irakiens l'observaient avec méfiance, tandis que des policiers irakiens secouaient la tête. Puis un soldat portant l'insigne de sous-lieutenant fixé sur la bande Velcro au-dessus de son sternum s'avança vers lui. Il s'approcha jusqu'au flanc gauche du cheval et leva les yeux vers Russell.

— Caporal, dit-il.

Le sifflement s'était affaibli dans les oreilles de Russell, ce n'était plus qu'un petit bruit strident, et le mot résonna deux fois. Russell s'éclaircit la gorge pour répondre, mais il sentit quelque chose remonter brusquement du plus profond de lui-même. Son dernier souvenir fut le hennissement du cheval tandis qu'il s'effondrait sur son encolure.

QUAND Russell fut autorisé à quitter l'infirmerie, dix jours plus tard, il enfila l'uniforme propre posé sur une chaise pliante près de son lit, rassembla toutes ses affaires dans un petit sac en plastique et traversa la base pour rejoindre le baraquement de sa section, marchant avec précaution dans les allées gravillonnées, les lacets de ses chaussures détachés et simplement fourrés sous la languette. Se pencher en avant lui était trop douloureux. Son torse n'était qu'une énorme meurtrissure.

Arrivé au baraquement en tôle ondulée, il monta les quelques marches en parpaings, et, en entrant, il vit les hommes de sa section qui l'attendaient, formant un demi-cercle autour de la porte. Quelqu'un alluma les lumières, des acclamations

— Ils avaient des photos, dit-il en haussant les épaules.

— Tout le monde a des photos, dit Wheels.

Russell ne leur prêta pas attention. Il cliqua pour relancer la vidéo et, quand elle fut terminée, il ne bougea pas.

— Ce n'était pas un cheval arabe, finit-il par dire.

— Qu'est-ce que tu dis ? demanda Wheels.

— Ce n'est pas un cheval arabe, répéta Russell. Le titre dit "cheval arabe". "Un soldat sauve un cheval arabe." C'est un appaloosa.

— C'est ça, ouais, dit Wheels. Non mais, vous l'entendez.

Cairns secoua la tête. Il fit demi-tour et se dirigea vers l'autre bout du baraquement.

Quand les gars en eurent assez de discuter de l'incident et eurent repris leurs activités du soir habituelles – poker, e-mails, et pour quelques-uns lecture de romans où les morts se relèvent et se nourrissent de chair humaine –, Cairns revint auprès de Russell. Il avait des yeux très bleus, des cheveux d'un noir de jais et son accent texan donnait à sa voix une curieuse autorité. Il pointa l'index vers le bout du lit de Russell.

— Je peux ?

Russell était allongé sur le dos, les mains le long du corps, s'efforçant de respirer aussi faiblement que possible. Ouvrant une paupière, il jeta un rapide coup d'œil au sergent. Il lui dit de faire comme chez lui.

Cairns remonta son pantalon et s'assit, il se tourna vers Russell, croisa la jambe gauche au-dessus de la droite et se tint là, les doigts entrelacés autour de son genou.

— Vous vous sentez bien, caporal ? Vous êtes satisfait ?

— Je me sens bien.

— Dieu sait que nous tenons à ce que nos rangers soient heureux.

Russell dévisagea le sergent. Il lui demanda s'il y avait un problème.

— *Un problème ?* dit Cairns en affectant l'étonnement. Quel problème il pourrait bien y avoir ?

Russell eut l'impression que le sang dans ses veines s'était mis à ralentir. Il savait depuis le début qu'il allait devoir en passer par là à un moment ou à un autre, simplement il ne savait pas quand.

— Je voudrais vous poser une question, dit Cairns.

Russell hocha la tête.

— À votre avis, quel aurait été le résultat de votre petit numéro si cette roquette avait explosé une dizaine de mètres plus près ?

— Je ne crois pas que je serais étendu sur ce lit, dit Russell.

— Non, moi non plus, je ne crois pas. En fait, je crois que vous seriez étendu ailleurs. Peut-être que vous seriez dans cinq ou six endroits différents. (Le visage de Cairns était devenu tout rouge et des veines saillaient de son cou.) Est-ce que je vous ennuie, caporal ?

Ce n'était pas vraiment une question, et Russell ne répondit pas.

— Vous me faites encore un numéro comme ça et vous regretterez de ne pas avoir déserté.

— Bien reçu, sergent.

— Je vous ferai juger pour insubordination. Je vous ferai enfermer à Leavenworth.

Russell resta immobile. Il sentait le mal de tête arriver.

— Est-ce que vous êtes bon pour la Section 8* ? demanda Cairns. Si vous relevez de la Section 8, faut me le dire.

— Je ne suis pas bon pour la Section 8, sergent.

— Pourquoi vous avez fait ça ? Et ne me dites pas que vous ne savez pas.

Russell se releva sur son coude gauche, mais il ne put aller plus loin. Son mal de tête était terrible et il avait l'impression qu'une multitude d'aiguilles lui perforaient le côté. Il attendit quelques instants avant de répondre :

— Je ne pouvais pas rester là à les regarder tirer sur ce cheval.

* Dans le jargon militaire américain, la Section 8 désigne une procédure d'exclusion de l'armée pour troubles mentaux.

Cairns le regarda fixement.

— Caporal, dit-il, pourquoi sommes-nous ici ?

Russell modifia son appui et la position de son bassin, puis il s'étendit à nouveau de tout son long.

— Pour surveiller et protéger nos hommes engagés sur le terrain et notre matériel lors des contacts avec l'ennemi, récita-t-il.

— Est-ce qu'il y a quelque chose là-dedans qui parle de secourir des chevaux, des petits chats ou une autre connerie de ce genre ?

— Non, sergent.

— Est-ce que vous êtes bon pour la Section 8 ?

— Négatif, sergent.

— Est-ce que vous avez l'intention de nous faire une autre couillonnade ?

— Sergent, c'est le premier cheval que je vois depuis que je suis parti de chez moi. Ça m'étonnerait que j'en voie un autre.

Cairns se rapprocha de Russell.

— Caporal, est-ce que vous avez l'intention de foutre la merde dans ma section en vous comportant comme un taré ?

Russell prit une brève inspiration, puis souffla.

— Négatif, sergent. Je pense que c'est terminé.

Russell laça ses chaussures dans la pénombre et le froid du baraquement, puis il se leva du lit étroit en aluminium. Le lieutenant attendait à l'autre bout du bâtiment ; la silhouette de la femme officier se découpait dans l'encadrement de la porte, noire sur le fond du ciel qui se teintait de violet. Russell jeta un coup d'œil à Wheels dans son lit – son visage était à présent détendu et innocent comme celui d'un enfant –, il prit le béret couleur sable et la veste sur sa cantine avant de remonter l'allée. La femme officier lui fit un signe de la tête quand il atteignit la porte, et il la suivit dans la cour, puis le long de la galerie en grès qui s'incurvait contre le mur intérieur. L'air lui piqua la peau sur les bras et il enfila les mains dans les manches de sa veste, la gauche, puis la droite, finit de passer son vêtement d'un mouvement d'épaules et remonta la fermeture Éclair en marchant. Le lieutenant avançait devant lui d'un pas presque silencieux, les cheveux noués sur sa nuque en un chignon élaboré.

La mosquée de Qara Saray appelait les fidèles à la prière ; dans la fraîcheur qui précédait l'aube, les sons se propageaient avec leurs propres inflexions, étrangers à ses oreilles et pourtant familiers comme le sont les incantations oniriques, comme le sont les chansons. Ils atteignirent les quartiers du colonel au bout du couloir, et Russell ferma le rabat-tempête sur le devant de sa veste, passant la main sur les languettes en Velcro. La femme officier lui fit signe d'entrer et se posta à l'extérieur. En franchissant le seuil, il enleva son béret et le glissa sous un bras. Il fit un sourire forcé à la femme qui lui en rendit un à peine esquissé.

Le couloir semblait avoir été creusé dans le granite. Il passa devant deux portes sur sa droite et trois sur sa gauche, puis à la suivante, il s'arrêta et remit de l'ordre dans sa tenue avant de frapper doucement sur le chambranle en bois.

Une voix lui dit d'entrer.

La pièce était petite et très haute de plafond, et une fenêtre donnant vers l'ouest avait été taillée dans le mur au marteau et au ciseau, cent ou peut-être deux cents ans auparavant. Le colonel était assis derrière un bureau en acajou, et, à l'entrée de Russell, il repoussa son fauteuil et se leva. Il avait une petite soixantaine d'années, des cheveux argentés, et la peau sous son menton commençait tout juste à s'affaisser. Il portait une moustache soigneusement taillée et dont le bas avait été coupé de façon à ne pas toucher la lèvre supérieure et à ne pas déborder des commissures. Il rendit à Russell son salut et lui fit signe de s'asseoir dans l'une des deux chaises devant le bureau qui était bien trop grand, se dit Russell, pour passer par la porte. Il avait dû être démonté, puis entièrement remonté.

Russell s'installa sur le siège fin en métal. Son cœur s'était mis à accélérer. Il essaya de le ralentir, mais ne réussit qu'à le faire battre encore plus vite. Il se concentra sur sa position : les pieds joints, le dos droit, les mains posées à plat sur ses cuisses.

Le colonel s'assit et se rapprocha de son bureau, se servant de ses lunettes de lecture pour jeter un coup d'œil à une feuille de papier qu'il tripota un instant avant de la mettre de côté. Les aigles sur son col luisaient. Il croisa les doigts.

— Bonjour, dit-il.

Russell lui souhaita le bonjour.

— Le lieutenant Wilkins vous a tiré du lit ?

— Non, mon colonel, répondit Russell, j'étais réveillé.

— Faites attention à la manière dont vous vous asseyez sur ce truc, lui dit le colonel. Il y a un pied tout branlant. On l'a envoyé au service du matériel, ils nous l'ont rendu sans y avoir rien changé.

Russell dit qu'il allait être prudent.

Le colonel hocha la tête, leva le poing devant sa bouche et s'éclaircit la gorge.

— Le Dr Halpern me dit que vous êtes presque guéri.

— Ça va mieux, dit Russell.

— Il m'a dit que vous avez souffert d'une commotion ?

— Oui, mon colonel.

— Mais vous vous sentez mieux ?

— Beaucoup mieux. Oui, mon colonel.

Le colonel se frotta la joue de la paume de la main et changea de position dans son fauteuil.

— C'est un sacré choc que vous avez pris là.

Russell acquiesça.

— J'ai regardé la vidéo sur Fox. Vous l'avez vue ?

— Oui, mon colonel. Hier soir.

Le colonel se cala contre le dossier de son fauteuil et l'étudia un moment.

— Vous êtes un peu fou, caporal, hein ?

— Je ne sais pas, mon colonel.

Le colonel le dévisagea.

— Vous ne savez pas ?

— Non, mon colonel.

— Vous êtes bien ce ranger dans la vidéo qui galopait sur un cheval sans selle au milieu des coups de feu ?

Russell bougea sur sa chaise. Il regarda ses mains posées sur ses genoux, les articulations toutes blanches.

— Oui, mon colonel, c'était moi.

— Et vous ne voulez pas admettre que vous êtes un peu fou ?

Russell baissa les yeux sur ses mains encore une fois, puis les leva sur le bureau. Il essaya de parler, mais rien ne sortit.

— Caporal ?

Russell ferma les yeux un instant. Quand il les rouvrit, il dit :

— Mon colonel, j'ai jamais fait un truc comme ça avant.

— Vous n'avez jamais fait un truc comme ça ?

— Non, mon colonel.

— Donc ce que vous dites, c'est que cette folie est quelque chose de nouveau pour vous ?

— Oui, mon colonel, dit Russell. Plutôt.

Le colonel effaça le pli d'un sourire au coin gauche de sa bouche. Tendant la main, il prit la feuille qu'il avait posée sur une pile de dossiers et la tint à bout de bras, plissant les yeux.

— Ce message nous est parvenu hier soir, commença-t-il, sa voix prenant une cadence plus officielle. Cela fait maintenant six mois que vous êtes avec nous, les procédures vous sont donc familières.

Russell hocha la tête.

— Vous connaissez notre compagnie sœur en Afghanistan ?

— Je sais que nous en avons une, répondit-il.

Le colonel cligna des yeux plusieurs fois. Il jeta un coup d'œil sur la feuille qu'il tenait à la main, puis il sembla examiner une tache sur le mur juste derrière la tête de Russell.

— Vous devez aussi savoir que dans ce corps expéditionnaire, il y a des officiers qui se situent à mille lieues au-dessus de moi dans la hiérarchie.

— J'imagine bien, mon colonel.

Le colonel ouvrit la bouche pour poursuivre, puis il la referma. Il laissa échapper un profond soupir et jeta la feuille à nouveau sur la pile de dossiers.

— Je vais être aussi direct que possible.

Russell hocha la tête.

— J'ai reçu l'ordre de vous libérer de mon commandement mardi prochain à 19.00 et de vous mettre sur un vol à destination de Bagram. Vous serez réaffecté à un groupe des Forces Spéciales opérant dans la province du Nouristan, une région montagneuse à l'est de l'Afghanistan. Sous les ordres d'un certain capitaine Wynne. Je suppose que vous avez entendu parler de cet homme.

— Non, mon colonel.

— Jamais entendu parler ?

Russell secoua la tête.

— Vous connaissez la région ? Le Nouristan ?

— Non, mon colonel.

— Il y a des gens dont les voix comptent, dit le colonel, qui pensent qu'on ne devrait même pas s'approcher de cette région, et pour être franc avec vous, caporal, ça me fait mal au cul d'envoyer un de mes hommes dans une opération à la con des Bérets Verts, mais quand j'ai protesté contre votre transfert, on m'a gentiment conseillé d'aller me faire foutre. (Il s'interrompit et secoua la tête.) J'ai vraiment fait tout ce que j'ai pu.

Russell resta un moment sans rien dire. Il était à onze mille kilomètres de chez lui dans le nord-est de l'Oklahoma, et pour la première fois depuis des mois, il mourait d'envie d'y être.

— Puis-je poser une question, mon colonel ?

— Allez-y.

— Est-ce que vous avez une idée de la raison pour laquelle ils ont besoin de moi ?

La bouche du colonel se serra. Il tapota sur son bureau trois fois avec les articulations de sa main droite.

— Ce capitaine Wynne s'est fait une réputation. C'est lui qui a sorti les tireurs d'élite des marines de ce foutu merdier de Falloujah. Il a failli y rester, mais il a des couilles, et il n'a pas peur de tenir tête à l'agence.

— Quelle agence ?

— La CIA.

— Comment il arrive à faire ça ?

— De la même façon que tous ceux qui y parviennent : il se fait une idée différente de celle des barbouzes, puis il convainc les grosses pointures de l'état-major qu'il a raison.

— Et qu'est-ce que je viens faire dans tout ça, moi ? demanda Russell.

— Difficile à dire, répondit le colonel. J'imagine que notre capitaine a vu le film de votre exploit et qu'il a trouvé une façon de s'en servir. Il s'est fait quelques amis habiles dans les hautes sphères. (Le colonel secoua la tête.) Je ne peux pas dire que je vous envie.

— Non, mon colonel, dit Russell. Je ne m'envie pas plus que ça moi-même.

— Votre grand-père faisait partie du 2e rangers ?

— Oui, mon colonel.

— Normandie ?

— Oui, mon colonel.

L'officier hocha la tête.

— Et il gagnait sa vie en dressant des chevaux ?

— Oui, mon colonel, c'est exact.

— C'est avec lui que vous avez appris ?

— C'est avec lui que j'ai appris ce que je sais, dit Russell.

Le colonel l'observa un instant. Puis il reprit :

— J'ai pu faire en sorte que votre équipier soit affecté à la mission.

— Je vous demande pardon, mon colonel ?

— Le caporal Grimes. Il part avec vous.

— Wheels ?

Le colonel confirma d'un geste.

— J'ai au moins réussi à obtenir leur accord sur ce point. Ça résout deux problèmes d'un coup, d'une certaine manière.

L'officier regarda Russell d'un air entendu, mais ce qu'il voulait dire par là, quoique ce fût, échappa totalement à Russell.

— Vous avez une semaine pour vous remettre, dit le colonel. Je suppose que vous aimeriez avoir un peu de repos.

— Oui, mon colonel. Ça ne me déplairait pas.

Le colonel baissa les yeux sur ses documents puis les releva sur Russell. Un sourire plissa le coin gauche de sa bouche, mais il ne prit pas la peine de l'effacer.

— Est-ce que je peux vous poser une question ? dit-il.

— Bien sûr.

— Pourquoi diable avez-vous enlevé votre Kevlar ?

— Je vous demande pardon, mon colonel ?

— Sur la vidéo. Vous ne portez pas votre casque. Qu'est-ce qui vous a pris de l'enlever ?

Russell réfléchit avant de répondre.

— J'ai pensé que cela risquait d'effrayer le cheval, j'imagine.

Les yeux du colonel s'agrandirent l'espace d'un instant, puis ils se plissèrent.

— Effrayer le cheval.

— Oui, mon colonel, dit Russell.

RUSSELL disait volontiers que c'était son grand-père qui lui avait appris à monter, mais son grand-père répétait toujours qu'il n'avait jamais rien enseigné à son petit-fils. À l'occasion de concours de bétail ou de foires agricoles, de rodéos ou de stages de dressage, il y avait toujours des gens qui faisaient remarquer à Leroy Crider qu'il avait vraiment bien formé son petit-fils.

— J'ai rien formé du tout, répondait invariablement Crider. Il est né comme ça, c'est tout.

Les hommes hochaient alors la tête et souriaient en sirotant leur café dans des gobelets de polystyrène, de petits gobelets de vingt centilitres. Ils pensaient que le vieil homme disait cela par modestie, mais la modestie n'avait jamais figuré parmi les péchés de Crider. L'entêtement, oui. L'ignorance. Il voulait bien admettre, de temps en temps, qu'il était carrément fou. Mais ce n'était pas un homme modeste, et en ce qui concernait les chevaux, il n'avait rien appris à son petit-fils que celui-ci ne sût déjà.

Quant à Elijah, il n'aurait pu dire quand il avait appris ce qu'il savait, et il ne se souvenait même pas de la première fois qu'il était monté sur le dos d'un cheval. Il avait l'impression que les chevaux habitaient ses souvenirs de la même façon que le soleil ou le vent, ou la voix de sa grand-mère : ils étaient là, comme une présence inexplicable et indéniable.

Le premier mot qu'il avait prononcé avait été le nom de son poney gallois des montagnes, un palomino appelé Cream. Il avait la tête et le bas des jambes blancs, et il ne faisait que treize paumes – un petit cheval très doux. Son grand-père sellait Cream et le faisait tourner dans le corral après avoir installé sur la selle le petit Elijah qui portait encore des couches, tandis que sa grand-mère restait dans un coin de l'enclos, les bras serrés contre sa poitrine et les coudes reposant sur les paumes de ses mains.

— Enlève-moi ce bébé de là, disait-elle.

— Le petit va pas lui faire de mal, répondait-il, et elle lui disait que ce n'était pas pour le poney qu'elle se faisait du souci.

— Cet animal pourrait donner une ruade, poursuivait-elle. Tu ne sais pas ce qu'il pourrait faire.

Crider faisait comme s'il n'avait rien entendu. Il conduisait le poney très lentement par un licou en cuir, tandis qu'Elijah était assis contre le pommeau, les deux mains sur la corne, ses petites jambes rebondissant sur les flancs. À l'âge de cinq ans, il pouvait chevaucher le poney tout seul jusqu'à la clôture en fil barbelé, au bout de la pâture, côté sud. À sept ans, il était capable de le seller et le sangler, et de le pousser au petit galop. Il participait à des rodéos pour enfants avant son dixième anniversaire, et, quand il atteignit ses treize ans, il fut embauché par la société de vente aux enchères Lee Brothers Horse and Cattle Auction, non loin de Skiatook, pour laquelle il montait les poneys mis en vente. Il devait descendre la glissière en fonte, puis emprunter un petit tunnel en béton avant d'émerger dans l'enclos d'un quart d'hectare couvert de terre poudreuse et ceint d'un mur de deux mètres cinquante, au-dessus duquel des gradins montaient en direction des néons suspendus tout là-haut. Depuis le sol de l'arène, il ne pouvait voir que les premières rangées des acheteurs de chevaux et de bétail, leurs visages de marbre et leurs chapeaux de cow-boys, ou, pour beaucoup d'entre eux, leurs casquettes de base-ball marquées au nom de magasins de nourriture pour bétail, de petits restaurants spécialisés dans les viandes grillées, de fournisseurs de matériel agricole, et de la base Tinker de l'Air Force, où ils iraient, de plus en plus nombreux, chercher du travail à mesure que les fermes feraient faillite et que les ranchs seraient rachetés par les compagnies pétrolières. Il faisait marcher les animaux en cercle, lentement, pendant que le commissaire-priseur faisait résonner dans les haut-parleurs sa voix aiguë au débit saccadé et à l'accent nasillard, et que les hommes dans le public levaient la main ou signalaient leur enchère en touchant le bord de leur chapeau.

— Quatre cents, quatre cents, quatre cents. Qui dit quatre cents ? Quatre cents, ici. Quatre cent vingt-cinq, quatre cent vingt-cinq, cinq cents, cinq cents. J'ai cinq cents. Cinq cent cinquante, cinq cent cinquante, cinq cent cinquante. Merci, monsieur. Alors six cents, six cents, six cents.

Il longeait le tour de la piste au petit trot, le chant du commissaire-priseur sonnant dans ses oreilles, les narines encore pleines des effluves des chevaux, de la terre poussiéreuse, du fumier et de l'odeur propre de la paille, faisant tourner le poney d'une pression des cuisses et d'une imperceptible secousse des rênes, arrêtant l'animal avant de le faire tourner une fois de plus, et de recommencer, sous les ordres du commissaire – “J'ai sept cents, ici, sept cents, sept cents, alors huit cents, huit cents, qui dit huit cents ?”. Des gestes viennent maintenant de partout dans la tribune, et le prix monte à neuf cents, neuf cent cinquante, mille, adjugé pour mille dollars à l'homme au Stetson argenté. Et Elijah repart dans le tunnel en béton, passant devant les propriétaires et les marchands, il descend du cheval et s'empresse de monter sur le suivant, une jument baie nerveuse, il doit se pencher pour lui parler, et il la sent se calmer et se radoucir entre ses jambes.

— Ça, c'est une brave fille, oui, c'est très bien.

Plus tard, dans son lit, les cheveux encore humides après sa douche, Elijah regardait fixement le plafond, le cœur battant fort dans sa poitrine, percevant encore leur pouls dans ses jambes et le mouvement articulé de leur colonne vertébrale, et l'amour que ressentait ce garçon de treize ans, orphelin de père, abandonné par sa mère, était tellement absolu qu'on aurait vraiment eu du mal à se l'imaginer. Son grand-père est un héros de guerre, sa grand-mère lui est toute dévouée et l'adore littéralement, et le cheval qu'il sent sous lui est tous les chevaux à la fois, ses yeux sont des étoiles, sa robe du cuivre étincelant, et il monte au galop vers les pâturages de la nuit.

Il monta les quelques marches, passa devant les gardes et entra dans le bâtiment aux parois en aluminium qui était posé au-dessus du sol sur des dalles de béton. Il avait grandi dans un mobile home double largeur de fabrication identique, mais ce préfabriqué avait été construit selon des spécifications militaires, et son toit était équipé d'une antenne satellite, d'un radar et d'une série d'émetteurs et de récepteurs électroniques dont il ne savait ni le nom ni l'utilité. Quand il avait vérifié après le déjeuner, la température extérieure dépassait 41 °C, mais dans ce bâtiment, elle était maintenue en permanence à 17 °C. Tous les soldats portaient une veste et quelques-unes des femmes avaient enfilé un bonnet de laine par-dessus leurs écouteurs. Il sortit sa pièce d'identité de la poche de son pantalon, la montra au sergent assis derrière le bureau d'accueil et fut dirigé vers une rangée de ce qui ressemblait aux box individuels de la bibliothèque de son lycée. Il y en avait quatre, et chacun d'eux était équipé d'un ordinateur et d'un téléphone. Il s'arrêta au premier emplacement, tira le fauteuil et s'assit. Il attendit quelques instants pour se concentrer, puis il tendit la main vers le téléphone.

Il entendit le déclic métallique de la connexion satellite, la sonnerie du téléphone. Elle décrocha, et quand elle dit allô, sa voix était d'une clarté étonnante, et il dut à nouveau maîtriser son émotion.

— Teresa, dit-il.

— Allô ?

— Tante Teresa ? Tu m'entends ?

— Elijah ? dit-elle. Allô ?

— C'est moi, dit-il.

— Attends un instant, mon chéri, dit-elle et il y eut quelques parasites sur la ligne. Je vais te prendre sur l'autre appareil.

Il se passa une main sur le visage et se pencha au-dessus de la table, s'appuyant sur les coudes. Après un autre déclic, il l'entendit demander à son mari de raccrocher le premier téléphone.

— Elijah ? dit-elle. Tu es toujours là ?

— Oui, ma tante. Tu m'entends bien ?

— Je t'entends très bien. Et toi, tu m'entends ?

— Cinq sur cinq.

Elle eut un petit rire nerveux.

— On est en train d'ajouter une pièce à la partie sud de la maison, et ce téléphone, dans le bureau, on n'entend rien avec. Tu es rentré ? Ils t'ont renvoyé à la maison ?

— Non, non. Je suis toujours là. Je…

— Seigneur Dieu. Tu n'es pas blessé ? Tu es blessé, hein ? C'est ça ?

— Non, dit Russell. Je vais bien.

— Non, je ne te crois pas. Je l'entends à ta voix. Tu ferais mieux de me dire ce qui est arrivé.

— Ce n'est rien, dit-il. Je me suis un petit peu démis l'épaule. Mais ce n'est pas pour ça que j'appelle.

— Tu n'es pas blessé ?

— Non, ma tante.

— Tu ne me raconterais pas d'histoire ?

— Non, ma tante. Tu le sais bien. C'est juste qu'on me change d'affectation.

— Tu as reçu les chemises qu'on t'a envoyées ?

— Oui, oui.

— Elles te vont ?

— Elles me vont très bien.

— J'avais peur qu'elles ne t'aillent pas.

— Non, lui dit-il. Elles sont parfaites.

— Et tu me jures que tu n'es pas blessé ?

— Je suis en pleine forme, dit-il. Je profite de l'occasion que j'ai de t'appeler, c'est tout.

— Tu as dit qu'ils t'envoyaient ailleurs ?

— Oui, ma tante.

— Et je suppose que tu n'es pas autorisé à me dire où ?

— Non, ma tante.

— C'est mieux ou c'est pire ?

Il écarta le téléphone de sa bouche et toussa dans le creux de son épaule.

— Je dirais que c'est à peu près la même chose.

— Bien, dit-elle.

— Comment va tout le monde ? Comment va Buddy ?

— Il va bien, dit-elle. Tout le monde va bien. J'ai traîné un rhume pendant tout l'été. Je me dis toujours que ça va finir par passer, mais ça ne passe pas.

— Et Duncan, demanda-t-il en rassemblant tout son courage. Il va bien ?

— Qu'est-ce que tu dis, mon chéri ?

— Duncan, répéta-t-il avec plus de vigueur qu'il n'en avait l'intention.

— *Duncan*, dit-elle. Il va bien. On vient de lui donner à manger, ce matin, et Buddy l'a monté avant-hier soir.

— Sa jambe, elle est guérie ?

— Elle est bien guérie. Le Dr Keppel, quand il a vu les radios, il a dit qu'il n'avait jamais vu ça. Surtout chez un cheval de dix ans.

— Est-ce qu'il boite ?

— Un peu. Quand on le monte un petit moment, on le sent au moment de rentrer vers la grange. Mais ce n'est plus aussi marqué qu'avant. On le frictionne jusqu'au boulet avec cette pommade. Buddy a enlevé le pansement il y a trois semaines.

— Il a pris du poids ?

— Duncan ou Buddy ?

— Duncan.

— Oh, je pense qu'il a dû en prendre un peu. Mais pas beaucoup.

Ils restèrent tous deux silencieux quelques instants. Puis elle lui demanda quand ils le laisseraient rentrer à la maison.

— Je ne sais pas, dit Russell. (Il essaya de se renverser dans le fauteuil, mais ce modèle n'était pas équipé d'un dossier inclinable.) Je viens de recevoir cette nouvelle affectation. Et puis j'ai encore six mois à faire.

— Est-ce qu'ils peuvent te garder après ? Je veux dire, plus longtemps ?

— Ils le peuvent s'ils en ont envie, répondit-il, et il regretta aussitôt avoir prononcé ces mots.

Il essaya de trouver quelque chose pour en atténuer l'effet, mais elle était déjà en train de dire autre chose.

— Tu pars quand pour ta nouvelle mission ? Tu es autorisé à me le dire ?

— Je peux dire que c'est pour bientôt.

— Bientôt ?

— Oui, ma tante.

— Bien, dit-elle.

Puis il y eut un nouveau silence, et Russell comprit qu'elle avait posé la main sur le téléphone et qu'elle s'était mise à pleurer.

— Teresa ? dit-il.

Il l'entendit s'éclaircir la gorge.

— Ma tante ? dit-il

Et il eut le sentiment, comme souvent lorsqu'il appelait chez lui, qu'il dégageait quelque chose de toxique, pour ainsi dire. Qu'il infectait ses proches.

— Je suis désolée, dit-elle et il l'entendit renifler. Je m'étais pourtant promis de ne pas te faire ça.

— Ce n'est rien, dit-il.

— Je sais pas ce qui me prend, dit-elle d'une voix saccadée. C'est toi qui es là-bas, en train de te battre. (Il l'entendit se moucher.) J'échangerais ma place contre la tienne si je pouvais. Je le ferais, tu peux me croire.

— Je sais que tu le ferais, dit-il. Et c'est moi qui serais en train de chialer.

Elle émit un petit rire étranglé.

— Oui, dit-elle. Je suppose que c'est comme ça, il n'y a pas grand-chose à y faire.

— Non, ma tante.

Non, il n'y avait pas grand-chose à y faire.

Ils rendirent leur fusil à l'armurerie et on remit à chacun une carabine à canon court de 11,5 pouces, une Bushmaster du commerce. Wheels examina son arme de la crosse au bout du canon, puis il la sortit de son étui capitonné de mousse, dégagea la poignée du chargeur et vérifia la chambre. Il épaula la carabine et la braqua vers une cible imaginaire sur le mur en parpaings, collant son œil au viseur à point rouge avec une grande concentration. Il gonfla les joues, pinça les lèvres et émit un son bref, comme une détonation.

Jetant un coup d'œil à Russell, il eut un sourire de dingue, puis son visage s'assombrit rapidement et il se tourna vers le soldat spécialiste posté derrière le comptoir en contreplaqué de l'armurerie. L'armurier était un gros homme au crâne dégarni et dont les yeux pâles s'orientaient dans deux directions légèrement différentes. Russell était déjà venu ici plusieurs fois pour parler à cet homme, et il ne savait jamais quel œil regarder.

— Elles sont pour nous? demanda Wheels. On peut les emporter?

L'armurier eut un haussement d'épaules évasif et pointa le doigt vers une feuille de papier jaune où figurait une liste détaillée. Il tendit le bras sous le comptoir et souleva une boîte en carton qu'il posa sur le plateau en contreplaqué avant de la pousser vers les deux rangers.

Elle contenait deux paires de chaussures de marche Merrell, une à la pointure de Russell et l'autre à celle de Wheels. Quatre pantalons North Face de couleur "beige sable", selon les étiquettes. Des polaires North Face grises et noires. Des vestes thermiques North Face. Des T-shirts à manches longues de chez REI. Des ceintures porte-outils en nylon fabriquées par une société spécialisée dans les équipements pour les pompiers et la police. Des bonnets en coton portant le logo de Nike en vert militaire. Des caleçons Under Armour, des maillots collants et des paires de chaussettes imperméables.

Ils sortirent les équipements, mesurant les vêtements en les posant contre leurs bras et leurs jambes, surpris de constater que tout était exactement à leur taille.

Wheels regarda Russell.

— Les gens vont nous prendre pour des Bérets Verts, dit-il.

— Des membres de la Delta Force, dit Russell.

— De la CIA, renchérit Wheels.

Il prit une des casquettes et la posa sur sa tête.

— Va falloir signer, dit l'armurier.

Les rangers le regardèrent. Il avait sorti une autre feuille de papier, d'un vert vif, et l'avait mise sur la jaune.

— Je ne peux pas le faire pour vous.

Russell s'approcha et prit le stylo, gribouilla sa signature sur la ligne près de l'index du type, puis il tendit le stylo à Wheels. Derrière le comptoir, des rangées d'étagères de soixante centimètres sur un mètre vingt s'étendaient jusqu'au fond du bâtiment. Des étagères couvertes d'armes et de munitions, de gilets pare-balles, de caisses en pin pleines de C-4, de boîtes en pin pleines de grenades et de bien d'autres choses. Russell regarda l'armurier – qui avait un œil pointé sur lui et l'autre sur Wheels –, puis il regarda à nouveau en direction des étagères, vers une caisse en planches contenant deux douzaines de mines antipersonnel Claymore. Des engins capables d'envoyer des shrapnels sur des soldats ennemis à une centaine de mètres. Il prit son nouvel équipement et se tourna vers la sortie.

Ce soir-là, ils dînèrent dans la tente du mess – spaghetti et boulettes de viande –, puis ils se promenèrent le long des murs extérieurs du camp et ils s'assirent sur les remparts orientés à l'est, vers le Tigre. C'était là que Russell écoutait Wheels lui donner les détails de son dernier complot et qu'ils discutaient de ce qu'il convenait de faire au cas où ils seraient faits prisonniers. Wheels s'était fait tatouer une ligne en pointillés tout autour du cou, d'une clavicule à l'autre, et au-dessus de laquelle les mots *COUPER ICI* avaient été tracés en majuscules penchées. Il disait qu'il ne voulait pas que ses parents le voient se faire décapiter sur la chaîne Al Jazeera, et Russell convenait que cela ferait une bien piètre émission.

— Tu me descendrais, hein ? lui demandait Wheels. Si jamais on se faisait prendre ?

— Il se pourrait bien que je te descende de toute façon.

— Ouais, c'est ça, disait Wheels avant d'ajouter : Mais sérieusement.

— Sérieusement, répondait Russell, je me demande si je ne vais pas te descendre maintenant.

Ce soir-là, il n'y eut pas de discussion de ce genre. Ils contemplèrent la lumière qui se reflétait sur la surface du fleuve et d'occasionnels vols de colombes s'éparpiller puis se rassembler. Des grues qui se tenaient sur les bancs de sable. Wheels sortit un paquet de Marlboro de la poche de poitrine de sa veste, en offrit une à Russell, comme il le faisait toujours, puis plaça la cigarette refusée entre ses lèvres et ouvrit son Zippo d'un coup de pouce. Ils parlaient du capitaine Wynne.

— Quand on était à Ramadi, ces premières semaines – c'était quand, en juillet 2005 ?

— En juin.

— Juin, dit Wheels. Il y avait un infirmier là-bas, à Rifles Base, avec qui j'étais devenu copain, eh ben, il l'avait soigné quand sa section était tombée dans une embuscade à Falloujah.

— Le capitaine ? demanda Russell.

— Ouais, dit Wheels.

— J'étais où, moi, pendant que tu faisais copain-copain avec le personnel médical ?

— Le nom de cet infirmier, c'était Walton, poursuivit Wheels. Cette embuscade, ça devait être pendant la deuxième bataille de Falloujah, à l'automne 2004. L'équipe de Wynne a été salement amochée quand ils sont allés au secours des marines.

— Le colonel m'en a parlé.

Wheels hocha la tête.

— Ces éclaireurs tireurs d'élite s'étaient fait coincer et ils ont demandé un soutien aérien, mais on leur a envoyé des Forces Spéciales à la place. Apparemment, quand la cavalerie est arrivée, les insurgés les attendaient. Il y avait douze gars dans le détachement des Forces Spéciales commandé par Wynne, six ont été touchés. Wynne était parmi eux – une balle lui a traversé la poitrine –, il a pratiquement perdu tout son sang dans le Black Hawk qui le ramenait à la base. Cet infirmier dont je te parle, il était dans l'hélico, il a aidé l'infirmier de Wynne qui essayait de…

— Une seconde, dit Russell, quel infirmier ?

— Il y a Walton, dit Wheels, pointant un doigt sur le pouce de sa main droite, et puis il y a l'infirmier de Wynne, ajouta-t-il en pointant le doigt sur son index, je connais pas son nom, c'était l'infirmier de son équipe…

— Celui des Forces Spéciales.

— C'est ça, l'infirmier des Forces Spéciales.

— Je te suis, dit Russell.

— Bon, enfin, Walton m'a raconté que Wynne était en train de clamser, et ils étaient sur le point d'atterrir sur la base de Blue Diamond quand leur appareil a été touché par une rafale de mitrailleuse et ils ont été obligés de se poser.

“Alors, ils sortent tout le monde de l’hélico et ils appellent pour qu’on leur en envoie un autre. Le pilote les aide à organiser le point d’évacuation et ils commencent à trier les blessés. Cet ami à moi…

— Walton, dit Russell.

— C’est ça, Walton, mesure les signes vitaux de Wynne et il ne sent pas de pouls. Il se dit que le capitaine a passé l’arme à gauche et il va pour s’occuper du blessé suivant, mais l’infirmier du capitaine, il veut pas, il dit que son homme est toujours vivant, alors Walton y retourne, vérifie le pouls, essaie d’écouter les battements du cœur et il dit à l’infirmier de Wynne qu’il est désolé, mais que le capitaine est mort. Il se relève pour aller examiner un autre pauvre type.

— Procédure normale, dit Russell.

— Normale, reprend Wheels. Mais au moment où Walton se lève, l’infirmier du capitaine attrape Walton et lui fait une prise d’étranglement. Ils commencent à se bagarrer, le pilote s’amène et il leur demande ce qu’ils sont en train de foutre. Walton lui dit, “Il veut que je m’occupe d’un homme mort”, mais l’infirmier de Wynne dit qu’il n’est pas mort et voilà qu’ils recommencent à se battre. Le pilote arrive à les séparer, il s’accroupit au-dessus de Wynne et il colle l’oreille sur la poitrine du blessé. Il lève les yeux vers les deux infirmiers en secouant la tête, puis il se retourne pour fermer les paupières du capitaine. Et juste à ce moment-là, Wynne lui crache à la figure.

— Ça alors ! dit Russell.

— Comme tu dis, répond Wheels. Alors ils s’occupent du capitaine, un autre Black Hawk arrive, ils le montent à bord et six mois plus tard, il est de retour sur le terrain.

Russell hocha la tête. Plissant les yeux, il regarda le ciel qui s’assombrissait.

— Une histoire intéressante, dit-il.

— Une histoire vraie, dit Wheels. Wynne a été décoré de la *Bronze Star*, et si j’en crois ce que Walton m’a dit, il commence à attirer l’attention des huiles de Fort Bragg.

— Rien d'étonnant.

— Eh bien, jusqu'à ce moment-là, répondit Wheels, ça n'avait pas été le cas. Ils le prenaient juste pour un type brillant aux examens. Il a fait l'université et tout. Paraît qu'il aurait été une sorte d'entrepreneur. Avant de s'engager dans l'armée.

— Quel genre ?

— J'sais pas quel genre. Il gérait des fonds d'avertissement, quelque chose comme ça.

— Des fonds d'investissement.

— Si tu veux, dit Wheels. Apparemment, après les attentats du 11 Septembre, il entre dans l'armée et rejoint les Forces Spéciales. Bon, et là, maintenant, ils sont tous impressionnés par ce type, c'est ça que je voulais dire, et – attention, hein, tout ça vient de Walton – ils commencent à lui laisser la bride sur le cou.

— Ça veut dire quoi ?

— Ça veut dire qu'il commence à n'en faire qu'à sa tête, voilà ce que ça veut dire. Il emmène son détachement des Forces Spéciales tout là-haut dans les montagnes et sillonne toute la région.

— En Afghanistan ?

— En Afghanistan, dit Wheels. Les emmerdeurs dont personne ne veut, il les emmène avec lui, au fin fond du bled, à la chasse aux talibans.

Russell réfléchit à tout cela quelques instants. Il souffla lentement par le nez.

— Et c'est chez cet enfoiré qu'ils nous expédient ?

— Ouais, répondit Wheels.

Russell laissa son regard se perdre un instant en direction du fleuve. Puis il jeta un coup d'œil à Wheels.

— Et c'est d'un infirmier que tu as appris tout ça ?

— Ouais, dit l'autre. De ce Walton.

— Comment il a su, lui ? Tout ce qui s'est passé après l'histoire de l'hélicoptère ?

— C'est ce que je lui ai demandé.

— Et qu'est-ce qu'il a répondu ?

— Il m'a répondu que dans son boulot il entend des choses.
— Il entend des choses.
— Ouais.
Russell réfléchit un instant.
— Tu crois ce qu'il raconte ?
Wheels répondit qu'il croyait que l'infirmier croyait ce qu'il racontait.
Russell se croisa les mains derrière la tête et s'adossa au mur en grès. Puis il secoua la tête et se leva.
— Faut qu'on trouve un moyen de te sortir de là, dit-il.
— Qu'on me sorte de quoi ? demanda Wheels.
— De ça, dit Russell. De cette mission.
— T'es complètement dingue, répliqua Wheels.
— Tu n'as pas besoin d'être mêlé à quoi que ce soit dans cette histoire, insista Russell.
— Et si tu me laissais décider à quoi j'ai pas besoin d'être mêlé ?
— Je n'ai pas envie de me retrouver assis à la table de la salle à manger de Maman Grimes en train de lui expliquer que son fils s'est fait tuer à cause de moi. Je nous vois bien devant notre tasse de café : "Oh, je suis désolé madame, il m'a suivi en Afghanistan à cause d'une vidéo postée sur YouTube."
Wheels resta assis et continua à fumer quelques instants. Puis il jeta son mégot, se leva et épousseta le derrière de son pantalon.
— Ma mère ne boit pas de café, de toute façon, dit-il.

Il était étendu après l'extinction des feux, à regarder le plafond. Il ne pouvait pas dormir sur son côté gauche à cause de son épaule, et il avait tellement dormi sur son côté droit que son bras était tout engourdi et parcouru de fourmillements, et il ressentait des picotements électriques jusqu'au bout des doigts. Il finit par rouler au bord de son lit et il s'assit, la tête dans les mains et les coudes calés sur ses genoux. Il n'arrêtait pas de penser à ce que Wheels lui avait raconté. Le précédent métier de Wynne. La guérison de Wynne. Wynne crachant au visage d'un pilote pour prouver qu'il était toujours vivant.

Il enfila son nouveau pantalon, une paire de chaussures de course, passa un sweat-shirt, puis il attrapa son sac à la tête de son lit avant de se glisser dans le couloir menant à la pièce où l'équipe rangeait ses équipements. Il referma la porte derrière lui, trouva l'interrupteur et posa son sac sur le sol de béton brut.

Quand Wheels et lui étaient rentrés dans la soirée, deux sous-officiers qui ne portaient pas de nom sur leur uniforme ni d'insignes sur leurs manches les attendaient. Ils avaient confisqué leur uniforme de ranger et leurs chaussures de l'armée, et pris le téléphone portable de Wheels et le GPS de Russell, ainsi que leur nécessaire de rasage.

— Et comment on va faire pour se raser ? demanda Wheels.

— Vous ne vous rasez pas, dit le plus grand des deux hommes. Vous vous laissez pousser la barbe. Tous les deux.

— J'y suis jamais arrivé, lui dit Wheels.

— Vous ferez un effort, répondit le type.

Russell n'y voyait pas d'objection, mais quand on leur ordonna de sortir leur portefeuille et leur plaque d'identification militaire, il resta immobile, le regard fixe.

— Allez, dit le plus petit. Là où vous partez, vous n'aurez pas besoin de votre permis de conduire. Et vous pouvez noter votre groupe sanguin sur vos chaussures.

— Des tatouages ? demanda le grand. L'un de vous en a ?

Russell non, mais Wheels en avait plusieurs – la ligne en pointillés autour du cou et un crâne du Punisher sur l'épaule –, et les deux hommes les firent se mettre en caleçon. Le petit s'avança, examina Russell et défit la chaîne à billes de son cou, prit la plaque d'identification, s'éloigna et commença à inspecter Wheels. Quand il vit le crâne sur son épaule, il fit un geste en direction de son équipier. Le grand s'approcha, examina le tatouage en fronçant les sourcils.

— Qu'est-ce que tu en penses ? demanda le petit.

— Ça ne désigne pas une unité, dit l'autre.

Il parut y réfléchir un instant, puis il regarda Wheels et haussa les épaules.

— Bon, vous pouvez le garder.

— Merci, c'est sympa, dit Wheels.

Pour finir, les deux hommes leur prirent leur sac à dos militaire, qu'ils confièrent à un soldat spécialiste qui attendait à l'extérieur du baraquement, et ils remirent à chacun un sac à dos multifonction Maxpedition à la place.

Russell ouvrit la fermeture de la poche avant et vérifia le réservoir à eau. Il se sentait humilié, mais ce sac semblait coûteux et bourré jusqu'à la gueule.

Il se mit à en examiner le contenu. Deux litres d'eau dans sa gourde et deux flacons de comprimés d'iode. Une pelle pliante sur le côté droit. Un poncho dans la poche extérieure du milieu et une cape imperméable dans la poche de gauche. Trois paires de chaussettes et deux T-shirts marron dans la poche extérieure de droite et, dans celle du haut, deux cartes de portée de tir, un rapporteur et une moustiquaire de tête. Une trentaine de mètres de corde de parachute, un autre bonnet Nike, deux sacs imperméables, un autre poncho et une paire de gants supplémentaire. Il remplit son réservoir CamelBak, l'installa dans son emplacement, fit sortir le tube par le trou dans le tissu et le fixa sur la sangle d'épaule. Il découvrit également trois mousquetons, un cordon de sécurité, trois autres paires de chaussettes. Il vérifia le contenu de la trousse de secours : un kit pour perfusion, une bande de gaze, des ciseaux chirurgicaux, un pansement d'urgence antihémorragie, un rouleau de ruban adhésif chirurgical, une sonde d'alimentation jéjunale, un scalpel et trois bandages triangulaires. Les poches de munitions qu'on lui avait données contenaient trois cent soixante cartouches de 5.56, douze chargeurs de 30. Une lampe torche à angle droit. Quatre piles rondes DD. Il ouvrit le kit de nettoyage de son nouveau fusil – des baguettes pour le canon, un grattoir, une clé, des goupillons et des flacons de nettoyant, de lubrifiant et d'antirouille –, puis il repéra une lampe stroboscopique, quatre rations individuelles de campagne et, enfin, quatre bâtons luminescents, deux rouges et deux verts. Quand il eut terminé, il fixa solidement les sangles et les boucles, puis il leva le sac d'une main pour évaluer son poids. Une bonne vingtaine de kilos, mais après une journée de marche, il donnerait l'impression de peser le double.

Plongeant la main dans la poche droite de son pantalon, il en sortit la pièce. C'était un dollar en argent de 1899 avec une tête de la Liberté, et il avait appartenu à son grand-père. Russell l'avait trouvé juste après sa mort, attaché à la boucle d'une ceinture. Il avait arraché la pièce de la boucle avec le grattoir en carbone de son Leatherman, il l'avait polie avec du dentifrice et emportée pendant sa formation de parachutiste et ses classes de ranger et, désormais, de l'autre côté de l'océan. Il jouait à un jeu. Si on pouvait appeler ça un jeu. Avant d'aller au combat, Russell sortait sa pièce et la lançait en l'air. Face signifiait qu'il s'en sortirait, pile qu'il n'en reviendrait pas, et s'il avait pile, il faisait cinq lancers et il fallait avoir trois fois pile pour que ça compte. Le plus qu'il avait eu, c'était deux fois pile, et il envisagea de lancer sa pièce maintenant, mais finalement, il renonça. Il la garda dans la paume de sa main quelques instants. Puis il la glissa dans sa poche et sortit.

Il y avait une demi-lune, ce soir-là ; il s'avança sur le sentier de gravier entre les préfabriqués en aluminium, tourna au coin, et longea d'autres bâtiments. Il remonta les marches en béton du centre des communications, ouvrit la porte et y entra.

Les fauteuils devant les écrans d'ordinateur étaient maintenant vides, mais c'était le même sergent qui était assis à l'accueil, lisant le même roman fantastique. Il leva les yeux vers Russell, hocha la tête et se replongea dans sa lecture.

Russell alla jusqu'au box où il avait téléphoné à sa tante plus tôt dans l'après-midi. L'ordinateur était allumé, il ouvrit une session et lança un navigateur. Il avait une messagerie qu'il ne consultait presque jamais et une page Facebook qu'un cousin avait créée pour lui. Il s'y était connecté exactement deux fois. Il regarda les résultats des matchs de base-ball, lut un blog consacré aux chevaux qu'il suivait régulièrement, puis il alla sur YouTube et tapa les mots *cheval ranger*. Sa vidéo apparut en tête de liste; il coupa le son et la visionna jusqu'au bout. Puis il la regarda une nouvelle fois, en mode plein écran. Quand la caméra fit un zoom sur le poulain, il cliqua sur pause. L'angle ou la lumière, ou peut-être la distance, donnait à la robe du cheval un reflet plus sombre, transformant les taches marron en éclaboussures de rouille. Cet animal était superbe. Il ne se lasserait jamais de le voir.

Il resta immobile un moment. Puis il ouvrit une page Google dans une autre fenêtre. Dans la case de recherche, il tapa *carson wynne*, et le mot *capitaine*. Avant de cliquer sur le bouton de recherche, il ajouta *forces spéciales*. Il regarda fixement le curseur qui clignotait. Les résultats s'affichèrent, et il commença à les examiner.

Il s'était presque attendu à ce que ça soit encore une des théories du complot de Wheels, mais l'histoire était vraie. Plus précisément, les détails étaient vrais. Ou tout au moins, ils correspondaient aux faits. Le capitaine était né et avait grandi à Rhinebeck, dans l'État de New York, à quelques heures de route au nord de Manhattan; diplômé de Princeton en 1994, où il avait suivi un double cursus, théologie et finance. À la suite de quoi, il était entré comme associé dans une société d'investissements; apparemment, il y avait débuté à l'automne 1996. Il avait été quarterback dans l'équipe de football de son lycée, et, au cours de ses deux dernières années d'école, il les avait conduits à la victoire lors des championnats d'État. Russell fit apparaître une coupure de journal comportant la photo en noir et blanc, au grain visible, d'un jeune homme athlétique avec un ballon de football coincé sur l'épaule. On ne voyait pas grand-chose de ce qu'il y avait sous le casque, mais ses yeux étaient deux points étincelants dans l'image pixellisée.

Russell lisait, cliquait, faisait dérouler. Il trouva une autre photo, en couleurs cette fois, vraisemblablement prise avec son unité à Fort Bragg. Portrait de trois quarts. Les insignes des Forces Spéciales et des rangers sur l'épaule gauche, les deux barrettes de capitaine agrafées à son béret. Pommettes hautes. Mâchoire carrée. Cheveux et sourcils blonds, yeux très bleus. Les femmes l'auraient sûrement trouvé séduisant, et il vint à l'esprit de Russell que ce portrait aurait fait une bonne affiche pour une campagne de recrutement – une affiche idéale, en fait. Pourquoi envoyer cet homme sur le champ de bataille, c'était un mystère pour lui. Diplômé d'une université chic de l'Ivy League. Une expérience dans le monde de la finance. Ce n'était pas un homme de terrain, c'était une publicité vivante pour s'engager dans l'armée.

Russell contempla l'écran quelques instants, puis il réduisit la fenêtre et se cala dans son fauteuil. À l'extérieur du bâtiment, le groupe électrogène produisait un bourdonnement sonore et régulier, et sur l'arrière-plan noir de l'écran, Russell distinguait son propre reflet, une image fantôme prise là, dans le verre. Quelque chose de très froid remonta lentement le long de sa colonne vertébrale, lui donnant la chair de poule, et ce n'était pas simplement la climatisation. Il ferma les yeux, repensa au cheval, et il se rappela de façon très distincte son odeur – une odeur de renfermé, forte et encore si vivace qu'elle aurait pu être à l'intérieur de cette pièce. Tout avait commencé quand il avait fait le choix de sortir de derrière les fortifications pour aller au secours de cet animal, et il savait que s'il n'avait pas pris une telle décision, il ne serait pas assis là où il était maintenant. Cette décision était insensée, le choix qu'il avait fait était insensé.

Puis il ouvrit les yeux et afficha la vidéo – l'arrêt sur image figeant le cheval dans son pas.

— Le choix ? Quel choix ? dit-il.

UNE semaine plus tard, ils contemplaient le coucher de soleil depuis le côté tribord du C-130 qui les emmenait de Mossoul à l'aéroport de Bagram, dans la province de Parwan, en Afghanistan. Russell avait pensé faire un petit somme pendant le vol, mais le froid dans la cabine l'empêchait de dormir. Il se mit de côté sur son siège et appuya le front sur le capitonnage isolant près de son hublot pour observer le soleil décliner sous un banc de nuages ; la couleur prune du soir virait au violet et la traînée de vapeur sous l'aile de l'avion capta la lumière mourante du jour, scintillant brièvement avant de se ternir sur le fond du ciel. Glissant une main sous sa veste, il se tâta doucement les côtes.

— Lithium, dit Wheels.

— Tu dis ? demanda Russell.

— Lithium.

— Mais de quoi tu parles, enfin ?

— De l'Afghanistan, répondit Wheels. C'est pour ça qu'on a envahi ce trou perdu. (Il tourna la tête pour regarder par le hublot.) Ben Laden, mon cul.

Russell dévisagea son compagnon un bon moment.

— D'où tu tiens ça ? demanda-t-il.

— Les téléphones portables, dit Wheels.

— Quoi ?

— Comment tu crois que ça fonctionne, tous ces BlackBerry ? Tous ces iPod et ces ordinateurs portables ? Ce pays possède les plus importantes réserves en lithium de la planète. Tu crois peut-être qu'on est ici à cause d'Al-Qaïda ?

(Wheels poussa un grognement en secouant la tête.) On a besoin de leur lithium.

— C'est toi qu'as besoin de lithium, répondit Russell.

Ils atterrirent à Bagram juste après la tombée de la nuit, et un sergent-chef de l'Air Force nommé Hollis monta à bord pour les escorter à l'écart de la piste. Le gars les conduisit à un bâtiment en parpaings, situé près d'un hangar où ils devaient passer la nuit, puis il revint les chercher à l'aube et leur fit traverser le tarmac jusqu'à un hélicoptère qui ressemblait à un gros insecte et qui était en service depuis les années 1960. C'était un CH-47, un transport de troupes, avec, sur chaque côté de la cabine, quatre fenêtres circulaires comme des hublots sur un navire, et des fenêtres plus grandes sur les portes, derrière le cockpit, où étaient montées les mitrailleuses.

— C'est pour vous, dit Hollis en faisant un geste en direction de l'appareil. Il y a déjà une équipe médicale en partance. J'espère que vous ne voyez pas d'inconvénient à ce qu'ils voyagent avec vous.

Russell répondit qu'il n'en voyait aucun.

Hollis avait une enveloppe en papier kraft sous le bras et il la tendit à Russell. Elle était fermée par du ruban adhésif transparent et l'inscription NE PAS PLIER était tamponnée en rouge des deux côtés, mais elle ne portait pas d'autre indication. Le sergent ne fit aucune remarque sur cette enveloppe, il se contenta de la lui tendre.

— Vous voulez autre chose, les gars ? demanda Hollis. Café, ou quoi que ce soit ?

Russell jeta un rapide coup d'œil à l'enveloppe. Il dit à Hollis qu'ils n'avaient besoin de rien.

Le sergent-chef leur souhaita un bon vol, fit demi-tour et retraversa le tarmac. Russell le suivit des yeux quelques instants. L'air était frais et la brise lui piquait la peau de la nuque. Il regarda Wheels dans son pantalon cargo et sa polaire. Puis il jeta un nouveau coup d'œil à l'enveloppe qu'il avait à la main.

— Tu penses qu'il sait qui on est ?

— Parle pas pour moi, dit Wheels.

— Quoi ?

— J'ai dit, parle pas pour moi, répéta Wheels.

— Parler pour toi ?

Wheels se tourna pour voir le sergent-chef disparaître dans l'obscurité.

— Peut-être que j'avais envie d'un café, moi, dit-il.

Ils mirent leur sac sur le dos et s'avancèrent vers l'hélico, Russell emboîtant le pas à Wheels.

— Si tu avais envie de café, pourquoi tu n'as rien dit ?

Wheels ne répondit pas.

— Je suis sûr qu'on peut trouver quelqu'un avec un thermos à bord.

— Bon, laisse tomber, lui dit Wheels.

Ils passèrent à côté des membres de l'équipage occupés à l'arrière de l'appareil, des hommes qui levèrent les yeux vers eux, leur firent un signe de la tête avant de se remettre au travail, leur visage laissant transparaître, l'espace d'un instant, le jugement qu'ils étaient en train de porter. C'était le genre de chose que vous pouviez voir de temps en temps autour d'un appareil de transport : des hommes sans uniforme, les cheveux sur les épaules. Des barbus, une casquette de base-ball sur le crâne, le pistolet fixé à la cuisse. Vous ne les regardiez pas dans les yeux. Vous n'osiez pas leur adresser la parole. Vous ne saviez pas pour quelle agence ils travaillaient et vous n'aviez pas envie de le savoir. Le mieux, c'était de les traiter comme des fantômes.

Russell et Wheels grimpèrent la rampe de chargement, baissèrent la tête en passant près du mitrailleur arrière, puis remontèrent l'allée entre les bancs de toile rouge de chaque côté de la cabine. Il y avait là quelques hommes d'un certain âge portant des lunettes, des médecins, pensa Russell, du personnel d'assistance, et de la place libre à l'avant de l'hélico. Wheels détacha les bretelles de son sac à dos et le laissa pendre à une épaule, se tournant de côté pour passer entre les assistants de l'équipe médicale et les toubibs, et Russell fit de même, laissant ses yeux s'habituer à la quasi-obscurité de la carlingue, avançant prudemment pour éviter les sacs à dos et les sacs marins, et essayant de ne pas marcher sur un pied ou une cheville. Il fit passer son fusil de la main gauche à la droite, vérifia qu'il avait bien ses lunettes de soleil dans une poche cargo, et il entendit une voix dire :

— Excuse-toi, enfoiré.

Russell se retourna.

Une femme était assise là, en pantalon et veste de camouflage pixellisé. Une jeune femme, très petite et toute menue. Elle avait une allure vaguement exotique, style Europe de l'Est, une peau pâle et lisse, presque comme de la porcelaine, son épaisse chevelure noir charbon relevée en un chignon élaboré. Elle désigna Wheels du doigt et dit :

— Dis à ton copain de faire gaffe.

Les murmures discrets qui s'étaient élevés dans la carlingue cessèrent. Russell savait que les hommes avaient les yeux braqués sur lui.

— Désolé, dit-il.

— Qu'est-ce qui se passe ? demanda Wheels.

La femme lui répondit qu'il avait failli la heurter avec son sac. Elle s'adressait à Wheels, mais elle regardait Russell en parlant.

— Il est désolé, dit Russell.

— Hé, dit Wheels. Je suis là.

La femme avait toujours le regard levé vers Russell. Elle avait des yeux vert pâle. Il ne distinguait pas son nom sur le badge, mais elle portait sur sa poitrine l'insigne en forme de larme à l'envers des soldats spécialistes. Du fond de l'hélicoptère, une voix dit à la femme de la boucler.

Russell resta là un instant, clignant des yeux. Puis il s'excusa une troisième fois et continua vers l'avant de l'appareil.

Une fois qu'ils furent assis et qu'ils eurent bouclé leur équipement, Wheels se tourna vers Russell et dit :

— Écoute, j'ai pas besoin que tu t'excuses à ma place. J'ai pas besoin que tu décides pour mon café. Je peux décider moi-même si je veux un café. Je peux m'excuser moi-même. On a le même grade, Russ. T'as pas été promu à un rang supérieur au mien.

Russell hocha la tête. Il y avait du vrai là-dedans, dit-il à son ami.

Wheels leva les mains en signe d'apaisement et s'adossa contre son siège.

— Tu vois, lança-t-il, c'est ce que je dis.

Mais Russell ne voyait pas ce qu'il disait.

Il regardait vers la femme à l'arrière de la carlingue.

La base d'artillerie Dodge avait été bâtie sur les ruines d'une redoute édifiée par les Britanniques au XIXe siècle. Sur les photos que Russell avait retirées de l'enveloppe, elle ressemblait à un château. Ou aux ruines d'un château. L'avant-poste américain avait été construit dessus : de hauts murs solides, élevés avec les vieux blocs de pierre, beaucoup de granite, apparemment. Une tour octogonale se dressait au milieu de l'enceinte, imposante avec ses quinze mètres de haut, peut-être plus, ses meurtrières étroites dans les étages supérieurs d'où les défenseurs pouvaient surveiller et tirer. Toute la forteresse était perchée au sommet d'une montagne et dominait des vallées de verdure en terrasses.

Il était assis sur son strapontin, parcourant les photos contenues dans l'enveloppe. Il y en avait six. Non, sept. Cinq en couleurs et deux en noir et blanc. Il se rendit compte qu'ils n'avaient toujours pas été mis au courant des détails de leur mission. On ne leur avait toujours pas indiqué le moindre objectif. Il savait que cet hélico allait les emmener à la base d'artillerie Dodge, mais il ignorait en quoi et comment le camp des Forces Spéciales était lié à ce bastion. Il ignorait s'ils allaient être mis à bord d'un autre hélicoptère et transportés vers un autre emplacement, ou s'ils allaient devoir crapahuter et s'enfoncer dans les montagnes. Le seul élément positif qu'il relevait dans tout cela, c'était leur nouvel équipement. Il jeta un coup d'œil à Wheels, endormi là, près de lui, glissa les photos dans l'enveloppe, appuya la tête contre le rembourrage et ferma les yeux.

Il s'était assoupi depuis peu lorsque la voix du copilote retentit dans leur casque, les informant que l'avant-poste était sous le feu d'un mortier. Puis, cinq minutes plus tard, on leur annonça que le bombardement avait cessé et que leur hélicoptère était autorisé à atterrir. Au moment où le Chinook décrivait un cercle au-dessus de la base et manœuvrait pour se poser, les obus de mortier recommencèrent à tomber, explosant à une cinquantaine de mètres au nord du périmètre de sacs de sable. Russell regarda par le hublot en Plexiglas et vit les projectiles s'écraser sur le terrain, soulevant des nuages de poussière grise dans le ciel du matin. Un sentiment de panique remonta lentement le long de son dos, vertèbre après vertèbre. Il ne pensait pas que le pilote prendrait le risque de se poser dans ces conditions. On allait les ramener à Bagram. Puis il sentit l'hélico descendre rapidement et les roues toucher le sol ; il entendit les moteurs changer de tonalité et commencer à décélérer.

Un obus tomba plus près et les secoua sur leur siège. La panique atteignit l'arrière de son crâne, et il eut l'impression que sa mâchoire se glaçait. Il souleva l'écouteur gauche de son casque et se pencha vers Wheels, hurlant pour se faire entendre par-dessus le bruit strident des rotors :

— Ça te dirait de ficher le camp de ce foutu engin ?

Wheels répondit qu'il était partant.

Ils libérèrent leur équipement et s'avancèrent dans l'odeur de kérosène qui emplissait l'air. L'hélicoptère semblait être posé selon un angle bizarre, et Russell eut la sensation de descendre une pente. Quand ils atteignirent l'arrière de la carlingue, les membres de l'équipe médicale étaient tous debout, serrés les uns contre les autres. Russell se mit sur la pointe des pieds et vit que le mitrailleur posté sur la rampe de chargement avec sa M-240 secouait la tête et faisait signe aux passagers de refluer vers l'avant de l'appareil, agitant une main en l'air comme un couperet et articulant furieusement des mots que Russell ne distinguait pas. Ils firent demi-tour, remontèrent l'allée, se faufilèrent par la porte étroite réservée à l'équipage et s'élancèrent au pas de course sur le gravier en direction de la rangée de gabions qui signalait le bunker le plus proche. Ils n'avaient pas fait plus de vingt mètres quand Russell sentit le souffle des pales forcir et il vit l'ombre de l'hélicoptère s'amenuiser sur le sol. Le vent venait du nord et il donnait une sensation de froid mordant ; ils atteignirent l'ouverture du bunker et descendirent une volée de marches en parpaings au bas desquelles était accroupi un homme de forte carrure, nu jusqu'à la taille et chaussé de tongs. Il avait des écouteurs à une oreille et un talkie-walkie à l'autre. Il hocha la tête et leur dit de continuer à avancer. Russell se retourna pour regarder en haut des marches qu'il venait de descendre et il vit l'hélicoptère s'éloigner vers le sud. Il n'arrivait pas à croire qu'on les avait simplement déposés comme ça, et puis un autre obus de mortier s'abattit et l'explosion chassa la pensée de son esprit. Les membres de l'équipe médicale descendirent les marches, traînant leur sac marin et leur équipement, se faufilèrent devant les rangers et continuèrent leur chemin. Russell et Wheels attendirent qu'ils soient passés, puis ils les suivirent.

Ils empruntèrent une galerie en terre battue avec des sortes d'antichambres en sacs de sable à droite et à gauche. Russell entendait les tirs de mortier marteler le sol quelque part dans le monde au-dessus de leurs têtes. Des grains de sable s'échappaient du plafond, et il les sentait, étrangement frais, asperger le col de sa veste. Le couloir tournait et tournait encore, puis ils se mirent à remonter. Quand ils grimpèrent la pente à l'autre extrémité du bunker, l'équipe médiale était rassemblée en haut des marches, certains à genoux, d'autres assis contre le mur, les mains plaquées sur les oreilles. La femme se tenait dans l'entrée et sa silhouette se découpait sur le bleu du ciel. Wheels et Russell l'observèrent quelques instants. Wheels demanda à Russell ce qu'elle faisait.

— Pas la moindre idée, répondit Russell. Peut-être qu'elle est curieuse.

— Peut-être qu'elle est complètement frappée, dit Wheels.

Russell le regarda. Une voix dit :

— Attention devant.

Ils se retournèrent et virent le type sans chemise remonter le passage. Il était tellement large d'épaules qu'il touchait la paroi du tunnel de chaque côté, mais il se mit de profil pour se faufiler entre les deux rangers et le mur, puis il monta les marches. Il avait des cheveux blonds coupés à ras, couverts d'une fine couche de poussière blanche, et le mot INFIDÈLE était tatoué en arc de cercle sur son dos. Il portait ses écouteurs autour du cou, mais il avait toujours le talkie-walkie. Il fit un geste de la main qui tenait l'appareil.

— C'est bon, dit-il. Ils ont terminé pour l'instant.

Les membres de l'équipe médicale montèrent les quelques marches restantes et ils sortirent du bunker. Wheels et Russell les suivirent, clignant des yeux à la lumière du soleil.

Ils restèrent là un moment, tous regroupés. Puis Wheels demanda au type sans chemise comment il savait que l'attaque était finie.

— Le prophète vient d'annoncer la fin de l'alerte.

Le gars pointa l'antenne en caoutchouc de sa radio vers le ciel et décrivit un petit cercle.

— Notre système d'écoute.

L'équipe médicale s'était rassemblée autour de lui tandis qu'il parlait ; il leur jeta un rapide coup d'œil et poursuivit :

— Si vous êtes prêts, on vous a installés là-bas.

Il se mit en marche et l'équipe le suivit à travers le camp. Wheels et Russell restèrent sur place.

— Je ne pense pas qu'il s'adressait à nous, dit Wheels.

— Non, je ne crois pas non plus, dit Russell.

Il parcourut la base du regard. Les tranchées qui serpentaient entre les murs de sacs de sable. Les bunkers en parpaings, les tentes de toile de différentes tailles. Les gabions entourant le périmètre de la base, empilés sur les murs en blocs de grès, les emplacements des mitrailleuses tous les vingt mètres. Les rouleaux de fil barbelé, étincelant au soleil. Et partout, des hommes qui s'activaient – la plupart sans chemise, le pantalon coupé à hauteur des genoux, en chaussures de tennis pour beaucoup d'entre eux, ou sans chaussures du tout. Un soldat passa devant eux avec une crête iroquoise rouge vif et des tatouages lui couvrant les deux bras jusqu'au poignet.

Un autre soldat, en uniforme celui-là, s'approcha du type sans chemise et de la colonne de l'équipe médicale. Ils discutèrent quelques instants, et l'homme au torse nu se tourna pour pointer le doigt vers les deux rangers. Le soldat en uniforme hocha la tête et se dirigea vers eux.

Tandis que l'homme s'avançait, Russell vit qu'il portait le grade de lieutenant sur la poitrine et l'insigne de la 82e Aéroportée sur l'épaule gauche. Il était grand et mince, et ses cheveux noirs étaient coupés court en brosse. Il les rejoignit, serra la main de Russell, puis celle de Wheels. Il se présenta et dit s'appeler Kent, mais le nom inscrit sur son uniforme était KELLAM.

— On vous attendait pas avant demain, les gars, dit-il.

Russell ne sut quoi répondre à cela. Il se contenta de hocher la tête.

— Je vous fais visiter ? demanda Kent. On peut vous donner à bouffer si vous avez faim.

Il se tourna et désigna du doigt la tente du mess qui était installée sur leur droite, longue et basse, la toile s'agitant paresseusement dans le vent et dégageant une faible odeur de graisse.

— Oh, allez, faites-nous visiter. On mangera plus tard, dit Wheels.

Il n'avait pas dit "mon lieutenant", mais l'officier ne parut pas le remarquer. Il les escorta le long d'un sentier que des milliers de talons de chaussures avaient parfaitement nivelé. Il y avait le bunker de l'armurerie, leur dit-il. Là-bas, l'approvisionnement. Russell lui demanda où ils pouvaient trouver l'officier commandant, mais leur guide sembla ne pas entendre. Ils longèrent le mur de gabions, à la limite ouest du camp – avec des silhouettes de soldats, des leurres découpés dans du contreplaqué plantés sur les barricades –, et s'arrêtèrent devant une ouverture dans les fortifications ; ils eurent droit à une belle vue sur la vallée en contrebas : une paroi abrupte plongeait sur plusieurs centaines de mètres et se prolongeait par des collines en terrasses vertes. Dans le lointain, on distinguait d'autres montagnes, parsemées de pins, denses dans la brume du matin.

Il demanda au lieutenant s'il leur arrivait d'être sous le feu de tireurs isolés à cette altitude.

Kent tendit le doigt vers un des soldats en contreplaqué sur leur gauche ; Russell jeta un coup d'œil et aperçut les trous de la taille d'une pièce de cinq cents qui perforaient le torse de la silhouette.

— Il y a déjà eu quelqu'un de touché ? demanda Wheels.

— C'est eux qui sont touchés, répondit Kent.

Il les conduisit à l'extrémité nord du camp et à l'entrée principale – des barrières en acier protégées par des mitrailleuses et des barbelés tranchants. Kent leur signala la piste qui montait en lacets jusqu'en haut de la montagne, puis il leur fit prendre un sentier passant près des latrines – des tuyaux en PVC enfoncés dans la terre, le sol humide et des essaims de mouches, et, un peu plus loin, les cabanes en contreplaqué. Un malheureux soldat de 2e classe avait pour mission de brûler leur contenu tous les jours avec du gazole.

Un autre sentier, encore des bunkers, encore des tranchées, une sorte de terrasse où la section avait installé son mortier de 120 aux effets dévastateurs et d'une portée de sept mille deux cents mètres. Un petit passage souterrain aux parois renforcées par des parpaings et des bastaings, puis à nouveau la lumière du soleil de midi et une vue sur la vallée de l'autre côté de la montagne, orientée à l'est cette fois.

Kent dit :

— Le capitaine a établi son camp là, en bas. Ils enverront quelqu'un vous chercher dans les jours qui viennent. Nous ne sommes pas autorisés à descendre sans y être invités.

— Le capitaine Wynne ? demanda Russell.

Kent acquiesça. Il expliqua que la principale raison d'être de la base avancée Dodge était d'assurer la sécurité du camp des Forces Spéciales, en bas.

Tandis que le lieutenant parlait, Wheels s'était hissé sur le mur de grès et se tenait sur la pointe des pieds pour essayer de voir le fond de la vallée par-dessus la rangée de gabions. Quand Kent vit ce qu'il était en train de faire, il lui lança :

— Vous ne pourrez pas voir grand-chose. Pas d'ici.

Wheels se tourna vers lui.

— Et on peut pas descendre, tout simplement ?

— Pas sans autorisation, ce n'est pas possible. Ils enverront quelqu'un. En attendant, on a mis un bunker à votre disposition.

Wheels parut réfléchir à tout ça.

— C'est n'importe quoi, finit-il par dire.

Le lieutenant haussa les épaules. Et il ajouta que c'était comme ça.

Russell s'éclaircit la gorge. Il demanda s'il y avait beaucoup de femmes dans le camp.

Kent le dévisagea un bon moment, le front plissé. Puis son visage se détendit et il se mit à hocher la tête.

— Tout à fait, répondit-il. L'équipe médicale.

— Ouais, dit Russell.

— On nous amène une nouvelle équipe par hélicoptère tous les deux ou trois mois. Parfois, il y a du personnel féminin. Des infirmières ou autres. Étant donné notre situation, on récupère des blessés de toute la zone jusqu'à Bargi Matal. Ils les stabilisent ici avant de les évacuer vers Bagram. Enfin, ils essaient de les stabiliser.

— Je ne savais pas si c'était quelque chose d'habituel, remarqua Russell.

— Je dirais pas que c'est "habituel". Ça arrive.

Ils se retournèrent et regardèrent Wheels. Il était à nouveau sur la pointe des pieds et il essayait d'apercevoir le fond de la vallée.

Ils l'observèrent quelques instants.

— Je vois vraiment pas pourquoi on peut pas tout simplement descendre jusque là-bas, dit-il.

Ils occupèrent leurs journées à jouer aux cartes – au poker, principalement. On avait établi leurs quartiers dans un bunker en parpaings où logeaient trois autres soldats, et ils passaient leurs nuits là, à écouter les loups hurler dans les montagnes environnantes, Russell étendu sur le lit en toile du bas, dont chaque pied trempait dans une boîte à café en métal remplie de kérosène pour empêcher les scorpions d'y grimper. Tous les matins depuis son arrivée, il s'était réveillé avant l'aube et il avait trouvé des paquets de scorpions flottant dans le liquide épais et ambré, certains même étaient encore vivants et se débattaient à la surface. Il fallait vider les boîtes tous les deux ou trois jours, sinon elles se gorgeaient des cadavres de ces bestioles. Il avait entendu des soldats affirmer que se faire piquer, c'était comme se faire poignarder avec une fourchette à découper. Sauf que la douleur ne diminuait pas une fois le dard sorti de la peau. Comme pour tout le reste dans ce pays, le temps ne faisait qu'empirer les choses.

Cette base d'artillerie, par exemple. À part les membres de l'équipe médicale et la poignée de miliciens afghans, le lieutenant Kent semblait être le seul soldat qui portait encore un uniforme. Et même le seul soldat qui portait encore des chaussures. Les Bérets Verts restaient dans leur camp, de l'autre côté de la montagne, et apparemment, on avait demandé à la section de paras de faire comme s'ils n'existaient pas. Russell n'avait toujours pas vu un seul d'entre eux. La pente était trop abrupte pour qu'on puisse apercevoir leur camp depuis cette forteresse au sommet, et il devinait que c'était précisément ainsi que l'avaient voulu les Bérets Verts. Ou planifié, plutôt. Rien de ce que faisaient les Forces Spéciales n'arrivait par accident.

Ici, en haut, tout n'était qu'accident. Imprévu. Confusion. En lieu et place de vrais uniformes, ces soldats combattaient en shorts, sandales et T-shirts sans manches, et les autocollants sur leurs gilets pare-balles – quand ils prenaient la peine de les porter – n'indiquaient pas leur groupe sanguin, mais demandaient "Sur quoi Jésus tirerait-il ?", ou vous disaient "Déchaînez-vous la bite à l'air", ou affichaient une demi-douzaine d'autres slogans susceptibles de vous faire expédier dans des avant-postes plus loin à l'ouest.

Il en discutait avec Wheels en jouant aux cartes quand il leva les yeux et vit un homme en treillis couleur sable descendre les marches de leur bunker. Il portait une casquette de base-ball kaki à l'envers et ses yeux étaient entourés d'une marque blanche de la forme des lunettes qu'il venait de remonter sur son front. Il avait une grande barbe broussailleuse brune et argentée, et ses cheveux touchaient son col de veste sur sa nuque. On ne voyait aucune indication sur son uniforme, à part son groupe sanguin, O POS – pas de grade ni d'insigne de son unité, pas d'étiquette ni de badge annonçant ses qualifications. Il resta debout sans rien dire pendant un moment.

— Vous désirez ? demanda Wheels.

— Je m'appelle Billings, dit l'homme. Commandant en second dans l'équipe de Wynne.

Il fit un geste en direction de leurs lits et leur dit de prendre leur barda.

Russell et Wheels se mirent à lacer leurs chaussures et à remplir leur sac, mais Billings avait déjà fait demi-tour et remonté les marches. Ils se ruèrent tous deux vers la sortie, fourrant leurs affaires dans leur sac à dos et se harnachant.

— À ton avis, il est quoi ? Lieutenant ? murmura Wheels.

— Je pense, oui, dit Russell.

Quand ils émergèrent de l'escalier, Billings était appuyé contre une rangée de sacs de sable et contemplait le camp avec un dégoût à peine masqué. Puis il regarda les deux rangers avec la même expression.

— Prêts ? demanda-t-il.

— Oui, mon lieutenant, répondirent-ils en chœur.

— Pas de “mon lieutenant”, leur dit-il. Excusez-moi de ne pas être monté vous chercher plus tôt. On avait la moitié de l’équipe en mission de reconnaissance.

Il se tourna, se boucha une narine avec l’index et expulsa un jet de morve sur le sol. Il s’essuya le nez du revers de la main et se retourna vers eux pour les examiner. Il leur demanda s’ils étaient en bonne santé et Wheels lui répondit que oui.

— Bien, dit Billings en jetant un dernier coup d’œil au camp. C’est déjà ça.

Le camp d’en bas était constitué d’un ensemble de cabanes en forme de ruches et de bâtiments en torchis et, vu d’une distance de plusieurs centaines de mètres, il ressemblait à un pueblo du XIXe siècle dans un décor de film. Il était niché dans ces lointaines collines, mis à l’abri par une ruse géographique, coupé des routes et des villages indigènes, et protégé par l’avant-poste au-dessus, dans la montagne. Il n’y avait ni gabions, ni tranchées, ni rouleaux de fil barbelé. Russell ne vit même pas le moindre sac de sable.

En descendant le flanc de la montagne, il ne put distinguer que quelques-uns des plus grands bâtiments. Mais le lendemain matin, il fut réveillé avant le lever du soleil par une odeur familière dans l’air, et il sut de quoi il s’agissait avant même d’en avoir la confirmation visuelle. Il se dépêcha de s’habiller, puis de sortir de son abri en torchis, traversa le camp dans le froid vif du petit matin, et là, dans le secteur nord du camp, il vit le corral, un quart d’hectare ceint d’une clôture en lisses où une douzaine de chevaux attendaient d’être étrillés et nourris.

Il s’avança comme un homme en train d’essayer de nouveaux yeux. Cinq chevaux se tenaient au bord de l’enclos, la tête par-dessus la barrière ; quatre d’entre eux le regardaient approcher, l’autre contemplant quelque chose au loin. Deux rouans, deux paint horses* et un arabe magnifique dont la

* Le *paint horse* est un cheval américain à la robe pie.

robe luisait dans la faible lumière de l'aube. Une couche de brouillard d'un mètre environ stagnait près du sol, et Russell fendit cette brume lumineuse qui montait jusqu'à sa taille, s'écartait sur son passage et tourbillonnait derrière lui. Les chevaux l'observaient. Un des paints leva le nez pour humer l'air. Russell vit les naseaux comme du cuir se dilater légèrement puis se contracter, et l'animal fit entendre un petit hennissement qui montait des profondeurs de sa poitrine. Un petit hongre de deux ans. Russell tendit la paume de sa main, le cheval étira son cou vers lui, et Russell passa les doigts dans les poils rugueux sous la mâchoire de l'animal.

— Salut mon gars, dit-il.

Le cheval poussa le bout de son nez sur la main de Russell et s'ébroua. Russell fit courir ses doigts le long de l'encolure. Il vit alors que ce n'était pas un hongre du tout. C'était une petite pouliche.

— Ça c'est un bon cheval, dit-il.

Il recula un peu, escalada la barrière, passa une jambe pardessus la lisse du haut et s'y assit à califourchon. Il regarda les chevaux de l'autre côté du corral, qui allaient et venaient sur la terre nue de l'enclos. D'autres paints et un rouan. La brume se levait, s'évaporant dans la lumière qui s'éclaircissait. Se tournant pour regarder vers le bâtiment bas qui servait d'écurie, il sentit quelque chose contre son épaule, un souffle doux et chaud qui descendit le long de son bras.

Russell passa la main sur l'encolure de la pouliche.

— Tu vas me suivre partout? demanda-t-il au cheval. C'est comme ça que ça va se passer?

La pouliche leva le nez. Elle cligna des yeux, et Russell observa les longs cils battre à plusieurs reprises.

— Ça fait combien de temps que tu n'as pas été montée? dit-il.

Il posa les pieds sur la lisse du bas de la clôture et se mit debout en équilibre instable, les deux mains sur l'encolure du cheval, puis, progressivement, il s'appuya contre lui, essayant de voir quel poids l'animal était prêt à accepter. Le cheval leva le sabot avant gauche puis l'abaissa.

Russell sauta par-dessus la clôture et se retrouva à l'intérieur du corral avec la pouliche. Il frictionna son encolure des deux mains en lui parlant, puis il glissa une main sur son dos. Il sentit un léger frémissement sous son contact, une sensation de peau flasque, puis le relâchement des muscles. Il devinait le soufflet puissant des poumons, inspirant, expirant, et il sut que celui qui avait dressé cette pouliche n'avait pas fait du bon travail. Vraisemblablement, il allait falloir recommencer le dressage depuis le début si on voulait qu'elle accepte la selle. Les deux bras posés sur elle, il prit son élan et se hissa sur son dos.

Il s'était attendu à ce qu'elle se mette à piétiner le sol nerveusement, mais sa seule réaction à la présence d'un cavalier sur son dos fut de s'ébrouer brièvement et de rejeter légèrement la tête en arrière. Doucement, Russell se redressa et resta ainsi un moment, observant les autres chevaux dans le corral et le jour émerger des lambeaux de brume qui se dispersaient. Il caressa l'encolure de l'animal, exerça une légère pression des cuisses, empoigna délicatement la crinière, et le faisant tourner, il le fit avancer vers le centre de l'enclos de terre battue. Le pas de la pouliche était élégant et alerte, et Russell ne cessait de lui parler, lui disant que c'était un bon cheval, qu'elle se débrouillait très bien. La poussant au trot, il fit le tour de l'enclos, et les autres chevaux commencèrent à manifester leur crainte, certains retournant même à l'abri du toit en surplomb de l'écurie. Il fit deux tours avant de ralentir sa monture, tirant fermement sur la crinière, et il la ramena au pas jusqu'à la clôture. Quand il l'eut arrêtée, il se pencha en avant et lui tapota l'épaule plusieurs fois, puis, faisant porter son poids sur la gauche, il balança la jambe droite par-dessus la croupe de l'animal et se laissa tomber au sol.

Il resta là, debout près du cheval, lui caressant l'encolure et continuant à lui parler. Pendant quelques instants, il avait oublié où il était.

Quand il franchit le seuil, la première chose qu'il vit fut Wheels accroupi sur son lit de camp tel un surfeur sur sa planche, les deux mains levées, paumes en avant, comme s'il faisait signe à quelqu'un de s'arrêter. Russell observa son ami un moment avant de lui demander ce qui se passait.

— Tarentule, dit Wheels.

— Quoi ?

— Tarentule, répéta Wheels.

Russell s'appuya contre le chambranle. Une énorme araignée noire et brune traversait le baraquement à quelques pas de leurs lits, avançant à un rythme étrange et troublant. Ils avaient aussi des tarentules au ranch où il avait grandi, mais elles atteignaient à peine la taille d'une tasse à café et elles étaient tellement prudentes qu'on ne les voyait presque jamais. Leur survie dépendait de leur invisibilité. Il ne savait pas de quoi dépendait la survie de cette bestiole-là, mais de toute évidence, cela n'avait aucun rapport avec le fait d'être ou ne pas être repérée. Quelque chose dans sa façon de se mouvoir semblait même inviter l'attention. Russell l'observa traverser le sol en terre battue de leurs quartiers tout en essayant de trouver un moyen de rassurer son ami. Il s'éclaircit la gorge, mais juste à ce moment-là, l'araignée atteignit le mur en torchis et se faufila dans une fissure que Russell n'avait pas remarquée auparavant, et elle disparut.

Wheels pointa le doigt vers le seuil de la porte.

— Là-bas, il y en a une autre qui arrive, dit-il.

Russell pivota. Une deuxième araignée, plus petite que la première, entrait dans le bâtiment, fuyant la lumière du matin.

— Merde alors ! s'écria Russell.

— C'est comme ça depuis un quart d'heure, dit Wheels.

Russell jeta un coup d'œil à son ami. Il était toujours accroupi sur le lit de camp fait de toile et de métal. Russell fit un geste dans sa direction.

— Tu vas déchirer ce truc, dit-il.

— C'est pas pour le lit de camp que je m'inquiète.

— C'est pour ta tête que tu devrais t'inquiéter. Tu pourrais te fendre le crâne en tombant.

Wheels tendit à nouveau le doigt vers l'araignée. Elle avait l'air de suivre le même itinéraire que l'autre, traversant le sol en terre, avant d'arriver au mur et de glisser son corps rebondi dans la fissure.

— Elles n'arrêtent pas d'entrer par la porte et de disparaître dans ce trou. (Il tendit une main vers la porte et l'autre vers la fente.) Elles entrent par là et elles s'enfoncent là-dedans.

— Combien, demanda Russell.

— Quatorze, répondit Wheels. En comptant celle-ci.

— Tu penses qu'il y a un nid, là-dedans ?

— J'en sais rien, dit Wheels, et je veux pas le savoir.

Russell s'éclaircit la voix.

— Bon, dit-il, tu veux descendre de ton pieu et venir manger quelque chose de chaud, ou bien tu préfères rester ici à compter les araignées ?

— Alors on a plutôt intérêt à se dépêcher, dit Wheels.

Ils s'assirent sur le lit de camp de Russell pour lacer leurs chaussures. Deux autres tarentules passèrent et disparurent sous le parpaing. Wheels ne remarqua pas la première, mais quand la seconde entra dans le dortoir, il se leva du lit, une chaussure mise et l'autre à la main, le pied non chaussé sur la terre. Le caporal se tint sur une jambe pour enfiler sa deuxième chaussure. Puis il enfonça sa casquette sur son crâne et sortit du bunker d'un pas lourd, les lacets défaits.

CET après-midi-là, Russell suivit Billings aux écuries, et ils restèrent tous deux là un moment, les bras croisés et un pied posé sur la lisse du bas de la clôture. Dix chevaux étaient groupés de l'autre côté, en train de souffler et de piaffer, et il y en avait deux qui faisaient le tour de l'enclos au petit trot. Plusieurs autres s'étaient repliés sous l'auvent de l'écurie en tôle d'aluminium et regardaient dans leur direction, l'air sombre.

Le lieutenant jeta un coup d'œil à Russell avant de se tourner à nouveau vers les chevaux. Il dit qu'il fallait que ces animaux soient dressés avant le dégel du printemps. Ils avaient besoin de Russell pour faire le travail.

Russell resta silencieux un moment. Ce qu'il venait de vivre au cours du dernier mois tourbillonnait dans sa tête, puis tout commença à décanter lentement et à se mettre en place. Il comprit pourquoi on l'avait amené là. Tout au moins en partie. Une sensation de nausée s'empara de lui ; mais elle fut rapidement submergée par autre chose. Une sorte d'exaltation. Une impression d'ivresse.

— Vous avez besoin de ces chevaux pour les monter ?

— On a besoin d'être en mesure de les monter et aussi de pouvoir tirer sans se faire virer de la selle.

Russell se retourna et dévisagea le lieutenant pendant quelques secondes.

— Vous voulez qu'ils soient dressés comme des chevaux de guerre ?

— Si c'est comme ça qu'on dit. On ne veut pas qu'ils paniquent.

— Dresser des chevaux de guerre, répéta Russell, l'air songeur.

— Vous ne pouvez pas ?

— Je peux, répondit Russell. Ça vous gêne si je vous demande pourquoi ?

— Pourquoi quoi ?

— Pourquoi vous voulez que je les dresse de cette façon.

— Vous mettez la charrue avant les bœufs, lui dit le lieutenant qui désigna le corral d'un mouvement du menton. Nous avons là dix-neuf chevaux. Tout ce qu'on veut, c'est que quinze de nos hommes puissent les monter sans se briser le cou au cas où ils devraient se servir de leurs fusils alors qu'ils sont en selle. Est-ce que c'est assez clair ?

— C'est très clair, mon lieutenant. C'est juste que certains de ces chevaux, on pourrait leur mettre une selle sur le dos tout de suite et faire pratiquement tout ce qu'on veut, et il y en a d'autres, on ne pourra jamais rien en tirer. Ça me faciliterait les choses si je savais ce que vous voulez en faire.

— Caporal.

— Oui, mon lieutenant.

— Je ne suis pas en train de vous communiquer les instructions de mission.

— Bien, mon lieutenant.

— Arrêtez de me donner du "mon lieutenant". Ne vous préoccupez que d'une chose : dresser ces chevaux pour qu'on puisse les monter. Utiliser nos armes en cas de besoin pendant qu'on est sur leur dos. Pas de fioritures. Tourner à droite et à gauche. Reculer. Arrêter. On n'est pas dans un rodéo.

— Et vos hommes ? demanda Russell. Il y en a qui ont déjà monté ?

— La charrue avant les bœufs, encore une fois, caporal.

— Bien reçu, dit Russell.

Il resta silencieux un instant. Puis il demanda au lieutenant comment ils s'étaient débrouillés pour amener les chevaux dans le camp.

— Par hélicoptère, dit Billings. On les a fait venir par les airs depuis le camp de Blessing. Je ne sais pas où ils étaient avant.

— Quoi… dans un Chinook ? demanda Russell.

Billings acquiesça.

— J'aurais bien aimé voir ça, dit Russell.

— Non, vous n'auriez pas aimé, répliqua Billings.

QUAND Wheels s'approcha du corral en buvant sa tasse de café, Russell observait les chevaux, les coudes posés sur le haut de la barrière. Wheels avait vu Russell discuter avec le lieutenant, et il s'appuya contre la clôture à côté de lui.

— De quoi il était question ? demanda-t-il.

— Il veut que je dresse ces chevaux pour pouvoir les monter.

— Est-ce qu'il y en a qui sont habitués à la selle, au moins ?

— Quelques-uns, dit Russell. Il veut que je les familiarise avec les coups de feu, aussi.

Le regard de Wheels était fixé sur les chevaux. Il se posa maintenant sur Russell.

— Pourquoi ça ?

— Il a pas voulu me le dire.

— T'as déjà habitué un cheval aux coups de feu ? demanda Wheels.

— Bien sûr que non.

— Et tu peux faire ça ?

— Je peux.

Wheels y réfléchit quelques instants. Il but une gorgée de café, puis il renversa le reste dans la poussière. Russell se tourna vers lui.

— Est-ce que tu es bon cavalier ? lui demanda-t-il.

— Je suis pas Craig Cameron, dit Wheels avec un haussement d'épaules.

— Tu m'as dit que vous aviez des chevaux, non ? Dans ta ferme ?

— Ouais, dit Wheels en levant l'index et le majeur de sa main droite, on en avait deux. Quand ils sont morts, Papa n'a pas voulu en racheter. Je crois pas qu'il aurait pu supporter de devoir en faire piquer un autre.

Russell hocha la tête.

— Mais tu sais monter ? demanda-t-il.

— Bien sûr, dit Wheels. (Il fit un geste en direction du cheval en train de faire le tour de l'enclos, un alezan avec le bas des jambes blanc.) Il y en a combien qui ont déjà été montés ?

— Aucune idée, dit Russell.

— Mais il y en a ?

— C'est ce qu'on va voir.

Il commença avec Fella, la pouliche qu'il avait montée à cru le matin même. Il demanda au palefrenier afghan qui s'occupait des animaux de mener les autres chevaux dans l'enclos carré situé de l'autre côté de l'écurie. Ensuite, il s'assit à califourchon sur la clôture en lisses du corral et observa la pouliche qui était là, en train de regarder les autres chevaux qui avaient été éloignés. Il se dit qu'au moins ils étaient habitués au licou. C'était déjà ça. Ils s'étaient laissé emmener, ce qui signifiait que quelqu'un, à un moment donné, avait travaillé avec eux. Cela pouvait être une bonne ou une mauvaise chose, tout dépendait de la personne en question, de la manière dont elle l'avait fait et pendant combien de temps. Son grand-père était toujours méfiant quand il s'agissait de faire travailler un cheval qui était déjà passé entre les mains de quelqu'un d'autre, mais là, Russell n'avait pas le choix.

Ils allèrent dans la sellerie, à l'intérieur de l'écurie, où des selles toutes neuves étaient posées sur des chevalets, avec des brides, des longes et des rênes en cuir solide, également toutes neuves. Wheels sortit une couverture et la plia par-dessus la lisse, près de Russell, puis il sortit une des petites selles, au cuir si neuf qu'il crissait. Il la posa en équilibre sur la barrière, à côté de la couverture, puis il resta là, attendant les instructions de Russell.

— Comment tu veux t'y prendre ? demanda-t-il.

Russell ne répondit pas. Il étudiait Fella avec une grande concentration. Elle était superbe dans la lumière de l'après-midi : des taches chocolat sur sa robe blanche, le bas des jambes blanc, une queue marron et blanc. Le visage était marron et une bande blanche descendait d'entre ses yeux jusque sur le nez. Elle portait un licou de marque Gatsby, équipé d'un fermoir et de boucles en laiton, et d'une attache, également en laiton, dans la partie inférieure de la muserolle. Il entendit Wheels s'éclaircir la gorge derrière lui.

— Russ, dit-il.

— Ouais.

— Par quoi tu veux commencer ?

— Par le début, ça serait pas mal, dit Russell, et il passa la jambe par-dessus la barrière et se laissa retomber à l'intérieur du corral.

La pouliche s'était tournée pour lui faire face, et quand ses bottes touchèrent la terre de l'enclos, elle leva un sabot avant. Une oreille se contracta pour chasser une mouche. Russell portait ses Oakley, mais tout en avançant, il remonta ses lunettes de soleil sur son crâne pour que le cheval puisse voir ses yeux. Il tenait la longe de trois mètres dans la main gauche, sans la serrer, et il s'approcha, la main droite levée, sans cesser de parler à l'animal. Il disait "Hé, là" et "Tout doux", et la pouliche baissa la tête, puis la releva, et il accrocha une extrémité de la longe à l'attache du licou, puis il passa la main le long de sa mâchoire, en remontant vers l'encolure. Il la sentait détendue sous sa caresse; elle ne s'était pas encore contractée face à lui, mais elle était sur le qui-vive maintenant, attentive.

Il inséra deux doigts entre la sous-gorge du licou et la peau, puis il attira la tête de l'animal contre sa poitrine avec précaution. Le licou avait été un peu trop serré, et à chaque fois qu'il tirait dessus, un frémissement parcourait les côtes du cheval: on le voyait naître dans son épaule, puis se propager comme des ondulations à la surface d'un étang.

— Ça fait combien de temps que tu as ça? demanda-t-il au cheval.

Il déboucla la têtière, desserra la sangle d'un cran et referma la boucle. Il tira une nouvelle fois sur la longe en observant le cheval, puis il recommença la manœuvre, reculant la sangle d'un cran supplémentaire. Il regarda le cheval dans les yeux.

— C'est mieux comme ça, hein?

Il sentait le souffle chaud de la pouliche sur son avant-bras. Il se retourna pour voir Wheels appuyé contre la clôture.

Wheels lança:

— Ça l'irritait, tu penses?

— Ouais, dit Russell en se tournant vers le cheval.

Il lui passa plusieurs fois la main en travers de l'encolure, puis il vint se placer sur le côté et lui caressa l'épaule et le flanc. Elle ne tressaillit même pas, mais quand il transféra la longe de sa main gauche à sa main droite et qu'il la fit glisser sur son arrière-train marron, elle s'écarta vivement de lui en secouant la tête.

— T'as vu ça ? dit Russell.

— J'ai vu, dit Wheels.

Russell enroula à nouveau la corde autour de sa main gauche et resta là, soufflant un peu. Elle était tendue, maintenant, ses muscles se contractaient sous sa peau.

— Mais oui, lui dit-il, je comprends.

Il lui donna du mou et recula de quelques pas. La pouliche le regarda quelques instants, parfaitement immobile. Puis elle cligna des yeux et releva légèrement la tête, les naseaux humant l'air. Elle fit un pas en direction de Russell, bientôt suivi d'un autre. Elle s'arrêta, hésitante. Puis, d'un pas prudent, elle vint flairer la main de Russell.

— Ça alors, s'exclama Wheels.

Russell se retourna et lui sourit. Revenant au cheval, il laissa glisser la corde dans sa main droite, environ deux mètres, et se mit à faire tournoyer ce long morceau de manière qu'un bout vienne toucher l'arrière-train de l'animal. Celui-ci recula immédiatement et tourna sur lui-même dans le sens contraire des aiguilles d'une montre ; Russell le suivit, sans cesser de faire tourner la longe dont l'extrémité effleurait tout juste le grasset du cheval, visant toujours cet endroit, bien qu'il touchât parfois la pointe de la croupe ou la jambe. Autant l'animal se décontractait quand Russell le caressait, autant il frissonnait au moindre contact de la corde. Il décrivait des cercles, Russell le suivait et faisait tourner sa corde qui le touchait à peine, l'effleurait à chaque passage, le bout de la longe décrivant un arc de cercle dans les airs et frôlant toujours la même partie de la cuisse arrière gauche.

Quand il arrêta de faire tournoyer la corde, le cheval s'arrêta aussi – il s'arrêta et resta là, les oreilles agitées de spasmes, la queue se balançant. Il n'était pas encore énervé, simplement un peu perplexe, et Russell prit alors le temps de s'approcher et de lui frotter le cou, l'épaule et le flanc de sa main droite. La pouliche souffla et secoua brièvement la tête. Au bout de quelques minutes de ce traitement, Russell se tourna pour regarder Wheels.

— C'est pas la première fois que tu fais ça, dit Wheels.

Russell confirma d'un signe de tête. Il demanda à Wheels s'il avait vu les barrières métalliques dans l'écurie.

— Ouais, répondit Wheels. Il y en a tout un tas. Un mètre cinquante de long sur un mètre vingt de haut. On dirait qu'elles n'ont jamais été utilisées.

— On va les sortir, dit Russell.

Wheels jeta un coup d'œil par-dessus son épaule en direction de l'écurie.

— Quoi, dit-il, tu veux construire un corral circulaire ?

— Un corral circulaire, dit Russell.

Ils passèrent le reste de la journée à tirer les barrières galvanisées hors de l'écurie et à les entasser contre la clôture en bois. Chacune de ces barrières pesait six à sept kilos, et elles étaient attachées par paquets de huit avec du cordon à parachute. Au début, ils coupaient le cordon et les portaient deux par deux, mais par la suite, Wheels se mit à les agripper par paquets entiers et à les traîner à l'extérieur, et Russell l'imita. Quand ils les eurent toutes sorties, ils coupèrent les cordons, défirent les paquets et commencèrent à attacher les barrières l'une à l'autre, ajustant les tubes de connexion et insérant une goupille de trente centimètres de long avant de passer à la jonction suivante, puis à la suivante encore. À la tombée de la nuit, ils avaient utilisé les trois quarts des barrières et construit un corral circulaire d'une cinquantaine de mètres de diamètre, juste à côté de la clôture en lisses. Ils restèrent un instant à contempler leur ouvrage, puis ils regagnèrent la tente du mess pour le dîner.

De nouveau, Russell se leva avant l'aube et se rendit à la sellerie pour mettre de l'ordre dans les longes et les cordes, les étriers, les mors et les brides, s'accommodant de l'obscurité qui régnait dans l'écurie grâce à une petite lampe torche coincée entre ses dents. Il jeta une selle sur son épaule, ramassa le tas de couvertures et de cordes, transporta l'équipement jusqu'au corral circulaire et le déposa dans un coin. Puis il alla chercher Fella.

Quand Wheels se présenta au corral une demi-heure plus tard, Russell avait déjà attaché le cheval à la longe et faisait à nouveau tournoyer la corde. La pouliche pivotait encore dans le sens contraire des aiguilles d'une montre, mais elle ne frissonnait plus au contact de la corde et Russell avait réussi à faire disparaître la peur de ses yeux. Wheels resta tranquillement à boire son café, observant son ami faire tourner l'animal plusieurs fois, puis le caresser, avant de recommencer la même manœuvre. Russell continua ainsi jusqu'au moment où le cheval resta immobile, se contentant de cligner des yeux lorsque la corde lui effleurait le flanc. Russell laissa tomber la longe et se mit à le frictionner partout. Quand il reprit la longe, il changea de direction et commença à travailler de l'autre côté, le faisant tourner vers la droite, dans le sens des aiguilles d'une montre cette fois, l'animal se montrant à nouveau inquiet, aussi effrayé par la corde que s'il ne l'avait jamais sentie sur sa peau.

Lorsque le soleil apparut au-dessus des crêtes, dans les montagnes à l'est, Russell en était au point où la corde qui tournoyait faisait simplement pirouetter la pouliche, mais ne provoquait plus de frisson ni le moindre tressaillement. Il la frictionna encore une fois en lui parlant, et quand il se retourna, il vit un des Bérets Verts de l'équipe de Wynne debout près de Wheels, au bord du corral. Il lui fit un signe de la tête et l'homme lui répondit de la même manière, puis Russell s'adressa à Wheels.

— J'aurais besoin de quelque chose de rouge. Et aussi d'un bâton grand comme ça, dit-il en levant la main un peu au-dessus de sa tête pour indiquer la longueur.

— Rouge ? demanda Wheels.

— Ouais.

— Ça va pas être simple, répondit Wheels, mais l'homme près de lui intervint.

— Ça peut être du tissu ?

— Ça peut être pratiquement n'importe quoi, répondit Russell.

— J'ai un T-shirt rouge, lui dit le gars, les lèvres s'incurvant vers le côté gauche de son visage.

Il avait une longue barbe brune, comme Billings, et comme Billings, ses cheveux descendaient jusqu'au col de sa veste et il portait une casquette de base-ball pour empêcher sa frange de retomber sur ses yeux.

— Ça ne fait rien si je le déchire ? demanda Russell.

L'homme secoua la tête.

— Un instant, je vais le chercher.

Russell détacha la longe du licou, frottant la joue du cheval de la main, puis il s'éloigna et grimpa par-dessus une des barrières. Il se dirigea vers un petit bouquet de saules au bord du ruisseau, à l'extrémité nord du camp, choisit une longue branche de plus d'un centimètre de diamètre, sortit son couteau de sa poche, l'ouvrit d'un coup de pouce et sectionna la branche. En revenant vers le corral, il débarrassa son bâton des petites branches et se tailla une baguette de plus de deux mètres. Le soldat barbu était de retour avec son T-shirt. Russell le remercia et se mit à déchirer le vêtement. Le Béret Vert dit s'appeler Pike et les trois hommes se serrèrent la main. Quand on lui adressait la parole, il tournait légèrement la tête pour mettre son oreille gauche en avant, comme s'il était sourd de l'autre. Russell découpa un morceau du T-shirt de Pike en forme de fanion et, après avoir fendu l'extrémité la plus fine de sa baguette, il y inséra le bout de tissu. Il coupa un autre bout de tissu pour solidifier son drapeau de fortune, puis il saisit le bâton par le gros bout et le brandit en l'air. Il l'agita encore plusieurs fois, puis, l'air satisfait, il s'approcha du corral.

Il prit son temps avec elle. Il fallait voir comment il parlait à la pouliche, comment il s'arrêtait pour lui passer la main sur l'encolure, il fallait voir comment elle s'apaisait sous ses caresses. À aucun moment, il ne donnait l'impression de vouloir se hâter. À aucun moment, il ne donnait l'impression de s'énerver. Si elle faisait ce qu'il attendait de lui, il la caressait et la frictionnait, et dans le cas contraire, il la faisait travailler jusqu'à ce qu'il y parvienne. Il utilisait la baguette avec le drapeau, maintenant, agitant le morceau de tissu rouge d'avant en arrière, amenant le cheval à pivoter pour s'en écarter – dans le sens contraire des aiguilles d'une montre, à nouveau –, lui touchant le flanc avec le bout de la baguette, très légèrement, et gardant la longe dans l'autre main. Il lui faisait faire un tour complet, puis un autre et, juste au moment où les oreilles de l'animal commençaient à tressauter, il arrêtait, le caressait et lui disait qu'il se comportait très bien. Puis il se remettait au travail avec le drapeau, l'agitant d'avant en arrière jusqu'à ce que la pouliche se mette à piétiner, alors il la caressait pour calmer ses craintes, et il reprenait ainsi, pour obtenir qu'elle restât immobile tandis qu'il agitait le drapeau et qu'il la touchait et la caressait avec le morceau de tissu rouge. Ensuite, il changeait la baguette et la longe de main pour travailler de l'autre côté : tout exercice exécuté d'un côté de l'animal devait être répété de l'autre côté.

Quand il se retourna pour regarder Wheels et Pike, deux autres Bérets Verts étaient là, à côté d'eux, et observaient la scène, les bras croisés. Russell alla poser la baguette contre une des barrières en métal et revint vers le cheval avec la longe.

Il commença par former une boucle avec la corde autour de la jambe avant gauche de la pouliche, la saisissant à deux mains et la faisant glisser sur l'intérieur du paturon et du boulet, avant de remonter jusqu'à la châtaigne et l'avant-bras, puis de redescendre. Le cheval suivit toute cette manœuvre comme s'il en était curieux. Il baissa la tête et renifla la veste de Russell, puis il fourra le bout du nez dans son cou. Russell le repoussa très gentiment, balança l'autre bout de la longe par-dessus le dos de l'animal et le passa sous son ventre, puis il serra la corde autour de lui, à l'endroit exact où se trouverait la sangle de la selle, la plaquant fermement contre sa peau, puis il lança la longe plus loin, sur le rein, là où la sangle arrière serait bouclée, la laissant descendre sur le flanc, puis sur les jambes arrière. Immédiatement, le cheval bondit en avant et se mit à décrire des cercles dans le sens contraire des aiguilles d'une montre, plus vite qu'il ne l'avait fait auparavant. Russell le laissa trotter un instant, puis il tira sur la longe et l'immobilisa.

— On dirait que t'as trouvé le point sensible, hein ? dit Wheels.

— Ouais, répondit Russell avant de se remettre à l'ouvrage.

Il lança la corde par-dessus le dos de l'animal, l'attrapa en dessous, continua jusqu'à son flanc et descendit à nouveau le long de ses jambes arrière. Cette fois, quand la pouliche commença à bouger, il la maintint avec la boucle de la longe passée autour de son ventre et de sa croupe, la main gauche toujours près des naseaux, où la longe était attachée au licou. Il tourna en même temps qu'elle, une main accrochée à la corde sous le nez de l'animal et l'autre agrippée à la boucle qu'il avait faite sur son flanc, comme s'il faisait tournoyer le cheval aux deux bouts de la corde à la façon d'un père qui fait tournoyer son enfant en le tenant par les bras. Il la laissa porter la corde, la contrôlant de la main gauche au licou, et ils tournèrent ainsi sans s'arrêter : une fois, deux fois, trois fois, et une quatrième. Il se mit à lui lancer des "Ho ! Holà !", et elle continua à décrire des cercles, il l'encouragea à nouveau et lui dit qu'elle se débrouillait très bien. Puis elle s'immobilisa, soufflant, le cou relevé pour pouvoir l'observer. Russell n'allait pas lui faire de mal, mais le cheval ne le croyait pas nécessairement et, comme n'importe qui d'autre, il ne savait que ce qu'il savait.

Russell répéta encore la même manœuvre, puis une fois de plus, avant de changer de direction et de faire travailler la pouliche vers la gauche, la rendant docile, obtenant d'elle qu'elle accepte la corde sur son flanc et sa jambe, la queue se balançant tout le temps, signe qu'elle était désormais agitée, impatiente. Quand il en eut terminé avec cela, il redonna toute sa longueur à la longe, retourna à la barrière où il prit la baguette avec le fanion. Il se retourna et, touchant l'arrière-train du cheval avec le morceau de tissu, il le fit démarrer et trotter le long des barrières du corral. Tandis que la pouliche décrivait ce grand cercle, Russell restait au centre, agitant le petit drapeau derrière elle à chaque fois qu'elle commençait à ralentir. Puis il cria "Ho! Holà!" et la fit s'arrêter; il mit un genou à terre à quelques pas d'elle, reprit son souffle et lui laissa le temps de se ressaisir.

Au bout de quelques instants, il jeta un coup d'œil à Wheels.

— Tu peux m'apporter cette couverture?

Wheels fit oui de la tête.

— Tu veux la selle aussi?

— Non, seulement la couverture pour l'instant, répondit Russell.

Un des nouveaux spectateurs s'éclaircit la gorge avant de demander:

— Tu vas la monter?

— Ça dépend, dit Russell. Je veux d'abord voir comment elle réagit à la couverture. Je ne sais pas si elle a déjà été sellée. Peut-être qu'elle ne l'acceptera même pas.

— Elle a donné un coup de sabot au sergent Boyle quand ils les ont amenés au camp, l'informa le type.

— Ah oui? dit Russell. Et qu'est-ce qu'il faisait, le sergent Boyle?

— Il était derrière elle, il essayait de la faire entrer dans l'enclos. Il a tapé dans ses mains, histoire de la faire avancer et elle a décoché une ruade.

— C'est le genre de chose qui arrive, dit Russell.

L'homme hocha la tête, comme pour dire qu'en tout cas, c'était bien arrivé. Ils étaient quatre, maintenant, sans compter Wheels. Tous barbus, tous ayant besoin d'une bonne coupe de cheveux, tous bâtis exactement de la même façon: ils n'avaient pas le corps mince et athlétique de la plupart des sauveteurs-parachutistes et des rangers, mais plutôt celui des haltérophiles – tout dans le cou, les épaules et la poitrine. Des muscles pour le seul plaisir d'avoir des muscles, aurait pu dire Wheels, mais Wheels n'allait pas le leur dire en face, et Russell pensa que s'ils avaient envie de porter tout ce poids supplémentaire, c'était leur affaire.

Wheels escalada la barrière métallique et tendit la couverture à Russell. Elle était vert chasseur à rayures rouge sombre – 75x75 cm, en acrylique. On avait enseigné à Russell qu'il ne fallait jamais utiliser de fibres synthétiques sur ses chevaux, seulement de la laine et du cuir. S'il ignorait comment la pouliche allait réagir, il imaginait que cela n'avait de réelle importance que si elle était déjà habituée à d'autres matières, mais pour autant qu'il pût en juger, ce cheval n'était pas habitué à grand-chose. Il s'approcha d'elle, la longe dans une main et la couverture dans l'autre. Il la laissa le renifler à nouveau, puis il lui fit renifler la couverture. Elle eut un léger mouvement de recul quand les poils de ses naseaux touchèrent le tissu, mais elle le flaira une seconde fois et ne sembla pas s'en offusquer.

— Couverture, dit-il au cheval. Ne te fera pas de mal.

Il leva la couverture pour la mettre en contact avec son cou. Il la fit glisser sur son épaule et la frotta sur son flanc.

— Tu vois, dit-il. Couverture.

Le cheval tendit le cou pour le regarder. Une oreille pivota puis se tint bien droite, comme l'oreille d'un chien de garde.

— Tout va bien, dit-il. Ne sois donc pas si peureuse.

Il continua à frotter la couverture sur le flanc du cheval, sur sa croupe, puis sur ses reins, avant de repartir en sens inverse et de remonter jusqu'aux poils de ses naseaux. L'animal tremblait à chacun des petits mouvements circulaires, puis il commença à moins frissonner et, pour finir, il resta tout simplement immobile, les oreilles tressaillant à peine. Russell posa la main sur sa hanche et passa derrière lui pour se poster côté droit, où il refit les mêmes gestes depuis le début. Quand il eut terminé, il demanda à Wheels de lui apporter la selle.

Un des Bérets Verts se tourna vers son voisin et dit :

— Il fait ça pour préparer le cheval à accepter la selle.

— Sans déconner ! répondit l'autre.

Wheels attrapa la selle par la corne et le troussequin, et après avoir à nouveau escaladé la barrière, il la tendit à Russell. La couverture était maintenant sur le dos du cheval et Russell s'avança près de lui, balança la selle et la plaça sur la couverture. La pouliche ne bougea pas. Russell s'était presque attendu à la voir refuser la selle, tout au moins la refuser au premier essai, mais elle ne sembla pas gênée par le poids – entre quinze et vingt kilos, peut-être. Il laissa la sangle pendre pendant quelques minutes, sans la boucler. Il parla à l'animal, le caressa, à gauche et à droite, et ensuite il revint passer la main sous le ventre, saisit la sangle et l'inséra dans la boucle. Puis il recula et observa le cheval.

— Ça va bien ? lui demanda-t-il.

La pouliche resta immobile. Son oreille droite tressaillit une première fois, puis une deuxième. Elle donna un petit coup de queue.

— Si tu as l'intention de faire quelque chose de dingue, dit Russell, j'aimerais autant que tu le fasses maintenant.

Mais le cheval ne fit rien et après avoir patienté une minute de plus, Russell se pencha, serra la sangle, attendit que le cheval ait expiré, puis il boucla la sangle et se redressa.

— Et maintenant ? entendit-il un des Bérets Verts demander.

Russell se retourna et regarda la rangée de soldats debout le long de la barrière, un pied posé sur le barreau du bas. C'était en train de devenir une démonstration improvisée, mais Russell ne pouvait pas se préoccuper de cet aspect des choses. Il avait appris, bien longtemps auparavant, à ne pas essayer de faire impression sur les gens, surtout quand il était question de chevaux. Se préoccuper de faire impression sur le cheval était déjà bien suffisant. Ou de lui faire comprendre vos intentions. Que vous n'alliez pas le maltraiter. Que vous alliez vous montrer ferme et juste. Quelle que soit votre formation, vous aviez devant vous des animaux d'une demi-tonne, et ils allaient être comme ils allaient être et pas autrement. Russell empoigna la corne de la selle d'une main, posa le pied gauche dans l'étrier, se hissa le long du flanc de la pouliche et la laissa sentir son poids. Il tendit la main droite pour lui caresser l'encolure.

— Qu'est-ce que tu en penses ? lui demanda-t-il. Tu n'aurais pas envie de faire quelques tours ?

Le cheval restait calme sous lui. Ses oreilles étaient détendues et sa queue pendait, bien droite. Il se pencha en travers de son dos, se redressa et sortit partiellement le pied gauche de l'étrier, au cas où il lui faudrait se laisser glisser au sol. Après avoir attendu quelques instants, il lança la jambe droite par-dessus la croupe, trouva l'étrier de l'autre côté, et s'assit sur la selle. La pouliche piétina la terre et secoua légèrement la tête. Puis elle se calma. Russell prit les rênes, exerça une pression avec les cuisses et il lui fit faire quelques pas. Suivis de quelques autres. Il tendit la main et lui tapota le cou.

— Ça te convient comme ça ? lui demanda-t-il.

Le cheval s'ébroua, projetant un jet de vapeur dans l'air frais des montagnes. Russell le remit au pas, lentement, et ils longèrent la barrière du corral, sans qu'il cesse de lui parler, lui donnant l'ordre de s'arrêter, puis de repartir, de faire demi-tour pour effectuer le chemin en sens inverse. Au bout de cinq minutes, il l'avait mis au trot, et cinq autres minutes plus tard, il allait au petit galop, accomplissant ainsi deux fois le tour du corral avant de repasser au trot, rebondissant au rythme de l'allure à deux temps. Wheels l'observa tirer très légèrement sur les rênes, exercer une pression tout aussi légère avec ses pieds. Il semblait décider du moindre des mouvements de l'animal. Il semblait le contrôler avec ses cuisses. Il était assis parfaitement droit, les yeux regardant au loin, le menton levé, faisant trotter la pouliche de manière que ses sabots laissent des marques en demi-lune sur la terre molle du corral. Puis il commença à la ralentir. Ensuite, il la mit au pas jusqu'au centre de l'enclos, la fit tourner deux fois, trois fois, avant de l'immobiliser. Les hommes qui encadraient Wheels souriaient et l'un d'eux gloussa en secouant la tête.

Wheels se pencha pour cracher.

— Tu peux faire aller les pieds de ce cheval n'importe où, hein ?

— Ce sont *mes* pieds, répondit Russell.

Deux jours plus tard, Russell commença à travailler avec le cheval suivant, un akhal teke, une des plus anciennes races, dont il ne reste que trois mille cinq cents spécimens vivants dans le monde. L'étalon était doré du bout du nez jusqu'au dernier poil de sa queue – dix-sept paumes de haut et une conformation parfaite. Un cheval étonnant, sans défaut et puissant, mais un cheval à demi sauvage, caractérisé par une nervosité innée, et il s'en fallait d'un rien qu'il fût agressif. Ce qui signifiait qu'on l'avait rendu ainsi, car aucun cheval n'en arrivait là tout seul. Russell décida de travailler avec lui très lentement, un peu chaque jour. Il passa à l'arabe – aussi doux qu'on puisse être en droit de l'attendre d'un animal –, puis il commença avec un autre paint, lui faisant faire le tour du corral circulaire, avant de travailler avec la longe et le fanion.

L'après-midi de ce quatrième jour, il reprit les exercices avec l'akhal teke. Sur un des côtés du corral s'alignait son public de Bérets Verts, au nombre de cinq, l'équipe de Wynne maintenant présente dans le camp au grand complet à l'exception de Billings. Wheels se tenait à l'écart, tel l'aide du magicien, les bras croisés, hochant la tête d'un air sagace quand Russell réussissait quelque chose qui semblait faire progresser le cheval. On ne fouettait pas un cheval. Il fallait éviter tout ce qui pouvait provoquer une douleur. On n'imposait que la discipline, et la discipline bien comprise était un art à part entière. Il fallait être un artiste. Un exercice qui ne convenait pas était perçu par le cheval comme une corvée ; un exercice bien adapté devenait un divertissement. Ce qui était inadapté était difficile ; ce qui était approprié était facile. Ce qui était inadapté provoquait une pression ; ce qui était approprié entraînait un relâchement.

L'étalon trottait dans la lumière de l'après-midi, le soleil mettait le feu à sa robe caramel qui miroitait comme si elle était faite d'un métal bruni et lustré. Il avait le bas des pieds avant et arrière couleur bronze. Une fine bande blanche descendait sur son chanfrein. Des paillettes dorées lui couvraient le dos, et ses flancs étaient parsemés de pièces d'un or plus sombre.

Il tournait dans le corral en soufflant par les naseaux et en secouant la tête, tandis que Russell lui parlait sous le regard attentif des soldats derrière la barrière.

— Te voilà avec un sacré cheval sauvage sur les bras, lui dit Wheels.

Russell se pencha et cracha par terre. Il tendit une main pour que Wheels lui passe le fanion, et l'étalon fit nerveusement quelques pas en arrière. Il observa Russell un moment. Puis tout à coup il bondit en avant et essaya de l'atteindre, prêt à mordre.

Russell eut l'impression de voir la scène se dérouler au ralenti – le cheval qui se jette sur lui, le cou tendu, la tête projetée, les muscles striés sous la robe dorée et la bouche grande ouverte, les dents d'un blanc éclatant, écartées comme les mâchoires d'un piège à loups, puis qui se referment dans un claquement sourd et humide tandis que lui-même s'écarte et plonge sur sa droite, se dérobant à la manière d'un boxeur qui esquive le direct de son adversaire.

— Nom de Dieu ! hurla Wheels, en même temps que les autres s'exclamaient et échangeaient quelques murmures.

L'étalon pivota et se remit face à Russell, mais celui-ci avait déjà reculé jusqu'au bord du corral, lançant une jambe par-dessus la barrière pour s'y asseoir à califourchon. Pendant quelques instants, il observa le cheval qui se tenait devant lui dans la lumière du soleil, balançant la queue.

Russell tendit le doigt vers l'animal. Il jeta un coup d'œil vers Wheels et Pike, ainsi que vers les autres Bérets Verts derrière la clôture.

— Personne ne monte ce cheval à part moi.

— Je crois que t'as pas à t'en faire à ce sujet, dit Pike, ce qui les fit tous rire.

Tous sauf Russell. Il ne quittait pas l'étalon des yeux. Il demanda à Wheels d'aller lui chercher le mors Kimblewick à l'écurie.

— Qu'est-ce que j'ai dit, un cheval sauvage ? demanda Wheels. En fait, c'est à un alligator que je pensais.

— Apporte-moi le Kimble, dit Russell.

Wheels haussa les épaules, enleva son pied du bas de la clôture et se dirigea vers l'écurie. Russell surveillait toujours l'étalon en se frottant la mâchoire de la paume de la main.

— Cette bête aurait pu t'enlever un morceau du visage d'un coup de dent, lui dit un des gars.

Russell hocha la tête.

— Qu'est-ce que tu comptes faire ? lui demanda un autre.

Russell secoua la tête. Un cheval se léchait les lèvres quand il était à l'entraînement, mais celui-ci ne se léchait pas les lèvres du tout. Il tourna la tête et vit Wheels qui revenait de l'écurie avec le Kimblewick à la main. C'était une sorte de mors de bride, même si la plupart des gens ne le considéraient pas comme tel, ou en tout cas pas comme un mors de bride traditionnel. Avec un Kimblewick à encoches, il était possible d'exercer un effet de levier sur la bouche de l'animal et de l'obliger à faire attention. Le tout était de parvenir à l'introduire dans la bouche du cheval. Et même dans ce cas, il ne servait à quelque chose que si le cheval était sellé et le cavalier bien installé sur son dos.

Wheels fit le tour et lui tendit le mors ; Russell resta assis, tenant le mors par les anneaux en forme de D et faisant fonctionner l'articulation. Il allait falloir l'attacher aux rênes et au licou, enlever de l'étalon le licou déjà en place et lui enfiler le nouveau sur la tête, puis lui faire accepter le Kimble. Cela ne l'empêcherait pas de mordre et encore moins de ruer. Il imagina le cheval sur ses jambes de derrière, cabré à la verticale, les sabots avant martelant l'air. Il chassa cette image de son esprit.

Au début de la soirée, il avait réussi à enlever le premier licou, à installer le nouveau et à mettre le Kimblewick en place. Ils avaient sellé l'étalon, qui se tenait maintenant de l'autre côté du corral, la tête basse, l'oreille gauche agitée de tressautements. Les muscles situés le long de son épaule se contractaient et se relâchaient sans cesse. Russell alla jusqu'au bord du corral et posa la baguette avec le fanion contre la barrière, laissant filer la longe tandis qu'il marchait, sans jamais quitter le cheval des yeux. Wheels l'observa s'approcher de l'étalon et le frotter de la main sous le menton et sous la gorge, faire un pas pour se mettre sur sa gauche, lui frictionner l'encolure en lui disant que c'était un gentil cheval. Mais l'étalon n'avait pas l'air gentil. Il semblait plutôt sur le point d'exploser. Russell ne paraissait pas le remarquer. Il était là, en train de lui parler. Puis il plaça son pied gauche dans l'étrier, attrapa la corne de la main gauche, le troussequin dans la droite, se hissa sur le flanc du cheval, se penchant légèrement au-dessus de lui, debout sur un seul étrier. Aussitôt, l'animal se mit à marcher de côté et puis à tourner, tandis que Russell continuait à lui parler calmement.

Wheels ne perdait rien du spectacle. On aurait dit que l'homme et le cheval étaient entraînés dans une danse complexe : Russell, juché le long du flanc gauche de sa monture, faisait claquer sa langue, tandis que l'étalon rejetait la tête en arrière et tournait, puis recommençait, décrivant des cercles de plus en plus grands, ses sabots soulevant des nuages de poussière dans la lumière du soir qui s'avançait. Puis, tout aussi soudainement qu'il avait commencé à bouger, le cheval s'arrêta. Il s'arrêta et demeura immobile, la poussière traversant le corral en direction de l'est, fuyant le soleil couchant dans une nuée de fumée rouge. Russell attendit quelques instants que l'animal se calme. L'air était vif. Un oiseau siffla. Russell hocha la tête plusieurs fois, balança la jambe droite et glissa son pied dans l'étrier avant de s'asseoir sur la selle. Il se pencha en avant, prit les rênes puis tendit la main pour tapoter le cou du cheval.

— Brave garçon, lui dit-il.

Il avait à peine articulé ces mots que le cheval donna une violente ruade. Cela vint sans avertissement, les jambes de devant et celles de derrière se rapprochèrent et les jambes arrière se détendirent brusquement, battant l'air en tournant, en quelque sorte, tandis que Russell essayait de se pencher en avant et de s'aplatir sur l'encolure, d'abaisser son centre de gravité sur l'étalon qui pirouettait de plus en plus vite, ressemblant, l'espace d'un éclair à un skateur en train d'exécuter une figure en vrille, le mouvement estompant les contours de l'homme et du cheval. Puis, sortant de ce tourbillon enfin ralenti, ils apparurent à nouveau distincts, Russell toujours en selle, les dents serrées, tirant sur les rênes pour diriger vers la gauche l'étalon dont les pas étaient de plus en plus amples maintenant, tête baissée, sous le regard des soldats alignés derrière la clôture qui suivaient la scène comme des hommes suivent un combat – les yeux écarquillés, étonnés – avec, dans l'air, quelque chose qui tenait de la révérence, un rituel activé dans le sang, et pendant tout ce temps, Russell, apparemment sur le point d'être désarçonné, continuait à diriger les mouvements de sa monture, d'une pression des cuisses, d'une secousse sur les rênes.

Quand il redressa le cheval et le remit dans la bonne direction, l'étalon allait au petit galop, et tournait dans le corral dans le sens contraire des aiguilles d'une montre, tandis que Russell rebondissait sur la selle, tirant sur les rênes à petits coups secs. L'étalon secoua sa tête massive et s'ébroua, mais il commença à ralentir, se mit au trot, puis au pas. Russell lui disait que c'était "bien" et qu'il était "un bon cheval", mais les yeux de l'animal étaient fous de terreur, et sous le regard de Wheels, Russell refit le tour du corral, puis recommença encore une fois. Il fit un troisième passage, puis tira sur les rênes plus sèchement et le cheval s'avança vers le centre de l'enclos où il s'arrêta. La température avait chuté et de la vapeur s'élevait de la robe de l'animal comme une émanation susceptible de prendre feu. Il balança la queue et s'ébroua en projetant un nuage de buée dans l'air du soir. Puis il resta immobile.

Il y eut quelques instants de silence. On entendait le bruit de soufflet des poumons du cheval tandis qu'il inspirait puis expirait, aspirant l'air, puis le relâchant, dans une imitation de locomotive à l'arrêt. Quelqu'un se racla la gorge. Et les hommes se mirent à applaudir.

Russell leva les yeux vers les silhouettes qui tapaient dans leurs mains. Certains secouaient la tête et l'un d'entre eux inséra le pouce et le petit doigt aux commissures de ses lèvres et donna un coup de sifflet aigu. L'étalon releva la tête. Russell lança un coup d'œil vers la rangée de spectateurs et vit Wheels lui faire un signe approbateur. Près de lui, il remarqua la femme de l'équipe médicale qu'ils avaient rencontrée dans l'hélicoptère.

Elle se tenait là, les bras croisés et une expression étrange sur le visage. Russell descendit de cheval, emmena sa monture à l'autre bout du corral et il confia les rênes au garçon d'écurie afghan qui attendait là. L'homme porta le bout des doigts à son front et inclina légèrement la tête ; Russell lui rendit la politesse.

Quand il revint vers l'endroit où se trouvait la jeune femme, les hommes s'étaient dispersés et Wheels s'éloignait en direction de la tente du mess avec deux Bérets Verts, allongeant le pas entre les soldats à la stature imposante et gesticulant avec vivacité. Russell s'avança et épongea la sueur sous ses yeux avec le revers de sa manche de chemise. Il lui demanda comment elle allait.

Elle jeta un regard vers le garçon d'écurie afghan qui conduisait l'étalon à l'intérieur. Puis elle se tourna vers Russell.

— Les chevaux, dit-elle, comme si elle venait de se plonger dans un rêve.

Russell acquiesça.

— C'est la raison de votre présence ici ?

— Oui, m'dame.

Elle resta là sans bouger, la lumière qui déclinait faisant ressortir le vert de ses yeux. Elle était maquillée. Pas beaucoup. Un peu d'eye-liner, de mascara et de ce truc que les femmes se mettent sur les joues. Elle avait des traits délicats et très fins qui semblaient trahir une sorte de lutte intérieure, des sourcils froncés, et une intense concentration se lisait sur son visage. Puis ses muscles se relâchèrent et elle tendit la main.

— Je m'appelle Sara, dit-elle.

— Elijah, répondit-il en tendant la sienne.

La main de la jeune femme était menue, douce et un peu froide.

— Je ne savais même pas qu'on utilisait des chevaux.

Russell ne put décider si c'était une question. Il lui demanda s'il pouvait faire quelque chose pour elle.

Elle croisa les bras sur sa poitrine et parut frissonner légèrement.

— J'étais censée apporter des antibiotiques au sergent Bixby, répondit-elle, mais ils m'ont dit qu'il n'était pas là.

Russell hocha la tête. Il lui dit qu'il était surpris de la voir encore dans le camp.

— Ils n'arrêtent pas de nous dire qu'ils vont nous renvoyer à Kaboul, mais vous connaissez la musique.

— Dépêchez-vous de patienter.

— Dépêchez-vous de patienter, répéta-t-elle.

Il l'étudia attentivement. Une silhouette agréable, une pâleur de porcelaine. L'air un peu fragile. Comme une poupée.

Et pourquoi pas, se dit-il finalement.

— Vous avez faim ? lui demanda-t-il. Vous avez envie de manger un morceau ?

Elle sembla réfléchir sérieusement à la question. Elle répondit qu'elle prendrait bien un café, s'ils en avaient.

— On en a, dit Russell.

Ils s'engagèrent sur le sentier, tandis que le crépuscule tombait sur le camp et que leur respiration faisait de la buée dans l'air froid.

SARA et Russell s'assirent à une des tables de pique-nique à l'intérieur de la vaste tente de toile, tandis que les Bérets Verts discutaient autour d'eux dans un brouhaha constant et que le grésillement de la viande en train de frire était perceptible en bruit de fond. Il y avait un cuisinier dans le camp, qui avait pour seule tâche la préparation des repas de ces hommes, mais le jeune sergent tireur d'élite – un Latino mince et sans barbe nommé Rosa – s'occupait du grill pour le dîner et faisait cuire des steaks, des saucisses et des hamburgers. Russell n'avait jamais mangé d'aussi bons hamburgers que les siens. Ce soir-là, il avait préparé du poulet teriyaki, et il allait de table en table, servant aux hommes assis le contenu d'une poêle en fonte sur des assiettes en papier, portant sa casquette de base-ball de l'université de l'Arizona et un tablier camouflage sur lequel s'étalait l'inscription VIVRE EST UN HASARD, AIMER EST UN CHOIX, TUER EST UNE PROFESSION. Il était tireur d'élite de métier, mais, dans une autre vie, il aurait facilement pu être chef cuisinier. Il vint à la table de Russell et Sara, remplit leurs deux assiettes, puis attendit près d'eux, comme un serveur sur le point de leur demander s'ils désiraient autre chose. Deux jours auparavant, Russell l'avait vu grouper dix balles dans une cible de papier grosse comme une balle de tennis à six cent vingt mètres de distance, allongé dans la poussière, l'œil collé à sa lunette, espaçant chaque tir d'une seconde.

— Bon appétit*, dit-il.

Sara et Russell restèrent un moment silencieux. Elle lui demanda où il avait appris à faire tout cela avec un cheval.

— Mon grand-père.

Elle sourit et secoua la tête. C'était la première fois qu'il la voyait sourire et, soudainement, sa gorge se serra. Elle piqua un morceau de poulet sur son assiette et le porta à sa bouche, soufflant dessus.

— Vous faites ça tous les jours ? demanda-t-elle.

— Pas *tous* les jours, répondit-il. Je le fais depuis quelques jours parce qu'ils ont besoin de chevaux et que la plupart de ces animaux n'ont même jamais été montés.

Elle hocha la tête et mit le morceau de poulet dans sa bouche. Elle le mâchonna plusieurs fois et leva la main pour dissimuler le bas de son visage.

— On appelle ça comment ? demanda-t-elle.

Ses ongles n'étaient pas vernis, mais ils paraissaient luisants et impeccables.

— Quoi donc ? dit-il.

— Ce que vous faites avec eux. Ce que vous faisiez avec ce cheval blond.

Russell avala la nourriture qu'il avait dans la bouche et but une gorgée de café. Il faillit poser les coudes sur la table, mais il se reprit et appuya les avant-bras contre le bord.

— C'est du dressage, dit-il. Disons, certaines personnes appelleraient ça du dressage. Du débourrage. Le genre de chose qu'on peut voir dans un stage.

* En français dans le texte.

— Un stage ?

— Oui, vous savez, un stage dans un centre hippique. Comme des séances de travaux pratiques.

— Une formation ?

— Ouais. Plutôt une formation courte.

— J'imaginais un apprentissage, dit Sara.

— Non, c'était pas à ça que je pensais.

Ils restèrent un long moment à se dévisager.

— Ce poulet est vraiment bon, dit-elle.

— Oui, c'est bon. Il fait du bon poulet. Tout ce qu'il fait est bon.

— C'est le cuisinier ?

— Non, dit Russell. Il fait ça comme ça, c'est tout. Il fait partie du groupe.

Sara jeta un coup d'œil en direction de Rosa, debout derrière le grill, révisant son jugement sur lui.

— Un groupe des Forces Spéciales ? dit-elle.

— Ouais.

— Lui aussi, il en est ?

— Oui, m'dame.

Son regard revint se porter sur son assiette et dans un bref haussement de sourcils :

— Comme Rambo.

— Comme Rambo, répéta Russell.

Le gazouillement d'un oiseau, très tôt, dans l'aube afghane – *tche-ouittt, tche-ouittt,* ou quelque chose comme ça. Mais ce n'était pas cet oiseau qui venait de réveiller Russell. Il roula sur lui-même et, en ouvrant les yeux, il vit un homme assis sur une chaise pliante près de son lit de camp. Sursautant, Russell se redressa sur un coude et recula contre le mur, le sang battant dans sa carotide et le cœur se serrant comme un poing. L'homme avait les cheveux blonds, une moustache et une barbe blondes également. Il portait le même treillis sans signe distinctif que les autres membres de l'unité, mais il lui manquait l'annulaire de sa main droite. Ce fut la première chose que Russell remarqua – pas de moignon, pas de petit bout. Tout le doigt avait disparu. Russell avait failli tendre la main vers son pistolet, mais ce doigt manquant l'avait arrêté. Il aurait été bien incapable de dire pourquoi.

Russell resta allongé sans rien dire. Toute trace de sommeil s'était envolée.

Le capitaine lui sourit.

— Venez avec moi, lui dit-il.

Russell s'était endormi en pantalon et T-shirt, le soir précédent. Il s'assit sur le bord de son lit, trouva ses chaussures, les enfila et serra fermement les lacets. Le capitaine était déjà sur le seuil ; quand l'hiver serait là, il leur faudrait une vraie porte. Russell attrapa sa veste et, tout en glissant les bras dans les manches, il suivit Wynne dehors, dans le froid du petit matin, tandis que son pouls commençait à ralentir et que les petites taches transparentes qui tourbillonnaient devant ses yeux s'apaisaient. Avant de s'évanouir.

Le capitaine se dirigea vers l'écurie. Il était de la même taille que Russell, un mètre quatre-vingt-cinq, athlétique et très mince, pas musculeux comme ses hommes. On lui aurait donné une trentaine d'années, guère plus, mais il devait être plus âgé, pensa Russell. S'il avait fallu deviner, il aurait dit qu'il avait la quarantaine, mais il lui vint à l'esprit que le capitaine n'était pas le genre d'homme qui se prête aux estimations. Pas aux estimations justes, en tout cas.

Le capitaine s'arrêta devant le corral et resta là, les bras croisés sur sa poitrine, à observer les chevaux : deux paints et l'étalon akhal teke. Les paints étaient ensemble, collés l'un à l'autre à un bout de l'enclos, essayant de se tenir aussi loin que possible de l'étalon.

Russell s'approcha et rejoignit Wynne, et les deux hommes demeurèrent silencieux quelques minutes. Russell sentait l'air vif lui pincer les joues et pénétrer dans ses oreilles.

— Vous avez été occupé, dit le capitaine d'une voix mélodieuse et profonde.

— Oui, mon capitaine, répondit Russell.

— Ça vous a pris combien de temps ?

— Je viens juste de commencer à les débourrer, dit Russell.

Il leva la main et la pointa vers l'étalon akhal teke.

— Lui, je ne peux même pas en dire autant.

Wynne se tourna pour jeter un coup d'œil vers Russell, puis son regard se porta à nouveau sur le cheval.

— Il est différent, dit Wynne.

Russell faillit répondre que ça dépendait de ce qu'on entendait par différent, mais il parvint à dire :

— Il est là pour quoi faire ?

Wynne n'eut aucune réaction. Il resta quelques instants à observer l'étalon.

— On a des hélicoptères pour aller dans ces montagnes, finit-il par dire en levant un doigt pour désigner les hauteurs environnantes. Où est le problème ?

— Le problème ? reprit Russell.

— Oui, le problème, dit Wynne.

Russell réfléchit à la question.

— Ils sont bruyants, dit-il en haussant les épaules.

— Quoi d'autre ?

— Lents.

Wynne le regarda, indiquant qu'il attendait la suite, mais le vide se fit brusquement dans l'esprit de Russell, et il baissa les yeux vers le sol. Il prit un moment avant de se racler la gorge.

— Ils font du surplace, dit-il enfin. Ils ne volent pas assez haut pour se mettre hors de portée des roquettes.

Le capitaine hocha la tête et dit :

— La difficulté à laquelle nous sommes confrontés dans des régions comme celle-ci, c'est celle de la mobilité. Les hélicos ont fait du bon boulot au Vietnam. Il n'y a pas de raison pour qu'ils n'en fassent pas autant ici. (Il marqua une pause et regarda Russell.) Vrai ?

— Oui, mon capitaine.

— Non, monsieur, dit Wynne. Faux.

Il expliqua à Russell que, là où ils étaient, ce n'était pas le Vietnam. Cela semblait tellement évident que ça ne valait même pas la peine de le dire, mais ce n'était pas si évident pour le haut commandement. Ils étaient toujours en retard d'une guerre.

Puis il dit que Russell avait raison sur un point : les hélicoptères devaient faire du surplace au décollage et ils devaient en faire à l'atterrissage. Cela les rendait vulnérables. Les talibans étaient toujours à l'affût et s'ils parvenaient à descendre un hélicoptère, la cavalerie accourait et c'était la cavalerie qui était prise pour cible.

Russell hocha la tête.

— Comme à Robert's Ridge.

— Robert's Ridge, répéta le capitaine.

Du menton, il désigna des chevaux. Il dit qu'avec ces animaux, l'ennemi serait déconcerté. Les talibans ne les entendraient pas venir. Ils ne s'attendraient pas à ça. Il raconta à Russell que lorsque le 5e groupe des Forces Spéciales était arrivé dans le pays, en octobre 2001, ils avaient rejoint l'Alliance du Nord du général Dostum pour poursuivre les talibans depuis Mazâr-e Charîf jusqu'à la frontière pakistanaise. Ils avaient fait cela à cheval. Peu de gens le savaient. Et, attention, c'étaient des Américains chevauchant des poneys afghans sur des selles afghanes. Apparemment, personne ne se demandait ce dont ils auraient été capables sur des chevaux américains avec des selles et un harnachement américains.

Du bout de sa chaussure, Russell fit un sillon dans la terre et examina le sol. Quand le capitaine s'arrêta de parler, Russell dit :

— Vous avez l'intention d'emmener vos hommes en mission à dos de cheval ?

— Exact, dit le capitaine.

— Là-haut, dans ces montagnes ?

Wynne acquiesça.

— Puis-je vous demander l'objet de cette mission ?

Le capitaine ignora cette question. Faisant un geste en direction de l'étalon akhal teke, il demanda comment il se comportait.

Russell secoua la tête.

— Mon capitaine, je vais être franc avec vous, c'est un foutu psychopathe.

— Un psychopathe ?

— Oui, mon capitaine.

L'officier sourit. Il avait des yeux très bleus. Il devait être difficile de soutenir longtemps son regard.

— Combien de temps cela va-t-il prendre pour le dresser ?

Russell était bien incapable de répondre à une telle question.

— Bon sang, dit-il, il n'a même pas été coupé.

Le front du capitaine se plissa. Puis il se relâcha.

— Castré, dit-il en hochant la tête.

— Sauf si vous envisagez de l'utiliser pour des saillies, pour moi, le plus tôt serait le mieux.

— Je n'envisage pas d'en faire un reproducteur, caporal. Et je ne veux pas qu'il soit *coupé*.

Russell s'éclaircit la gorge. Il dit au capitaine que tel qu'il était actuellement, tout ce qu'un cavalier pouvait espérer avec ce cheval, c'était se maintenir en selle.

— Montrez-moi, dit le capitaine.

— Vous montrer quoi ?

— Comment monter ce cheval.

— Tout de suite ?

Le capitaine lui dit que le cheval attendait.

Russell jeta un coup d'œil. Il vit que c'était vrai. Le garçon d'écurie afghan avait dû enlever la selle et la couverture la veille au soir, avant d'étriller le cheval et de le mettre à l'écurie, ce qui signifiait qu'il s'était levé tôt pour seller l'étalon et le sortir. Russell n'avait aucune envie de s'interroger sur les raisons pour lesquelles il avait fait cela. Il se frotta le menton avec les phalanges d'une main repliée.

— Mon capitaine, dit-il, permettez-moi d'aller chercher cette petite jument que j'ai déjà commencé à dresser. Elle progresse plutôt bien. Si vous voulez voir comment on travaille, je préférerais vous le montrer avec elle.

Le capitaine le dévisagea un instant.

— Allez la chercher, dit-il.

Russell acquiesça et répondit qu'il n'en avait que pour un instant. Il fit demi-tour et s'éloigna en direction de l'écurie, entrant par la sellerie, sur un côté du bâtiment, puis prenant le couloir qui donnait sur les stalles. À la troisième porte, il souleva le loquet et fit pivoter le lourd battant sur son énorme charnière. Fella leva les yeux vers lui dans la pénombre de son box de trois mètres sur trois mètres et demi. Des effluves de foin et de cheval. Une senteur d'aliments mélassés et de pin. Et à peine masquée par le reste, cette riche odeur de fumier, qui faisait penser à du vieux terreau luxuriant. Russell décrocha un licou du clou dans le mur et entreprit de le boucler autour de la tête de la pouliche. Elle s'ébroua et leva le pied antérieur gauche.

— Essaie de ne pas me rendre ridicule, lui dit-il.

Fella exhala une longue bouffée d'air chaud contre la poitrine de Russell. Puis elle reposa le pied.

Il lui passa une main sous la mâchoire et tapota son encolure.

Quand il la sortit de l'écurie pour la mener vers le corral circulaire, le capitaine était assis sur la clôture. Russell lui fit signe, ouvrit la barrière, entra dans l'enclos avec le cheval et se retourna pour fermer le battant avec la goupille. Il cala un pied dans l'étrier et se hissa en selle. La pouliche était un peu crispée, mais elle avait le dos rond et la tête basse, et il la fit tourner au trot dans le corral, sentant qu'elle commençait à se décontracter sous lui. Il lui parla tandis qu'ils faisaient un tour complet, puis un autre. Puis, il tira très légèrement sur les rênes et la fit obliquer au pas vers le centre de l'enclos, l'amenant face au capitaine qui était descendu de son perchoir et était venu s'appuyer contre une des barrières métalliques du corral.

— Refaites-le, dit-il.

— Refaire quoi ? demanda Russell.

Le capitaine leva la main et pointa l'index vers le sol, il dessina un cercle en l'air, dans le sens contraire des aiguilles d'une montre.

Russell acquiesça. Il donna un petit coup de rêne, fit pivoter sa monture et commença un autre tour, poussant Fella au petit galop, cette fois-ci, et il sentit le froid lui pincer les oreilles tandis que les naseaux de la pouliche crachaient deux jets de vapeur dans l'air du matin. Elle ferait un bon cheval. Elle commençait à réagir au contact des talons de Russell. Il n'aurait pas à se servir souvent des rênes et il se dit qu'il pourrait même parvenir à ne plus s'en servir du tout avec elle.

Après avoir arrêté Fella, il jeta un coup d'œil vers le capitaine et il vit que celui-ci avait quitté l'endroit où il se tenait et se dirigeait vers l'enclos principal. Russell resta assis sur son cheval, regardant Wynne s'éloigner. Alors quelque chose se décrocha dans sa poitrine et, avant qu'une pensée ait eu le temps de se former dans son esprit, il s'était laissé glisser à bas de sa monture, l'avait conduite à la clôture et avait enroulé les rênes autour de la barrière. Puis il s'élança derrière Wynne tandis que celui-ci grimpait par-dessus les lisses et se laissait retomber à l'intérieur de l'enclos où l'étalon se tenait immobile.

— Hé ! cria Russell. Capitaine !

Wynne ne répondit pas. Il alla vers le cheval, s'approchant de lui comme on s'approcherait d'un animal familier. La première pensée de Russell fut que l'étalon allait se précipiter sur le capitaine comme il s'était précipité sur lui la veille – Russell n'avait pas été mis K.-O., il le devait à la chance plus qu'à ses réflexes –, mais le cheval ne bougea pas, et Wynne ne ralentit pas en arrivant près de lui. Il ne tendit pas la main pour laisser l'animal le sentir. Il ne le toucha même pas avant de mettre le pied gauche dans l'étrier ; déjà, il se hissait sur son dos – cette étendue dorée de peau brillante et de muscles parfaits –, il se hissait, lançait une jambe par-dessus la croupe et s'emparait des rênes. Il était assis sur la selle de façon très naturelle, mais le naturel de l'assise ne changeait rien à l'affaire : ce cheval pouvait vous briser le cou en moins d'une seconde. Avec un tel animal, c'était quand on était assis sur son dos qu'on était le plus en sécurité, mais Russell savait que le capitaine n'y resterait pas longtemps. Il lui vint immédiatement à l'esprit que toute cette histoire était sur le point de prendre fin, que Wheels et lui allaient bientôt se retrouver dans un hélicoptère qui les ramènerait à Bagram. Il fut tout surpris d'en éprouver une certaine déception.

Le capitaine prit les rênes, donna une brève secousse et l'étalon se mit en marche, passant d'une immobilité de statue au mouvement en un clin d'œil. Russell atteignit le bord du corral, posa un pied sur une lisse et s'agrippa à celle du haut. Il se dit qu'il pourrait éventuellement franchir la clôture, se précipiter et attraper la bride avant que le capitaine ne soit désarçonné, mais l'étalon était déjà lancé au petit galop, une allure vive à trois temps d'appui, trop rapide pour un enclos de cette taille. Tandis que les deux autres chevaux se pressaient sous l'auvent, à l'extrémité sud de l'écurie, les sabots de l'étalon faisaient tourbillonner des nuages de poussière autour du capitaine, parfaitement droit sur sa selle, avec sa barbe et ses cheveux blonds, et ces yeux bleus luminescents, semblables à des pierres précieuses éclairées par-derrière. Il fit deux fois le tour du corral, puis une troisième fois, mettant sa monture au trot avant de revenir au pas. Russell le suivit des yeux tandis qu'il guidait son cheval au centre du corral et l'immobilisait, restant assis au milieu de la poussière qu'il avait soulevée, avant de se laisser glisser de sa selle et de se diriger vers la barrière. Il n'avait même pas une goutte de sueur.

Russell scruta le capitaine un moment. Il lui demanda depuis combien de temps il montait à cheval.

Wynne ne répondit pas. Il se retourna pour contempler l'étalon, puis il leva les yeux vers le ciel qui pâlissait. Son visage était impassible et serein.

— J'aimerais bien savoir comment vous avez appris à faire ça, dit Russell.

— Faire quoi ?

— Ce que vous venez de faire, lui dit Russell en désignant l'akhal teke. Comment avez-vous appris à maîtriser cet animal ?

Le capitaine se tourna vers lui.
— En vous observant, dit-il.

Au cours des jours qui suivirent, Russell allait entraîner les membres du détachement opérationnel Alpha-372, leur apprenant à monter, à entraver correctement leur monture, à charger leurs sacoches de selle, à s'incliner vers l'arrière et serrer les genoux quand ils descendaient une pente. Il y avait maintenant dix Bérets Verts dans le camp et il lui fallut un certain temps pour les distinguer les uns des autres, retenir leur nom, ou leur surnom, les noms qu'ils donnaient aux autres soldats comme lui – un ranger, bien sûr, mais néanmoins rien de plus qu'un "11-Bravo", c'est-à-dire un simple fantassin.

Là-haut, à la base, il avait rencontré Billings, le lieutenant qui les avait escortés jusqu'au camp – un homme revêche de nature, calculateur, distant. Russell décida presque sur le champ qu'il éviterait ce type, mais cela ne présentait guère de difficulté, étant donné que Billings semblait déterminé à l'ignorer totalement.

Le sergent Pike, c'était une tout autre histoire; il faisait fonction de spécialiste du génie dans l'équipe. C'était lui qui avait donné son T-shirt rouge, ce jour-là, au corral, et qui avait regardé Russell le déchirer en lambeaux. Un peu plus petit que les autres. Beaucoup plus gai. Il avait survécu à l'explosion d'un EEI dans la province de Kandahâr, mais pas son ouïe. Il était complètement sourd du côté droit, et quand on lui parlait, il inclinait la tête pour présenter son oreille gauche. Il était originaire d'Aspen, dans le Colorado, et il était d'un naturel décontracté. On aurait dit qu'il se sentait chez lui dans ces montagnes, ou plutôt qu'il se serait senti tout à fait chez lui si on lui avait permis d'avoir son snowboard ou sa paire de skis. Russell discutait avec lui au petit déjeuner et au dîner, et c'était un élève facile, agréable à entraîner. Les chevaux réagissaient bien à son humeur égale. Il souriait toujours quand il caressait les animaux.

Les sergents spécialistes de l'armement, Boyle et Rosa, étaient aussi amicaux envers les rangers : tous deux avaient servi dans le 75e avant de rejoindre les Forces Spéciales. Les deux hommes étaient diamétralement opposés et pratiquement inséparables. Le sergent-chef Boyle, que tout le monde appelait "Ox"*, était un énorme malabar : un mètre quatre-vingt-treize, barbe broussailleuse et cheveux roux. Doté d'une voix étonnamment douce, il était le fils d'un couple de fermiers de l'Iowa : il y a quatre cents ans, il aurait parcouru ces hautes terres en kilt. Il avait fait partie des meilleurs lutteurs universitaires au niveau national avant de laisser tomber ses études pour s'engager dans l'armée, et il passait tout son temps libre dans le gymnase improvisé du détachement. Russell l'avait vu soulever cent soixante-quinze kilos au développé couché sans même rougir, deux boules de bowling en guise de poitrine sous son maillot, des bras imposants, rougis par le soleil, et des veines saillantes comme des cordes bleuâtres.

Son subordonné, Rosa, était un Américain mexicain de la quatrième génération, de Yuma, dans l'Arizona. Son père était membre des SWAT** du comté de Yuma, son grand-père avait été chef de la police de Yuma. Un mètre quatre-vingts, le corps souple et mince ; cheveux de jais et le visage d'un garçon de seize ans, juvénile et imberbe. Il allait dans le camp d'un pas nonchalant, d'une démarche pleine de grâce, donnant l'impression de glisser sur ses longues jambes. Un jeune homme intelligent, toujours prêt à rire, mais avec pourtant cet air intellectuel des tireurs d'élite de premier ordre que Russell avait connus – tueur d'instinct, la discipline d'un moine.

Les deux sergents spécialisés dans l'armement étaient accompagnés d'un interprète afghan. Russell les voyait rarement les uns sans les autres. Le nom de l'interprète était imprononçable, et les hommes l'appelaient Ziza, ou Zero. Il avait

---

* *Ox* signifie bœuf.

** SWAT : *Special Weapons and Tactics* : unité spéciale de la police chargée d'opérations de type militaire sur le territoire national.

combattu dans les rangs des moudjahidine quand il n'était qu'un petit garçon, avant d'être formé par les Forces Spéciales américaines lorsqu'elles étaient entrées dans le pays, en 2001. Il avait fait partie des commandos d'élite de l'armée nationale afghane, et maintenant il était officiellement affecté à l'unité du capitaine Wynne en tant qu'interprète. Il semblait être un peu plus que ça. Il marchait comme les Bérets Verts, jurait comme les Bérets Verts, son anglais était irréprochable, bien que légèrement guindé dans son rythme. Il mesurait un mètre soixante-cinq et il portait ses cheveux noirs coupés en brosse, une fine moustache, un bouc, et il était de stature ramassée et musclée. Il ne ressemblait pas aux autres Afghans. Pour Russell, il avait plutôt l'air philippin ou thaï. Il faisait de la musculation avec Ox et s'entraînait au tir avec Rosa ; il n'enlevait sa casquette de base-ball des New York Yankees qu'au moment de la prière. Il avait un énorme poignard dans un fourreau en Kydex, accroché dans le dos – en fait, c'était plus une épée courte qu'un poignard, de style japonais. Connaissant la passion des Afghans pour les armes blanches, les Forces Spéciales en avaient distribué aux seigneurs de guerre et à leurs combattants. Ils les appelaient PGL – "Putain de Grandes Lames" –, et Russell ne voyait jamais Ziza sans son couteau.

Ces hommes se montraient respectueux envers Russell, ou tout au moins, ils respectaient son savoir-faire avec les chevaux. Quand il parlait, ils écoutaient attentivement. Pour des gars comme Pike et Rosa, c'était relativement facile, mais d'autres, comme Ox, avaient besoin de toute la concentration dont ils étaient capables. Le sergent paraissait autant à l'aise sur une selle qu'un cheval dans l'eau – toujours en train de se débattre pour ne pas se noyer. Russell devinait que, comme beaucoup d'hommes de sa corpulence, il avait l'habitude de se frayer un chemin dans le monde en se servant de ses biceps, et ce qu'il ne pouvait pas accomplir par la seule force physique le laissait totalement perplexe. Tout en muscle placide, il n'avait pas la finesse facile du sergent Rosa, et un jour, après le déjeuner, il venait de descendre de l'imposant paint que Russell lui avait attribué lorsque le cheval recula brusquement et lui écrasa le pied avec son sabot, déchirant le cuir de sa chaussure, et lui entaillant l'orteil jusqu'à l'os. Russell vit le visage du sergent tourner au violet foncé tandis qu'il laissait tomber les rênes pour essayer de soulever la jument de son pied comme on le ferait avec un canapé. Le cheval tourna simplement la tête et regarda le sergent comme pour se faire une idée de ce que pouvait lui vouloir cet homme, et Russell se précipita, prit la bride de l'animal et le fit avancer de quelques pas. Quand il se retourna, il vit Ox, debout, les mains sur les hanches, le regard fixé sur le sang qui giclait du dessus de sa chaussure.

— Nom de Dieu, dit-il dans un murmure presque désinvolte.

Il pinça les lèvres et se pencha pour sonder sa blessure de l'index. Jetant un coup d'œil à Russell, il haussa les épaules.

Ce soir-là, Russell était appuyé contre la clôture en lisses du corral, et il contemplait le ciel qui s'assombrissait en rougissant, lorsque le sergent infirmier du détachement sortit pour lui parler du blessé. Le soleil venait de sombrer derrière le dos de lézard des collines à l'ouest, et Russell observa Bixby, l'homme que Sara était venue voir quelques semaines auparavant, tandis qu'il s'approchait sur le sentier de pierraille. La lassitude était visible, non seulement dans son pas, mais aussi dans l'affaissement de ses épaules, dans la façon dont ses mains pendaient, ballantes, au bout de ses bras, comme une charge supplémentaire qu'on lui aurait donnée à porter.

Il alla jusqu'à Russell, prit une profonde inspiration et fit un signe de tête.

— Caporal, dit-il en guise de salutation.

— Sergent, répondit Russell.

L'homme était de taille moyenne, de corpulence moyenne. Au pays, dans ses vêtements civils, personne ne l'aurait pris pour un membre des Forces Spéciales – ni pour un membre de quoi que ce fût, d'ailleurs. Il avait laissé pousser ses cheveux, ainsi que sa barbe, mais il commençait à se dégarnir et à travers les mèches châtaines, on voyait la peau de son crâne, rouge dans la lumière déclinante. Il avait un visage doux, empreint de gentillesse et des yeux intelligents, comme on en voit souvent chez les infirmiers. Un nez assez gros. Des lèvres gercées par le soleil et le vent. Il aurait eu l'air tout à fait à sa place derrière un bureau avec un passe-partout accroché à la ceinture, mais c'était un étui à pistolet qu'il portait maintenant. Un outil multifonctions. Une poche pour trois chargeurs, contenant quatre-vingt-dix cartouches de calibre OTAN 5,56 mm.

— Comment va votre patient ? demanda Russell.

Bixby pivota pour jeter un coup d'œil par-dessus son épaule, comme si le blessé pouvait se trouver là, juste derrière lui. Il fit un vague signe de la main dans cette direction, puis se retourna.

— Ça va aller, dit-il.

— Je ne m'attendais pas à ce que le cheval recule sur son pied comme ça. Ça avait l'air de saigner drôlement.

— Ne vous en faites pas, dit Bixby. On dirait que ça lui plaît.

Russell secoua la tête et, quelque part dans l'écurie, un cheval se mit à hennir.

— Vous êtes ici depuis combien de temps, sergent ?

— Un moment, répondit Bixby.

Russell lui demanda ce qu'il faisait avant, au pays, et l'infirmier lui dit qu'il concevait des logiciels pour une firme de Seattle.

Russell toussota. Il ne posait jamais autant de questions. Il se rapprochait peu à peu de celle qui lui brûlait les lèvres et il ne pouvait pas s'empêcher de poursuivre.

— Le capitaine est quelqu'un de pas ordinaire, s'entendit-il dire.

Bixby confirma d'un signe de tête.

— Ça fait longtemps que vous le connaissez ?

— Longtemps, oui.

— Je crois bien que je n'ai jamais rencontré un officier comme lui.

— Et vous n'en rencontrerez pas d'autre, dit Bixby.

Russell s'éclaircit la gorge.

— Qu'est-ce qu'il veut faire avec ces chevaux ? demanda-t-il. Il m'a dit que vous en aviez besoin pour aller là-haut, dans ces montagnes, mais ça ne veut pas dire grand-chose pour moi.

Bixby resta silencieux un moment. Il pinça les lèvres et porta son regard vers le corral.

— Ce n'est pas moi qui organise les missions, dit-il.

— Reçu cinq sur cinq. Je ne cherche pas à avoir des détails sur la logistique. C'est seulement que comme je l'ai dit au lieutenant…

Il s'interrompit, essayant de se souvenir du nom.

— Billings, dit l'infirmier.

— Billings, répéta Russell. Je pourrais faire un boulot plus efficace avec les hommes du détachement si je savais pour quelle mission je les entraîne, je veux dire, je sais qu'ils vont partir à cheval. Je sais qu'ils vont chevaucher dans ces montagnes. Mais où ils vont aller, pour combien de temps, et toute précision que vous pourriez me donner…

— Caporal, dit Bixby, moi, je suis ici pour soigner les petits bobos. Pour le reste, il va falloir demander au capitaine.

— J'ai demandé au capitaine, dit Russell. Je n'ai rien appris de plus qu'avec vous.

— Eh ben, voilà ! dit Bixby.

Il s'agissait d'une mission secrète. Ça, au moins, c'était clair. Si l'infirmier refusait d'en parler, si le lieutenant refusait d'en parler et si le capitaine refusait d'en parler, cela voulait dire qu'ils opéraient en dehors de toute procédure officielle. Dans l'armée, il y avait un mot pour tout, et on utilisait pour ce genre de missions les termes *opérations désavouables*. Ce qui signifiait essentiellement que rien ne serait fait pour évacuer les blessés s'il y avait des victimes chez les Bérets Verts – et qu'il n'y aurait ni artillerie ni soutien aérien. S'ils étaient faits prisonniers, leur gouvernement n'entreprendrait aucune démarche pour les faire libérer. On n'enverrait pas la cavalerie pour les sortir de là. Difficile d'imaginer une action qui soit plus proche d'une mission suicide que celle-là. Il ne les enviait pas. Pas le moins de monde.

Wynne surveilla l'entraînement pendant quelques jours, sortant le soir et venant jusqu'au corral. Puis, la semaine qui suivit, Russell s'éveilla un beau matin pour s'apercevoir que le capitaine avait emmené la moitié de l'équipe en reconnaissance dans les montagnes. Étaient restés au camp Pike, Billings et Ox, le sergent-major Hallum et le sergent-chef Perkins, le spécialiste du génie en second dans le détachement opérationnel Alpha. C'était une chose dont Russell ne se préoccupait plus, désormais – quels membres du groupe étaient au camp et lesquels étaient sortis avec Wynne. Il se concentrait sur son travail avec les chevaux. Il s'attachait à les rendre dociles et maniables. À leur faire accepter le cuir de la selle et la main de l'homme.

Sara descendait le soir et le regardait travailler sans bouger, appuyée sur la barrière, les bras croisés l'un sur l'autre et le menton posé dessus. Elle regardait les chevaux. Elle regardait Russell faire travailler les chevaux. Chaque fois qu'il amenait l'étalon akhal teke dans l'enclos, elle se penchait en avant et elle avait les yeux qui s'agrandissaient et se mettaient à briller. Il jetait un coup d'œil et il la voyait assise sur le bord de la clôture, et il savait que, s'il n'avait pas été là pour l'en empêcher, elle aurait essayé de s'approcher de l'animal pour le toucher.

Étendu sur son lit de camp, au cours des minutes qui précédaient son endormissement, Russell pensait à elle et au capitaine, et à la façon dont cet étalon semblait faire surgir quelque chose en eux. Ou plus précisément, faire surgir quelque chose en Sara. En ce qui concernait Wynne, le processus était inverse. Il paraissait au contraire absorber tout ce que la bête avait en elle de sauvage et d'enragé. On aurait dit qu'il aspirait tout cela, en quelque sorte. Et il ne faisait aucun doute que c'était de la rage que Russell percevait au plus profond de cet animal – de la rage et de la folie. Assis sur le dos de l'étalon, il sentait ce chaos bouillonner en permanence. Un chaos qui pouvait jaillir à tout moment, dans une éruption de violence incontrôlable. Comment en débarrasser le cheval était une question qui dépassait complètement les capacités de Russell. Le plus qu'il pouvait faire, c'était le canaliser. Comme toujours, les paroles de son grand-père lui revenaient sans cesse: *Faire de ce qui ne convient pas une difficulté et de ce qui convient une libération.*

Mais Sara elle-même était attirée par la folie électrique de l'étalon, quelque chose d'essentiel surgissait d'elle tandis qu'elle observait Russell diriger l'animal autour de l'enclos. Il voyait sur son visage l'attrait que cela exerçait sur elle. Ce côté sauvage était une qualité que Russell avait appris à contrôler. Vous ne vous précipitiez pas dessus, et vous n'osiez pas le fuir. Vous vous efforciez de vous en saisir – fermement, respectueusement. Vous vous efforciez de le guider vers l'ordre. Et ce que vous ne pouviez pas contrôler, vous vous efforciez de l'identifier avant qu'il ne vous mette en pièces. Il y avait dans le monde un côté sauvage qu'on ne pouvait absolument pas contrôler.

Son grand-père lui avait appris que l'on reconnaît chez l'autre ce qu'on a déjà en soi. Et qu'un être dont le côté sauvage est modéré était toujours attiré par un être dont le côté sauvage est exacerbé. Cela signifiait, se dit Russell, qui était sur le point de s'endormir, que Sara était poussée vers l'étalon et que l'étalon était poussé vers Wynne. Le semblable reconnaissant la ressemblance, le moins affluant vers le plus. Où il se situait lui-même dans tout cela était une question à laquelle il n'avait pas encore de réponse.

Le matin, il se levait avant l'aube, il laçait ses chaussures au jugé et se rendait au corral à la lumière de sa lampe torche. Hamid, le garçon d'écurie afghan était toujours là, en train de l'attendre. Il ne parlait pas un mot d'anglais, mais Russell et lui avaient déjà mis au point une série élaborée de gestes qui répondait à leurs besoins en matière de communication.

C'était un homme de petite taille, aux joues creuses, à qui il ne restait plus que quelques dents, et Russell l'appréciait énormément. Il avait son chapelet en permanence dans la main et on avait l'impression qu'il ne dormait jamais. Il était avec les animaux quand Russell arrivait à l'écurie, le matin, et il était encore avec eux quand Russell étrillait Fella et se retirait dans ses quartiers le soir.

Un après-midi, ils étaient accroupis l'un en face de l'autre dans la fraîcheur de l'écurie, regardant dehors, en cette journée de novembre, alors que la chaleur faisait trembler l'air au-dessus de la terre du corral, à proximité du replat de la montagne. Les vêtements de Russell étaient trempés de sueur et recouverts d'une fine pellicule de poussière. Il avait enlevé sa veste et l'avait posée sur une balle de foin, puis il avait ouvert un paquet de viande de bœuf séchée qu'il avait pris au mess du camp. Il mâchonnait en silence et, à un moment donné, il leva les yeux vers le garçon d'écurie et il lui tendit le sachet en plastique.

Hamid contempla avec curiosité ce que lui offrait Russell. Il le prit dans la main et préleva un morceau de viande séchée. Il le porta à son nez, renifla, puis le mit dans sa bouche. Russell comprit que l'homme ne pourrait pas déchirer la viande avec ses gencives, mais cela n'avait pas beaucoup d'importance car une grimace se dessina sur son visage et il rendit le sachet de bœuf, ainsi que le morceau qu'il venait de goûter. Il secoua la tête et leva les paumes ridées de ses mains, comme s'il voulait faire reculer quelque chose sur le sol devant lui.

— Tu n'aimes pas ? demanda Russell.

Hamid fit de nouveau le geste de repousser quelque chose avec ses mains. Il secoua la tête.

Russell sourit. Il prit un autre morceau dans le sachet et mordit dedans.

Il passait ses matinées et ses soirées à l'écurie, faisant travailler les chevaux, les harnachant et donnant des leçons d'équitation ; il apprenait aux Bérets Verts présents dans le camp à seller et à monter, à maintenir la tête de leur cheval bien droite, à faire en sorte que leur monture reste docile, la bonne façon d'aborder une pente en file indienne. Dans tout le groupe de Wynne, quatre hommes étaient déjà montés à cheval et un seul suffisamment pour être considéré comme autre chose qu'un débutant. La plupart des soldats qu'il avait rencontrés dans les Forces Spéciales étaient du Sud, beaucoup du Tennessee et des deux Caroline, mais un certain nombre d'entre eux n'étaient pratiquement jamais allés dans les bois avant de s'engager dans l'armée, et ils semblaient perturbés en présence de gros animaux tels que les chevaux. La première chose que Russell devait leur apprendre était comment s'approcher d'un cheval, le laisser vous voir, vous sentir, faire que votre idée devienne aussi celle de l'animal. Ces paroles de son grand-père lui étaient revenues si souvent qu'elles s'étaient transformées en une sorte de mantra.

Il pensait encore à son grand-père tandis qu'il s'affairait silencieusement dans l'écurie, redressant des pièces de sellerie accrochées à des clous galvanisés. Dehors, le matin d'automne commençait à se réchauffer. Venant du corral, Fella s'approcha et posa la tête sur la lisse.

— Salut, toi, dit Russell.

Le cheval longea la clôture, et Russell contempla sa forme brune et élancée. Le brillant de sa peau, l'éclat de ses yeux bruns. Il alla vers lui, s'appuya contre la barrière et croisa les bras sur la lisse supérieure.

— De l'avoine ? dit-il. Tu veux de l'avoine ou des carottes ?

Le cheval remua la bouche, faisant frémir les muscles situés le long de sa mâchoire. Russell se dit qu'il progressait bien. Il était en train d'en faire un bon cheval. C'était encore une formule de son grand-père : *Faire un bon cheval.* Comme si le vrai cheval, celui dont vous aviez envie, était enfoui au plus profond de l'animal, dissimulé sous les poils et les mauvaises habitudes.

Son grand-père avait tout un stock de dictons de ce genre : *Débarrasser le cheval de sa peur. Chevaucher en avant, dos tourné vers l'arrière, et non pas à l'envers.* Il n'arrêtait pas de dire à

Russell : “Si tu ne sais pas faire les choses lentement, comment peux-tu espérer les faire vite ?” Son grand-père connaissait les chevaux, et Russell avait hérité de sa connaissance, en même temps que de la taille du vieil homme et de ses cheveux d'un noir luisant. Il pensait que son grand-père lui avait également transmis ses qualités de soldat, bien que le vieil homme ne l'eût jamais poussé dans cette voie.

Les premières années de Russell n'avaient été que cours de fermes et enclos à bétail. Il avait envisagé une carrière d'entraîneur de chevaux de compétition. Son grand-père en avait dressé à peu près de toutes sortes : des chevaux sauvages, des bêtes de rodéo et des animaux qui étaient tout simplement dingues. À ceux-là, vous ne tourniez pas le dos. Il valait mieux ne pas y toucher du tout.

En 2000, quand son grand-père avait fêté son quatre-vingtième anniversaire, le vieil homme n'avait en rien ralenti son activité. Il ne semblait pas en éprouver le besoin. À part de l'arthrite dans les poignets et les chevilles, il était en excellente santé et aussi vif qu'il l'avait jamais été. D'une main, il décollait du sol un haltère de vingt kilos et le soulevait à bout de bras au-dessus de sa tête. Assis à côté de son grand-père, dans la salle de l'association des anciens combattants, lors de la fête, Russell avait observé les avant-bras du vieil homme, la peau tannée par le soleil, les muscles saillants. Il avait les yeux bleu vif. Pleins de vie. Jamais il n'aurait pu deviner que son grand-père mourrait moins d'un an plus tard.

Les mois qui suivirent furent difficiles pour Russell. Sa grand-mère était décédée au cours de l'hiver 1997, après avoir brièvement lutté contre un cancer des os, et maintenant il se retrouvait tout seul dans ce ranch de deux cent cinquante hectares. Sa tante Teresa insista pour qu'il aille vivre avec eux en ville, mais Russell refusa. Cleveland, dans l'Oklahoma, comptait à peine plus de trois mille habitants, mais il ne pouvait pas dormir en ville. Il avait besoin des chênes, dont les épais bosquets formaient écran et arrêtaient le faible bruit venant de l'autoroute qui passait à moins d'un kilomètre du ranch.

Des camions-citernes, des bétaillères, un semi-remorque de temps en temps. Et puis tard le soir, le défilé des coyotes qui traversaient la pâture sud et dont les aboiements ressemblaient à des rires d'enfants. Dans son lit, il écoutait le crissement des grillons et le gémissement régulier des grenouilles-taureaux. Les écuries étaient situées de l'autre côté de la maison et, de temps à autre, il entendait le hennissement des chevaux – celui, entre autres, de Sugar, le cheval de son grand-père. C'était une jument paint, avec le bas des jambes blanc et une tache de blanc sur le nez. Russell ne pouvait pas la regarder sans sentir un serrement dans sa poitrine, alors il essayait de ne pas la regarder.

Il commença sa dernière année de lycée, pesante comme une chape de plomb. Il rentrait l'après-midi pour répandre du foin frais, verser des aliments mélassés dans la mangeoire des chevaux avant de reprendre la voiture pour aller dîner chez sa tante. Elle essayait toujours de le convaincre d'emporter des plats chez lui. Elle essayait toujours de le convaincre de passer la nuit. Un vendredi soir, en ouvrant la porte d'entrée, il vit qu'elle avait déjà préparé un lit sur le canapé du salon – des draps et des oreillers, et une couverture pliée sur le bras du canapé. Elle lui dit qu'il allait rester avec eux, qu'ils passeraient la soirée à regarder des films et qu'il n'était pas question qu'il refuse. Puis elle lui demanda d'enlever ses chaussures, qu'elle confisqua immédiatement et ne lui rendit que le lendemain matin. Elles avaient été soigneusement cirées, et elle les lui apporta, les posant sur le tapis, à ses pieds, puis s'assit près de lui sur le canapé, posa une main sur la joue de Russell et se mit à sangloter. Teresa était la sœur de sa mère, il savait qu'elle l'adorait et que si elle avait pu l'élever comme son propre fils, elle l'aurait fait. Son mari et elle n'avaient pas eu d'enfant – par choix ou pas, il n'avait jamais su – et quand Russell était là, l'instinct maternel de sa tante la submergeait, jaillissant de quelque réserve d'amour et de besoin profondément enfouie.

Vint l'hiver, et avec lui, un engourdissement des pensées de Russell ; tout en lui commençait à s'assourdir, à devenir progressivement silencieux. Il avait l'impression que sa vie se déroulait sous l'eau. Il allait et venait dans la maison, passait de la cuisine, où il réchauffait au four à micro-ondes les repas préparés par sa tante, au couloir menant à la chambre de son grand-père. Maintenant, le temps du deuil était venu. Maintenant, c'était son tour d'être hanté par des fantômes.

Ce n'était pas seulement la perte de son grand-père. C'était cela et autre chose. La mort du vieil homme lui faisait ressentir la perte de sa grand-mère et, curieusement, pour la première fois, celle de son père, comme si la disparition de son grand-père avait été le seuil d'une porte donnant sur un chagrin plus grand encore. Russell se tenait là, devant la vieille commode d'acajou, ouvrant les tiroirs, les refermant, passant en revue les objets ayant appartenu à son grand-père. Des trésors enveloppés dans du papier journal jauni. Des boucles de ceintures incrustées de turquoise. Une autre, ornée d'une pièce d'un dollar en argent. Des boutons de manchettes que son grand-père – il en était sûr – n'avait jamais portés, et partout, les petits cubes de bois de cèdre dont le vieil homme pensait qu'ils éloignaient les insectes.

Dans un étui doublé de velours, Russell trouva la Bronze Star Medal avec son ruban, les deux Purple Hearts de son grand-père, ses insignes de fantassin de combat et de tireur d'élite, ce dernier en argent fin devenu pratiquement noir. Enfin, il sortit l'insigne du bataillon dans les rangs duquel le vieil homme avait combattu : un losange avec le mot RANGERS en lettres d'or sur fond bleu vif. Il prit ces décorations et alla jusqu'au lit, où il les disposa sur le couvre-lit, un patchwork compliqué que sa grand-mère avait fabriqué avec son club de couture bien longtemps avant qu'il ne fût venu au monde. Il mit l'insigne des rangers sous ses narines, mais il ne sentit rien d'autre que le bois de cèdre. Pas le sel de mer de Normandie, ni la sueur des combats, ni l'odeur métallique du sang. Il glissa la boucle de ceinture dans sa poche.

Au printemps, il entreprit de vendre le bétail, les bovins au poids – soixante-trois cents la livre –, et les chevaux à l'unité.

Sans son grand-père, il ne pouvait plus s'en occuper, en fait il n'avait plus les moyens de les nourrir. En dehors du ranch et des animaux, ils n'avaient pratiquement rien sur leur compte en banque. Depuis des années ils vivaient des allocations et de la retraite de son grand-père, à quoi s'ajoutait ce que le vieil homme parvenait à gagner dans les ventes de bestiaux et dans les foires de l'État. Ce que rapportaient les chevaux pris en pension, les saillies, les leçons d'équitation, de maniement du lasso. Russell vendit le reste des bovins – son grand-père avait acheté un troupeau de black angus dix-huit mois avant sa mort – et à la fin d'avril il lui restait cinq chevaux : le sien, celui de son grand-père, celui de sa tante et deux poneys qu'ils avaient reçus en échange d'autre chose, et dont ils ne savaient trop quoi faire. Il obtint son diplôme de fin d'études secondaires la première semaine de mai et on lui offrit cinq cents dollars pour les deux poneys, ou sept cent cinquante dollars pour les poneys avec leur selle et le harnachement. Il prit l'argent de l'acheteur, mais il ne l'aida pas à charger les animaux et le matériel, et il ne lui fit pas signe quand l'homme se remit au volant et s'éloigna avec la remorque, la tête des poneys s'amenuisant tandis que le véhicule prenait le virage au bout de l'allée.

L'été 2002 fut chaud et très sec. Des feux de broussailles au bord des routes et la sécheresse dans les prairies brûlèrent tout et mirent la terre à nu. Russell passa son temps à chevaucher dans les pâtures et à suivre les anciennes pistes pour le bétail menant vers des bosquets de chênes noirs et de pins. Des oiseaux dans les arbres l'appelaient au passage. Des écureuils filaient le long des branches puis s'asseyaient, la queue frémissante. Russell parlait à Duncan, il lui expliquait ce qui se passait – ses perspectives d'avenir, la résolution qu'il avait prise. Il dit au cheval que quoi qu'il arrivât, on prendrait soin de lui. Il y aurait quelqu'un pour le monter, pour s'occuper de lui et l'étriller. À chaque pas, le cou de l'animal s'abaissait légèrement, ses oreilles s'agitaient quand des mouches s'y posaient, et quand elles bourdonnaient autour de lui, il secouait la tête.

Le 2 août, le lendemain de l'anniversaire de son grand-père, et vingt jours avant le sien, Russell se rendit au centre de recrutement militaire local – un bureau chichement décoré, situé dans le centre de Cleveland, et qui avait autrefois été un magasin d'équipement pour cow-boy – et signa un contrat "Option 40" pour entrer dans les rangers, passa l'examen médical ce vendredi-là, et la semaine suivante, il se retrouvait dans un bus en direction de Fayetteville, en Caroline du Nord. Sa tante sanglota en secouant la tête et dit qu'elle était fière de lui, puis, tout de suite après, elle lui demanda s'il lui était encore possible de revenir sur sa décision.

Fort Bragg au mois d'août. Une température encore supérieure à 30 °C au coucher du soleil. De la pluie en milieu de journée et le retour du soleil en fin d'après-midi faisant monter des pavés et de l'herbe de fines mèches de vapeur. Russell, dans le sable, en train de s'entraîner au corps à corps avec Wheels. Leur instructeur avait dit que voir cet homme courir, c'était comme regarder un animal dans un dessin animé, avec ses pattes qui tourbillonnent comme une hélice mais qui n'avancent pas. D'où le surnom "Wheels" – roulettes. Il avait tout de suite plu à Russell, avec son fort accent traînant et son sourire bon enfant. Son père était dans la police de la route, et Wheels disait qu'il serait plus qualifié pour faire le même métier après quelques séjours sur le front, au Moyen-Orient.

— Une fois qu'on t'a tiré dessus à l'arme automatique, y a plus rien qui peut te démonter, dit-il un jour. Qu'est-ce qui pourrait être pire que ça ?

Russell acquiesça. Ce gars avait raison, dans une certaine mesure.

Ils terminèrent leurs classes le 11 octobre, puis ils furent envoyés pour un entraînement individuel plus poussé, tous les deux au centre de formation de l'infanterie, tous les deux, également, à Fort Benning. Encore six semaines d'humidité dans le Sud, alors que les feuilles dans les arbres commençaient tout juste à jaunir et qu'il y avait dans l'air un peu de fraîcheur quand ils sortaient de leur lit à 4h30 du matin pour les exercices physiques, et qu'ils se mettaient en rangs devant le baraquement de leur section en T-shirt gris, short noir et chaussures de tennis. Le sergent leur faisait faire une série de pompes, d'abdominaux, de sauts avec extension latérale des bras et des jambes, de *burpees**, avant de se joindre à eux quand ils entamaient leurs six kilomètres de footing, hurlant les paroles d'une chanson d'entraînement et se taisant à la fin de chaque phrase pour laisser les recrues répéter ce qu'il venait de dire.

Les hommes se plaignaient de l'aspect mécanique de ces activités, mais pour la première fois depuis qu'il s'était engagé, Russell comprit qu'il avait pris la bonne décision. Courir ainsi, sur cette route goudronnée, le T-shirt trempé, le feu dans les poumons, le cœur énorme dans sa poitrine, les paroles de ce refrain d'entraînement dans les oreilles comme le tout premier chant.

Russell termina sa formation de parachutiste en février 2003 et commença les quatre semaines du programme d'instruction des rangers, dont l'unique fonction était de décourager autant de recrues que possible. Les premiers jours passés à Cole Range, dans les forêts de Géorgie, entraînèrent l'abandon volontaire de quarante pour cent des membres de la promotion à laquelle appartenait Russell. Vous avez tellement froid et tellement faim, vous êtes tellement fatigué et tellement trempé, que vous en veniez à vous dire que ce n'est vraiment pas une très bonne idée. Cela ressemble trop à la torture que c'est effectivement. Et tout ce que vous avez à faire, c'est dire à un membre de l'encadrement que vous optez pour l'A-V, et vous avez tout de suite droit à un repas chaud et une bonne douche. Le lendemain matin, ils vous font grimper dans un camion et vous renvoient à votre unité d'origine où vous passez le restant de vos jours couvert de honte.

* Un *burpee* est un exercice de musculation qui consiste à enchaîner plusieurs mouvements tels que flexion des jambes, pompe, saut vertical…

Russell n'était pas près de faire cela. Il était allé trop loin pour abandonner, et il se rendait compte qu'un tel niveau de souffrance éclaircissait ses pensées et le vidait de ses émotions. Après trente-six heures sans sommeil et une seule ration de deux mille cent calories, il se retrouva dans un état étrangement euphorique où plus rien ne comptait, à part la boue froide, les sangles de son sac à dos qui lui cisaillaient les épaules, la pluie qui tombait et le poids de son arme. Il sentit que quelque chose en lui s'était allumé – une chose dont il avait ignoré la présence –, et tandis qu'il voyait ses camarades d'entraînement renoncer, cette chose brûlait avec de plus en plus d'intensité. Au moment où il entra à l'école des rangers, il eut l'impression de s'être dépouillé de sa peau pour en trouver une autre dessous, plus résistante, plus étrange.

L'école des rangers, c'était l'enfer en trois phases, soixante jours d'une faim, d'une humidité et d'un froid suffisants pour vous maintenir éveillé. Se déplacer au milieu d'obstacles. Orientation de nuit, seul, à travers d'épaisses forêts de pins, avec une petite carte, quarante kilos de barda et une lampe torche à faible luminosité que vous ne pouvez utiliser que lorsque vous vous arrêtez pour effectuer un relevé. Si des membres de l'encadrement vous surprennent en train de l'utiliser alors que vous marchez, ils vous éliminent de la formation sur-le-champ. Si des membres de l'encadrement vous surprennent en train d'utiliser une route ou un sentier existants, ils vous éliminent. Des membres de l'encadrement se cachent dans les sous-bois, équipés de lunettes de vision nocturne à imagerie thermique.

Wheels et lui n'eurent une nuit complète de sommeil que lorsqu'ils entamèrent la “phase montagne”, dans les collines de Dahlonega, en Géorgie. Toujours affamés, toujours épuisés. Apprendre à faire des nœuds, comment s'assurer, et les bases de l'alpinisme. Les deux hommes partageaient une tente canadienne, et une nuit, entre deux patrouilles de quatre heures, Russell venait de fermer les yeux pour se laisser glisser sous le seuil de la conscience lorsqu'il entendit la voix de Wheels à ses pieds.

Il ne prit pas la peine d'ouvrir les yeux ni de se lever sur les coudes.

— Qu'est-ce que t'as dit ?

— Pourquoi t'as fait ça ? demanda Wheels.

— Fait quoi ?

— Cette formation, dit Wheels. L'armée. Pourquoi t'es pas resté dans ton ranch ?

Russell demeura étendu un moment sans rien dire, puis il ouvrit les yeux. La faible lumière qui traversait la toile mince de la tente. Le doux crépitement de la pluie fine. Il vit son haleine former de la buée dans l'air froid.

Il dit qu'il lui avait semblé qu'il n'avait pas d'autre possibilité.

— Comment ça… à cause de ton grand-père ? dit Wheels.

— Oui, répondit Russell.

Il écouta la pluie sur la toile, au-dessus de sa tête, puis il dit :

— Attends. Qu'est-ce que tu veux dire ?

— Tu m'as dit qu'il était mort. Et tu t'es engagé juste après.

— C'est ça, dit Russell.

— Qu'est-ce que tu pensais que je voulais dire ?

Russell marmonna. Quelque chose d'incohérent. Il espérait que son ami allait laisser tomber.

Il y eut quelques instants de silence. Puis Wheels reprit :

— C'est parce qu'il avait été un ranger ?

Russell s'éclaircit la gorge. Il n'y avait jamais pensé dans ces termes-là. Il ne savait pas exactement.

Wheels dit :

— Ton père aussi était un ranger, c'est bien ça ? Au Vietnam ?

— Au Vietnam, dit Russell. Au début, il était dans les unités d'infiltration. Ensuite, ils les ont incorporées au régiment des rangers. J'suis pas sûr, en 1972 ou 1973. Je crois que c'est ça.

— Ton grand-père, dit Wheels, c'était le père de ton père ?

— Non, dit Russell. Le père de ma mère.

— Tout de même, dit Wheels. C'est une tradition. C'est dans la famille.

Russell se tut, réfléchissant à cela. C'était dans la famille. Sans aucun doute, c'était dans la famille. Sauf que, désormais, sa famille avait pratiquement disparu : ses grands-parents, son père. Sa mère était devenue accro aux calmants après la mort de son père et cela faisait plus de seize ans qu'il ne l'avait plus revue. Il se disait que s'il tenait jusqu'au bout de cette formation des rangers, il gagnerait une nouvelle famille. Une qui ne l'abandonnerait jamais.

— Étant donné ton histoire, dit Wheels, on dirait que t'avais pas des masses de choix, j'imagine.

Russell répondit que non.

Il supposait qu'il n'en avait pas tant que ça.

Il commença à faire plus froid dans les montagnes, des nuages apparurent dans le ciel, et un matin, tôt, alors qu'il lançait Fella au trot sur un des sentiers de terre qui s'enfonçaient en serpentant dans les collines derrière le camp, il sentit quelque chose lui effleurer la joue, puis de l'humidité et, levant les yeux, il vit que la neige s'était mise à tomber – de petits flocons, à peine visibles dans cette lumière, glissant en silence dans l'aube sans vent. Russell tira sur les rênes pour arrêter sa monture et resta assis sur son cheval, regardant les flocons blancs tomber comme de la cendre et fondre instantanément sur le sol. Il n'avait pas vu de neige depuis presque sept ans, en tout cas pas de près, et il avait oublié la façon dont elle rendait tout silencieux et vous enveloppait. Il repartit et son cheval fit quelques pas d'un air pensif. Il lâcha la bride à sa monture qui partit au galop, l'emportant sur la piste.

Au début de l'après-midi, des taches blanches commençaient à se former et, le soir venu, une fine couche recouvrait le sol. Cela attira les soldats hors de leurs cabanes et ils se plantèrent là, scrutant le ciel. L'alerte fut déclenchée dans la lumière bleutée et feutrée, et juste avant la tombée de la nuit, il y eut un sifflement en provenance de la ligne de crête, le claquement sec et étouffé de l'explosion d'une roquette, suivi d'un bref instant de silence, puis de l'écho dans toute la vallée qui se répercuta le long des collines en une longue série de détonations fantômes. Russell lança un coup d'œil vers Wheels et tous deux s'élancèrent, remontant le sentier à toute vitesse. Billings avait emmené deux autres hommes rejoindre le capitaine – en tout cas c'était le plan tel que Russell l'avait compris –, et il n'y avait personne pour arrêter les deux rangers, personne pour leur conseiller de revenir. En certains endroits, sur le versant de la montagne, la neige montait jusqu'aux chevilles, et leur haleine se transformait en buée devant eux dans le crépuscule.

Le ciel était presque dégagé lorsqu'ils atteignirent la forteresse au sommet de la montagne, et une autre roquette tomba, soulevant un nuage blanc sur fond d'étoiles. Russell se pencha en avant et posa les mains sur ses genoux, s'efforçant de retrouver son souffle ; il regarda sur le côté et vit Wheels faire de même. Ils virent les soldats se précipiter partout dans la base avancée, puis ils virent une troisième roquette s'abattre dans un hurlement et disparaître derrière un remblai couvert de neige. Ils se dirigèrent vers la tente du poste médical, mais avant qu'ils l'eussent atteinte, ils entendirent une voix de femme appeler leurs noms. Russell se retourna et vit une main leur faire signe de venir à l'entrée d'un bunker situé à une quinzaine de mètres. Ils descendirent une volée de marches en grès, se baissèrent pour passer sous un linteau en contreplaqué et s'enfoncèrent sous la terre. Sara était tapie là, en compagnie d'autres soldats et de l'autre femme de l'équipe médicale, dont le visage était éclairé par en dessous par le bâton lumineux vert qu'elle tenait à la main.

Une autre roquette tomba, plus près cette fois, et Russell sentit le sol trembler sous ses chaussures et quelque chose lui éclaboussa la nuque. Jetant un coup d'œil, il vit Wheels accroupi contre le mur du bunker, les deux mains plaquées sur ses oreilles, le menton replié sur la poitrine et les deux coudes joints devant son visage.

Russell et Sara le scrutèrent. Il avait l'air d'un petit enfant qui se cache dans un placard.

Wheels leva les yeux vers eux.

— On est venus à votre secours, dit-il.

Les roquettes recommencèrent à tomber au lever du jour. Russell se réveilla peu avant l'aube dans le bunker où il avait été logé à son arrivée, il prit son pantalon sur la tête de lit, l'enfila et boucla la ceinture, qui était devenue trop lâche de quelques centimètres – le travail, la tension nerveuse et la nourriture. Il glissa son arme de poing dans l'étui attaché à sa cuisse et prit son fusil. Puis le hurlement familier d'un mortier lui parvint de l'extérieur du bunker, suivi de l'impact sourd qui secoua les murs de parpaings et fit pleuvoir des grains de sable du plafond. L'instinct le fit se jeter au sol, puis il se releva en s'essuyant les yeux et vérifiant qu'il n'avait pas été touché.

Cela avait pris du temps, mais l'ennemi avait fini par trouver des positions d'où ils pouvaient régler la portée de leurs mortiers et de leurs roquettes, et Russell émergea de son bunker au milieu de la fumée et d'une cohue de soldats qui se précipitaient dehors. Il suivit trois hommes dans une tranchée creusée dans la terre en direction du bunker de commandement pour s'apercevoir, quand il atteignit le sol compacté au centre du camp, qu'il n'était plus qu'un amas fumant de sacs de sable, de béton et de tôles d'aluminium. Un jeune soldat était assis dans la neige, le fusil posé sur les genoux tel un jouet d'enfant, la tête rasée, les yeux humides, et répétait : "Vous n'avez pas idée. Vous n'avez pas idée." Déjà, des hommes fouillaient les débris à la recherche de survivants et Russell se joignit à eux, soulevant des blocs de pierre et les jetant sur un tas qui se formait à quelques mètres de l'endroit où s'était situé le bunker. Ils venaient de dégager le premier corps quand un soldat cria, depuis son poste d'observation : *Roquette !* Ils plongèrent tous à couvert comme ils purent, attendant l'oubli.

Il passa le reste de la journée à remuer les décombres et à se mettre à l'abri dans le bunker le plus proche tandis que les roquettes s'abattaient sur le camp. Ils demandèrent un soutien aérien et, dans la demi-heure qui suivit, deux hélicoptères Apache apparurent au-dessus d'un éperon, vers le nord, et se mirent à mitrailler la vallée en bas, épuisant toutes leurs munitions avant de rentrer à leur base. Le calme revint pendant plusieurs heures. Ils sortirent trois soldats morts des ruines du bunker de commandement et transportèrent les corps au poste médical. Vers la fin de l'après-midi, les roquettes recommencèrent à tomber.

Ce soir-là, il retrouva Sara dans le bunker. Les roquettes explosaient, le sol tremblait et des morceaux de terre se détachaient et leur tombaient dessus.

— Ils vont continuer comme ça pendant combien de temps, à ton avis ? lui demanda Sara.

— Je ne sais pas. Je dirais, jusqu'à ce que quelqu'un y aille et les réduise au silence.

— Qui pourrait faire ça ?

Russell observait l'extérieur par une fente dans le contreplaqué. Il se retourna et la contempla un instant.

Elle secoua la tête.

— Question stupide.

Russell sourit. Même le visage noirci et avec un sweat-shirt qu'elle avait vraisemblablement sur le dos depuis soixante-douze heures, elle était toujours très jolie.

— Ils peuvent pas faire venir des hélicos, ou quelque chose comme ça ?

— Ils ont déjà fait venir les hélicos ou quelque chose comme ça. Mais ils sont incrustés comme des tiques. Dès qu'ils entendent nos appareils, ils se glissent à l'écart du versant de cette crête, ils attendent qu'on ait massacré une demi-douzaine de singes, puis ils ressortent de leurs trous une fois que la voie est libre, et ils remettent ça.

Sara était assise sur le sol, les jambes repliées contre sa poitrine, les bras passés autour de ses tibias. Elle posa le menton sur ses genoux.

— Plutôt frustrant, dit-elle.

— Oui, m'dame, répondit Russell.

Quelques minutes s'écoulèrent. Un obus de mortier explosa et une rafale de mitrailleusc partit d'un des postes de tir fortifiés. Sara le regarda.

— Tu étais en Irak, avant ça ?

— Oui, dit Russell. Mossoul.

— Les insurgés, ils faisaient ça aussi, là-bas ?

— Pas vraiment, dit Russell. J'ai été affecté à une force opérationnelle. Une section de rangers et deux groupes des Forces Spéciales. Il y avait aussi une compagnie de la 101e et peut-être une douzaine de commandos prêtés par les Britanniques.

— Qu'est-ce qu'ils te faisaient faire ?

— Comment ça ?

— Ton boulot, dit Sara. Tu dressais des chevaux ?

— Non. Je faisais partie d'une FIR. Moi et un…

— C'est quoi, une FIR ?

— Force d'intervention rapide. Si un élément de la coalition dans notre zone se trouvait coincé, on sautait dans un Black Hawk et on jouait à la cavalerie.

— Ça te plaisait ?

Russell réfléchit à la question. Il ne s'était jamais demandé si ça lui plaisait ou non. Il lui répondit qu'on attendait toujours que quelque chose arrive. Ce n'était jamais nous qui faisions l'événement.

Ils furent bombardés le lendemain matin et tous les matins de la semaine qui suivit. Russell se réveillait dans la pénombre et trouvait Sara recroquevillée sur un des lits, une touffe de cheveux noirs dépassant de son sac de couchage, la forme de son corps se découpant, petite et mince, sous le tissu olive qui se soulevait et s'abaissait. Après avoir passé plusieurs soirées à jouer aux cartes avec les rangers, Sara avait fini par se réfugier auprès d'eux.

Quand il se réveilla, au quatrième jour de bombardement, la première chose qu'il entendit fut le bruit lointain d'un hélicoptère, et la deuxième chose, fut le grondement de la voix basse de Wheels. Il sentit la fumée de cigarette et l'odeur de café.

Wheels dit :

— C'est ça, la véritable raison de notre présence ici.

— Dans ce poste avancé ? demanda Sara.

— En Afghanistan, dit Wheels. Les gens parlent de “ressources naturelles”, mais ils ne savent pas vraiment ce qu'ils disent. Des ressources naturelles, oui, ça c'est sûr. C'est de l'or qu'il s'agit.

Russell resta étendu sans rien dire. *De l'or*, se dit-il. Il y a quelques mois, c'était le lithium. Il contracta son mollet sous la couverture, se demandant s'il devait dire à Wheels de la boucler, mais finalement, il décida de l'écouter jusqu'au bout.

— Donc Alexandre…, dit Wheels.

— Oui, dit Sara.

— Quand il fait la conquête de la Bactriane…

— C'est où, la Bactriane ?

— Dans le nord, dit Wheels. C'est tout là-haut, dans le nord. Bon, il arrive, il fait la conquête de la Bactriane, il épouse une des princesses, ou quel que soit le nom qu'on leur donnait, et alors, tout l'or, toutes les pierres précieuses qu'il a gagnés dans ses batailles, il entasse tout ça là-haut et il passe l'arme à gauche.

— Je croyais qu'il était mort à Babylone.

— Il est bien mort à Babylone, répondit Wheels. Laisse-moi finir.

— Désolée, dit Sara.

— Donc, tout cet or et ce trésor restent enterrés pendant deux mille ans, et puis ils commencent à creuser et à les sortir de terre dans les années 1970.

— 1970 ?

— Laisse-moi finir, dit Wheels. Ils commencent à mettre au jour tout ce trésor, cet archéologue russe, ou un truc comme ça, et puis la Russie envahit le pays en 1979, et l'or file dans une chambre forte à Kaboul. Si tu y allais, tu pourrais le voir, là-bas, mais bien sûr, ils te laisseront pas y aller. Bon, enfin, il y a tout cet or, l'or de Kaboul, mais il y a aussi tout l'or que les talibans ont trouvé en creusant ces tombes, sinon comment ils pourraient se procurer toutes ces armes, d'abord ?

— Je croyais que c'était avec l'argent de la drogue, dit Sara. L'opium.

— Oui, avec l'argent de la drogue, dit Wheels. L'argent de la drogue, l'argent de Ben Laden et l'or des tombes qu'ils ont pillées. Et va pas t'imaginer qu'on veut rien avoir à faire avec tout *ça*, parce que depuis quand, d'après toi, les Américains ne s'intéresseraient plus à l'or ?

Il y eut quelques instants de silence. Russell avait envie de jeter un coup d'œil par-dessus sa couverture, mais il parvint à s'en empêcher.

— C'était pas une question pléthorique, dit Wheels.

— Désolée, dit Sara. Je n'étais pas certaine que tu avais fini.

— J'ai fini.

Wheels avait à peine dit cela qu'un obus de mortier fit entendre son sifflement aigu au-dessus du camp, puis un craquement sec retentit dans la vallée, de l'autre côté de la montagne.

Russell se releva sur son lit et se frotta les yeux. Il regarda Wheels et Sara, assis devant la table de jeu ; Sara avait une jambe repliée contre sa poitrine, les bras passés autour de son tibia et le menton sur un genou.

— Salut, dit Wheels.

RUSSELL et Sara se retrouvèrent pour le déjeuner dans la tente du mess lorsque le signal de fin d'alerte eut retenti, et ils se retrouvèrent à nouveau pour le dîner ce soir-là. Ils parlèrent de cet avant-poste et de l'endroit d'où ils venaient, ils parlèrent de la façon dont ils avaient atterri dans les montagnes d'un pays dont ils ne soupçonnaient même pas l'existence avant l'effondrement des Tours.

Sara arrivait à la fin de sa deuxième période d'engagement. Elle avait effectué la première quelques années auparavant, servant en tant qu'infirmière à bord d'un C-130 qui faisait la navette entre Riyad et la base aérienne de Ramstein, en Allemagne. Ce poste ne lui convenait pas. Plus précisément, c'était ce qu'elle pensait à l'époque. Elle avait quitté l'armée à la fin de son engagement, était rentrée chez elle, dans le Nevada, et s'était inscrite dans une école d'infirmières. Avec l'argent qu'elle avait mis de côté pendant son service, elle avait effectué un premier versement pour une maison de trois pièces, puis elle avait commencé à vivre une existence bien tranquille, travaillant comme assistante dans le laboratoire d'un petit hôpital tout en suivant des cours du soir.

C'était exactement ce dont elle avait rêvé pendant son service, mais six mois plus tard, la dépression la menaçait d'étouffement. Les mots dans ses manuels d'étude flottaient devant ses yeux, les docteurs lui prescrivirent des somnifères et des anxiolytiques, des flacons d'alprazolam dont elle décida d'avaler le contenu, un soir, faisant passer le tout avec une demi-bouteille de chardonnay.

Ils étaient assis sur un muret de sacs de sable, près de l'entrée du camp, se partageant une canette de boisson gazeuse. Elle laissa son regard errer du côté des montagnes.

— Le Xanax, ça ne vous tue pas, dit-elle.

Russell toussa dans une main repliée.

— Peut-être que j'en ai trop dit, remarqua-t-elle.

— Non, répondit-il. J'ai seulement…

Il fit un geste vague et laissa le silence remplacer la fin de sa phrase.

— Tu as suivi une thérapie ? demanda-t-il au bout de quelques instants.

— Pas de thérapie, dit-elle. Je veux dire, ils m'ont mise en thérapie. Chez les cinglés, en fait. Deux semaines.

Russell secoua la tête.

— À l'époque, c'était là qu'était ma place, dit-elle en haussant les épaules. J'ai eu de la chance que ça ne finisse pas par m'empêcher de revenir dans l'armée. Ma tante travaille au greffe du comté, et elle a pu garder secrets deux ou trois trucs. Sinon, je n'aurais jamais pu me rengager.

— Tu es la première infirmière que je rencontre qui est contente de repartir en mission.

— Eh bien, dit Sara, c'est qu'elles n'ont pas les mêmes avantages que moi.

— Tels que quoi ?

— Le fait d'être dingue.

— T'es pas plus dingue que moi, dit Russell.

— Ah bon ?

— Je ne crois pas.

— Et avaler un flacon de Xanax ?

— C'est le genre de chose qui arrive, dit Russell.

— Sûrement, acquiesça-t-elle.

— Tu vois, dit Russell. J'ai pas l'impression que tu es dingue, moi.

— Vraiment ?

— Tu aides des tas de gens.

— Tu n'envisages pas l'éventualité que les deux pourraient aller ensemble ?

Russell la regarda.

— Tu penses qu'il faut être dingue pour avoir envie d'aider les autres ?

— Non, répondit-elle. Mais il faut sûrement l'être un peu pour le faire dans une zone de guerre.

Russell haussa les épaules.

— Il faut bien que quelqu'un le fasse.

— Je suis d'accord, dit-elle. Il le faut bien. Mais il se trouve que ces "quelqu'un" ont tendance à être un peu cinglés.

Ils continuèrent à discuter et décidèrent de se rendre à la tente du poste médical où Sara avait laissé sa veste, lorsqu'un tohu-bohu leur parvint de l'autre côté de l'enceinte. Se penchant pour regarder du haut du mur, ils virent une véritable mêlée, des hommes en train de se bousculer en poussant des cris dans une confusion de djellabas et de pakols où apparaissaient çà et là des jambes vêtues de treillis américain. Russell observa la scène un moment, puis se tourna vers Sara.

— Je crois qu'ils ont capturé quelqu'un, dit-elle.

Effectivement. Une douzaine de miliciens afghans étaient employés à l'extérieur de la base en tant que guides et interprètes, et ils avaient mis la main sur un individu très mince, portant une chemise de lin sale qui s'arrêtait juste en dessous des genoux, des sandales et un gilet en daim. On lui avait passé un sac de grosse toile sur la tête, fixé avec une corde, et ses mains étaient attachées, sembla-t-il à Russell, avec un bout de fil de fer. Les Afghans le conduisaient vers le centre du camp, le tirant avec une laisse en corde à parachute qu'ils avaient passée autour de sa taille. De temps en temps, un d'eux tendait le bras et lui donnait une claque à la base du crâne. Ils l'amenèrent jusqu'à un tas de neige sale et le forcèrent à s'agenouiller. Un des hommes s'avança et retira le sac qu'il avait sur la tête, et le prisonnier resta immobile sur ses genoux, scrutant le sol.

Russell observa la scène. Les Afghans semblaient argumenter sur un point relevant de la coutume ou de la loi. Il vit qu'ils n'étaient pas d'accord et il regretta de ne pas parler la langue qu'ils utilisaient, que ce fût le dari ou le pachtoune. Les soldats américains restaient légèrement à l'écart et paraissaient peu disposés à intervenir ou hésitants sur la manière de le faire.

Un simple soldat se tenait près du portail d'entrée. Il ne pouvait pas avoir plus de dix-neuf ans et paraissait même plus jeune que cela. Russell l'appela pour lui demander ce qui se passait.

— C'est un guetteur ennemi, dit le jeune deuxième classe, c'est lui qui guidait les tirs des mortiers sur nous.

Russell hocha la tête. Les Afghans poursuivirent leur discussion. Ils faisaient des signes en direction de l'homme agenouillé, puis d'autres en direction du ciel – désignant peut-être là leur ultime destination, ou bien l'espace cobalt d'où tombaient les obus de mortier. Un ancien sortit du groupe d'hommes, levant une main, et le silence se fit dans l'instant; il les regarda tous avec un calme presque religieux. Quand il se mit à parler doucement, ceux qui l'écoutaient plissèrent le front de concentration et certains hochèrent la tête. Il toucha légèrement l'épaule de leur prisonnier. Il pointa le doigt vers le sol sur lequel ils se tenaient tous. Puis il brandit un énorme couteau. Russell n'avait vu personne le lui tendre et il n'avait pas vu l'homme le tirer de quelque endroit de ses vêtements. Sa main était vide et tout à coup elle ne l'était plus. La lame était une machette de fabrication très étrange et dont le tranchant s'incurvait vers l'extérieur de manière presque obscène ; l'ancien fit un pas en avant et d'un seul geste plein de maîtrise, il sépara proprement la tête du corps du prisonnier. Russell sentit sa peau bourdonner, et il regarda, ébahi, le crâne de l'homme dégringoler au milieu des cailloux. Le torse décapité bascula sur le côté et le sang se mit à jaillir sur la neige, et l'ancien, dont la robe avait été tachetée par les éclaboussures, tendit sa lame à un subordonné et s'écarta. Un des Afghans poussa un cri perçant et les autres reprirent en écho. Les Américains avaient commencé à reculer en chancelant et un jeune soldat fit demi-tour et prit en courant le sentier qui menait à son bunker.

Mais le rituel n'était pas terminé. Deux Afghans s'avancèrent et, prenant chacun un bras du prisonnier, le remirent dans une position agenouillée – le sang avait cessé de gicler et s'écoulait doucement. Un troisième Afghan – le chef de la milice locale que Russell avait entendu se faire appeler Bari par plusieurs Américains – s'approcha avec un bidon de vingt litres d'essence et, sans se presser, en versa le contenu dans le cou du supplicié. Puis il lança le bidon au loin et fouilla dans les poches de sa longue robe. Il sortit une petite boîte d'allumettes, en gratta une, puis une deuxième, sur le côté de la boîte, et les jeta sur le corps. Des langues de feu jaillirent et les flammes léchèrent la chemise ensanglantée du prisonnier décapité, puis elles finirent par atteindre la cavité entre ses épaules. Les deux hommes qui maintenaient toujours le corps lâchèrent prise et une boule de feu d'un bleu vif monta dans le crépuscule, et le haut du corps bascula en avant, comme s'il se courbait pour la prière.

Il ne resta pas courbé longtemps. L'essence avait rempli l'estomac du mort et imbibé ses vêtements, et tandis que le feu consumait le corps, il se mit à se tortiller. À nouveau, les Afghans émirent un cri perçant alors que le tronc se redressait en se tordant, agité de spasmes violents, puis se cambrait avant de retomber, exécutant une effroyable danse macabre.

— Doux Jésus, dit Russell, avant de se tourner vers Sara et de constater qu'elle n'était plus assise près de lui.

Il jeta un coup d'œil vers la muraille de gabions, puis vers le portail. Il regarda à nouveau vers le spectacle au centre du camp, et c'est alors qu'il la vit. Elle était parvenue à descendre du mur de sacs de sable et elle se faufilait parmi les soldats, au milieu de la foule des miliciens, rejoignant le cercle des anciens, et sa frêle silhouette en blouse stérile – comme celle d'une petite fille, toute menue – se rapprochait de plus en plus de la forme en train de danser.

Russell sauta à terre et se précipita derrière elle, au milieu des Américains éberlués et des Afghans qui murmuraient entre eux. Elle se trouvait à moins de dix mètres du corps en flammes lorsque Russell la rejoignit. Il la saisit par le poignet et commença à la tirer à l'écart. Elle le suivit sans résister, inerte comme une poupée. Ils prirent le sentier bordé de sacs de sable dans l'air frais du soir jusqu'au poste médical et attendirent quelques instants devant la tente, reprenant leur souffle.

Sara leva les yeux vers lui. Ses pupilles dilatées étaient aussi grosses que des pièces de dix cents et son expression était celle d'une personne que l'on vient de sortir doucement d'une transe. Euphorique. Fascinée. Son haleine faisait de la buée dans le crépuscule bleuté.

Il resta près d'elle, lui tenant la main, jusqu'à ce que son visage reprenne des couleurs, que ses yeux se mettent à bouger et qu'elle revienne à son état normal.

— Ça…, lui dit-il quand il se sentit en mesure de parler, *ça*, c'était dingue.

Le matin suivant, une tempête arriva par l'ouest et il se remit à neiger, le monde blanc tombant lentement, assourdi et silencieux. L'air était immobile et très froid. Russell se frictionna les mains l'une contre l'autre, les replia et souffla dedans, puis il sortit ses gants d'une poche plaquée sur son pantalon.

Tout au long de cette journée-là, un sentiment de malaise lui rongea l'estomac. Ce n'était pas seulement les mortiers et les roquettes, la pensée que la mort pouvait tomber du ciel en hurlant. Le creux sous son sternum se fit douloureux. Il sentait le sang battre à ses tempes. La neige et la fin de l'alerte semblaient rendre les choses pires encore.

À la tombée du jour, regardant depuis la tente où il était allé chercher un peu de chaleur avec quelques autres soldats, il vit trois silhouettes traverser le camp, deux grandes et une petite – Ox et Pike en compagnie de Wheels – le bonnet enfoncé jusqu'aux oreilles et le col de leur veste relevé pour se protéger du froid. Wheels portait un keffieh à carreaux noirs et bruns – Dieu seul savait où il avait bien pu dénicher ça. Russell sortit sur le sentier blanc damé, la neige craquant sous ses chaussures. Il leva un bras pour leur faire signe, mais les trois hommes l'avaient déjà vu et venaient vers lui.

Tandis qu'ils approchaient, Russell vit que l'énorme Ox avait le côté gauche de la mâchoire gonflé par une chique et que Wheels en avait coincé une aussi derrière sa lèvre inférieure. Tous les deux ou trois pas, il se penchait pour cracher. Arrivé près de Russell, il lui donna une tape sur l'épaule et pointa le doigt vers sa bouche.

— Le sergent m'en a donné un bout, lui dit-il.

— T'en as de la chance, dit Russell.

Ils restèrent là, tous les quatre, un moment.

— Faut qu'on y aille et qu'on mette fin à ça, dit Pike.

Russell était bien d'accord. Le problème, dit-il, était de savoir comment s'y prendre.

Puis il ajouta, pointant successivement un doigt vers lui-même, Ox, Wheels et le sergent Pike :

— *Nous ?*

— Tu serais partant ? demanda Pike.

— Et on ferait comment ? demanda Russell.

— Le sergent pensait à une attaque-surprise, dit Ox.

Ses lèvres s'entrouvrirent et il cracha entre ses dents avec habilité un jet effilé qui retomba en arc de cercle vers le sol, sans qu'aucune goutte reste attachée à sa barbe ou sur le devant de sa veste.

— On va essayer de les attaquer par surprise ? demanda Russell. Il faudrait d'abord savoir où ils étaient. Faudrait savoir où ils *vont* être.

— Je sais où ils sont, dit Pike.

Russell réfléchit à la chose. Il se dit que les chances pour que Pike connaisse l'emplacement précis – ou futur – d'une équipe de mortier ennemi étaient minces, voire nulles. Il le fit savoir à Pike.

Pike répondit :

— Il reste encore combien de temps avant qu'un de ces obus aille plus loin et finisse par s'abattre sur *notre* camp ?

— Ou sur les chevaux, renchérit Ox.

— Ou sur les chevaux, reprit Pike.

Bizarrement, Russell n'avait pas encore envisagé cette possibilité, comme si la montagne et cette forteresse au sommet de la colline allaient empêcher un obus perdu de tuer tous les animaux dans le corral.

— On partirait quand ?

— Je pense que le plus tôt serait le mieux. Pas toi ?

— Juste nous quatre ? dit Russell.

— Rien que nous, dit Pike.

Russell regarda Wheels, son ami qui se tenait là, les pupilles tremblotantes. Il ouvrit la bouche comme s'il voulait donnait à Russell son avis sur ce plan, mais au lieu de cela, il cracha. Ou plutôt, il voulut cracher. Il garda les mâchoires serrées, comme Ox, essayant de faire gicler le jus de tabac entre les dents de devant, mais contrairement à Ox, sa technique n'était pas au point et son crachat dégoulina de ses lèvres et retomba sur sa barbe. Se penchant en avant, il posa une main sur un genou et s'essuya le menton du revers de sa manche.

Il leva les yeux vers Russell. Sa pomme d'Adam eut un soubresaut.

— Je crois bien que j'en ai avalé un peu, dit-il.

Ils quittèrent la base Dodge juste après minuit. Pike avait procuré un gilet tactique à Wheels et à Russell, des genouillères, un casque et des poches pour leurs munitions. Leurs deux fusils étaient restés en bas, au camp, mais Ox leur donna deux fusils automatiques Colt M4 avec un canon de 16 pouces, une lunette sur la hausse et une autre lunette pour vision nocturne fixée sur un montage juste devant. Une crosse de précision. Un silencieux vissé dans le frein de bouche. La finition sortie d'usine était intacte sur les deux armes – en passant le pouce sur le récepteur, on sentait cette pellicule poudreuse –, et quand Russell demanda au sergent d'où elles venaient, Ox lui répondit simplement d'essayer de la rendre en un seul morceau.

Il leur fallut pratiquement une heure pour descendre dans le fond de la vallée, et quand ils atteignirent la cuvette, Russell sentit l'air froid sur son visage, et la lune éclairait les branches nues des chênes, projetant des ombres arachnéennes sur la neige et sur la pierraille dans les endroits qui n'avaient pas été recouverts. L'équipe de mortier qu'ils recherchaient tirait d'une distance de quatre kilomètres environ, et Pike pensait que la position ennemie se situait dans une petite ravine qui descendait d'une gorge dans les montagnes, de l'autre côté de la vallée. L'idée du sergent était d'essayer d'y parvenir avant l'aube et de tendre une embuscade. À condition, bien sûr, que les servants du mortier ne soient pas déjà sur place, en train d'attendre.

— Tu crois qu'il a raison ? avait demandé Wheels à Russell juste avant leur départ.

— Je crois que *qui* a raison ? dit Russell. À quel sujet ?

— Le sergent. Tu crois qu'il sait où ces talibans sont postés ?

Russell répondit qu'il n'en avait pas la moindre idée.

— Je ne vois pas comment il pourrait savoir, dit Wheels. À moins qu'il ne soit allé voir. Et s'il n'y est pas allé, il ne sait rien.

— Alors, j'imagine qu'on n'a pas à s'inquiéter qu'on nous tire dessus, dit Russell.

Wheels le dévisagea.

— Qu'est-ce qui te prend, t'es malade ?

— Je vais bien, dit Russell.

Wheels l'observa un bon moment avec attention. Puis il dit :

— Tu peux pas te permettre de penser à ce genre de truc.

— Penser à quoi ? demanda Russell.

— C'est une jolie fille, dit Wheels, mais c'est vraiment pas le moment.

Russell resta silencieux.

— Je t'en ai pas parlé jusque-là parce que tu sais comment tu réagis, parfois.

Russell répliqua :

— Non, je ne sais pas. Dis-moi comment je réagis.

Wheels expira très lentement, en secouant la tête.

— Russ, c'est pas pour t'asticoter. Je te le dis, c'est tout.

— Il ne s'est rien passé entre nous, dit Russell.

— Pas encore, répondit Wheels. Mais j'ai bien vu la façon qu'elle a de te regarder. Je t'ai vu la regarder. Attends d'être rentré au pays. Là, maintenant, ça ne fera que t'embrouiller les idées.

Russell le regarda. Ses cheveux platine qui avaient poussé en une sorte de petite crête de coq. Ses pupilles tremblotantes, sans cesse en mouvement.

— Depuis quand tu es la voix de la raison ?

— Depuis toujours, dit Wheels.

Ils progressèrent le long d'une gorge qui serpentait au fond de la vallée. Cela avait été un cours d'eau, à une époque, mais elle était maintenant complètement à sec et tapissée de pierres en forme d'œufs parfaitement polies qui luisaient sous la lune. Russell baissait sans cesse les yeux pour voir où il posait les pieds. Il était facile, dans de telles conditions, de se tordre une cheville et de s'infliger une blessure mécanique, ce qui ferait tomber à l'eau toute la mission. À un moment, il s'arrêta et releva la manche de sa veste pour regarder sa montre. Ils avaient encore deux heures avant les premières lueurs. Il rajusta la bandoulière de son fusil et reprit sa marche.

La gorge faisait un angle qui remontait au nord et ils grimpèrent le talus côté sud pour obliquer vers l'est. Depuis qu'ils avaient quitté le camp, personne n'avait dit un mot et ils gardaient toujours le silence, marchant sans bruit, à une quinzaine de mètres de distance les uns des autres, examinant les environs à l'aide des lunettes fixées sur leurs fusils. Russell balayait du regard le terrain qu'il divisait en secteurs. Un ancien du Vietnam qui avait accompli son temps dans les patrouilles de reconnaissance infiltrées lui avait dit un jour que tout ce qui méritait un coup d'œil méritait qu'on braque son fusil dessus. Conseil judicieux, se dit Russell.

Ils atteignirent les premières pentes de la chaîne s'étendant vers l'est et s'engagèrent en file indienne sur un sentier de chèvres en direction du sud. Ils parcoururent plusieurs centaines de mètres, puis Pike leur fit signe d'arrêter, levant la main gauche en l'air avant de mettre un genou à terre. Les trois hommes derrière lui s'agenouillèrent simultanément. Quelqu'un qui les aurait observés aurait pu croire qu'ils avaient répété. Pike leva les yeux vers une ravine sur sa droite, puis il pointa l'index vers les étoiles en dessinant un cercle plusieurs fois. Ils se levèrent et avancèrent dans la gorge.

Les parois du couloir étaient couvertes de glace, et dans les lunettes de vision nocturne, le monde était baigné d'une lumière verdâtre. Russell abaissa son fusil et jeta un coup d'œil à la lune, plaçant sa main tendue entre elle et l'horizon. Il leur restait une heure d'obscurité, et c'était là qu'ils allaient la perdre. Il suivit Ox, prenant soin de poser ses pieds dans les traces du sergent, comme un enfant derrière son père.

Après une ascension de quatre-vingt-dix minutes, lente et traître, ils parvinrent à la clairière que cherchait Pike, se déployèrent en éventail et mirent leur fusil à l'épaule. L'endroit était désert, mais la neige portait des traces de pas et, au beau milieu de cette clairière, on voyait nettement l'emplacement de la plaque de base d'un mortier, un carré concave, gelé, bleuté dans l'air froid de l'aube. Ils le contemplèrent tous les quatre. Wheels posa un genou à terre près de la marque dans le sol, tendant la main pour en suivre le contour. Il leva les yeux vers le sergent Pike, puis vers Russell.

— Nom de Dieu, dit-il.

RUSSELL était étendu dans la neige sous les chênes verts de la bordure est de la clairière, clignant des yeux de temps en temps pour en chasser le sommeil. Il observait son haleine se dissoudre dans l'air comme de la fumée et, régulièrement, il se tournait pour regarder vers les hauteurs enténébrées où se trouvait la base d'artillerie Dodge, perchée sur son sommet imprenable, attendant que le soleil atteigne la ligne de crête. Des silhouettes sombres d'oiseaux zigzaguaient dans le ciel. Par dizaines, formant des essaims, comme des insectes. Russell observait la manière dont ils semblaient se convulser en vol et changer de trajectoire dans un battement d'ailes constant et frénétique. Il cligna des paupières une fois de plus, se massa les yeux entre le pouce et l'index, et c'est alors qu'il se rendit compte que ce n'étaient pas des oiseaux. C'étaient des chauves-souris. Plongeant entre les branches des arbres, elles se nourrissaient tout en volant. C'était un sinistre présage et il en conclut que deux choses pouvaient arriver dans l'heure suivante : ou bien ils ne verraient aucun signe de l'équipe du mortier qu'ils recherchaient, ou bien ils allaient tous mourir à cet endroit.

Ses deux hypothèses se révélèrent fausses. Tandis que la lumière progressait au milieu des feuilles et des branches, il entendit tout à coup un échange à voix basse et, n'en croyant pas ses yeux, il vit quatre hommes descendre la piste en direction de la clairière. Quatre talibans. Il cligna des paupières et recompta. Ils étaient cinq. Ils étaient vêtus de chemises noires très amples, de pantalons noirs de tissu fin, et de turbans d'un noir un peu plus clair, presque gris, et trois d'entre eux portaient un antique mortier de l'époque soviétique qui devait peser une cinquantaine de kilos. Il était impossible de transporter cette arme aisément si elle était privée de sa base à roulettes, et il semblait bien à Russell que c'était précisément le cas.

Les trois hommes posèrent le mortier dans la neige qui craquait et entreprirent de fixer le bipied. L'un d'eux, grand et maigre, chaussé de sandales en plastique de mauvaise qualité, descendit de son épaule un sac de toile et commença à en sortir les projectiles, plaçant chaque obus de trois kilos à portée du lanceur, le nez dans le tapis blanc. Les autres continuaient à discuter tout bas en pachtoune ou en dari, et la forme des mots fit courir un frisson de panique sur tout le corps de Russell avant de se loger dans son dos comme une chaussure appuyant sur sa colonne vertébrale. Il observa les hommes finir d'assembler le mortier et commencer à composer des coordonnées, l'un d'eux pointant ses jumelles en direction des montagnes où la base américaine s'éveillait dans la lumière du petit jour. Russell mit en joue le torse du combattant le plus proche, alignant le point rouge de son viseur sur le centre de la poitrine de son ennemi, recherchant la masse centrale. Du pouce il régla le sélecteur, pour l'enclencher très lentement sur SEMI, suivant la molette avec le gras du pouce et la bloquant au dernier moment pour l'empêcher de cliqueter. Il recourba l'index à l'intérieur du pontet et il sentit le métal froid contre son durillon. Puis il attendit, se concentrant sur sa respiration.

Un des hommes avait installé une lunette d'observation sur son trépied à l'autre extrémité de la clairière et il scrutait quelque chose au nord. Il venait de se retourner vers ses compagnons lorsqu'une fente en forme de vulve s'ouvrit dans sa pomme d'Adam et il tomba lourdement dans la neige, les jambes croisées sous lui, dans un mouvement bizarre qui semblait presque clownesque. Il agrippa sa gorge des deux mains, comme s'il étouffait. Du sang se mit à jaillir entre ses doigts. Les talibans s'étaient retournés pour regarder. Ils avaient l'air de ne pas comprendre ce qui se passait, puis deux d'entre eux s'abattirent face contre terre, la tête d'un autre éclata comme un melon, et il fit encore trois pas en titubant avant de s'écrouler.

Avec les silencieux, les balles bourdonnaient comme des guêpes dans la clairière. Le dernier survivant n'essaya même pas de lever son fusil. Il s'élança à toute vitesse vers les arbres où Russell était tapi. Russell pressa sur la détente deux fois, très rapidement, deux tirs successifs, presque simultanés. Il vit très clairement le visage de l'homme – ses yeux écarquillés, les sourcils légèrement levés, des gouttes de sueur visibles sur son front. Quand les balles l'atteignirent, il pivota sur un côté puis bascula en avant et, emporté par son élan, il vint heurter un arbre. Russell se releva sur les genoux, puis, le fusil toujours braqué sur l'homme, il se mit debout et s'avança. Le taliban était étendu sur le ventre, les deux bras autour du tronc de l'arbre, comme s'il voulait l'étreindre. Russell resta quelques instants sans bouger, puis il amena le canon de son fusil en position basse et toucha l'homme du bout de la chaussure. Il n'eut aucune réaction. Russell jeta un coup d'œil aux autres corps étendus dans la clairière. Pike, Wheels et Ox arrivaient du côté sud, progressant avec précaution, tenant leur fusil épaulé et regardant par-dessus leur lunette de visée. Russell leva une main pour leur faire signe et Pike lui fit signe également.

Ils se rencontrèrent sur le terrain plat couvert de neige. Le soleil était passé au-dessus de la crête des montagnes à l'est et Russell tourna le dos à la lumière, plissant les paupières.

— C'est toi qui l'as descendu ? demanda Pike.

— Ouais, répondit Russell.

Pike passa une main gantée dans sa barbe et baissa les yeux vers l'homme que Russell avait tué. Puis il regarda Russell et lui adressa un hochement de tête silencieux.

Russell se massa la peau au-dessus de son sourcil gauche. Il se retourna et scruta la lunette d'observation sur son trépied.

— Qu'est-ce qu'ils regardaient ? demanda-t-il.

Pike parut ne pas l'entendre. Il s'avança vers un des corps et se mit à le fouiller à la recherche de renseignements. Russell l'observa un moment, puis il alla jusqu'à la lunette. C'était une Bushnell 60x65 toute neuve, la même que celles utilisées par les marines au nord de Bagdad, et Russell comprit qu'elle avait été prise à des soldats américains. Il se pencha pour coller son œil à l'oculaire.

Le flou de la brume et de la vapeur s'élevant des rochers. Des ombres. Diverses nuances de brun voilé de blanc. Il se releva et mit son fusil en bandoulière, puis il se pencha à nouveau pour regarder. Il prit une profonde inspiration et commença à faire la mise au point. Ce qui apparut dans l'objectif était incompréhensible et il cligna des yeux plusieurs fois pour faire disparaître l'image, mais elle était bien là : un homme, dans une clairière semblable à celle dans laquelle Russell se trouvait actuellement, en train de l'observer dans une lunette identique à la sienne. Toutefois, cet homme était vêtu de noir – turban, chemise et pantalon – et à sa gauche se tenaient d'autres individus, habillés de la même manière, et qui s'activaient autour d'un mortier. L'homme qui observait Russell dans sa lunette faisait des gestes à l'attention de ceux qui étaient près de lui. Ils étaient occupés à repositionner le tube du mortier et le pointeur semblait leur faire signe de se dépêcher. La respiration de Russell se bloqua et il se retourna vers Pike. Il avait à peine ouvert la bouche quand il entendit le sifflement tout juste perceptible de l'obus.

Il plongea dans la neige, les deux mains collées sur les oreilles, les coudes serrés l'un contre l'autre. Ses genoux s'étaient repliés sur sa poitrine et il resta ainsi tandis que l'air devenait brûlant et que des mottes de terre pleuvaient autour de lui. Il avait la tête qui bourdonnait et il n'entendait plus que le sang qui se précipitait à l'intérieur de son crâne, et avant même d'ouvrir les yeux, il se mit à tâter tous ses membres pour s'assurer qu'ils étaient encore là. L'odeur de la poudre et de la fumée. Les relents âcres du pin réduit en charpie. Il se releva à quatre pattes. Le soleil, qui brillait à travers la poussière et la fumée, était un soleil du matin orange, et il vit Wheels et Ox étendus très près l'un de l'autre, se touchant presque. Il voulut les appeler, mais il ne put entendre le son de sa voix, et quand il regarda sur sa gauche, il vit Pike.

Le sergent était étendu sur le dos à côté du mortier renversé, clignant des paupières et un brouillard de sang artériel écarlate giclait de sa jugulaire sectionnée, tandis qu'un liquide séreux suintait de ses oreilles. Il avait levé une main vers le ciel et semblait vouloir attraper quelque chose qu'il était seul à voir. Il ferma la main, serrant le poing, et la tourna légèrement – le geste de quelqu'un qui ouvre une porte. Russell rampa jusqu'au sergent et appuya la paume de sa main sur le cou du blessé. Cherchant dans une poche, il en tira son foulard, qu'il plia sur la plaie pour en faire une compresse. Les paupières de Pike tremblaient et Russell cria aux deux autres de venir avec leur trousse d'urgence, mais ses paroles furent englouties dans un grand vide bourdonnant. Il tira le sergent jusqu'au bord de la clairière où il fut rejoint par Ox et Wheels. Ensemble, ils traînèrent Pike plus profondément dans les arbres, laissant derrière eux une cuvette de neige et de terre gelée, ainsi que des filets de sang brillant. Un autre obus de mortier explosa plus haut sur la pente, à une centaine de mètres, suivi d'un autre encore plus loin. Russell s'arrêta et comprima le cou du sergent. Il leva les yeux vers le visage des deux hommes en face de lui.

Ox se pencha vers lui et commença à articuler des mots, mais Russell l'arrêta, lui montra ses oreilles en secouant la tête. Le colosse le scruta un moment, puis, tendant le bras, il mit sa main sur le treillis de Russell, déchiré au niveau de la cuisse, côté extérieur. Russell baissa les yeux et examina sa jambe à l'endroit où un éclat d'obus avait transpercé le tissu. La décharge d'adrénaline l'empêchait de sentir sa blessure, mais la plaie ne paraissait pas profonde. Il saisit les poignées fixées sur le gilet pare-balles du sergent Pike et fit signe à Ox et à Wheels de le prendre par les pieds. Ils soulevèrent le blessé et entreprirent de descendre le flanc de la colline, se frayant un chemin à travers les pins et les chênes, tandis que le soleil éclairait leur visage et que les pupilles du sergent se dilataient.

PÉNIBLEMENT, ils regagnèrent le fond de la vallée. Ils transportaient Pike sur une civière pliante qu'ils avaient emportée, mais il n'y avait plus d'urgence, désormais, car le sergent était mort. Ils avaient utilisé la plus grande partie de leurs munitions et Russell avait une étrange sensation dans le dos, et par ailleurs, son fusil automatique s'était enrayé. Il avait tiré vingt-huit balles, et quand la culasse s'était ouverte en claquant, il avait engagé un chargeur plein, mais il n'avait pas réussi à remettre son arme en fonction : le dégagement d'arrêtoir de la culasse restait bloqué et refusait de bouger. Il avait essayé de ressortir le chargeur, mais il était également bloqué. Ils posèrent le corps du sergent sur le sol et essayèrent d'établir une sorte de périmètre. Avec sa lunette, Russell examina le terrain plus loin, dans le fond de la vallée, cherchant des endroits où ils pourraient se mettre à couvert. Le crépitement d'une Kalachnikov se fit entendre dans les collines au-dessus d'eux. Russell se coucha sur le ventre dans la poussière, posa son fusil devant lui et appuya sur le levier de dégagement de la culasse de toutes ses forces. La manette était entièrement gelée.

Il y avait le lit d'un cours d'eau à une cinquantaine de mètres de là, mais il ne savait pas s'ils pouvaient l'atteindre. Il regarda vers Wheels et celui-ci lui rendit son coup d'œil. Wheels leva les yeux vers les hauteurs d'où venaient les tirs. Puis il regarda à nouveau Russell. Ses yeux étaient calmes, ses pupilles immobiles. Russell avait déjà vu cela auparavant, au cours de combats : la poussée d'adrénaline semble agir comme un sédatif. Il mit son fusil en bandoulière, se redressa sur les genoux et fit un geste en direction du sergent mort. Puis il se déplaça jusqu'à lui et prit les poignées de la tête de la civière.

Une balle passa au-dessus de lui – il perçut le claquement sec à quelques pas de son oreille – et il s'accroupit. Ox et Wheels le rejoignirent derrière et saisirent la civière, puis ils s'élancèrent au petit trot tandis que les balles ricochaient de chaque côté.

Ils parvinrent au cours d'eau, descendirent la rive jusqu'au fond du lit. Russell essaya de déterminer s'il s'agissait de la même tranchée que celle qu'ils avaient empruntée la nuit précédente, mais il n'en était pas sûr. Ox partit en avant pour couvrir leur retraite et Wheels s'agenouilla au-dessus du corps du sergent mort comme s'il voulait le ressusciter. Russell aperçut des panaches de fumée s'élevant des montagnes, à l'est. Les obus de mortier s'abattaient une fois de plus sur la base Dodge. Il sortit un autre foulard de sa poche, le déplia sur ses genoux, s'assit et commença à démonter son arme, appuyant sur les goupilles de fixation et les faisant ressortir de l'autre côté du récepteur avec ses ongles. Posant le récepteur supérieur en travers de ses cuisses, il prit son couteau et commença à faire levier sur le chargeur pour essayer de le dégager de son logement. Comme cela ne donnait rien, il rassembla les deux parties du récepteur et remit les goupilles en place. La sueur lui coulait dans les yeux. Il donna un coup de la paume de la main sur le chargeur, puis il saisit le fusil par la crosse et la poignée avant et frappa le chargeur contre le sol. Il resta assis un moment. Il sentait la douleur lui faire comme un nœud rouge et sourd dans le dos. Il regarda le sol gelé de part et d'autre de ses jambes, arracha de la neige un morceau de grès gros comme le poing, et après avoir placé le fusil en travers de ses cuisses, il frappa sur le dégagement d'arrêtoir de la culasse. Le grès se fendit en deux, mais le dégagement céda et la culasse s'enclencha en avant, faisant passer une balle dans la chambre. Pointant le fusil vers le ciel, il fit feu. Puis il tira encore deux balles. Il appuya sur le bouton d'éjection du chargeur et celui-ci tomba sur ses genoux. Il l'examina, essayant de voir ce qui aurait pu le coincer, mais rien ne semblait anormal ou endommagé. Il le remit en place d'un geste vif, tira encore deux balles, puis s'avança jusqu'au bord de la tranchée et colla son œil à la lunette pour regarder en direction des montagnes, des mortiers et du soleil d'hiver éclatant.

RUSSELL et ses deux compagnons s'attendaient à devoir porter la dépouille du sergent toute la journée, mais vers midi, un Black Hawk apparut au-dessus des crêtes, au nord, et un quart d'heure plus tard, ils avaient mis le corps de Pike à bord de l'appareil. Un infirmier s'agenouilla au-dessus de lui, tâtant son pouls. Ensuite, l'hélicoptère s'éleva dans le ciel, soulevant des tourbillons de neige comme de grandes fontaines de blanc de chaque côté.

Il y avait deux sauveteurs parachutistes de l'Air Force à bord, un grand et un petit. Russell s'assit sur le strapontin et regarda le terrain flou défiler derrière la fenêtre de Plexiglas – très claire, quelqu'un avait dû la décrasser avec un nettoyant au citron –, puis le plus petit des deux sauveteurs tendit la main vers la déchirure dans le treillis de Russell. Sur le badge de cet homme, on pouvait lire DIAZ ; il retroussa le morceau de tissu pour examiner la blessure, puis il prit une paire de ciseaux et coupa la jambe du pantalon au niveau de la cuisse. Il était en train d'appuyer une compresse sur la plaie grosse comme une pièce de vingt-cinq cents quand il leva les yeux et fronça les sourcils. Il tendit la main vers le gilet de Russell et celui-ci vit que le tissu marron était gorgé de sang. Quelque chose avait perforé le panneau pare-balles sur le côté gauche, mais Russell avait vu cinq hommes mourir, dont un qu'il avait lui-même tué, et il avait l'impression que son corps tout entier flottait en apesanteur, engourdi. Le sauveteur parachutiste entreprit de défaire le gilet pare-balles de Russell et de lui enlever sa veste ainsi que son T-shirt. Russell ferma les yeux.

Quand ils atterrirent sur la base d'artillerie, un petit attroupement les attendait, des membres de l'équipe médicale se tenant un peu à l'écart. Une rangée de soldats blessés étaient étendus le long du mur de sacs de sable, soignés par Sara et les autres infirmières. L'hélico se posa et deux aides-infirmiers s'approchèrent avec une civière. Il fallut à Russell un moment pour comprendre que c'était lui qu'ils venaient chercher. Sara observait la scène. Elle lui fit un signe de la tête et se massa la peau juste sous sa gorge. Russell la regarda et lui fit signe de la main. Il avait récupéré une partie de son ouïe et il dit aux aides-infirmiers qu'il pouvait marcher tout seul, mais ils eurent l'air de se moquer complètement de ce qu'il pouvait ou ne pouvait pas faire, et finalement, un des médecins s'approcha.

— Soldat, lui dit-il, c'est leur gagne-pain.

Russell dévisagea le médecin. Puis il se tourna pour s'asseoir sur la toile fine du brancard. Il sentit le docteur lui passer quelque chose de froid sur la peau sous son épaule et quand il voulut voir ce que c'était, le docteur lui enfonça une aiguille dans le deltoïde et appuya sur le piston.

Puis il se retrouva dans la tente du poste médical. Il savait que son dos lui faisait mal, mais avec les médicaments il ne sentait rien. Savait que ça faisait mal, mais ne le sentait pas. Il voulait dire quelque chose et il essayait de former les mots, mais ils s'évaporaient du bout de sa langue. Quelque chose semblait s'être emparé de lui. Il n'arrêtait pas d'ouvrir et de fermer les yeux. La scène qui se déroulait devant lui ressemblait à des corps pris dans un stroboscope : les docteurs à l'autre bout de la pièce, les docteurs tout près. Il y avait des hommes sur des tables en train de hurler. Des hommes passaient en tourbillonnant sur des chariots d'hôpital.

Puis un médecin lui parlait. Du temps semblait s'être écoulé. Ils avaient enlevé un éclat d'obus de son torse et de sa cuisse, ils avaient débridé les plaies, mais curieusement, ils ne l'avaient pas recousu. Il lui semblait à la fois se rappeler tout le processus et n'en avoir gardé aucun souvenir.

— Vous avez une petite commotion, disait le docteur. Un TCC léger, traumatisme crânio-cérébral. Sur l'échelle que nous utilisons, je dirais 13.

— Qu'est-ce que vous m'avez donné ? demanda Russell.

— Du fentanyl, dit le médecin.

Le ton de sa voix laissait supposer qu'ils avaient déjà dû en parler. Peut-être plusieurs fois.

Russell ferma les yeux. Les rouvrit, puis les referma. Il suçait sa lèvre inférieure à l'intérieur de sa bouche pour l'humecter. Le docteur dit autre chose au sujet des commotions. Apparemment, c'était une question.

— J'ai déjà eu trois commotions, dit Russell. Deux dans le même semestre en jouant au football, au lycée. Et une autre il n'y a pas longtemps.

Il fit un bruit de détonation avec ses lèvres et il leva une main pour mimer une explosion.

— Il y en a de différentes sortes, dit le docteur. Vous avez des problèmes d'audition ?

— Plus maintenant, dit Russell.

Le docteur hocha la tête. Il avait des cheveux gris coupés ras et des lunettes à fine monture métallique. Il sortit une lampe-stylo de sa veste.

— Suivez mon doigt, dit-il.

Il plaça son index à une quinzaine de centimètres du nez de Russell et, lui braquant le faisceau de lumière dans les yeux, il fit bouger son doigt de bas en haut, puis de gauche à droite, comme un prêtre en train de donner l'extrême-onction. Il parut satisfait. Il hocha la tête à nouveau et tapota l'épaule de Russell.

— Vous vous êtes froissé les muscles du rachis lombaire, mais je ne pense pas qu'il y ait quelque chose aux vertèbres ou aux disques. On ne peut pas en être sûr sans une IRM, mais ça m'étonnerait. Vous n'avez pas d'engourdissement et vous n'avez pas de douleur projetée. Ça ne veut pas dire que vous n'aurez pas mal, mais cela semble être musculaire. Il faudra peut-être faire un scanner à un moment ou à un autre. On va vous recoudre ces plaies.

— Qu'est-ce que vous m'avez donné ? demanda Russell.

— Du fentanyl, répondit le docteur en souriant.

Russell ferma les yeux. Quand il les rouvrit, il était sûr que quelques secondes seulement s'étaient écoulées, mais la lumière qui avait décliné dans la pièce indiquait le crépuscule, et Sara se tenait près de lui en blouse stérile. Il y avait un plateau en inox près de son lit et Sara posa quelque chose dessus, une sorte d'instrument, puis elle dirigea le faisceau des lampes sur la cage thoracique et sur la jambe de Russell. Elle se mit à nettoyer des plaies, après avoir ouvert deux paquets de tampons imprégnés de Bétadine, procédant par petits mouvements circulaires autour des blessures. Elle utilisa les six tampons, puis lui fit une piqûre de pénicilline, lui expliquant tout ce qu'elle faisait au fur et à mesure. Elle lui fit un rappel contre le tétanos, puis elle prit une autre seringue sur le plateau, la leva devant ses yeux et appuya sur le piston. Du liquide gicla de la pointe de l'aiguille.

— Prêt ? demanda-t-elle.

Russell acquiesça de la tête. Il ne savait pas très bien à quoi il disait oui et il planait encore un peu trop pour s'en inquiéter. Il sentait ses lèvres à nouveau, mais les lampes projetaient sur lui une lumière chaude apaisante, et il observa Sara enfoncer l'aiguille au bord de la plaie de quelques centimètres sur sa cuisse – une plaie rouge sous l'éclairage, et béante après le débridement, comme une bouche édentée luisante. Sara injecta environ un tiers du liquide d'un côté de l'entaille, puis elle retira l'aiguille et l'enfonça dans la peau de l'autre côté, où elle injecta le reste.

Elle tendit le bras pour reposer la seringue sur le plateau, et elle le regarda.

— On va attendre quelques minutes, le temps que tu ne sentes plus rien.

— C'était quoi ?

— Juste une anesthésie locale, dit-elle. De la lidocaïne.

Russell hocha la tête. Il resta étendu un moment sans rien dire.

— Ils ont eu le sergent Pike. Un obus, dit-il.

— Je sais, chuchota Sara.

— Il avait du sang qui coulait par les oreilles.

Elle s'éclaircit la gorge. Elle lui dit qu'il devait se détendre.

Il détourna le regard et cligna des paupières pour refouler ses larmes. Il dit qu'il n'avait rien pu faire.

Quand il tourna la tête vers elle, elle avait les yeux fixés sur lui. Elle tendit la main vers lui et la posa sur sa joue.

— Bientôt tu ne sentiras plus rien du tout, dit-elle.

SARA commença par la blessure à la cuisse. Après avoir sorti le fil à suture de son sachet, elle le prit entre les mâchoires du porte-aiguille. Posant le menton sur sa poitrine, Russell suivit les gestes de Sara avec détachement, par simple curiosité. Il avait appris à faire des points de suture avec un infirmier des rangers de la base avancée Marez, près de Mossoul, suivant même une formation complémentaire au cas où il aurait à le faire sur le terrain, mais l'occasion ne s'était jamais présentée. Sara passa l'aiguille à travers la lèvre d'un côté de la plaie, puis à travers l'autre lèvre. Elle leva les yeux vers lui tandis qu'elle tirait sur le fil pour le tendre.

— On se sent comment ? demanda-t-elle.

Sous l'effet de l'anesthésie, Russell ne sentait absolument rien, à part une sorte de pression. Il répondit qu'il allait bien.

Elle hocha la tête, fit un autre point, puis noua le fil et le coupa, avant de passer au point suivant. Elle travaillait rapidement, sans effort, piquant une lèvre, piquant l'autre, et tirant sur le fil. Puis elle recommençait. Passant le fil en dessous, à travers la boucle, serrant bien fort avant de couper. Elle faisait ça vraiment très bien. Elle lui dit qu'à une époque, elle s'était entraînée sur des carrés de patchwork.

Une fois qu'elle eut terminé, elle appliqua de la pommade antibiotique sur l'emplacement, puis tendit le bras pour orienter la lampe sur la plaie qu'il avait au flanc. Après un coup d'œil au plateau, elle dit qu'elle devait aller chercher de la lidocaïne ; elle enleva ses gants et sortit du box entouré de rideaux.

Russell resta étendu. L'effet du fentanyl commençait à se dissiper. Son visage avait retrouvé une certaine sensibilité, et il n'entendait plus son cœur battre dans son crâne. Fermant les yeux, il prit une profonde inspiration. Le sergent Pike était debout dans la clairière, les joues cuivrées par le soleil du matin. La tête inclinée d'un côté, son oreille valide orientée vers le ciel, en train d'écouter. Puis il gisait dans la neige comme un pantin désarticulé. À un moment, il était debout, et l'instant d'après il était étendu. Russell ouvrit les yeux et expira. Levant une main, il se massa les tempes avec le pouce et le majeur. Comme s'il pouvait ainsi tout effacer.

Quand Sara revint, elle se pencha pour examiner la blessure sous la cage thoracique de Russell, puis elle examina celle qu'elle venait de suturer sur sa cuisse. Elle avait une expression inquiète sur le visage. Elle secoua la tête.

— C'était la dernière dose de lidocaïne, lui dit-elle.

Russell resta immobile. Il lui demanda ce qu'elle voulait dire.

— Ils ont épuisé notre réserve, dit-elle. Ils n'étaient pas censés pouvoir tout utiliser, mais c'est ce qu'ils ont fait. Comme on n'a pas d'autre anesthésiant local, je ne peux rien te donner contre la douleur. Pas avec une commotion cérébrale, ce n'est pas possible. J'ai été surprise qu'ils t'en donnent au début. Je crois qu'ils ne s'étaient pas encore aperçus que tu avais ce traumatisme. (Elle s'interrompit et le scruta un moment.) Tu comprends ce que je suis en train de te dire ?

Russell hocha la tête. Il comprenait en partie.

— Il faut que je suture l'autre plaie, dit-elle. Je ne peux pas la laisser ouverte.

Russell hocha à nouveau la tête. Il voyait sa blessure à la cuisse sans difficulté, mais il était incapable de tendre le cou suffisamment pour apercevoir celle qu'il avait sur le côté.

— Ça va faire mal, lui dit-elle. Ça va te faire un mal de chien.

Russell lui répondit que c'était OK, mais il lui sembla que ce n'était pas ce que Sara avait envie d'entendre. Son visage parut se crisper. Elle enfila une autre paire de gants en latex, ouvrit un autre kit de suture et prit le porte-aiguille. Elle lui demanda encore une fois s'il était prêt.

— Prêt, dit Russell.

Il sentit une pression, suivie d'une douleur si vive qu'il en eut presque le souffle coupé. Puis la sensation de déchirement disparut un instant, comme si le fentanyl l'avait absorbée. Aussitôt après, ce fut le contraire qui commença à se produire : la douleur dévorait le fentanyl qui finit par être englouti. Tout à coup, il se sentit complètement dégrisé, très éveillé. La douleur lui parut tiède, puis chaude, puis il eut tout le côté en feu. Il serra les dents, il serra les paupières. Le déchirement se propagea dans son torse, gagna sa poitrine, avant de remonter jusqu'à sa gorge et de s'installer dans sa mâchoire. Il avait entendu dire que le courage, c'était tenir une seconde de plus, mais il se dit que s'il y avait encore beaucoup de secondes de ce genre-là, il allait se briser les dents. Il avait l'impression qu'elle était en train de se coudre à lui, que la couture allait les souder l'un à l'autre. Il était sur le point de demander quelque chose dans quoi il pourrait mordre, mais la douleur l'empêchait de faire fonctionner sa bouche, puis elle se déplaça dans ses sinus et finalement vint se loger derrière ses yeux, qui se mirent à brûler atrocement. Il les ouvrit.

Le visage de Sara était l'image même de la concentration. Elle lui dit de rester avec elle. Elle dit qu'il n'y en avait plus que pour une minute. Il avait l'impression qu'elle avait dit cela plusieurs fois déjà. Cela avait pris plusieurs minutes. Cela prendrait encore plusieurs minutes.

Une chose étrange se produisit alors. Il sentit son corps tout entier commencer à s'élever, à s'élever puis à rester en suspens au-dessus du lit. Ce n'était pas les médicaments ; ce n'était pas sa commotion cérébrale non plus. Il ne pensait pas que c'était cela, mais il ne pensait pas vraiment. La douleur semblait le faire décoller et flotter. Elle était dans son côté, sa poitrine, derrière ses yeux, et maintenant, elle l'avait sorti de lui-même, elle l'avait extirpé de son propre corps. Cela aurait pu être les médicaments. Cela aurait pu être la commotion. Ce que c'était, ou n'était pas, importait peu, en fin de compte : il était en train de s'élever, indiscutablement. De deux ou trois dizaines de millimètres, d'abord. Puis une dizaine de centimètres. Il avait quitté son corps. Il flottait librement. Sara poussait l'aiguille, tirait le fil, nouait et coupait. Elle s'arrêta pour le regarder. Il n'y avait rien à dire. Il flottait et ses yeux étaient à quelques dizaines de centimètres de ceux de Sara. S'ils avaient été plus près, les yeux de Sara se seraient brouillés, ils se seraient fondus en un seul globe olive. Au cours de son avant-dernière année au lycée, il avait l'habitude de revenir du match de football avec sa petite amie, dans son pick-up, les cheveux encore mouillés après sa douche, les muscles endoloris. Il prenait l'allée de gravier qui serpentait entre les chênes noirs en direction du ranch, mais ils bifurquaient sur la route d'accès, éteignaient les phares et continuaient à la lumière de la lune. Les ornières parallèles, les laiterons et les chardons, l'herbe qui balayait le châssis. Ils se garaient près des réservoirs de mazout, en surplomb d'un champ de luzerne, et ils baissaient les vitres. Au printemps, ils les baissaient et se déshabillaient mutuellement en quelques secondes ; cette impatience de l'adolescence à l'égard des boutons et des pressions – ça n'allait jamais assez vite. Il enlevait l'ampoule au plafond de la cabine, ouvrait la portière côté passager pour qu'ils aient de la place pour leurs jambes. Après avoir fait l'amour, là, sur la banquette, il restait étendu sur elle, nez contre nez. Pour autant qu'il s'en souvînt, ils ne parlaient pas beaucoup. Elle lui caressait gentiment le dos avec ses ongles et il lui tenait le visage entre ses mains, contemplant ses yeux. Et c'était alors que cela se produisait. Sa vision se fatiguait, ou ils étaient suffisamment près et ses yeux à elle se rapprochaient encore, lentement, jusqu'à ce qu'il n'y eût plus qu'un seul œil bleu en train de le fixer. C'était dans ces instants qu'il avait le plus le sentiment que ce n'était pas simplement une amourette de lycée qui se terminerait quand Elaine partirait pour l'université avec une bourse obtenue grâce à ses performances en tennis – ce que c'était pourtant ; et c'était bien ainsi qu'elle le quitterait. Mais ce bref instant de proximité était suffisant pour le lui faire oublier.

Russell ferma les yeux, et la douleur fit un geste dans sa direction et s'empara de lui. Il se sentit retomber. C'était une question de quelques centimètres seulement, mais ce fut comme un plongeon, sans aucun doute, ce retour en lui-même, tout se passant en sens inverse. Elaine sur la banquette, près de lui, la porte se refermant, son pick-up remontant en marche arrière la route d'accès, puis l'allée de gravier. Ils étaient sur l'autoroute. Ils étaient sur le parking derrière le stade. Il se tenait sous le jet de la douche dans les vestiaires, l'eau chaude lui coulant dans le cou.

Il resta étendu quelques instants sans bouger, essayant de reprendre son souffle.

Quand il ouvrit les yeux, Sara était debout, près de son lit, en train de ranger son plateau. Elle tendit la main, prit le tube de pommade antibiotique et en fit sortir une noisette sur son doigt. Elle vit qu'il la regardait. Elle lui dit qu'il avait été parfait pour elle, très courageux. Elle avait les yeux humides et son visage paraissait d'une grande douceur. Il semblait luire à la lumière de sa lampe. Elle étala la pommade sur la rangée de points qu'elle venait de faire, le mouvement de son doigt cinglant Russell sous les côtes comme un coup de fouet électrique. Puis elle enleva ses gants et les posa sur son plateau.

— On se sent comment ? demanda-t-elle.

Russell ne répondit pas. Il leva une main du matelas ; elle la prit entre les siennes et la garda.

Ils restèrent ainsi quelques instants. Il sentait le reste de talc sur la peau de Sara. Il pensa qu'elle était belle. Il pensa qu'elle le ferait souffrir. Il pensa à la façon dont l'univers avait conspiré pour les placer tous les deux à cet endroit. Il s'éclaircit la gorge pour lui dire à quoi il pensait, mais elle l'arrêta.

— Allons, allons, dit-elle. Chut.

Il s'éveilla après minuit, dans l'obscurité de la tente, la seule lueur provenant du moniteur de surveillance cardiaque sur son support, près du lit. En branchant l'appareil, le docteur lui avait dit que c'était simplement à titre de précaution. La commotion que Russell avait subie était légère, mais il tenait à le brancher à l'électrocardiographe au cas où il aurait une attaque. Russell n'était pas sûr que ça servirait à quelque chose. Est-ce que l'appareil enregistrerait l'attaque ou est-ce qu'il préviendrait l'équipe médicale qu'il en avait une ? Une chose était certaine, il ne l'empêcherait pas. La ligne verte sur l'écran montait et descendait, projetant dans la pièce une pulsation de lueur émeraude.

Il était réveillé depuis quelques secondes lorsqu'il se rendit compte que quelqu'un était dans la pièce avec lui. Il n'avait rien vu ni entendu. Mais il le savait. Il tendit le cou vers la droite, sentant la tension dans ses épaules et dans le muscle trapèze, et il vit une fine silhouette debout à l'intérieur de la pièce. Levant la tête de ses oreillers, il voulut enlever le cathéter de son bras, mais la silhouette s'avança et la lueur du moniteur cardiaque clignota sur le visage de Sara.

Elle posa une main sur la poitrine de Russell et le repoussa gentiment sur ses oreillers. Il avait dormi dans une position relevée pour permettre le passage des tubes et des fils, et la jeune femme glissa la main derrière le moniteur et l'éteignit. L'appareil fit entendre un gémissement tout juste audible. Il ne pouvait plus voir Sara, mais il imagina qu'il la distinguait toujours, comme une forme sombre se découpant dans l'obscurité. Elle sentait le shampooing. Quelque chose qui avait une odeur de baies. Il l'entendait respirer. Ils restaient tous deux silencieux. Ils ne s'étaient jamais trouvés seuls ainsi, et il craignait que le plus petit bruit ne vienne rompre le charme.

Il sentit le poids de la jeune femme sur le matelas, puis ses cuisses de chaque côté de ses hanches. Il n'y avait plus entre eux que son caleçon et un drap. Il ne savait pas ce qu'elle portait, mais il devina qu'elle était en train de s'en débarrasser, puis elle posa ses lèvres sur le front de Russell. Son front, ses joues, et enfin sa bouche. Il respira le parfum du savon sur sa peau.

La main de Sara frôla l'estomac de Russell et elle le fit pénétrer en elle. Son geste était plein de douceur et de savoir-faire, et manifestait une sorte d'étrange précaution. On ne l'avait jamais touché de cette façon – comme s'il était précieux, d'une certaine manière. Elle étouffa un cri et le monde se mit à chavirer et il ne sentit plus son corps ; il plaça les mains sur les hanches de Sara pour ralentir ses mouvements. Elle se pencha en avant et, prenant l'arrière de son crâne dans ses mains, elle plaça sa bouche tout près de son oreille. Il crut qu'elle allait lui dire quelque chose, mais elle n'en fit rien et quand il jouit, cela sembla déclencher une réaction en elle, elle se mit à trembler violemment pendant plusieurs secondes et elle s'accrocha à lui de toutes ses forces. Elle haletait et son visage était trempé. Il remonta ses mains sur la poitrine de Sara, mais elle se releva et se dégagea de lui, ramassa ses affaires, et avant qu'il ait eu le temps de s'en rendre compte, elle avait disparu.

RUSSELL se réveilla dans la lumière trouble du jour, avec l'impression de voir le monde à travers une vitre crasseuse. Il appuya les paumes de ses mains sur ses yeux et se frictionna sous les paupières pour chasser le sommeil. Clignant des yeux plusieurs fois, il jeta un coup d'œil autour de lui. La première chose qu'il remarqua fut la pulsation du moniteur, puis les deux hommes assis sur des chaises pliantes, juste à côté. Russell se hissa vers le haut et essaya de s'adosser à la cloison. Trop vite. Des mouches se mirent à voleter devant lui et il baissa les deux mains pour s'agripper au matelas.

— Doucement, dit le sergent Bixby qui se leva et s'avança sur le côté gauche du lit.

La silhouette de l'infirmier tremblota et devint floue au-dessus de lui – la barbe, les cheveux bruns clairsemés –, et Russell se laissa glisser sous les draps. Il avait l'impression que son cerveau était en train de battre et il se dit qu'il allait être malade. Il sentit la main de Bixby se poser sur son avant-bras. Il ferma les yeux et inspira.

— Est-ce que votre tête a heurté quelque chose, demanda l'infirmier, ou était-ce l'onde de choc de l'obus ?

Russell pressa la langue contre son palais. Curieusement, cela empêcha son estomac de se retourner.

— Onde de choc, s'entendit-il dire.

La main de Bixby quitta son bras. Russell entendit feuilleter des pages – l'infirmier examinait son dossier.

— Vous allez avoir une sensation de vertige pendant quelques jours, dit Bixby.

Russell sentait son équilibre se rétablir. Quand il ouvrit les yeux et tourna la tête, il vit que l'homme assis sur l'autre chaise n'était autre que le capitaine Wynne.

Il se détourna et regarda en direction de ses pieds, la honte pesant sur sa poitrine comme un fer. Il resta sans rien dire quelques instants, se mordant la lèvre.

— Le sergent Pike…, commença Russell avant de s'interrompre.

Il prit une inspiration et souffla, se rappelant qu'il s'agissait d'un membre de l'équipe de Wynne, un frère d'armes pour Bixby. Ils avaient combattu et souffert en compagnie de cet homme, et les émotions de Russell n'avaient aucune importance.

— Vous n'y êtes pour rien, dit Bixby. Brandon était un grand garçon. Il connaissait les risques.

Il y eut quelques moments de silence dans la pièce. Il entendit un hélico décoller au-dessus du camp, les pales tranchant l'air, puis le bruit d'un autre appareil s'éloignant dans les montagnes.

Le capitaine lui demanda si les chevaux faisaient des progrès.

— Est-ce qu'il faut vraiment parler de ça ? demanda Bixby.

Wynne ne releva pas la question et se contenta de répéter la sienne.

Après s'être éclairci la gorge, Russell répondit :

— Je crois qu'ils se débrouilleront très bien.

— Expliquez-moi ce que vous entendez par "se débrouiller", dit Wynne.

— Ils sont prêts à être montés, dit Russell. Ils acceptent d'être sellés, et si personne ne fait de grosse sottise, il est peu probable qu'ils désarçonnent leurs cavaliers. Ils ne sont pas encore familiarisés avec les coups de feu, mais on peut y arriver. Vos hommes vont avoir besoin d'un peu plus d'entraînement, si je puis me permettre. Le sergent Breeburn arrive à peine à tenir sur une selle.

— C'est vrai, dit le capitaine, et maintenant, nous avons un homme en moins.

Bixby se tenait toujours près du lit, lisant le dossier de Russell, et il leva les yeux pour regarder Wynne. Russell sentit immédiatement la tension entre les deux hommes, palpable comme une chute de température.

— Carson, dit l'infirmier.

Une nouvelle fois, Wynne l'ignora. Comme s'il n'était pas dans la pièce. Russell eut une sensation des plus étranges. Peut-être était-ce dû à son traumatisme, mais il lui vint à l'esprit que Bixby était une hallucination et que seul Wynne était bien réel.

— Vous viendrez avec nous, dit le capitaine. Grimes peut prendre la place de Breeburn.

Russell se tourna vers lui. Cheveux blonds, la barbe courte, les yeux bleus comme des saphirs enfoncés dans son crâne.

— En mission ? demanda Russell.

— En mission, dit Wynne.

Bixby se racla la gorge.

— Capitaine, dit-il, sa voix changeant maintenant de ton. Il se pourrait que le caporal Russell doive être évacué. Il va falloir le renvoyer à Bagram pour un scanner.

Le capitaine regarda Russell encore quelques instants, puis se tourna vers Bixby. Le regard du capitaine confirmait la réalité de l'infirmier, et d'une certaine manière, Russell se sentit soulagé.

Puis il comprit qu'il s'était trompé.

L'important, ce n'était pas de savoir si le capitaine était réel et si Bixby ne l'était pas.

L'important, c'était la décision du capitaine de vous regarder.

C'était cela qui faisait que vous étiez réel.

Il revit Sara une dernière fois, quelques jours plus tard. Ils se tenaient à côté de la plate-forme d'atterrissage dans la lumière du petit matin, regardant les membres de l'équipe médicale charger leurs sacs à dos et leur équipement personnel dans un Chinook tandis que leurs remplaçants débarquaient – un nouveau groupe d'infirmiers et infirmières et de médecins, clignant des yeux dans l'aube afghane.

À l'est, le ciel se teintait de rose pâle et les montagnes déchiquetées s'étiraient au loin, rejoignant l'Hindu Kush. Des oiseaux gazouillaient dans les pins gigantesques. Il regarda Sara dans sa veste d'hiver et ses gants, un bonnet enfoncé sur la tête, le nez et les joues rougis par le froid. Le vert de ses iris était parsemé d'éclats d'ambre. Elle avait un nez petit et droit. Elle avait épilé ses sourcils pour ne laisser que de minces demi-lunes et avait ajouté une touche légère de mascara. Il voulut lui dire de faire attention, mais les mots restèrent bloqués dans sa gorge.

— Tu vas rester encore combien de temps ici ? lui demanda-t-elle.

— Jusqu'au printemps. Au début du printemps.

— Et après, ils t'enverront où ?

Il lui dit qu'il ne pouvait vraiment pas le dire.

— Tu ne peux pas parce que tu ne sais pas, ou tu ne peux pas parce que tu ne peux pas, tout simplement ?

— Les deux, dit-il.

Elle baissa les yeux un instant, mordant le coin de sa lèvre inférieure. Puis elle leva les yeux et hocha la tête.

— Tu veux bien dire au revoir à Wheels de ma part ?

— Bien sûr, dit Russell.

— Essaie d'y aller doucement, lui dit Sara. Prends bien ton anti-inflammatoire. Je sais que tu vas arrêter les analgésiques avant l'heure, mais si tu commences à ressentir un engourdissement dans les pieds ou les jambes, dis-le au sergent Bixby. Engourdissement ou fourmillement, l'un ou l'autre.

Mais je pense que c'est seulement les muscles. Est-ce qu'ils vont t'envoyer à Bagram pour le scanner ?

— J'imagine que ça dépend, dit Russell, sans préciser de quoi.

— Eh bien, dit Sara, il faudrait qu'ils le fassent. Ça, et une IRM, aussi. Vraiment, il faudrait, rien que…

Elle parut se retenir. Elle prit une profonde inspiration, puis expira lentement et longuement.

— OK, dit-elle pour elle-même, avant de se forcer à sourire.

Elle tendit la main et lui toucha légèrement le bras. L'index de sa main droite gantée. Un contact furtif, presque imperceptible. Cela dura une seconde, peut-être, et sa main retomba à sa place, le long de son corps, mais dans ce bref instant, quelque chose était passé entre eux, un signal, un courant, et Russell sentit, aussi clairement qu'il sentait son cœur battre, qu'il se trouvait confronté à un problème. Il se rendait compte que jusqu'à présent il s'était préparé à mourir un certain nombre de fois, mais jamais il ne s'était – de manière significative, du moins – préparé à vivre.

Ils quittèrent le camp dans la lumière bleutée précédant l'aube, treize cavaliers, quatre mules, et six chevaux de rechange fermant la marche. C'était la première semaine de mars et il y avait encore de la neige à l'ombre des arbres et dans les ravines pierreuses des versants exposés au nord, mais vers midi, l'air était suffisamment chaud pour qu'ils puissent rester en manches de chemise. Les chevaux allaient d'un bon pas, la buée s'élevant de leurs naseaux comme la vapeur d'un foyer. Wynne chevauchait à la tête de la colonne, Russell à l'arrière, les autres soldats suivant leur capitaine en file indienne sur une piste étroite qui serpentait au milieu des pins et des cèdres pour s'enfoncer dans les montagnes.

Ce premier jour, ils avancèrent sans parler ni même s'arrêter pour consulter leurs cartes. Ils avaient reconnu cette piste-là lors de leurs entraînements avec Russell, mais ils observaient néanmoins un silence complet, et on n'entendait que le clappement assourdi des sabots ferrés sur la terre battue, ou la chute d'une pierre qui se détachait et dévalait dans les graviers et les éboulis. Ils avaient envoyé deux Afghans en éclaireurs, et ces deux hommes devaient prendre une demi-journée de marche d'avance, puis revenir faire leur rapport dans la soirée. L'air commença à se raréfier, les arbres disparurent et ils franchirent un col en hauteur, sur le flanc d'une montagne, tandis que les sommets s'élevaient autour d'eux, que les oiseaux tournoyaient dans le ciel cobalt et que le soleil les accompagnait, éclatant, dans cette étendue de bleu immaculé.

Ils campèrent de l'autre côté de ce pic, dans une cuvette rocheuse protégée, et ils attendirent le retour de leurs éclaireurs. Russell s'occupa des chevaux et aida les hommes à entraver leurs montures, il inspecta les sabots et les fers, puis il resta avec Fella pendant que les autres creusaient leur "tombe de ranger" – leur trou de défense – et que Wheels allumait un feu. Russell étrilla son cheval, puis s'attarda près de lui pour lui parler d'une voix douce, une main posée sur son encolure, jusqu'à ce qu'il sente les muscles se relâcher sous sa paume. Il fit courir ses doigts sur le dos de la jument en lui disant qu'elle était un bon cheval, puis il se retourna et se dirigea vers le feu.

WHEELS et Russell avaient reçu leurs instructions du lieutenant Billings le jour précédant leur départ, et tous deux avaient dû faire des efforts pour suivre ce véritable raz-de-marée d'informations, le flot qui se déversait des lèvres gercées et irritables du commandant en second. Russell n'avait jamais pensé être capable d'éprouver de la haine, mais il s'était mis à détester cet homme, un intrigant calculateur que son rôle de second remplissait d'amertume. Russell n'arrivait pas à imaginer comment Wynne pouvait le tolérer, ni pourquoi il le gardait avec lui. Même après qu'ils eurent participé à l'embuscade contre l'équipe de mortier ennemie, Billings semblait rechigner à tenir informés les deux rangers, deux éléments extérieurs et en plus de simples caporaux.

Il leur dit qu'un commando de Navy SEAL* avait disparu l'été précédent : six hommes, déposés dans le nord-est de cette province avec l'ordre de patrouiller à pied dans les montagnes. Ils étaient entrés en contact radio avec le quartier général le jour suivant leur insertion, puis ils avaient repris contact quelques jours plus tard. Ils n'avaient plus donné de nouvelles

* SEAL : acronyme de Sea, Air and Land (mer, air et terre) : soldats d'élite intervenant sur tous les terrains, constituant une force spéciale de l'US Navy.

depuis. Ils semblaient avoir disparu des écrans radars. Les drones ne repéraient pas leurs signatures thermiques, les rayons infrarouges et les satellites ne détectaient pas leurs GPS. C'était comme s'ils étaient passés dans une autre dimension et s'étaient complètement volatilisés.

D'autres équipes avaient été envoyées sur leurs traces – pour les rechercher et les secourir –, mais de telles tentatives étaient risquées étant donné leur localisation le long de la frontière. Les Opérations Spéciales avaient poursuivi les investigations pendant plusieurs semaines, envisageant même de faire appel aux militaires pakistanais, avant de décider qu'il valait mieux faire en sorte que ce problème reste confidentiel. Peu à peu, le commandement avait abandonné tout espoir, les familles avaient été prévenues et les membres du commando avaient été officiellement portés disparus.

Et puis un beau jour, un des SEAL apparut au sortir de la zone montagneuse et se présenta, titubant, dans un avant-poste des marines, d'où il fut évacué d'urgence vers Bagram. La CIA se mit immédiatement au travail, mais ne put rien obtenir de lui. C'est alors qu'ils firent appel au capitaine Wynne.

Et c'est là, aux dires de Billings, que la situation devint encore plus compliquée. Le SEAL avait été rendu à moitié fou par le calvaire qu'il avait subi et soixante-douze heures de ce qui était, au fond, un interrogatoire n'avaient rien fait pour arranger les choses. Wynne connaissait le terrain mieux que n'importe quel officier de la coalition, et les Opérations Spéciales voulaient avoir son opinion sur l'histoire racontée par le rescapé. La CIA refusait de le croire, même après que ses papiers d'identité eurent été authentifiés, et ils prélevèrent sur lui des échantillons de sang et d'ADN. Ils ne pouvaient pas croire qu'un homme était capable de revenir vivant du fin fond de ces montagnes perdues, Navy SEAL ou pas.

Wynne avait réussi à le faire parler. Le capitaine avait été transporté sur place par hélico, le soir du 11 août, et il était resté assis au chevet de cet homme pratiquement une semaine. Le SEAL lui raconta qu'ils avaient traversé la vallée, puis avaient poursuivi dans les montagnes, suivant leurs cartes et leurs GPS. Que le deuxième jour de la mission, ils s'étaient enterrés pendant la journée et que lorsqu'ils étaient repartis à la tombée de la nuit, tout avait commencé à dérailler.

Leurs cartes étaient fausses. Le terrain était faux. Ils avaient perdu le signal GPS pendant plusieurs heures, et quand ils l'avaient retrouvé, le nord n'avait plus l'air d'être le nord et ils avaient dévié de leur cap. Leur opérateur de transmissions avait voulu annuler l'opération et essayer de revenir sur leurs pas, au point d'insertion, mais le chef du commando n'avait rien voulu entendre, il les avait fait marcher toute la nuit dans la montagne et, au matin, ils étaient perdus.

Ce soir-là, ils eurent un accrochage avec un groupe ennemi et subirent des pertes et, alors qu'ils traînaient leurs blessés jusqu'à une position de repli, ils furent faits prisonniers par des talibans et emmenés dans les montagnes. Les blessés moururent pendant l'ascension, alors les ennemis les dépouillèrent de leur équipement, brûlèrent les corps et éparpillèrent leurs cendres sur le versant. Les quatre SEAL restants furent conduits au cantonnement les yeux bandés, puis menés dans une des cavernes du camp et enfermés dans une cellule. Sans nourriture. On leur donnait de l'eau dans un bol en plastique, comme des chiens. Un des hommes attrapa la dysenterie et mourut une semaine plus tard. Les trois autres furent emmenés l'un après l'autre pour être torturés. Au bout de quelques jours de ce traitement, deux d'entre eux se réveillèrent un matin et trouvèrent leur camarade mort. Il avait trempé une de ses chaussettes dans le bol d'eau et s'était étouffé avec. Ils n'étaient plus que deux.

C'était à ce moment de l'histoire que Wynne et les agents de la CIA avaient une divergence d'opinion. Ce commando, dans son lit d'hôpital, qui affirmait s'être échappé d'un bastion ennemi et avoir traversé les montagnes à pied, en chaussures et caleçon, sans nourriture et sans boussole, était dans un piteux état, et plusieurs de ceux qui l'interrogeaient ne croyaient pas du tout en l'existence de ce camp taliban. Ils pensaient que le détachement avait été accroché, avait subi des pertes, et qu'ils étaient tous morts en essayant de trouver une position de repli, à l'exception de cet homme, dernier survivant, dont la raison n'avait pas résisté face aux épreuves qu'il avait traversées.

D'autres étaient prêts à croire qu'il avait été fait prisonnier, que ses camarades avaient été torturés et qu'il s'était échappé. Ce qu'ils refusaient d'avaler, c'était cette partie de l'histoire concernant la présence d'autres prisonniers de guerre – six ou huit, le SEAL n'avait jamais pu dire avec précision – que les talibans auraient détenus dans ce camp. Ils ne croyaient pas que les talibans auraient eu envie de garder des prisonniers plus de quelques semaines, et ils ne croyaient pas qu'ils garderaient des prisonniers qu'ils n'auraient pas utilisés dans des vidéos de propagande avant de leur couper la tête. Ils en arrivaient cependant à la même conclusion que le premier groupe d'analystes : ce SEAL était retourné à l'état "sauvage", et devait être confié à un service de psychiatrie.

Wynne n'était d'accord ni avec les uns ni avec les autres. Il était convaincu que ce soldat disait vrai. Cet homme était à moitié psychotique – il était affecté de tremblements dans les pouces et semblait capable de s'effondrer à tout moment –, mais il n'y avait pas de mensonge dans ses yeux et à aucun moment il ne s'était contredit. Le groupe responsable de son interrogatoire était inégalement partagé : pour quatre-vingt-dix pour cent d'entre ses membres, le SEAL était bon pour la Section 8, les dix pour cent restants pensaient qu'il fournissait des renseignements exploitables. Wynne, un autre capitaine des Forces Spéciales et le colonel du JSOC* constituaient le groupe minoritaire.

Ils débattirent avec acharnement pendant deux jours. L'autre capitaine des Forces Spéciales, qui partageait l'avis de Wynne, voulait y aller immédiatement, infiltrer une autre équipe par hélicoptère et effectuer un raid sur le camp. Il

* Joint Special Operations Command : commandement des opérations spéciales interarmées.

parvint à convaincre quelques-uns des analystes, mais la plupart étaient toujours décidés à ignorer totalement ce que racontait le commando SEAL. Selon eux, il n'était pas du tout crédible. Selon eux, il n'y avait aucune chance pour qu'il y eût vraiment des prisonniers américains. Au deuxième jour, ils discutaient de l'envoi de drones et de la Delta Force, qui s'introduirait discrètement en passant par le Pakistan, et il y avait aussi deux barbouzes de Langley qui voulaient envoyer une équipe à eux. Leur suggestion souleva un tollé, quelqu'un fut poussé, un jeune commandant et un des analystes commencèrent à se bousculer et Wynne intervint pour les séparer.

C'est alors que le colonel prit la parole du fond de la salle. Il se trouvait avec le 5e groupe des Forces Spéciales à K2, la base de Karshi-Khanabad, quand ils avaient pénétré dans le nord de l'Afghanistan, en octobre 2001, et il rappela à tous que les Forces Spéciales s'étaient déplacées sur ce terrain difficile à cheval. Il était d'avis qu'avoir à nouveau recours à cette méthode présentait quelques avantages pour toute opération de secours. Discrétion. Rapidité. Moyen de transport fiable. Carburant renouvelable. Si c'était son opération, insista-t-il, il utiliserait des chevaux, sans aucun doute. Et pas ces chevaux afghans hirsutes. Il ferait venir de vrais chevaux, par hélicoptère, des chevaux américains, et il ferait aussi venir quelqu'un pour les préparer.

Et c'était là, dit Billings, que Russell était entré en piste. Wynne avait vu la vidéo de l'incident avec le cheval, et ensuite il avait lu les articles sur le grand-père de Russell. Il avait fallu au capitaine moins de trente-six heures pour obtenir le transfert de Russell.

— Alors, c'est une mission de sauvetage ? demanda Russell.

— C'est une mission de reconnaissance, répondit Billings. Nous ignorons ce que nous allons trouver, mais on ne peut pas se permettre de ne pas en tenir compte.

Russell resta assis un moment sans rien dire, s'efforçant de bien considérer tout cela. Il avait des questions à poser, mais avant qu'il n'en ait eu le temps, Wheels lança :

— Cette mission, c'est seulement pour couvrir nos arrières. On couvre nos arrières au cas où toute cette histoire serait vraie. Pour qu'on puisse faire bonne figure devant la presse. C'est pour qu'on ait vraiment l'air d'avoir essayé.

Le lieutenant avait dévisagé Wheels pendant un bon moment.

Puis il avait fait demi-tour et avait quitté la pièce.

Au cours des jours qui suivirent, ils traversèrent des arroyos de grès polis par le vent et le climat, et passèrent sous des surplombs de granite. Levant les yeux sur ces voûtes, les soldats à cheval virent, gravés dans la roche, d'antiques pictogrammes, des runes datant de Dieu sait quel millénaire : le soleil et la lune, des représentations stylisées de chasseurs et des bêtes qu'ils poursuivaient. Ils ralentissaient leurs montures pour étudier ces motifs taillés dans la pierre, puis ils émergeaient dans la lumière aveuglante du jour, sur la piste descendant en lacets dans une forêt de genévriers tordus et de pins.

Le quatrième jour, alors qu'ils s'étaient arrêtés pour leur repas de la mi-journée, une ombre se projeta sur les genoux de Russell, assis en tailleur sur le sol, et quand il se retourna, il vit le capitaine qui lui masquait le soleil. L'officier lui fit signe de venir d'un bref mouvement des doigts et, se levant, Russell le suivit de l'autre côté de la piste, à une quinzaine de mètres de là où les soldats étaient en train de manger. Wynne se passa la main sur le visage.

— Il faut qu'on aille jeter un coup d'œil à nos éclaireurs, dit-il.

Russell le regarda un moment, et Wynne ajouta :

— Je pense à Zero et au caporal Grimes.

— Je peux y aller, dit Russell, mais le capitaine secoua la tête.

— Vous-même excepté, dit Wynne, ce sont bien les deux meilleurs cavaliers ?

Russell se dit que lui-même excepté, le meilleur cavalier était le capitaine, mais il répondit :

— Oui, mon capitaine. Ziza et Wheels.

Wynne réfléchit un long moment, ses yeux bleus fixés sur un point de la ligne d'horizon.

Puis il hocha la tête. Il se retourna et se mit à donner des ordres à ses hommes.

Russell aida Wheels à descendre son équipement, trier ce qu'il avait dans ses sacoches de selle, rendre son barda le plus léger possible : trois rations, six litres d'eau, dix chargeurs de trente cartouches pour son fusil. Les deux rangers étaient debout dans la chaleur de midi, les nerfs aussi tendus qu'une caisse claire, tandis que l'air bourdonnait sur les pentes rocheuses dénudées. Russell aida son ami à monter en selle et lui tint les rênes pendant qu'il s'installait, puis il les lui tendit.

— J'imagine que j'ai pas besoin de te dire d'être prudent, dit-il.

Wheels baissa les yeux sur lui. Ses pupilles n'arrêtaient pas de trembler.

— Si jamais tu vois des méchants, dit Russell, n'engage pas le combat.

— Pas la peine de me dire ça à moi, répondit Wheels en faisant un geste en direction de Ziza. C'est à lui qu'il faut dire de ne pas engager le combat.

— Essaie seulement de ne pas te faire descendre, dit Russell.

— Ça va aller, mon papounet.

— Et ne laisse pas Ziza t'entraîner dans une situation difficile. À cette altitude, on peut faire mal à un cheval. On peut lui faire mal dans cette chaleur.

Wheels hocha la tête. Il enfonça sa casquette de base-ball, pliant la visière des deux mains, puis il se frotta la paume des mains sur les cuisses.

Ziza était déjà en selle. Il s'avança jusqu'aux deux rangers et regarda Wheels. Puis d'un léger coup de rênes, il mit son cheval en marche et le poussa au petit trot dans le lit d'argile craquelée qu'ils utilisaient comme piste. Russell tapota du poing le tibia de Wheels, qui baissa les yeux sur lui.

— Alors à ce soir, dit-il, en lançant son cheval à la suite du commando afghan.

Russell observa les cavaliers manœuvrer dans le lit du ruisseau à sec avant de disparaître au détour d'une arête.

Il eut à peine le temps de se faire du souci. Les deux hommes n'étaient partis que depuis quelques heures lorsqu'ils furent aperçus en train de remonter le lit du cours d'eau vers le campement, suivis des deux éclaireurs afghans dont les visages burinés affichaient une expression alarmée, et dont les chevaux avançaient d'un pas las dans les vibrations et les déformations de l'air chaud. Sur son grand cheval bai, Ziza s'avança dans le camp jusqu'au demi-cercle formé par les hommes qui les observaient. Il fit un signe de tête à son capitaine, puis d'un autre mouvement de la tête, il désigna le lit du ruisseau.

— Nous avons des éléments hostiles, dit-il.

— À quelle distance ? demanda Wynne.

— Cinq kilomètres, dit Ziza. Peut-être moins.

Les éclaireurs avaient eux aussi maintenant atteint le camp, et ils attendaient sur leur selle, l'air nerveux. Russell les regarda attentivement. S'ils avaient pensé que se porter volontaire pour ce poste dans le but de quitter l'armée nationale afghane était une bonne idée, ils avaient changé d'avis.

Ox alla vers le cheval de Ziza et frictionna la joue de l'animal avec ses phalanges.

— C'est une embuscade qui nous attend là-bas, ou quoi ?

— Ce n'est pas une embuscade, dit Ziza. Ils se baladent avec des Kalachs, mais ils n'ont même pas de cartouchières. Il y en a qui n'ont pas d'armes du tout.

Wynne fit signe aux éclaireurs et Ziza s'adressa à eux en dari.

Le plus mince des deux s'arrêta à quelques pas du capitaine et resta là, les yeux dans le vague et les pupilles légèrement révulsées, comme s'il essayait de lire à l'intérieur de son crâne les mots qu'il cherchait. Finalement, il dit en anglais :

— Il a beaucoup peur, cet homme.

— De quoi ? demanda Wynne.

— Il a peur de cet endroit que nous voir. Ziza et votre homme le voir aussi. Il y a beaucoup de mal dans cet endroit.

Bixby se tenait près de Wynne et écoutait avec attention.

— On peut les contourner ? demanda-t-il.

L'éclaireur plissa les yeux un instant, paraissant réfléchir. Puis il secoua la tête.

— Nous devons aller en arrière.

— En arrière, dit Wynne.

— Oui. Ils sont trop beaucoup. Nous n'avoir pas assez d'hommes pour faire la bataille. Nous devons aller en arrière.

Le capitaine lui dit qu'ils ne retourneraient pas en arrière. Il donna l'ordre à tout le groupe de se mettre en selle.

Dans ces montagnes, quand il pleuvait, c'était d'un seul coup, sans avertissement ; et très vite, la portion de ciel au-dessus de leurs têtes s'était assombrie et un petit crachin s'était mis à tomber. Les hommes enfilèrent leurs ponchos et suivirent le capitaine le long d'une rivière où une eau peu profonde s'était mise à couler. Une centaine de mètres plus loin, Wynne fit remonter la berge à son cheval pour marcher au bord du ruisseau, il se retourna sur sa selle et fit signe aux autres cavaliers de l'imiter.

Wheels jeta un coup d'œil vers Russell. Il pointa le doigt vers le cours d'eau qui était apparu sur leur gauche.

— Crue éclair.

— On dirait, répondit Russell.

Pendant les quelques heures qui suivirent, ils chevauchèrent sous une averse soutenue, au bord de ce qui était devenu une rivière, l'eau marron dévalant la pente, charriant des morceaux de bois flotté, des buissons d'épineux, le cadavre d'une petite chèvre. Russell crut voir une bouteille en plastique transparent, mais il n'en était pas sûr et elle ne resta visible que quelques secondes avant d'être emportée par le courant. Wynne avançait à leur tête, et la pluie commença à faiblir, puis elle cessa brutalement. Les éclairs illuminaient les sommets au nord, le ciel s'éclaircit et ils virent apparaître des bandes de bleu au-dessus d'eux. Une heure plus tard, le soleil perçait les nuages de ce début de soirée et, tout autour des cavaliers, la terre fumait comme si on venait de la sortir du four. Wynne fit arrêter ses hommes, descendit de cheval et fit signe à Ziza. Quand celui-ci l'eut rejoint depuis la queue de la colonne, Wynne lui demanda s'ils étaient encore loin.

Ziza jeta un coup d'œil au terrain alentour, tandis que la vapeur s'élevait des rochers et des troncs d'arbre.

— Je dirais encore mille mètres, environ, dit-il. Nous avons trouvé les éclaireurs derrière cet éperon. On pourrait installer une surveillance sur la crête.

Wynne leva les yeux vers la hauteur indiquée par le commando. Il hocha la tête, puis ordonna à Rosa de prendre son fusil.

— Vous allez avec le sergent, dit Wynne à Morgan. Vous serez le guetteur.

— Affirmatif, dit Morgan.

— Je prends Ox, Perkins et Russell. En cas de problème, Mother, Hallum et Zero, vous serez la cavalerie.

— C'est qui, Mother ? demanda Wheels.

— C'est moi, Mother, répondit Bixby.

Wheels examina le sol un moment. Puis il leva les yeux à nouveau vers Bixby.

— Et Father, c'est qui alors ? demanda-t-il.

Russell secoua la tête. Il se leva et alla jusqu'à Fella, s'assura de la solidité de la ligne d'attache à laquelle elle était liée, une ligne toute simple : une corde de chanvre tendue à hauteur du garrot entre deux arbres. Chaque cheval avait été attaché à une ligne comme celle-ci dans le boqueteau clairsemé, avec une courte longueur de ficelle fixée par un nœud coulissant à la longe et à la bride. Russell vérifia la ligne, puis la longe, et il parla à son cheval en frottant son encolure. S'ils se faisaient tuer, ces animaux seraient probablement trouvés et emportés par ceux-là mêmes dont ils s'apprêtaient à attaquer le camp. Russell réfléchit à cette éventualité. Il dit à son cheval que tout allait bien se passer.

Ils se rassemblèrent derrière une berme basse dans le crépuscule naissant – Wynne et Russell, Perkins et Ox –, agenouillés, pour vérifier leurs chargeurs, leurs grenades, serrer leur harnachement et leur ceinture. Une brume légère stagnait sur la vallée, remontant sur les pentes couvertes de pins où les troncs des arbres s'étendaient horizontalement et où le feuillage semblait pousser dans la roche. Jetant un coup d'œil alentour, Russell vit un héron, debout dans une mare peu profonde située à une vingtaine de mètres de là, guère plus qu'une flaque d'eau, formée à partir d'une source invisible. La tête de l'oiseau, plantée au bout d'un long cou gris, se tourna vers eux pour les étudier avec cet intérêt détaché qui caractérise les volatiles. Puis il détourna le regard.

Quand Rosa fut en position sur la crête dominant le camp ennemi, Wynne fit un signe de tête à l'attention des trois hommes, et ils le suivirent le long de la saillie que faisait la montagne. Le soir, maintenant débarrassé de la couverture nuageuse, s'était rafraîchi, et les quatre soldats avançaient, leurs silhouettes se découpant sur un ciel où la lumière du jour baissait peu à peu – des nuances de rose et de pourpre s'attardaient au-dessus d'une bande sombre sur l'horizon, à l'est, où la nuit s'installait. Ils avancèrent sans bruit à travers un bosquet de chênes nains et de cèdres clairsemés – l'odeur puissante frappant les narines de Russell avec la force d'un véritable coup de poing, lui rappelant la petite commode qui se tenait dans la salle de couture de sa grand-mère –, avant de poursuivre le long de ce qui n'était déjà plus un cours d'eau. Ils descendirent une trentaine de mètres, et Wynne leva le poing ; ils s'arrêtèrent et mirent un genou à terre. Le capitaine se mit à plat ventre et rampa jusqu'au bord de la berge. Russell le vit prendre son fusil et scruter dans sa lunette de visée pendant quelques minutes, puis il rampa en arrière, entraînant le limon avec lui. Il se releva tout en restant courbé et, après avoir rejoint les autres, il s'accroupit près d'eux.

— Le camp est juste là, sur la gauche, chuchota Wynne. Des murs en torchis et des portes en acier à l'entrée.

— Sûrement blindées, dit Perkins.

Le capitaine acquiesça. Passant une main dans son dos, il décrocha sa radio de sa ceinture et appuya sur la touche "émission".

— Underchild Premier à Underchild Cinq, dit-il.

Il y eut quelques instants de silence, puis la voix étouffée de Rosa sortit du talkie-walkie :

— Je vous écoute, Underchild.

Wynne jeta un coup d'œil à Russell, puis regarda vers le ciel.

— Comment est votre angle de vision ? Terminé.

— Angle de vision bon, dit Rosa. Vue sur le camp. On a une cible juste à l'intérieur de l'enceinte et une autre dans le coin nord-est.

— Vous voyez le portail ?

— Affirmatif.

— Acier ? demanda Wynne.

— Répétez.

— Je répète : vérifiez, est-ce que le portail est en acier ?

— Une seconde, dit Rosa. (La radio crachota et devint silencieuse. Puis la voix revint.) Vérifié. Ça m'a l'air d'être de l'acier.

Wynne lança un regard vers le sergent Perkins.

— Va falloir les faire sauter, dit-il.

Perkins fit oui de la tête.

Wynne porta la radio à ses lèvres.

— Vous comptez combien de talibans ? Terminé.

— Ce ne sont pas des talibans.

— Répétez.

— Je répète : ce ne sont pas des talibans. Ce sont des Blancs.

Wynne fronça les sourcils. Il regarda Ox, puis Perkins, puis il examina le sol entre ses genoux.

— Tchétchènes, dit-il.

Il répéta le mot dans la radio.

— Affirmatif, dit Rosa.

Russell avait entendu parler de ces militants tchétchènes qui étaient venus se battre contre les infidèles aux côtés de leurs frères talibans, mais jusqu'à présent, ce n'était qu'une histoire. On disait qu'ils étaient plus durs que les autochtones. On disait qu'ils étaient mieux entraînés.

Wynne dit :

— Est-ce que vous avez une possibilité de tir ?

— J'en ai deux, dit Rosa.

— Répétez.

— Je répète : deux cibles, deux possibilités de tir.

— Attendez les ordres, dit Wynne.

Il abaissa la radio et la tapota légèrement sur la terre battue. Il leva les yeux et demanda à ses hommes s'ils étaient prêts.

Russell hocha la tête avec les autres, mais c'était un mensonge effronté, et il ne pouvait imaginer quand cela n'en serait plus un.

Le capitaine se releva de sa position accroupie et porta la radio à ses lèvres.

— Nous y allons. Quand on fait sauter le portail, descendez-les.

— Bien compris, dit Rosa. Terminé.

— Il aurait pu nous souhaiter bonne chance, dit Perkins.

— La chance, c'est de la connerie, dit Ox.

Si le portail avait été blindé, il ne l'avait pas été comme il fallait, et quand le sergent Perkins le fit sauter, les plaques de tôle cédèrent et furent projetées à l'intérieur. Le groupe de combat de Wynne s'était massé contre le mur, à gauche de l'entrée, et la fumée n'était pas encore dissipée qu'ils étaient tous les quatre dans l'enceinte, avançant vers le bâtiment principal – le torse courbé au-dessus de leur fusil, les hanches bloquées, ne faisant jouer que l'articulation des genoux. La sentinelle que Rosa avait signalée côté nord du bâtiment était étendue sur le sol, un trou dans la tempe droite, la moitié gauche de son crâne emportée. L'homme avait les deux yeux ouverts et sa langue pendait sur sa lèvre inférieure. Wynne fit signe aux autres de s'avancer vers la porte d'entrée du bâtiment. Russell jeta un coup d'œil en direction de l'ouest où s'éteignait la dernière lumière du jour, et juste à cet instant, une autre sentinelle apparut au coin du mur. L'homme tenait un fusil à hauteur de la ceinture, et il paraissait simplement curieux au sujet du bruit qu'il avait entendu, pas suffisamment inquiet pour avoir épaulé son arme. Wynne lui tira une balle dans la poitrine et la sentinelle tomba assise brutalement. Wynne tira une seconde balle et l'homme bascula en arrière et resta étendu, le corps agité de spasmes.

Il y avait une construction basse en torchis au milieu du camp, et ils prirent position de chaque côté de la porte, deux à gauche et deux à droite. Russell était derrière Ox et il voyait les muscles du côté droit de la puissante mâchoire du sergent se contracter, puis se relâcher. Il avait le visage très rouge. Russell regarda de l'autre côté de la porte et vit Wynne se tourner vers Perkins et se frapper le genou ; le sergent chargé des explosifs hocha la tête, sortit un pain de C-4 et un détonateur de l'une des poches attachées à sa ceinture, contourna Wynne et s'accroupit devant la porte. Elle était fabriquée avec le même genre de tôle que celle qu'ils avaient fait sauter en entrant dans le camp. Mais celle-ci s'ouvrait vers l'extérieur. Il allait devoir faire sauter les charnières. Perkins était debout, en train de mouler l'explosif sur la charnière du haut quand le capitaine dit :

— Essayez la poignée.

Perkins le regarda en fronçant les sourcils. Puis il fit passer la pince et le détonateur dans sa main gauche, tendit la droite et appuya sur la poignée, et il ouvrit la porte de quelques centimètres. Il fourra le contenu de sa main gauche dans sa grande poche extérieure et leva son fusil. Wynne leva le bras, montrant une main, doigts écartés, à son équipe. Puis, repliant le pouce, montra quatre doigts.

Trois doigts.

Deux.

Un.

Avant que Wynne n'abaisse la main, Perkins avait déjà dégoupillé une grenade aveuglante, l'avait lancée à l'intérieur avant de refermer la porte et de s'appuyer dessus. Il y eut une série de cris étouffés, suivis d'une explosion sourde qui fit tomber de la poussière des murs d'adobe. Tout à coup, une odeur de diluant pour peinture et de pin emplit l'air. Perkins ouvrit la porte et s'écarta de quelques pas pour laisser passer le capitaine. Ox et Russell, venant de la droite, se ruèrent derrière lui. Russell était en troisième position et avant même qu'il ait eu le temps d'entrer, les hommes devant lui étaient au contact de l'ennemi et faisaient feu, les fusils équipés d'un silencieux émettant comme de brefs éternuements d'air comprimé. Il pénétra dans la fumée et l'odeur de poudre, regardant par la lunette de visée de son fusil, son univers contenu dans un cercle de métal. Il y avait un homme en survêtement bleu, étendu sur le dos, une assiette de nourriture répandue près de lui, il y avait une grande pièce au sol de terre battue, où une table avait été renversée, et un autre homme qui se plaquait contre le mur, debout, se serrant la gorge des deux mains, comme s'il essayait de s'étrangler lui-même, tandis que du sang jaillissait entre ses doigts. Russell ignora le mort et le mourant et suivit Ox et le capitaine de l'autre côté de la pièce, vers une ouverture dans le mur. Les deux hommes prirent position de chaque côté de l'encadrement, les muscles de la mâchoire d'Ox saillant comme des balles de golf. Pendant ses classes de tir, Russell avait appris à viser sa cible avec son œil dominant, comme pour tirer un cerf, ou comme quand il allait chasser le wapiti au Nouveau-Mexique avec son grand-père. Par la suite, il avait appris à garder les deux yeux ouverts. Cette technique était censée augmenter la vision périphérique, mais tout ce qu'elle faisait, en vérité, c'était vous préparer à la décharge d'adrénaline et d'agressivité, quand les yeux vous sortaient de la tête et que vous pensiez qu'ils étaient sur le point d'exploser.

Russell s'avança et posa un genou à terre derrière Wynne. En l'espace de quinze secondes, il avait complètement trempé ses vêtements de transpiration. Ses mollets étaient en feu. Il se pencha pour contourner Wynne et regarder dans l'encadrement. Il y avait un escalier qui montait. Le capitaine appuya son fusil sur sa cuisse, debout, tendit le bras derrière lui et posa la main sur l'épaule de Russell.

— Tout sera terminé dans deux minutes.

— Oui, mon capitaine, répondit Russell.

Perkins était venu se poster de l'autre côté de l'encadrement, derrière Ox, et il avait décroché une autre grenade aveuglante de sa ceinture. Il allait tirer sur la goupille quand Wynne lui fit signe.

— Attendez une seconde, lui chuchota-t-il.

Perkins le regarda et demanda pourquoi.

— Attendez, c'est tout, dit le capitaine.

Ils attendirent. Russell entendit le bruit de chaussures claquant sur le ciment, le bruit de quelqu'un qui descendait. Puis il vit une silhouette en bleu de l'autre côté de l'encadrement. Wynne tira deux fois avec son fusil et la silhouette s'écroula en arrière.

Le capitaine regarda Perkins en hochant la tête.

— Maintenant, dit-il.

La grenade avait la forme d'une bombe de mousse à raser, avec des perforations de la taille d'une pièce de cinq cents sur le corps en métal, et Perkins la serrait dans une main, tandis que l'index de l'autre main était passé dans l'anneau de la goupille. Il arracha ce premier anneau, arracha le deuxième anneau triangulaire, puis contourna Ox et balança l'engin dans la cage d'escalier. Russell ferma les yeux, puis colla ses deux mains sur ses oreilles, et quelques secondes plus tard, un éclair illumina ses paupières, un bourdonnement résonna dans sa tête et il sentit l'odeur d'aluminium. Wynne se leva de sa position à genoux près de l'ouverture et se rua en avant ; Russell lui emboîta le pas, les oreilles encore pleines du tintement, les pas assourdis de Perkins et Ox sur les talons.

Les marches étaient en béton coulé et mal faites, et Russell trébucha deux fois, mais il se débrouilla pour ne pas tomber. Ils atteignirent un court palier à l'étage du bâtiment et traversèrent une longue pièce vide, avec des affiches aux murs représentant des hommes torse nu en Levi's, sur fond noir et rouge, barré de légendes en caractères cyrilliques. Un berceau renversé se trouvait dans un coin. Une PlayStation sans manettes ni fils était là, sur un échantillon de moquette beige. Pas de télévision. Pas de prises électriques, d'après ce que Russell pouvait voir. Il y avait une autre porte au fond de la pièce, et les quatre hommes se répartirent de chaque côté du chambranle, un genou à terre, reprenant leur souffle. Russell crut entendre des voix de l'autre côté de la porte. Puis il fut certain de les entendre. Il regarda Ox, en face de lui, il vit que les muscles de sa mâchoire étaient toujours aussi saillants. Il l'observa encore quelques secondes, par-dessus l'épaule gauche de Wynne, et il venait de reporter son regard sur l'encadrement quand une silhouette en survêtement fit irruption dans la pièce en courant. C'était un homme blond, barbe et cheveux blonds, et il les avait déjà dépassés, ayant atteint le centre de la pièce, quand il se rendit compte qu'il n'était pas seul. Il avait à peine commencé à pivoter sur lui-même quand Ox et Perkins ouvrirent le feu.

Russell vit l'homme tournoyer et s'écrouler au sol. Perkins s'écarta de la porte, se penchant pour regarder autour d'Ox et voir si un autre ennemi allait suivre celui qu'ils venaient de tuer. Wynne jeta un coup d'œil à l'homme mort, puis vers l'encadrement de la porte. Levant une main, il fit signe à Ox et Perkins d'entrer dans la pièce. Les oreilles de Russell tintaient toujours. Wynne lui fit comprendre d'un geste d'y aller également, alors il se releva, se déplaça en face du capitaine, examina son secteur, et suivit Perkins et Ox.

Ils prirent un long couloir qui faisait un coude pour revenir vers le sud ; ils continuèrent sur une courte distance, leurs chaussures faisant comme des clapotis étouffés sur le sol.

Le couloir aboutissait à une petite pièce où un ordinateur portable était posé fermé sur une table de jeu. Des cartes sur les murs. Un tableau de liège avec des bouts de papier déchirés fixés par des punaises. Une fenêtre étroite par où pénétrait la dernière lumière du soleil. Il y avait un homme mince, en treillis olive, assis sur le sol, appuyé contre le mur du fond, les deux mains croisées sur son estomac, les doigts entrelacés, tandis que sur sa veste s'épanouissait une fleur de sang artériel sombre. Sa Kalachnikov était par terre, près de lui, mais il ne fit aucune tentative pour la ramasser. Il était assis, observant les Américains d'un air indifférent, les yeux commençant à devenir vitreux. Une odeur de matières fécales et de fer flottait dans la pièce.

Wynne s'avança jusqu'à l'homme et donna un coup de pied dans son arme qui glissa sur le béton. Le capitaine examina ce soldat pendant un bon moment, puis il mit un genou sur le sol devant lui. Ox et Perkins étaient déjà retournés vers le seuil par où ils étaient entrés, Ox la bouche ouverte, massant le côté gauche de sa mâchoire. Russell le regarda un instant avant de se retourner pour observer Wynne et le Tchétchène mourant. Il pensait que le capitaine allait reprendre sa radio pour informer Rosa et les autres qu'ils avaient nettoyé le bâtiment, mais au lieu de cela, il prit les mains du blessé et les écarta de son estomac.

— Où est-ce ? demanda-t-il.

L'homme fixa son regard sur lui sans rien dire. Il avait du mal à respirer. Sa barbe blonde était longue et trempée de sang.

— On peut abréger ça, lui dit Wynne. Je sais que tu comprends.

L'homme ferma les yeux et prit une inspiration. Russell vit sa poitrine se dilater. Il prit son kit de secours, dans sa grande poche extérieure droite. Ce kit comprenait une paire de ciseaux à découper les vêtements, des aiguilles à décompression et une canule nasale. Un demi-rouleau de QuickClot pour stopper les hémorragies et un garrot. Un comprimé de fentanyl. Il venait de sortir le kit de sa poche quand le Tchétchène souffla longuement au visage du capitaine.

— Faire foutre, dit-il.

Wynne lâcha les poignets de l'homme, il agrippa le col de sa veste olive et l'ouvrit brutalement d'un seul geste, arrachant les boutons qui dégringolèrent entre les jambes du Tchétchène avant de s'éparpiller sur le sol. L'homme ne portait pas de T-shirt sous sa veste ; le trou de sa blessure était situé à environ cinq centimètres au-dessus de son nombril et le sang giclait au rythme de son pouls.

Wynne scruta le visage de l'homme un moment, puis il scruta son estomac. Il défit l'attache Velcro de son gant droit et l'enleva, le laissant tomber près de lui. Ensuite, il enfonça son index nu dans la blessure.

Les paupières du Tchétchène s'ouvrirent brusquement et ses yeux ressortirent de leur orbite. La sueur apparut sur son front. Il se mit à haleter.

— Faire foutre, dit-il au capitaine, crachant ses mots. Faire foutre.

Wynne sourit. Il enfonça son doigt davantage, en tournant.

La respiration du Tchétchène se fit rauque et il commença à tousser, un masque de douleur sur le visage. Russell s'avança vers son capitaine. Il leva une main pour la poser sur l'épaule de Wynne. Puis il l'abaissa.

— Dis-moi où et j'y mettrai fin, dit Wynne d'une voix étonnamment calme. Ne fais pas comme si tu ne savais pas, parce que toi et moi, on sait que tu sais. On le sait tous les deux, n'est-ce pas ?

L'homme continuait à tousser, les yeux contractés dans sa lutte contre la douleur. Il regarda à travers la pièce et donna un coup de menton. Wynne le scruta. Il se tourna et jeta un coup d'œil par-dessus son épaule, en direction d'une affiche scotchée au mur. L'affiche représentait un homme en maillot de corps et blue-jeans serré tenant une bouteille de bière forte et juste en dessous, une légende en caractères cyrilliques.

— Perkins, lança-t-il.

Russell regarda le sergent aller jusqu'à l'affiche, prendre son couteau dans sa ceinture, le glisser sous les morceaux de ruban adhésif et l'arracher du mur. Sous l'affiche, un trou avait été grossièrement creusé dans le mur ; Perkins y enfonça la main et en retira un petit sac en velours fermé par un lacet jaune vif, et portant une inscription brodée également en jaune vif sur le tissu cramoisi. Russell ne put distinguer ce qui était écrit. Il n'en eut pas le temps : Perkins se retourna et jeta le sac à Wynne. L'objet frappa les deux mains du capitaine en produisant un cliquètement de billes.

Wynne défit le lacet et plongea sa main nue à l'intérieur. Il sortit une pierre bleu foncé du sac. Elle avait la taille d'une phalange et avait été polie, si bien qu'elle brillait, faisant ressortir les stries de gris et de blanc. Le capitaine la leva vers l'étroite fenêtre, et il y eut un moment étrange pendant lequel Russell observa la lumière tomber sur le bleu de la pierre et le bleu des yeux du capitaine.

Puis Wynne laissa retomber la pierre dans le sac, tira sur le lacet et le noua.

— C'est tout ? demanda-t-il au Tchétchène.

L'homme leva les yeux vers lui. Puis il les ferma.

Wynne le gifla à deux reprises, très rapidement et violemment.

— Je pourrais devenir beaucoup plus méchant, dit-il.

L'homme se mit à haleter.

— Il y en a d'autres ?

L'homme parut se ratatiner. Visiblement, quelque chose se brisa en lui, comme une assiette qui se fracasse sur le sol. Il se mit à secouer la tête.

— Non, dit-il.

— Sois plus convaincant, dit le capitaine.

— Pas plus, lui répondit l'homme.

Sa respiration ressemblait de plus en plus à un râle.

Wynne l'observa encore un bon moment. Russell avait préparé des menottes en plastique et il s'avançait pour les donner au capitaine quand celui-ci se leva, s'essuya le doigt sur la jambe de son pantalon et remit son gant. Il glissa le sac dans une grande poche extérieure.

Puis il tira son pistolet de son étui, appuya le canon sur le front du Tchétchène et fit feu.

Ce soir-là, ils s'installèrent dans une ravine étroite et épièrent les loups qui se faufilaient sur le flanc de la montagne, descendant vers le camp pour dévorer les cadavres. Les soldats les regardèrent à tour de rôle dans une lunette de vision nocturne, observant leurs silhouettes furtives et leurs yeux réfléchissants tandis qu'ils trottaient, la queue entre les pattes – une meute de sept ou huit. Wheels passa la lunette à Russell qui la lui repassa aussitôt. Il n'avait aucune envie de voir ça, et quand il se réveilla au milieu de la nuit en entendant les hurlements et les grognements inquiétants, il resta étendu dans son sac de couchage, griffant la terre à travers les couches de gore-tex, avec l'impression que le monde s'était ouvert sous lui, qu'il était tombé dans un trou et se trouvait maintenant sur un autre plan, le domaine des prédateurs, des carnivores, un univers de dents et d'os.

Le sol sous lui semblait dur comme de la roche. Il changea de position et essaya de ne plus penser. Pendant l'attaque, Ox avait serré les mâchoires si fort qu'il s'était cassé une molaire. Après leur sortie du camp, Ox s'était dirigé vers Bixby et s'était effondré. L'infirmier lui avait examiné la bouche avec sa lampe-crayon, puis ils avaient mis le sergent sur une civière pliante, lui avaient administré du fentanyl et l'avaient porté dans les montagnes. Maintenant, il était étendu à quelques pas de Russell, tressaillant dans ses rêves opiacés.

Ils se préparèrent à repartir dans l'obscurité, avant le lever du jour, les deux rangers assis dos à dos, le fusil debout sur leur cuisse. Russell sentait les muscles de Wheels se nouer et se contracter. Il jeta un regard vers Ox : le sergent se pinçait l'arête du nez entre le pouce et l'index, étendu, la bouche grande ouverte. Au bout d'un moment, il se fatiguait, la laissait se refermer, mais dès que ses dents entraient en contact, sa bouche s'ouvrait brusquement, comme les mâchoires d'un piège.

Russell tourna la tête pour chuchoter quelque chose à Wheels. Il lui dit que le capitaine était au courant.

— Au courant de quoi ?

— Pour le camp. Il savait ce que nous allions rencontrer sur notre route.

— À moi, il m'a semblé qu'il savait que dalle.

— Je ne pense pas qu'il savait que c'étaient des Tchétchènes, dit Russell. Ça, je ne pense pas qu'il le savait. Mais il connaissait l'existence de cet endroit, c'est sûr. Il y a pris quelque chose. C'était le but de l'opération. Il voulait y aller pour le prendre.

Wheels lui demanda de quoi il s'agissait.

— Un sac de pierres.

— Des pierres ?

— Des pierres bleues, dit Russell.

— Comme des pierres précieuses ?

— Elles étaient dans un petit trou, derrière une affiche au mur. Un de ces sacs comme ceux dans lesquels on vend les bouteilles d'alcool. La pierre que j'ai vue avait la taille d'une pièce de vingt-cinq cents. Bleue.

Wheels resta un moment sans rien dire.

— Des saphirs ? demanda-t-il.

— Je ne crois pas répondit Russell. Elle n'était pas transparente, mais je ne sais pas à quoi ressemble un saphir avant d'être poli.

— Taillé.

— Si tu veux, dit Russell. Il y en avait tout un sac. Enfin, je crois. Je n'ai vu que celle-là.

Ils restèrent silencieux un instant.

— Lapis-lazulis, dit Wheels.

— Comment tu dis ?

— Lapis-lazulis, répéta Wheels. Ils en extraient par ici.

— Ça a de la valeur ?

— Une certaine valeur, dit Wheels. Pourquoi crois-tu qu'ils les cachaient ?

Quelques secondes s'écoulèrent. Dans le petit matin, un vent froid soufflait sur leur visage. Russell pouvait voir sa respiration dans l'air.

— Il a exécuté un ennemi. Il l'a liquidé comme ça, de sang-froid.

— Dans la merde, y a pas grand-chose de bon, dit Wheels.

Ils suivirent la piste vers le nord, se mettant en selle à l'aube et chevauchant jusqu'à ce que le soleil se couche derrière les hauteurs à l'ouest. Ils escaladaient des montagnes peu élevées en empruntant des lacets rocailleux, et redescendaient de l'autre côté au milieu des forêts : des chênes et du houx, des arbres de taille gigantesque qui donnaient aux soldats des allures de nains, avec leurs troncs parfaitement droits en haut desquels des singes poussaient des hurlements et leur lançaient des glands et des morceaux d'écorce. Les chevaux avançaient d'un pas nerveux. Russell se penchait, s'allongeait presque sur l'encolure de Fella, lui parlant d'une voix douce, lui répétant qu'elle n'avait rien à craindre. Qu'elle était un bon cheval. Une gentille petite jument.

Le jour suivant, Ox s'évanouit sous le soleil de midi et bascula sur le côté de sa selle. Il serait tombé par terre sans Ziza qui chevauchait derrière le sergent et qui, se précipitant, parvint à coincer Ox entre leurs deux chevaux et à passer un bras autour de sa taille. Il appela à l'aide et plusieurs hommes mirent pied à terre ; ensemble, ils soulevèrent Ox et le transportèrent jusqu'à un endroit plat au bord de la piste. Les paupières du sergent tremblaient. Il revint à lui quelques instants, poussa un gémissement guttural, puis ses yeux se renversèrent et il perdit connaissance. Bixby, qui chevauchait en fin de colonne, arriva à pied et s'agenouilla près du sergent. Russell observa l'infirmier enlever sa veste, la rouler en boule et la mettre sous la tête du malade, puis, très délicatement, lui écarter les lèvres et lui ouvrir la bouche. Il sortit une lampe-stylo de sa grande poche et passa quelques minutes à inspecter les dents du sergent. Wynne se tenait là, dans le cercle qui s'était formé autour d'Ox, et l'infirmier leva les yeux vers lui.

— Faut enlever cette dent, dit Bixby.

Wynne hocha la tête. Il remonta son pantalon et s'accroupit près du sergent, tendit la main et la posa sur son sternum. Russell vit la poitrine du malade se soulever et s'abaisser sous la main du capitaine. Wynne fit signe à Bixby de lui donner sa lampe. Il l'alluma et, se penchant, il examina l'intérieur de la bouche ouverte. Il se pencha plus près, puis se tourna vers Bixby.

— Celle sur la droite ?

Bixby répondit :

— Deuxième molaire de la mandibule. Elle est complètement fendue.

Le capitaine éteignit la lampe et la rendit à Bixby. Il demanda à l'infirmier ce qu'il comptait faire.

— Il faut l'enlever.

— Vous avez votre trousse dentaire ?

Bixby secoua la tête.

— Qu'est-ce que vous avez ? demanda Wynne.

L'infirmier le regarda.

— Une pince à bec fin.

Wynne resta silencieux quelques instants. Puis il demanda à Bixby s'il allait lui donner de la morphine.

— Encore du fentanyl, dit Bixby. Je vais lui mettre le comprimé contre la gencive. Ça ne suffira pas, évidemment. Quand je vais commencer, il va revenir à lui. Il va falloir le tenir. Il faut trouver un moyen de maintenir sa bouche ouverte.

— Vous voulez l'attacher ? demanda Wynne.

— Il faut l'attacher. Demandez à deux gars de s'asseoir sur ses jambes. Il faut absolument l'empêcher de refermer la mâchoire.

Russell s'éclaircit la gorge.

— Sergent Bixby, dit-il.

L'infirmier se tourna vers lui.

— Qu'est-ce que vous diriez d'un mors ?

— Un mors de cheval ? demanda Bixby.

Russell hocha la tête.

— Ça va lui casser toutes les dents qu'il a dans la bouche, répliqua Bixby.

— Pas si on utilise un Mullen.

— Vous avez un Mullen ? demanda Wynne.

— Deux, même, dit Russell. J'en ai un dans mes sacoches que je n'ai même jamais sorti de son emballage.

Billings les écoutait, les bras croisés sur la poitrine.

— Un Mullen, c'est quoi ce truc ?

— C'est une embouchure plus douce qu'un mors normal. Celui que j'ai dans mon sac est en caoutchouc.

— Et ça va l'empêcher de serrer les mâchoires ? s'inquiéta Bixby.

— Ça va l'en empêcher, sans aucun doute.

— Est-ce qu'il va pouvoir travailler sans être gêné, demanda Wynne.

— Attendez, je vais vous le chercher, dit Russell.

Il fit demi-tour et remonta la piste jusqu'à Fella, qui était entravée à la tête de la colonne. Il défit la boucle de sa sacoche gauche, en sortit une petite couverture en tissu polaire, ainsi que deux paires de chaussettes et un pot de beurre de cacahuètes. Plongeant la main au fond de la sacoche en cuir, il sortit une embouchure en caoutchouc dans son sachet en plastique transparent. Prenant le couteau de son harnais, il ouvrit le sachet, rengaina sa lame et repartit au petit trot vers l'arrière, longeant les chevaux qui attendaient, l'un derrière l'autre, la tête baissée entre leurs épaules, le soleil luisant sur la couche de poussière grise que la montagne avait déposée sur eux. Une rangée de chevaux fantômes. Chatoyants.

Quand il eut rejoint les hommes agenouillés autour du sergent Ox, il lança le Mullen à Bixby et celui-ci sortit le mors du sachet et le retourna entre ses doigts. L'objet, qui était en caoutchouc vert mat, faisait douze centimètres de long et avait approximativement le même diamètre qu'un feutre Magic Marker ; chaque extrémité était en forme de T, avec un anneau à l'extérieur. Bixby l'examina très attentivement, enfonçant son ongle dans le caoutchouc. Puis, il ouvrit la bouche du sergent et plaça l'objet entre ses dents, et il serra les mâchoires, faisant jouer les muscles des maxillaires. Wynne et Russell l'observaient. L'infirmier fit bouger le mors d'avant en arrière, en le tenant par les anneaux, puis il l'enleva et sortit un foulard de sa poche. Il leva les yeux vers Russell et hocha la tête.

Ils soulevèrent Ox et le portèrent à l'ombre d'un énorme pin. Bixby défit les boucles du gilet tactique du sergent et déboutonna sa veste. Il resta agenouillé un moment près de son patient et s'essuya le front du revers de la main.

— Avec quoi vous voulez l'attacher ? demanda le capitaine.

— Avec de la corde à parachute, dit Bixby.

Il montra les mains d'Ox, de chaque côté de son torse.

— On peut lui ligoter les poignets et les attacher à ces jeunes arbres, en étirant un peu les membres. Et faire la même chose avec les pieds.

Wynne dit à Bixby qu'il ne voulait pas voir son sergent ligoté comme Jésus-Christ.

— Vous feriez comment ? demanda l'infirmier.

Wynne réfléchit à la question. Puis il secoua la tête et se passa les doigts dans sa barbe.

— Bon, allez, qu'on en finisse, dit-il.

Bixby enveloppa les poignets du sergent dans des compresses, puis il prit un morceau de corde à parachute, fit un nœud coulant à une extrémité, glissa la boucle sur le poignet droit et tira sur l'autre bout de la corde jusqu'à ce que la boucle soit serrée. Il alla à un jeune chêne, à deux pas de là, passa la corde autour du tronc, tira dessus jusqu'à ce que le bras droit du sergent se soulève du sol et soit bien tendu à partir de l'épaule, puis il attacha la corde à l'arbre avec un nœud de brigand. Il fit la même chose avec le bras gauche, le fixant à une branche basse du pin, et il fit signe à Wynne de ficeler les chevilles. Wynne prit la bobine de corde de parachute et fit un lasso, le glissa par-dessus les chaussures du sergent, puis il fit repasser la corde entre les pieds. Il la serra et attendit un instant.

— À quoi on va l'attacher ? demanda-t-il.

L'infirmier fronça les sourcils. Il regarda à droite et à gauche.

— À un piquet, dit Russell.

Bixby et Wynne se tournèrent vers l'endroit où le caporal était accroupi, près du tronc d'un cèdre bas.

— Vous taillez une de ces branches, vous l'enfoncez dans le sol et vous y fixez la corde, expliqua Russell.

Wynne le regarda un instant, puis il jeta un coup d'œil vers Bixby. Celui-ci acquiesça.

Russell coupa une branche de l'un des pins, la débarrassa de ses aiguilles et entreprit de l'effiler à un bout avec son couteau. Cela lui prit environ cinq minutes et quand il eut terminé, il enfonça le pieu dans le sol avec une pelle pliante à un mètre des pieds du sergent Ox. Il avait fait une encoche dans le piquet pour y caler la corde, et Wynne tira sur les pieds du patient, enroula la corde autour du piquet et la noua. Ils se tenaient tous les trois près du sergent. Bixby regarda Russell.

— Venez le maintenir, dit-il.

Russell vint se placer au-dessus du malade, se plaça derrière lui et s'assit sur le sol, faisant reposer la tête du sergent sur ses cuisses, et croisant les doigts de façon à avoir les mains en coupe et à y loger le menton du sergent. Il plia les avant-bras, les serra contre les tempes du patient et tira. Quand il estima avoir une bonne prise, il jeta un coup d'œil à l'infirmier et fit un signe de tête. Il sentait le pouls du sergent contre ses poignets.

Wynne s'était accroupi au-dessus des jambes du sergent et il l'avait attrapé aux hanches. Bixby s'agenouilla près de lui. Il tenait sa pince à bec fin dans une main et quelques tampons antiseptiques dans l'autre. Il essuya les mâchoires en inox de la pince, l'une après l'autre, passa une jambe par-dessus son patient et s'assit sur sa poitrine. Il attendit un instant, puis il regarda Russell et, pendant un moment, les deux hommes s'observèrent sans rien dire. Russell fut le premier à détourner le regard. Il affermit sa prise sur le menton du sergent, tandis que ses avant-bras commençaient à être douloureux. Il espérait qu'Ox allait rester inconscient.

Bixby avait certainement espéré la même chose. Il appuya sa main libre sur la clavicule du malade et, fermant à demi les paupières, il porta sa pince à la bouche d'Ox, l'insérant entre ses lèvres et contournant le mors. Il plissa les yeux et tendit le cou d'un côté en marmonnant quelque chose. Russell pensait qu'il serait en mesure d'effectuer le travail rapidement, et qu'ils pourraient détacher le sergent. Il sentait le pouls régulier de l'homme inconscient. Il sentit la pince cliqueter sur la molaire fendue et, immédiatement, Ox ouvrit les yeux et se mit à hurler.

Plus précisément, il essaya de hurler. Avec sa langue coincée sous le Mullen, il ne put émettre qu'un gargouillis. Ox tenta de tirer sur ses liens, mais il n'y avait pas de mou. Dans des moments tels que celui-ci, on apprenait à esquiver en opérant une sorte de repli en soi. C'était dans ces termes que Russell y pensait – rentrer la tête dans les épaules. Se recroqueviller. L'esquive. Cela faisait si longtemps qu'il la pratiquait, il ne se souvenait plus quand cela avait commencé. Inexplicablement, il se mit à penser à Sara. Leur séjour sur la base Dodge avait été le contraire d'une esquive, et il sut, dans une sorte d'éclair étrange, qu'il aimait cette femme. Il resserra sa prise sur le menton et tira.

Bixby retira la pince et posa une main sur le cou du sergent. Il lui dit que tout allait bien. Il lui dit qu'il s'était évanoui. Qu'il lui avait donné du fentanyl et que ça n'allait prendre qu'une minute au plus.

— Il faut enlever cette dent, dit-il. On ne peut pas la laisser s'infecter.

Ox roula les yeux dans leur orbite, et quand Bixby introduisit à nouveau la pince, le corps du sergent se mit à trembler comme s'il était branché sur le courant. Il y eut un cliquètement étouffé, comme s'il s'était produit sous l'eau, et l'infirmier sortit de la bouche du patient un petit morceau d'un blanc d'os qu'il laissa tomber dans la terre, près de lui. Il s'essuya le front du revers de la main et se mordit la lèvre.

— Plus que deux, dit-il à Ox. Tu tiens le coup, c'est bien.

Russell n'avait pas l'impression que le sergent tenait le coup. Il avait l'impression qu'il souffrait le martyre. Levant les yeux, il aperçut un faucon dans le ciel bleu au-dessus d'eux, porté par les courants ascendants. Quand il baissa le regard,

Bixby avait réintroduit la pince dans la bouche et serrait fort. Russell entendit un claquement humide et étouffé.

— Merde, dit Bixby.

— Bordel, que ça finisse, dit Wynne.

— Je vais aussi vite que je peux.

— Mother, dit le capitaine, c'est à ce foutu Dieu que je m'adresse.

Russell ferma les yeux. Il se revit, suivant Ox dans le camp des Tchétchènes. La fumée des armes formant un brouillard, le bruit des chaussures américaines martelant la terre battue. Le bruissement des gilets tactiques, le chuintement du tissu, les cuisses qui frottent l'une contre l'autre – chuittt, chuittt, chuittt. Les éternuements des fusils équipés de silencieux. La brûlure dans la gorge et le goût de cuivre sur la langue, et puis cette douleur qui accompagnait toujours les coups de feu tirés à l'intérieur : la surpression faisait mal aux yeux pendant des semaines. Tirer et se déplacer, lutter contre la gravité à chaque pas, et ce cœur qui bat comme un fou. Puis il raffermit sa prise sur le menton du sergent, et il ouvrit les yeux et se rendit compte qu'il regardait le capitaine, maintenant affalé sur les jambes d'Ox, les mains appuyées contre les hanches du sergent, et tous deux, Wynne et Russell, séparés, peut-être, par une trentaine de centimètres, face à face, s'observant fixement – pourquoi était-il si choqué de voir le capitaine en train de pleurer ?

QUAND Russell se réveilla en pleine nuit, le sergent Bixby était assis près de lui, les jambes croisées et les mains sur les genoux, le visage argenté sous le clair de lune. Russell resta étendu sans rien dire pendant un moment, se demandant s'il devait faire semblant de dormir, mais alors le sergent se mit à parler :

— Vous n'aimez pas ce que le capitaine a fait.

Tout d'abord, il pensa que Bixby faisait référence à Ox. Il tendit le bras pour ouvrir la fermeture éclair de son sac de couchage, roula sur le côté et s'assit. La nuit était froide et claire, et de fines mèches de nuages s'attardaient sur la lune comme de l'encre dans un verre d'eau, se diluant et se dispersant.

Plus tôt ce soir-là, ils avaient installé leur bivouac à trois cents mètres de la piste qu'ils suivaient, attachant les chevaux avant de se coucher dans un épais bois de pins. Russell et Wheels s'étaient un peu éloignés des autres, jusqu'à un endroit où ils pouvaient voir les étoiles à travers la voûte des branches.

— Il n'a pas toujours été comme ça, reprit Bixby.

Russell leva les yeux vers la lune, puis les baissa sur le visage du sergent dont un côté était éclairé tandis que l'autre restait dans l'ombre.

— Vous savez ce qu'il faisait avant ? demanda Bixby.

— Avant la guerre ?

Bixby hocha la tête.

— Wheels m'a dit qu'il gérait des fonds d'investissement, répondit Russell.

Il ne précisa pas au sergent qu'il avait lui-même fait des recherches et découvert que c'était vrai.

Bixby le scruta un moment.

— Je vois ce que vous pensez, dit-il. Que c'était un genre de requin qui escroquait les personnes âgées et volait leurs économies. Ce n'était pas ça. Ce n'était pas quelqu'un d'avide. Vous aurez du mal à rencontrer quelqu'un qui ait plus de principes que lui.

Russell jeta un coup d'œil vers l'endroit où les autres dormaient – des formes sombres pelotonnées çà et là sur le tapis d'aiguilles de pin. La brume flottait entre les branches des arbres.

— Je l'ai vu exécuter un prisonnier désarmé, dit Russell. Je n'avais jamais vu faire une chose pareille. Pas par un Américain, non, jamais. Un officier, en plus.

Bixby tourna la tête et regarda dans l'obscurité.

— Il a quitté tout ça, dit-il. Manhattan. L'argent. Il serait devenu millionnaire. Pour autant que je sache, il était déjà millionnaire. Après la destruction des Tours, il aurait pu vendre son portefeuille et filer tranquillement dans une île des tropiques. Ou il aurait pu rester dans sa société et *acheter* une île dans les tropiques. Qu'est-ce qu'il fait au lieu de ça ?

— Il s'engage dans l'armée.

— Il quitte un job à 600 000 dollars par an pour en prendre un autre à 44 000 dollars et où, à n'importe quel moment, on a de bonnes chances de se prendre une balle ou de se faire bombarder ou de se faire foutre en l'air.

Le sergent s'était mis à parler plus fort, mais il se reprit. Il se passa la main sur une joue et fit craquer ses articulations.

— J'essaie d'expliquer, dit-il. Je vois qu'il vous aime bien. Ça n'est pas le cas pour beaucoup d'hommes. Je ne suis même pas sûr que ce soit toujours le cas pour moi. Je sais qu'il fait des choses qui ne semblent pas bien. Des choses qui ne *sont* pas bien – sans aucun doute. Mais ça m'ennuie que vous puissiez avoir une mauvaise opinion de lui.

— Je ne sais pas si c'est l'expression que j'emploierais, dit Russell. "Une mauvaise opinion."

— Quelle que soit l'expression que vous utiliseriez, dit Bixby. Je voudrais que vous compreniez. Parce que vous allez voir des choses que vous pourriez ne pas saisir dans un premier temps, des choses qui vont être plutôt difficiles à cerner. Ce n'est pas un égocentrique. Il y en a des tas dans sa partie, mais le capitaine n'est pas ce genre de personne.

— Quel genre de personne est-il ? demanda Russell.

Bixby resta un moment silencieux.

Puis il dit :

— L'année dernière, on travaillait dans ces villages, au nord de Jalalabad. Un groupe de hameaux en torchis. On y allait et on distribuait des paquets de vitamines et des radios à énergie solaire réglées sur la station proaméricaine tenue par notre équipe Bravo. Je vaccinais les enfants que nous amenaient les paysans, et je faisais tout ce que je pouvais pour les villageois. Leur alimentation était plutôt pauvre et il fallait les traiter symptomatiquement. Pepto-Bismol et aspirine.

“Il y avait ce village, au bord de la rivière, à partir duquel on pouvait rayonner. On l’utilisait comme plaque tournante, en quelque sorte. Ils nous laissaient passer la nuit, garer nos Humvee à l’intérieur de leurs murs. Ils ont fait circuler l’information auprès des gens du coin que les Américains fournissaient une assistance médicale, distribuaient des rations et des primes à ceux qui rapportaient des obus d’artillerie, des explosifs, tout ce qui pouvait servir à fabriquer des EEI. Le chef du village était plus jeune que ceux qu’on voit d’habitude, la quarantaine, peut-être quarante-cinq ans. Il avait un petit garçon d’environ cinq ans qui s’était pris de sympathie pour le capitaine. Massoud. Son père l’avait prénommé en l’honneur du grand chef que les talibans avaient assassiné à l’automne 2001. Il ne voulait pas entendre parler des talibans, et il avait des frères qui avaient combattu et étaient morts pour l’Alliance du Nord. Visiblement, Wynne l’admirait, et le capitaine enseignait au petit garçon les mots anglais désignant tout ce qu’il portait : son gilet, son treillis, son casque, ses insignes. Il s’était fait envoyer une casquette des New York Yankees qu’il avait donnée à Massoud. On avait l’impression que le petit ne l’enlevait jamais. C’était encore l’époque de la campagne “gagner les cœurs et les esprits”, c’était avant que tout ne vole en éclats.

Bixby s’interrompit et se passa la main dans sa barbe.

— Et tout a volé en éclats, et pendant deux mois d’affilée, ils nous ont envoyés faire des raids dans la province de Kounar. Quand on est revenus travailler dans les villages, il y avait de la nervosité dans l’air. En 2004, on avait été pris dans une dure bataille, à Falloujah ; notre hélico avait pris feu et on avait presque perdu le capitaine…

— Wheels m’a raconté, dit Russell.

Bixby le regarda. Il lui demanda comment Wheels avait su ça.

— Il m’a dit que c’était un infirmier qui le lui avait raconté, quand on était stationnés à Rifles Base, à Ramadi.

— Vous étiez à Ramadi ?

Russell hocha la tête.

Bixby resta silencieux quelques instants. Puis il reprit :

— Le capitaine a failli mourir. En fait, ils l'avaient même *déclaré* mort. Je pense que c'est à ce moment-là que tout a commencé. Peut-être qu'il est passé de l'autre côté et qu'il en est revenu, et que quand on revient de si loin que ça, on ne refait pas tout le chemin jusqu'au bout. Je n'en sais rien. J'étais content, on ne l'avait pas perdu, c'était tout ce qui comptait. Dire que c'est le meilleur des officiers sous lesquels j'ai servi ne lui rend pas justice. C'est le meilleur *des hommes* avec lesquels j'ai servi. Point.

— Je crois que je vous ai fait perdre le fil de votre histoire, dit Russell.

— Non, dit Bixby, j'ai perdu le fil tout seul. Donc on reprenait contact avec la population locale, ou tout au moins, on essayait, mais personne ne voulait être vu en train de parler avec nous. Des paysans qu'on connaissait par leur nom rentraient dans leur maison à chaque fois qu'on passait. Quand on est arrivés au village près de la rivière, on a su que quelque chose de terrible s'était produit. Le capitaine nous a fait garer les Humvee à l'écart, près des mûriers blancs, il a laissé Rosa et Perkins dans les tourelles pour assurer la sécurité, puis on est sortis avec nos fusils et, tout en s'attendant à une embuscade, on est entrés dans le village.

“On a senti avant de voir. Ça nous a arrêtés, comme si on s'était heurtés à un véritable mur, et on est restés là un moment, à cligner des yeux. Des tas d'excréments par terre, des ordures partout. Les cabanes écroulées. La puanteur était si terrible que j'en ai attrapé la migraine sur-le-champ. Quand on est retournés à notre avant-poste, j'ai dû me débarrasser de mon uniforme. Un Crye Precision flambant neuf, à la poubelle. J'ai même fini par enlever la crosse et les rails de montage de mon fusil et les jeter aussi. J'ai jeté mon sac à dos avec le nécessaire de survie. J'ai jeté la boîte de mon kit médical. J'ai changé la poche à eau de mon Camel Bak et j'ai viré les Oakley que je portais. Ox, lui, il a fini par se raser la barbe et le crâne…

Bixby ne termina pas sa phrase et resta silencieux un moment. Puis il poursuivit :

— Il ne restait plus que les gosses, caporal. Tout un village d'enfants. Attention, pas des enfants de onze ou douze ans. Je parle de gosses, de tout-petits : quatre, cinq ou six ans – du même âge que Massoud, à peu près. Que des filles, d'ailleurs. Elles étaient là, sur le seuil des portes, nous regardant fixement. Le seul bruit qu'on entendait, c'était les mouches, et nos pas. On a parcouru la petite rue comme des somnambules.

"À l'extérieur d'une baraque un peu plus grande que les autres, il y avait une vieille femme afghane, assise sur un tabouret contre le mur de terre. Ziza s'est approché et a commencé à lui parler. Wynne lui a dit : 'Demande-lui ce qui s'est passé', et Ziza l'a questionnée en pachtoune. Quand il traduisait, il l'appelait 'grand-mère', et d'après ce qu'il pouvait comprendre, les talibans étaient venus dans le village quelques semaines auparavant. Ils avaient exécuté les hommes et fait prisonniers les garçons, puis ils avaient battu les femmes jusqu'au sang. Wynne était agenouillé près de la vieille femme, une main sur son épaule et écoutait Ziza en secouant la tête. Puis il a levé les yeux et il a vu Massoud. Le petit garçon avait entendu nos voix et il était venu du fond de la baraque jusque sur le seuil.

Bixby ne dit plus rien pendant quelques instants. C'était, après tout, une *histoire* que Russell écoutait, mais il sentait la panique monter à l'intérieur de sa poitrine. Comme quand on monte cette première pente raide sur les montagnes russes, ce moment qui précède le bref passage à l'horizontale, juste avant que le monde ne s'ouvre sous vous et que vous ne soyez livrés à la chute.

— Ses yeux avaient été brûlés à l'acide et ses oreilles coupées. Ils lui avaient arraché toutes les dents. Quand il ouvrit la bouche, ses gencives étaient violettes comme celles d'un chow-chow. Je me suis agenouillé là, entre le capitaine et Ox. Ox était tellement furieux qu'il en tremblait. Le capitaine appelait Massoud "fiston" : "Qui t'a fait ça, fiston ? Dis-nous qui a fait ça." Ils semblaient avoir oublié quelle langue le petit parlait. J'ai posé les mains sur les épaules du garçon – il ne devait pas peser plus d'une quinzaine de kilos. On aurait dit que ses os étaient aussi fins que ceux d'un oiseau. Les talibans l'avaient emmené dans leur grotte et l'avaient torturé pendant plusieurs jours. Ensuite, ils l'avaient ramené au village, comme une sorte de message vivant à tous ceux qui aidaient les infidèles.

— Pourquoi ? demanda Russell.

— Pourquoi quoi ?

— Pourquoi ils ont fait ça ? Pourquoi on ferait ça à un enfant ?

— Ils sont comme ça, dit Bixby. Ce sont les gens contre lesquels nous nous battons. Dans cette culture, les femmes ne sont rien. Mais les fils ? Le fils d'un chef de village ?

— Les yeux, dit Russell. Pour qu'il ne puisse pas identifier ceux qui l'ont kidnappé. Au moins, c'est révoltant, mais ça a un sens. Mais les dents ? Pourquoi, nom de Dieu ? Quelle raison peut-on avoir d'enlever les dents à un enfant ?

Bixby le regarda longuement. Quand Russell commença à entrevoir la réponse à sa propre question, il se sentit submergé par une soudaine vague de nausée, puis de rage.

— Vous me racontez des conneries, c'est pas possible, dit-il.

Quand Bixby reprit la parole, sa voix était très posée, très calme.

— Il faut bien comprendre. Le viol, la torture : ce sont les armes de nos ennemis. Comme un fusil, ou une grenade…

— C'est pas pareil, dit Russell. C'est pas du tout la même chose.

— Je suis d'accord avec vous, caporal : ce n'est *pas* la même chose. Mais ce sont leurs armes.

— Les salauds, dit Russell, et bien que la nuit fût froide, il se sentit étouffer dans ses vêtements.

Bixby hocha la tête, puis ils restèrent tous deux sans rien dire. Russell se dit que s'ils pouvaient faire ça à un enfant, que pouvait espérer un prisonnier de guerre ?

— Alors, on a appelé une section d'infanterie pour évacuer le village. Ils ont chargé tout le monde à bord de camions et ils les ont emmenés.

— Emmenés où ?

— Je n'en sais rien.

— Et le petit garçon ?

— Je ne sais pas non plus, dit Bixby. Le capitaine a appelé plusieurs bases pour le retrouver. Pour autant que je sache, il est toujours à sa recherche.

"On s'est lancés à leur poursuite le lendemain. J'ai observé le capitaine pendant les semaines qui ont suivi. Je ne l'avais jamais vu plus… Je ne sais pas quel est le mot qui convient. Après l'Irak, il avait changé. Peut-être que le fait de mourir provoque ce genre de chose. Enfin, presque mourir. Peut-être que ça change quelque chose dans le cerveau. Sur le plan chimique. Mais je la voyais, maintenant, la différence. D'une certaine façon, il était devenu meilleur, plus perspicace. Il dormait à peine. Il restait assis dans le centre d'opérations tactiques, étudiant des heures et des heures de films pris par les drones, jusqu'au moment où il a enfin pu retrouver la trace des types qui avaient massacré le village, aux abords d'une grotte dans la montagne, à l'est.

— Il y est parvenu grâce à une vidéo de drone ?

— Grâce à une vidéo de drone, répéta Bixby. Pas seulement ça, il a aussi mis la main sur la vidéo montrant les salopards en train de descendre vers le village le jour où ils ont mené leur raid. Pas l'attaque elle-même, mais l'approche.

Russell secoua la tête.

— Et donc, continua Bixby, le massif à partir duquel ils opéraient était situé juste sur la frontière pakistanaise. Très pratique, parce qu'ils pouvaient sortir, semer la terreur, et quand on essayait de les traquer avec des hélicoptères Apache ou de les bombarder avec nos avions, ils pouvaient franchir la crête et se retrouver dans l'espace aérien d'un autre pays, et nos appareils étaient obligés de rentrer à leur base.

"Frustrant et très efficace. Mais dès que nous avons eu confirmation que c'étaient bien nos types et que nous avons reçu le feu vert du commandement, on a décidé d'y aller en véhicule tous terrains, des petits quads…

— Vous en aviez ?

— Ils nous les ont livrés par avion, de Kandahar. Vous êtes déjà monté sur ces trucs-là ?

— Pas à l'armée, dit Russell. On en avait au ranch, quand j'étais jeune. Mon grand-père et moi, on les utilisait quand on installait des clôtures.

— J'adorais ça.

— C'est super, dit Russell.

— Ce n'était pas l'avis de Carson. Pas besoin de vous expliquer pourquoi.

— Le bruit.

Bixby acquiesça. Il tendit le doigt vers l'endroit où les chevaux étaient entravés dans l'obscurité. Il dit :

— Ce que je vous raconte là est en fait à l'origine de ce que nous sommes en train de faire maintenant. Je ne sais même pas si j'y avais pensé en ces termes-là. Mais c'est vrai. Carson en a eu assez de faire cadeau des "avantages tactiques". "Rompre la discipline du silence." Ce sont ses expressions, de toute évidence. Mais je reconnais qu'il avait raison : c'est précisément ce qui s'est passé. On s'est pointés de nuit, bien sûr, tous phares éteints et on s'est garés à deux kilomètres de notre cible, et malgré cela, ils nous attendaient. On a failli être pris dans une embuscade. Ox a pris un fragment de grenade dans l'épaule. Notre lieutenant – un type nommé Joel – a eu la jambe traversée par une balle et pour finir, il a eu le bas-ventre salement amoché. Il a failli perdre tout son sang dans l'hélico d'évacuation. Maintenant, il est rentré à Fort Bragg, il travaille dans l'encadrement pour le programme de formation des Forces Spéciales. En fait, sa carrière dans les Forces Spéciales est terminée. Et c'est comme ça qu'on a récolté Billings. Il…

— Comment avez-vous eu le feu vert ?

— Pour le raid ?

Russell hocha la tête.

— Pourquoi ils n'ont pas envoyé les rangers ? Pourquoi ils n'ont pas envoyé la Delta Force, ou les SEAL ?

— À votre avis ? dit Bixby.

Russell réfléchit. De toute évidence, le capitaine avait réussi à convaincre un des pontes dans les hautes sphères que son équipe devait conduire cette attaque directe, bien que ce ne fût pas là ce que les Bérets Verts étaient censés faire nécessairement, sans compter que leurs rapports avec le petit garçon et tout le village auraient dû les disqualifier pour cette mission. Il y songea un moment sans rien dire.

— Les soutiens du capitaine vont jusqu'où, dans la chaîne de commandement ? demanda Russell.

— Assez haut, dit Bixby.

— Vous ne pouvez pas me le dire ?

— Si, je peux.

— Mais vous ne voulez pas.

— Bien sûr que non, répondit Bixby.

Il se pencha et but une gorgée du tuyau de sa réserve, puis il essuya sa bouche et sa barbe.

— Le problème, c'est que quand on a des amis hauts placés, on a aussi souvent des ennemis haut placés.

Russell baissa le regard vers le sol. Il médita sur les paroles de Bixby, puis il pensa au petit garçon défiguré.

— Au moins, dites-moi que vous les avez eus, dit-il.

— On les a eus, répondit Bixby.

— Tous ?

— Tous.

Puis il ajouta que quand ils avaient donné l'assaut à ce bastion, ils avaient découvert quelle sorte de cancer cette cellule particulière représentait.

— Ils avaient des boîtes en carton – des vieilles boîtes de magnétoscope Samsung – remplies de bijoux, d'or et d'argent. Des boîtes d'alliances. *Des boîtes.* Vous imaginez ça, caporal ? Ils volaient la population locale depuis que les talibans avaient pris le pouvoir en 1996. Puis on a trouvé les plombages.

— Qu'est-ce que vous voulez dire, les "plombages" ?

— Je veux dire les plombages, répéta Bixby. Des plombages en or. Pour les dents. Il y avait des boîtes à munitions entières remplies de dents.

Russell se prit le visage dans une main et se massa les tempes avec le pouce et le majeur.

— Je me demande comment vous avez fait pour ne pas devenir complètement fous.

Bixby se tourna pour regarder ailleurs.

— Je ne suis pas sûr qu'on ne le soit pas devenus, dit-il, d'une voix plus basse et tout juste audible. Vous auriez dû voir le capitaine. On a fait le décompte des corps, confirmé le nombre de nos victimes, on a rassemblé les armes et tout ce qui pouvait contenir une information, puis on s'est mis à empiler les boîtes de leur butin. Combien, neuf, dix ans de pillage ? Carson se tenait au milieu de tout ça. La grotte était éclairée par des torches, et l'or étincelait comme le trésor d'un dragon. Il s'est mis à faire un discours. Jamais je n'ai entendu quelque chose de semblable. J'aurais dû le prendre par écrit. Il nous a dit de bien regarder. C'était ce que l'ennemi utilisait pour acheter ses fusils. Ses fusils, ses mortiers, ses bombes de bord de route. Ses provisions. Il a pointé le doigt sur une des boîtes de plombages en or.

« 'Vous voyez ça ? Chacun de ces objets représente un Américain mort.' On était tous là, silencieux, et il est resté sans rien dire pendant deux minutes pour que ses paroles fassent leur effet. Ensuite, on a installé des charges explosives dans la cache des armes, on a branché les fils, la moitié des gars est allée chercher les véhicules, on a chargé les munitions et les boîtes à magnétoscope, on a appelé l'hélico d'évacuation sanitaire pour Joel, et on a entassé les corps. C'est à ce moment-là qu'il a dit – jamais je n'oublierai – il a dit : 'Œil pour œil ?' Il nous a regardés en secouant la tête. 'Œil pour œil, ça n'est plus suffisant. *Deux yeux* pour un œil. Tu me prends un œil, je te prends les deux. C'est notre nouvelle manière de compter. C'est comme ça qu'on gagne.'

Le lendemain après-midi, le capitaine fit signe à Russell de s'approcher depuis l'arrière de la colonne, puis il attendit, assis sur l'étalon doré tandis que le caporal, tenant Fella par la bride, passait à pied devant les autres cavaliers. Ils semblaient observer la scène avec grand intérêt, Wheels, Rosa et le sergent Bixby. Ox était en selle et agrippait la corne du pommeau des deux mains, les yeux encore vitreux à cause du fentanyl, et un côté de la bouche bourré de gaze. Quand Russell arriva à la hauteur du capitaine, Wynne se retourna et regarda par-dessus son épaule pendant un bon moment. Puis il regarda Russell, tandis que l'étalon akhal teke demeurait parfaitement immobile sous lui.

— On est suivis, dit-il.

— Vous en êtes sûr ? demanda Russell.

— Tout à fait sûr, répondit le capitaine.

— Des talibans ?

La bouche de Wynne se serra et son front se plissa. Il demanda comment les chevaux allaient se comporter au milieu d'une fusillade.

Russell regarda le sol et tapota l'encolure de Fella. Il avait fait tout son possible pour accoutumer ces animaux aux détonations, mais rien ni personne ne pouvait s'habituer au bruit des armes automatiques.

Il leva les yeux vers Wynne.

— Une réponse franche ?

— Une réponse franche, dit le capitaine.

— Je pense qu'ils vont complètement perdre les pédales.

— C'est bien ce que je craignais, dit Wynne.

— On pourrait diviser l'équipe en deux – la moitié d'entre nous continue à cheval et emmène l'autre moitié des chevaux. On monte encore un kilomètre ou deux sur la piste.

Le capitaine parut y réfléchir. Puis il dit :

— Je ne veux pas être au contact avec seulement la moitié de mes tireurs, et je ne veux pas vous envoyer avec une partie de mes gars dans une autre embuscade.

— Qu'est-ce que vous voulez faire ?

— Les éclaireurs seront de retour dans une heure. Attendons de voir ce qu'ils ont à dire.

Les éclaireurs tardèrent à revenir, ce soir-là. Le groupe avait installé son bivouac dans le lit d'un cours d'eau asséché bordé de chênes et, de houx. Ziza était posté en sentinelle près de la piste et, quand la radio du capitaine se mit brusquement à grésiller, ce fut la voix du commando afghan qui sortit du haut-parleur.

— Les éclaireurs arrivent, annonça-t-il.

— Bien reçu, dit Wynne, puis il demanda à l'Afghan de les amener jusqu'au camp.

Il envoya le sergent Hallum le relever à son poste, et l'équipe attendit dans le crépuscule qui tombait. Un quart d'heure plus tard, ils entendirent les feuilles mortes craquer et, à travers les arbres, ils aperçurent les deux éclaireurs marcher derrière la petite silhouette athlétique de Ziza. Wynne était assis par terre en tailleur et il fit signe aux trois hommes de s'approcher ; Ziza vint s'accroupir près de son capitaine, les deux éclaireurs s'arrêtant à quelques pas, comme des enfants attendant d'être punis. Russell écouta Ziza leur parler dans leur langue maternelle, leur posant des questions, apparemment, puis le commando leva la main et se tourna vers Wynne.

— Ils disent qu'il y a une tour, à trois ou quatre kilomètres, plus loin sur la piste.

Le capitaine le regarda un moment.

— *Une tour* ? s'étonna-t-il.

— C'est ce qu'ils disent.

— Quel genre de tour ?

Ziza se tourna vers les éclaireurs et aboya quelques mots en pachtoune et les deux hommes répondirent d'une voix douce, pleine de respect, puis le plus grand des deux s'agenouilla et se mit à tracer dans la poussière un dessin grossier avec le majeur de sa main gauche. Tout le groupe l'observait. Bixby s'approcha et alluma sa lampe torche pour mieux voir. Quand l'homme eut fini son dessin, il ajouta encore quelques mots à l'adresse de Ziza, puis se tut.

D'un mouvement du menton, le capitaine désigna le dessin éclairé dans le cercle lumineux de la lampe.

— Qu'est-ce que c'est ?

Ziza leva la main et la maintint à plus d'un mètre du sol.

— Ils disent que c'est un très grand bâtiment. Le terme qu'ils connaissent pour le désigner est le mot *tour*.

Il haussa les épaules comme pour s'excuser.

— Grand comment ? demanda Wynne.

— Cent mètres, dit Ziza.

Ox était assis près du capitaine – il n'avait rien dit de toute la soirée, il n'avait rien fait, à part regarder par terre et se balancer. Devant le dessin, sa tête se tourna brusquement vers Ziza et ses yeux s'animèrent.

— Connerie, dit-il.

— Posez-leur à nouveau la question, dit Wynne au commando.

Ziza regarda l'éclaireur et il lui parla sur un ton plus sévère, et quand l'éclaireur répondit, Ziza s'adressa à nouveau au capitaine.

— Ils disent cent mètres.

— Connerie, dit Ox.

Wynne jeta un coup d'œil à son sergent. On aurait dit qu'il était sur le point de lui dire de la boucler quand Rosa prit la parole. Il était accroupi devant un pot de chili froid qu'il remuait avec une tige de nettoyage de son fusil.

— S'ils ont ce genre de nid-de-pie, ça va rendre l'approche plutôt risquée.

Des murmures d'acquiescement s'élevèrent parmi les hommes. Wynne hocha la tête. Il fit un geste en direction des éclaireurs à l'adresse de Ziza.

Le commando se mit à les interroger, puis il s'éclaircit la gorge et fixa le sol entre ses chaussures pendant un moment. Russell remarqua les poils gris qui avaient poussé dans sa moustache et sa barbe – ça faisait combien de temps qu'ils ne s'étaient pas rasés, tous ?

— Ils disent que cette tour est déserte, dit Ziza.

— Déserte, dit Rosa, de la façon dont vous pourriez répéter le mot *extraterrestres* si quelqu'un vous disait qu'ils viennent d'atterrir dans votre jardin.

Wheels se pencha vers Russell et murmura :

— Comment ils peuvent le savoir ?

Russell secoua la tête. Il fit signe à son ami d'écouter.

— Ils sont entrés à l'intérieur ?

Ziza lui dit qu'ils n'y étaient pas allés.

— Combien de temps sont-ils restés à guetter ?

Ziza posa la question à l'éclaireur qui lui répondit. L'homme paraissait terriblement honteux.

— Plusieurs heures, dit Ziza.

— Et il n'y a eu aucun mouvement ?

— Aucun, dit Ziza.

Billings était assis à quelques mètres de là, l'air boudeur, comme tous les soirs. Puis il leva la tête et prit la parole.

— Capitaine, dit-il, je n'aime pas ça.

— Putain, qu'est-ce qu'y a à aimer ou pas ? marmonna Wheels.

Les hommes se mirent à discuter. L'obscurité se refermait sur eux et les étoiles se mirent à clignoter entre les silhouettes arachnéennes des arbres. Ils ne parvinrent pas à se mettre d'accord, ni sur la validité des dires des éclaireurs ni sur la façon dont l'équipe devait procéder.

Quand Russell se réveilla le matin suivant, le capitaine était assis, en train de siroter une tasse de café qu'il avait préparé sur une boîte d'alcool gélifié. Russell s'approcha de lui, son sac de couchage passé autour de ses épaules comme un châle. Il s'assit près de Wynne sur un tronc d'arbre tombé que le sergent Ox avait traîné jusqu'au bivouac la veille au soir, et le capitaine prit le pot qui fumait sur sa grille de métal, remplit une tasse aux trois quarts et la lui tendit. Russell lui dit merci. Il huma la vapeur qui s'élevait du liquide, puis goûta le café avec sa langue. Il souffla dans la tasse pendant quelques secondes, puis il but une gorgée – riche et très forte.

Ils restèrent assis en silence dans la pénombre, tandis que les oiseaux chantaient dans les ténèbres au-delà des arbres. Puis il sentit que le capitaine le regardait.

— J'ai fait partie des rangers, dit Wynne.

— Je savais pas, répondit Russell. Je savais que vous aviez suivi la formation des rangers. J'ai vu que vous étiez sur les listes.

— Ça n'a duré que deux semaines, dit Wynne en haussant les épaules. J'avais posé ma candidature pour les Forces Spéciales environ un mois auparavant et j'étais encore en train de défaire mes paquets à Fort Benning quand j'ai reçu un appel pour me rendre à Fayetteville.

Russell hocha la tête.

Puis le capitaine dit :

— Ce sont vos grands-parents qui vous ont élevé.

Russell était incapable de dire si c'était une question ou une affirmation, mais il répondit oui, c'était eux.

Wynne prit une gorgée de café. Il lui demanda ce que faisait son père.

— Il était dans l'armée, dit Russell. Il a fait trois périodes de service au Vietnam dans les patrouilles de reconnaissance infiltrées. Tout au moins, pour sa première période. Après cela, elles ont été intégrées aux unités de rangers.

— Et maintenant ?

— Que voulez-vous dire ?

— Qu'est-ce qu'il fait maintenant ? Votre père ?

— Rien, dit Russell. Nous l'avons perdu quand j'étais encore tout petit.

Le capitaine resta silencieux un moment. Puis il dit :

— Là-bas ?

— Non, mon capitaine. Chez nous. Il a été tué à Tulsa.

— Un meurtre ?

Russell dit non, ce n'était pas un meurtre. Il raconta au capitaine comment le pick-up de son père avait calé sur un passage à niveau, sur les rails de la Frisco Railroad, et que son père était resté dans la cabine, essayant de redémarrer, et qu'il avait été heurté par un train.

— Je n'avais que dix-huit mois, dit Russell. Je ne me souviens même pas de lui.

— Et votre mère ?

— Elle, je m'en souviens.

— Comment a-t-elle réagi à tout ça ?

— Percodan, dit Russell. Percocet. Vicodin et Valium. Tout ce qui lui tombait sous la main.

— Est-ce qu'elle s'en est sortie ?

— Je ne pourrais pas vous dire. La dernière fois que je l'ai vue, c'était le lendemain de mon septième anniversaire. J'ignore où elle se trouve. J'ignore même si elle est encore en vie.

— Vos grands-parents étaient les parents de votre père ?

— De ma mère, dit Russell.

Ils restèrent silencieux, tandis que le ciel pâlissait, faisant ressortir les branches d'un noir d'encre.

— Les enfants de l'adversité, dit Wynne.

— Comment ?

— Un de mes amis. Un militaire nommé Eric, un des premiers gars à avoir été sélectionné pour le Combat Application Group. Il...

— La Delta Force ?

— C'est ça, dit Wynne. La Delta. Il m'a raconté que juste après qu'ils eurent créé cette unité, les psys ont cherché à savoir ce qui faisait qu'une élite était une élite. S'il y avait des dénominateurs communs. Les hommes qui passaient les sélections avec succès étaient de toutes conditions. De toutes les origines ethniques, de tous les milieux. Des petits, des grands, des ruraux, des citadins. À première vue, ils semblaient ne pas avoir grand-chose en commun.

“Donc, ils leur ont fait passer des tests. Profils psychologiques. Questionnaires. Et ils ont découvert que, sans la moindre exception, tous ces militaires venaient de familles disloquées. Ils ont eu un père brutal, une mère droguée. Beaucoup étaient orphelins. Ils avaient été battus et maltraités, étaient passés d'une famille d'accueil à une autre. L'expression qui avait été retenue était *enfants de l'adversité.*

Des gars avec des blessures psychologiques profondes, mais qui n'avaient pas été détruits par leurs traumatismes. Parce que c'est ce qui se produit généralement. Ils finissent en prison. Ils finissent dans la drogue. Ivrognes et clochards. Aliénés. Mais le petit pourcentage qui s'en sort... d'une certaine manière, ces hommes étaient plus forts. Plus forts et plus étranges. Les enfants de l'adversité.

Russell porta sa tasse à ses lèvres, mais il ne but pas. Il se pencha et posa le récipient sur le sol.

— Pour être franc avec vous, dit-il, je ne peux pas dire que j'ai eu une vie si difficile.

Wynne le dévisagea.

— Je veux dire, poursuivit Russell, il y a des tas de types plus malheureux que moi. Mes grands-parents étaient vraiment de braves gens. Ils m'ont traité comme leur fils. Ils auraient tout aussi bien pu être mes parents.

Wynne hocha la tête.

— Sauf qu'ils ne l'étaient pas.

— Non, dit Russell. Pas techniquement parlant.

Ils gardèrent le silence un moment. À l'autre bout du campement, un des hommes se racla la gorge et cracha. On entendit s'ouvrir des fermetures Éclair de sacs de couchage.

— J'imagine, dit Russell, j'ai l'impression, tout bien considéré, que j'ai eu la vie plutôt facile. Je ne voudrais pas avoir eu une vie différente de ce qu'elle a été. (Il jeta un coup d'œil au capitaine.) Vous comprenez ?

— Je comprends, lui dit Wynne.

Le capitaine se leva et jeta le fond de sa tasse sur le tapis d'aiguilles de pin mortes. Puis il se retourna vers Russell.

— Et pourtant, dit-il, vous êtes assis là.

L'AUBE venait de se lever quand ils prirent une piste qui virait vers le nord et longeait une gorge étroite où les corneilles s'appelaient en croassant depuis des rochers escarpés, tout au-dessus d'eux, tandis que le bruit des sabots des chevaux se répercutait sur les parois de grès. Ils débouchèrent dans une vallée boisée, et devant eux ils virent les éclaireurs qui les attendaient dans un bosquet de pins, des arbres gigantesques qui s'élevaient vers le ciel comme d'antiques totems. Wynne les fit descendre dans le lit d'un cours d'eau à sec, puis suivre un étroit sentier qui serpentait à travers les résineux. Quand ils eurent rejoint les éclaireurs, Ziza alla jusqu'à eux, leur parla pendant plusieurs minutes, puis revint faire son rapport au capitaine. Wheels et Russell étaient restés en selle, à l'écart, et Russell fit avancer Fella d'un léger coup de talons, s'approchant du cheval de Wynne par l'arrière.

— C'est pas ça qui m'inquiète, disait le capitaine. Si nous y montons tous ensemble, ils peuvent tirer toute l'équipe comme des lapins, dans l'entonnoir.

— Je pense qu'il n'y a pas de "ils", dit Ziza.

— Il y a toujours un "ils", répondit Wynne.

Le capitaine tira sur les rênes pour mettre son cheval face à ses hommes et leur fit signe de s'approcher.

— Le bâtiment se trouve de l'autre côté de ces arbres, dit-il, à quatre ou cinq cents mètres. La "tour" de nos éclaireurs. Il va falloir la nettoyer une pièce après l'autre. S'il y a des informations, il faut les recueillir. On ne peut pas faire comme s'il n'y avait rien.

— Quel genre d'information ? demanda Bixby.

— J'ignore quel genre, Mother. Ce truc ne figure même pas sur nos cartes.

— Ni sur les clichés fournis par les drones, ajouta Billings.

Le capitaine jeta un coup d'œil vers le lieutenant.

— Ni sur les clichés, concéda-t-il.

— Vous voulez procéder de quelle manière ? demanda Rosa.

Wynne hocha la tête.

— Je vais envoyer un peloton pour inspecter le bâtiment. Une fois qu'il sera nettoyé, nous laisserons les éclaireurs avec les chevaux et deux d'entre vous pour assurer nos arrières et je prendrai le reste avec moi. Des volontaires ?

— Pour le peloton ? demanda Bixby.
— Pour le peloton, dit Wynne.
— J'en suis, dit Ox, essayant d'articuler malgré la gaze.
— Négatif, dit le capitaine.
— Ça va aller, dit Ox.
— Ça va maintenant, dit Wynne. Et j'ai bien l'intention de vous garder dans cet état.

Rosa leva une main et Wynne hocha la tête, puis Ziza leva la sienne.

Wynne dit :

— Zero, vous entrez là-dedans et vous vous faites descendre, qui va parler aux éclaireurs ?
— Et moi, alors ? dit Rosa. Et si je me fais descendre ?
— On regrettera votre cuisine, dit Wynne. Qui d'autre ?
— J'en suis, dit Wheels, et Russell lança un bref coup d'œil à son ami.
— Vous avez déjà nettoyé une pièce ?

Wheels fit oui de la tête.

— Encore deux, dit Wynne.

Russell leva la main, mais Hallum et Perkins avaient été plus rapides. Wynne demanda aux quatre hommes – Rosa, Wheels, Hallum et Perkins – de maintenir le contact radio. Ils mirent pied à terre, confièrent leurs rênes aux autres, puis se mirent en route en file indienne, au milieu des arbres, et disparurent derrière une hauteur. Les autres entreprirent d'attacher les chevaux. Russell s'assit par terre près de Wynne, observant Ziza préparer ses chargeurs, vérifier son équipement et serrer les sangles de son gilet.

Dix minutes s'écoulèrent. Puis dix autres. Russell ne quittait pas sa montre des yeux, imaginant Wheels étendu sur le sol en terre battue d'un camp, se vidant lentement de tout son sang. Il chassa cette pensée de son esprit, mais elle fut vite remplacée par une autre – Sara dans un avant-poste paumé, recroquevillée sous une tente pendant que des obus de mortier sifflent au-dessus de sa tête. La radio du capitaine émit un son rauque.

— On est à l'intérieur, annonça une voix qui ressemblait à celle du sergent Rosa.

— Bien reçu, dit Wynne. De quel genre de bâtiment s'agit-il ?

Il y eut un silence. Puis la voix de Wheels se fit entendre.

— Grand, capitaine.

Wynne jeta un regard vers Russell, mais celui-ci secoua la tête.

— C'est une tour ? demanda Wynne.

— Pas une vraie tour, dit la première voix. Mais neuf ou dix étages, tout de même. Nettoyer tout ça va prendre du temps.

— Est-ce que vous avez besoin d'aide ? Terminé.

— Négatif, dit la voix. On dirait qu'on est tout seuls ici.

Ils s'assirent et attendirent. Il fallut pratiquement une heure au peloton pour passer au peigne fin le bâtiment de bas en haut, et quand ils eurent terminé, le jeune sergent reprit contact par radio pour dire aux autres qu'ils pouvaient venir.

Le capitaine enfonça le bouton "émission".

— Tout est vide ?

— Affirmatif, dit Rosa.

— Vous êtes sûr ?

— Répétez.

— Je répète : vous êtes sûr que le bâtiment est vide ? Terminé.

— Le bâtiment est désert, dit Rosa. Il n'y a que des crottes de rats et du sable.

Wynne resta un moment silencieux, le regard fixé sur le sol. On aurait dit que ses yeux lançaient des éclairs, un effet de lumière, se dit Russell. Puis il se leva, glissa sa radio dans son étui sur son gilet, prit son fusil et se mit en marche.

Ils passèrent à travers les pins et les platanes, Wynne en tête, Ziza lui emboîtant le pas, suivi de Russell, tandis que Billings fermait la marche. Les arbres disparurent et ils débouchèrent dans une clairière. À deux cents mètres de là s'élevait la construction que les éclaireurs avaient signalée la veille au soir. Ils mirent tous les quatre un genou à terre à la lisière des arbres et levèrent les yeux.

— Nom de Dieu, dit Billings.

Ce n'était pas une tour, mais pour ce pays, la hauteur était impressionnante : entre quarante et quarante-cinq mètres, de forme rectangulaire, de couleur grise, des fenêtres sans vitres qui montaient vers le ciel. En béton et parpaings, apparemment, mais Russell n'avait aucune idée de la manière dont ces matériaux étaient parvenus jusqu'ici.

Wynne sortit sa radio et la porta à ses lèvres.

— Porte d'entrée, dit-il.

— Bien reçu, dit Rosa.

— Quelle est votre position ?

— Vous voyez le toit ?

— Affirmatif.

Russell regarda en haut. Il eut l'impression qu'un bras poussait de ce qu'il avait pris pour une aération ou une cheminée au sommet du bâtiment. Le bras se balança de gauche à droite, puis disparut rapidement.

— Je vous aperçois, dit Wynne. Qu'est-ce que vous voyez de là-haut ?

— Vue bien dégagée, dit Rosa. Jusqu'à deux kilomètres, dans toutes les directions.

— Où sont le boucher et le boulanger ?

— J'ai Hallum à une fenêtre du deuxième étage orienté à l'ouest et Perkins plus haut, au cinquième. Le ranger est dans l'entrée, au rez-de-chaussée.

— Où est cette entrée ?

— Il sera assis sur les marches quand vous entrerez. Juste sur votre gauche.

— Bien reçu, dit Wynne. Dites-lui de ne pas avoir la gâchette facile. On arrive.

La voix de Wheels se fit entendre à la radio – une vague blague où il était question d'avoir la gâchette difficile.

Wynne resta un moment silencieux, puis il s'éclaircit la gorge.

— Caporal, dit-il.

— Oui, mon capitaine.

— Si vous tirez sur un de nous, je demanderai à Ox de vous écorcher vif et de se faire une paire de chaussures avec votre peau.

— Bien reçu, dit Wheels.

Wynne rangea sa radio, se leva et s'avança vers le bâtiment, suivi des trois autres. Russell jeta un coup d'œil alentour et s'aperçut qu'une vieille route de gravier ouvrait une brèche dans la lisière des arbres, au loin, et serpentait à travers une étendue ouverte en direction de la façade du bâtiment. Dans ce bâtiment, rien ne lui plaisait. Rien n'avait de sens. Cette vieille rengaine des rangers, gravée dans son cerveau: "Ça a l'air louche."

Ils atteignirent l'entrée et pénétrèrent à l'intérieur, sur le sol de béton nu, du sable grinçant sous leurs semelles et le bruit de leurs pas résonant entre les murs. Il y avait un escalier sur le côté nord de la pièce, et Wheels était assis sur la première marche, le doigt sur la détente, mais le fusil pointé vers le sol. Quand le capitaine le regarda, il enleva sa main droite de la détente et leur fit signe.

Wynne fit quelques pas à l'intérieur et Russell se décala sur la droite. Des murs de parpaings bruts, une couche de poussière sur le sol, et les empreintes de chaussures de ce qui devait être le peloton de Rosa, des traces menant à l'escalier. Il se retourna vers l'entrée et vit les énormes portes en fonte qui s'ouvraient sur le terrain de gravier qu'ils venaient de traverser. Il ne les avait même pas remarquées en arrivant – ce rétrécissement de la perception provoqué par l'adrénaline: une forêt à la place des arbres, des arbres à la place des branches, des branches à la place de l'écorce. Wynne avait également vu les portes; il alla vers elles et tira le battant gauche, le faisant grincer sur ses gonds. Une grosse poignée en fer était soudée à l'intérieur, et une poignée identique était soudée côté extérieur. Il referma complètement la porte et se dirigea vers la partie droite, qu'il referma aussi, un peu de jour passant par une ouverture d'un centimètre entre les deux battants. Il se tint là, tournant le dos aux autres dans la pièce sombre, simplement éclairée par la lumière qui filtrait de la cage d'escalier. Il regarda vers Wheels.

— Quelqu'un aurait de la corde ?

Russell avait plusieurs longueurs de corde à parachute dans sa grande poche extérieure gauche, mais avant qu'il ait pu en proposer, Ziza s'avança et tendit au capitaine un énorme rouleau. Wynne désigna du doigt les deux poignées intérieures et rendit la corde à Ziza.

— Attachez-moi ça, dit-il.

— Qu'est-ce qui vous inquiète ? demanda Billings.

— Les cambrioleurs, dit Wynne.

Sortant sa radio, il demanda à Perkins s'il avait avec lui une mine antipersonnel.

— J'en ai même deux, répondit Perkins.

— Bien, dit Wynne. Descendez et installez-en une derrière ces portes, ensuite vous relèverez le caporal Grimes.

— Je pense qu'on a rien à craindre, dit Billings, mais le capitaine lui répondit qu'il ne voulait pas courir de risque.

— Je ne vois pas quel risque, dit Billings, faisant un geste vers les murs de béton qui les entouraient. Je ne me suis jamais senti autant en sécurité depuis des semaines.

— Vous pourriez peut-être rester là, alors, dit Ziza.

Russell lança un coup d'œil aux deux hommes, de simples silhouettes, à trois mètres l'une de l'autre. Billings faisait une bonne tête de plus que l'Afghan, mais s'ils en venaient aux mains, Russell parierait sur Ziza.

Billings resta sans rien dire un instant. Puis il lança :

— Je crois que notre interprète se prend pour un *membre* de cette équipe.

— Et vous, dit Ziza à Billings, vous vous prenez pour son chef.

Billings s'avança vers le commando, mais la voix de Wynne résonna, basse et éteinte :

— Suffit.

Billings obéit. Il se figea comme une statue et resta, immobile. Russell se dit immédiatement que si le lieutenant avait vraiment eu envie de se battre, aucun mot n'aurait pu l'arrêter.

— Zero fait autant partie de cette équipe que n'importe qui d'autre, dit Wynne.

— Pas moi ? dit Billings.

— Je n'ai pas dit cela, répondit Wynne. C'est ce que vous cherchez ?

Le regard de Billings s'abaissa vers le sol, et il y eut quelques instants de silence. Puis ils entendirent les pas de Perkins dans l'escalier. Il apparut sur le palier du premier étage, descendit et alla jusqu'aux portes, enleva son sac à dos, s'agenouilla et commença à sortir son matériel. Il travailla pendant une minute environ, puis il leva les yeux et tendit le cou vers les autres hommes.

— J'ai raté quelque chose ? demanda-t-il.

Avant que quiconque ait pu répondre, la voix d'Hallum se fit entendre dans la radio du capitaine.

— Underchild, dit-il.

— Je vous écoute, répondit Wynne.

— Vous devriez venir jeter un coup d'œil ici.

— De quoi s'agit-il ? dit le capitaine.

— Vous devriez juste venir voir.

Russell suivit Wynne, Ziza et Wheels dans l'escalier – une volée, deux, puis trois – et ils débouchèrent dans une pièce pratiquement identique à celle qu'ils venaient de quitter. Ici, des fenêtres étroites avaient été ouvertes dans les murs, et le soleil du matin y pénétrait avec un éclat étonnant. Hallum était agenouillé près de ce qui ressemblait à une caisse en bois peu profonde, sans couvercle et de forme allongée. Ils s'avancèrent jusqu'à lui et, tandis qu'ils s'approchaient, Wheels se tourna vers Russell et dit :

— Les Soviétiques.

— Quoi ?

Wheels fit un geste en direction des fenêtres et des murs.

— Les Soviétiques, répéta-t-il.
— Eh bien, quoi, les Soviétiques ?
— Ce sont eux qui ont construit ça, dit Wheels, les pupilles frémissantes. Pendant la guerre. Quand ils se battaient contre les moudjahidine.

Russell lui répondit qu'il ne pouvait pas en être sûr, mais Ziza lui dit que son ami avait raison. Les Russes avaient apporté tous les matériaux par hélicoptère et construit des bases comme celle-là dans toute la province, et ils les avaient laissées intactes quand ils avaient commencé à se retirer. Il avait commencé à expliquer l'utilité de ces installations quand ils arrivèrent près d'Hallum et virent à côté de quoi il était agenouillé.

C'était une boîte en planches de pin, remplie de sable. Wynne, Wheels et Russell restèrent debout tandis que Ziza mettait un genou à terre. À première vue, Russell ne voyait pas pourquoi cela méritait attention, mais ensuite il vit que le sable avait été sculpté en contreforts et en vallées et que quelqu'un avait posé une boîte d'allumettes debout au milieu – un rectangle de balsa avec des caractères cyrilliques défraîchis barrant un côté. Dans le coin supérieur droit, une rangée de petits soldats en plastique vert marchait dans l'une des tranchées. La grand-mère de Russell lui achetait des jouets semblables au supermarché, quand il était petit garçon. Pour quelques dollars, vous aviez un sachet de cinquante soldats dans diverses attitudes, un emplacement de mitrailleuse miniature, un tank Sherman. Les petits soldats dans le sable avaient été disposés en file indienne, l'un derrière l'autre, et Russell s'agenouilla près de Ziza et se mit à les compter. Une sensation de picotement lui parcourut les avant-bras, et les cheveux dans sa nuque se hérissèrent. Il avait appris à s'y fier : les cheveux dans la nuque ne mentaient jamais.
— Treize, murmura-t-il.
— Ouais, dit Hallum.

Russell regarda Ziza. Le commando s'était penché en avant et avait tendu le bras dans la boîte. Il glissa les doigts dans le sable et commença à fouiller, d'abord dans le coin inférieur gauche, puis le droit. Russell l'observait, le contenu de son estomac se transformant en bile. Il était sur le point de dire "C'est piégé" quand la main de Ziza attrapa quelque chose et il s'immobilisa. Puis l'Afghan commença à tirer dessus : un morceau de corde, apparemment. Deux morceaux. Ziza le sortit doucement et le tint au-dessus de la boîte. Russell vit que c'était un collier, fermé par deux anneaux d'or. Le collier étincela dans la lumière et il y eut un cliquetis métallique étouffé quand il se balança de la main de Ziza.

— Putain, dites-moi que je rêve, dit Wheels.

Ziza tendit le collier à Wynne. Puis il replongea le bras dans la boîte.

Quand il le ressortit, il y avait plusieurs bagues au creux de sa main. Il les posa sur le côté et, des deux mains, il se mit à ratisser le sable. Il ramena ainsi une demi-douzaine d'autres bagues, en or et en argent, ainsi qu'un petit tour de cou en platine serti de ce qui avait l'air d'être des émeraudes. Il tendit le tout au capitaine, qui fourra les bijoux dans les grandes poches de son pantalon.

Ziza l'observa un moment.

— Il faut qu'on parte d'ici, dit-il.

Wynne hocha la tête. Il sortit sa radio et demanda à Perkins s'il avait installé la mine antipersonnel.

— Affirmatif, dit Perkins.

Wynne enfonça à nouveau le bouton "émission" et demanda à Rosa s'il le recevait.

— Cinq sur cinq, répondit Rosa.

— Qu'est-ce que vous voyez ?

— Toujours pareil, dit Rosa.

— Préparez-vous à partir, lui dit Wynne. On est sur le point d'être au contact de l'ennemi.

— Répétez.

— Vous m'avez entendu, dit Wynne.

Il fit demi-tour et s'avança vers l'escalier, appelant Bixby sur sa radio pour lui dire de préparer les montures.

— Qu'est-ce qui se passe ? demanda Bixby.

— Préparez-les, c'est tout, répondit le capitaine.

Les cinq hommes venaient de commencer à descendre vers le rez-de-chaussée lorsque la voix de Rosa se fit entendre sur la radio de Wynne, résonant dans la cage d'escalier.

— Vous êtes un voyant, ma parole, dit-il.

— Combien ? demanda Wynne.

— Huit, dit Rosa.

— Huit répéta Wynne.

— Rectification, dit Rosa, et le mot qui suivit fut inaudible.

Wynne lui demanda de répéter son message.

— Contact visuel, éléments à pied, six cents mètres.

— Parlez plus lentement, dit le capitaine.

— Des silhouettes, dit Rosa. Nombre de cibles : Un, Zéro.

— Dix ? demanda Wynne.

— Je répète dit Rosa : Un, Zéro – dix éléments hostiles, à pied, progressant nord-nord-ouest.

Le capitaine lui demanda s'il avait une possibilité de tir.

— Affirmatif.

— Attendez les ordres, dit Wynne.

Ils atteignirent le rez-de-chaussée, où Billings et Hallum étaient adossées contre le mur du fond, le fusil pointé vers la double porte. Wynne s'avança et s'agenouilla près d'eux, faisant signe à Russell de faire de même. Puis il porta la radio à ses lèvres.

— Envoyez, dit-il.

Russell entendit le bruit sec et terne du coup de feu. Puis un autre quelques secondes après.

La radio de Wynne grésilla.

— Deux cibles abattues.

— Continuez le tir, dit le capitaine.

— Bien reçu, dit Rosa, et la détonation du tir suivant fut en partie transmise par le haut-parleur, Russell se demandant pourquoi Rosa n'avait pas monté le silencieux sur son fusil. Le calme revint, le temps de quelques battements de cœur, puis le fusil tira deux fois très rapprochées.

— Deux de plus, dit Rosa.

— Continuez, dit Wynne.

Le capitaine tourna la tête à gauche, puis à droite, jetant un coup d'œil aux hommes qui l'encadraient.

Il dit :

— Quand Rosa nous donne le feu vert, Perkins prend sa mine antipersonnel, coupe ces cordes et ouvre le battant gauche. Il se postera juste derrière. Je veux Russell et Zero sur le côté droit. Vous deux, vous serez les premiers à sortir. Perkins couvre, Hallum prend la suite derrière Zero et couvre du côté droit. Si besoin est. Wheels et le lieutenant suivront. Zero et Russell vont se mettre à couvert – on tire et on file – et ils attendent Billings et Wheels. Ensuite c'est le tour de Perkins. Rosa et moi en dernier. On retourne jusqu'aux chevaux par bonds successifs. Bien reçu, tout le monde ?

Les hommes hochèrent la tête.

— Ox et Mother auront préparé les montures. On va jusqu'à la lisière, on saute en selle et on se tire. On ne s'arrête pas avant la nuit, on ne...

— On abandonne la mission ? dit Billings.

— Négatif, lieutenant. On se replie, tout simplement.

— À moins qu'on se fasse tuer, dit Billings.

— Bravo, dit Hallum. Continuez à positiver.

Billings secoua la tête. Il dit à Wynne que c'était peut-être un signe.

— Un signe de quoi ? demanda Hallum.

— Qu'on est sur le point de se prendre une raclée, répondit Billings.

Russell prit une profonde inspiration et attendit que la voix de Rosa se fasse à nouveau entendre à la radio, leur disant qu'ils pouvaient y aller, mais quand la voix du sergent résonna, ce fut pour leur dire qu'il y avait un groupe ennemi qui s'approchait par le sud, il ne l'avait pas remarqué avant.

— Combien ? demanda Wynne.

— Une seconde, dit Rosa, et son fusil claqua deux fois.

— J'en compte une bonne vingtaine, reprit-il.

— On est foutus, conclut Billings en se tournant vers le capitaine.

Wynne parut ne pas l'avoir entendu.

— Quelle distance ? demanda-t-il à Rosa.

— Pratiquement sur le point de frapper à votre porte.

— Vous pouvez tirer ?

— Aucune possibilité, dit Rosa. Va falloir…

Le sergent s'interrompit pour faire feu – Russell supposa qu'il tirait sur des cibles plus lointaines.

— Préparez-vous, leur dit Wynne. On vise les plus proches d'abord.

— Vous nous avez foutus dans la merde, dit Billings.

— Concentrez vos tirs sur des cibles proches les unes des autres, dit Wynne.

— On l'a vraiment dans le cul, à cause de vous, dit Billings.

— Lieutenant, dit Wynne, vous la fermez et vous vous préparez à tirer, sinon je demande à Zero de vous attacher les pieds et les poings et on vous emmènera d'ici en vous portant comme un cercueil.

Russell pensait que Billings répliquerait à ça, mais il obéit et leva son fusil.

La radio du capitaine grésilla et le fusil de Rosa résonna dans le haut-parleur, puis l'ennemi se mit à secouer les portes, et par l'interstice entre les battants, Russell vit des formes aller et venir de l'autre côté.

— Attention, dit Wynne. Dès que Perkins aura fait exploser sa mine et qu'ils commenceront à s'engouffrer dans l'ouverture, nous ouvrirons le feu. Attendez mon ordre.

Mais les portes restèrent en place, rapidement les secousses cessèrent et les ombres à l'extérieur disparurent.

Wheels dit :

— C'est bien, ça, non ?

Le fusil de Rosa claqua au-dessus d'eux. Puis il claqua encore deux fois et devint silencieux.

— On a des fuyards, dit-il.

— Quelle direction ? demanda Wynne.

— On dirait qu'ils vont vers…

La voix dans le haut-parleur devint inintelligible pendant quelques instants.

— Répétez.

— Je répète : l'ennemi rompt le contact et se dirige vers le sud.

Wynne resta agenouillé sans rien dire. Des gouttes de sueur tombèrent de son front sur le sol, formant de parfaits médaillons d'humidité dans la poussière. Des braises s'étaient mises à couver dans ses yeux bleus. Ce n'était pas l'imagination de Russell et ce n'était pas un effet de lumière.

— Ils se retirent, dit Billings.

— Conneries, dit Hallum.

— Faut se tirer d'ici, dit Perkins.

Le capitaine mit sa radio en marche et demanda à Rosa si la voie était libre.

— Je n'ai pas une vision circulaire, dit Rosa.

— Est-ce que vous voyez des cibles ? Terminé.

— Négatif.

— Est-ce que la voie est libre ?

— Je ne sais pas, répondit Rosa.

— Ils pourraient être postés à l'extérieur, murmura Russell. De chaque côté de la porte. Ils pourraient essayer de nous attirer dehors.

Wynne lui jeta un coup d'œil. Il serra les lèvres et hocha la tête. Il fit signe à Perkins d'y aller, de désarmer et remballer sa mine antipersonnel, de couper la corde passée autour des poignées et de donner un coup de pied dans un des battants pour l'ouvrir. Gardant un genou à terre, ils observèrent le sergent artificier faire passer son fusil d'un côté et le mettre en bandoulière. Il s'avança vers le centre de la pièce, s'approchant de la mine comme si elle avait été installée par les talibans. Il s'accroupit au-dessus d'elle et débrancha les fils des plots de mise à feu, les enroula autour du détonateur et rangea le tout dans une de ses grandes poches. Puis il prit la mine, une petite boîte en forme de croissant, portant en relief l'inscription VERS l'ennemi sur sa face convexe, replia les deux pieds en ciseaux sous l'engin, et la glissa dans sa cartouchière. Il s'arrêta un instant, puis il se releva et alla jusqu'à la porte, prenant la poignée de son fusil dans la main droite et tirant son couteau de sa ceinture avec la gauche. Russell s'aperçut, tout en observant le sergent, qu'il avait oublié de respirer. Il sentait son pouls battre contre le col de sa veste, et il dut lutter contre l'envie de crier à Perkins de se baisser, puis le sergent trancha la corde avec la lame de son couteau, qu'il rangea dans son étui en Kydex, et tendit la main vers la porte. Il saisit la poignée en fer et la poussa. Ou plutôt, il essaya de pousser. Le battant s'ouvrit de deux centimètres environ, et se bloqua. Perkins tira dessus et poussa à nouveau, puis il recommença encore une fois, provoquant un cliquetis métallique côté extérieur. Quand il se retourna vers les autres, son visage était devenu complètement blême.

— Ils ont mis des chaînes aux portes, on est enfermés, dit-il.

— Bordel, dit Wheels en se levant de sa position accroupie.

— Ils ont mis des chaînes aux portes, on est enfermés, répéta Perkins.

Russell sentit la sueur couler le long de sa colonne vertébrale. Il avait commencé à avoir mal dans les jambes à force de rester agenouillé, mais la décharge d'adrénaline emporta toute sensation de douleur en lui, et il tourna la tête vers la gauche en tendant le cou. Il comprit qu'ils allaient mourir.

Wynne se leva et traversa la pièce avec l'air d'un homme qui va vérifier le thermostat – tout en lui respirait la confiance, tout suggérait le calme –, et Russell sentit la peur lui monter dans la gorge comme quelque chose qui cherchait à l'étrangler. La certitude de la mort, on l'acceptait. L'incertitude, mourir peut-être, peut-être pas, était insupportable et vous faisait claquer des dents.

Le capitaine vérifia les portes, à droite et à gauche, colla son œil à l'interstice entre les deux battants, tira et poussa les poignées. Puis il se tourna vers Perkins.

— Est-ce que vous avez assez de C-4 pour les faire sauter ?

Perkins répondit qu'il avait assez de C-4 pour faire sauter tout l'édifice.

Wynne hocha la tête. Il dit au sergent de fixer l'explosif sur les portes. Pivotant sur un talon, il pointa un doigt vers Ziza et Russell et leur fit signe de le suivre. Tandis qu'ils reprenaient l'escalier, Russell entendit Billings demander quel était le plan, mais le capitaine l'ignora. Ils montèrent un étage, puis le deuxième et le troisième, Wynne grimpant les marches deux par deux, Russell et Ziza s'efforçant de ne pas se laisser distancer. Le fusil de Rosa se fit plus bruyant et ils escaladèrent les étages restants, débouchant, hors d'haleine, sur le toit de la tour.

Le ciel bleu, tout près, et le soleil au-dessus de la lisière des arbres, comme un portail ouvrant sur un autre monde. Tout autour, une mer de résineux et de cèdres, des pentes en terrasses, au loin, des montagnes grises, avec des ombres violettes, des sommets enneigés flottant au bord de l'horizon. Russell resta debout, sa respiration faisant de la buée et la lumière du soleil cuivrant son visage, et quand il jeta un coup d'œil sur le côté, il vit que Wynne et Ziza s'étaient jetés à plat ventre. Le capitaine le saisit à pleine main par une jambe de pantalon et tandis qu'il le faisait se mettre à terre d'une secousse, un fouet claqua à quelques centimètres de son oreille – le bruit d'une balle qui passe le mur du son juste à côté de vous, la détonation du fusil suivant quelques instants plus tard. Il demeura étendu un moment, le cœur martelant le mince bouclier de son sternum, puis il regarda Wynne.

— Deux secondes, dit Ziza. Six cents mètres.

Le capitaine lança un regard sévère à Russell.

— Je pensais que vous aviez plus de jugeote.

— Je le pensais aussi, dit Russell.

Rosa avait installé sa position de tir derrière quelques parpaings laissés là, au bord de l'édifice, et ils rampèrent jusqu'à lui. Le sergent garda l'œil collé à sa lunette de visée, ne se retournant jamais pour regarder derrière lui. Quand le capitaine le rejoignit sur son côté gauche, Rosa s'éclaircit la gorge et baissa le regard pour noter un chiffre sur sa fiche de données.

— Ils sont en train de préparer un engin suicide, là-bas, les informa Rosa.

Il parlait comme si tout cela arrivait à quelqu'un d'autre et qu'il observait la scène sur un écran.

— Un quoi ? demanda Russell.

Wynne leva son fusil et scruta à travers sa lunette.

— Huit cents mètres, dit Rosa. Sur la route, là-bas. Juste à l'ouest des arbres.

— Je l'ai, dit Wynne.

— Qu'est-ce que c'est que cet "engin suicide" ? demanda Russell. Qu'est-ce qui se passe ?

Ziza était à sa droite ; le commando se pencha pour murmurer :

— Ils prennent un camion. Ils le remplissent d'explosifs et ils le lancent sur nous.

Il gonfla ses joues et leva une main du sol, mimant une explosion.

Russell lança un regard vers Rosa et le capitaine, qui semblaient être en train d'étudier l'engin décrit par Ziza. Russell n'avait sur son fusil qu'un simple viseur point rouge, sans grossissement, et il avait laissé ses jumelles dans une de ses sacoches de selle.

— Capitaine, dit Russell, il faut partir d'ici.

— J'y travaille, répondit le capitaine.

Il sortit sa radio et informa Bixby de leur situation, puis il s'adressa à Perkins pour lui demander s'il était prêt à faire sauter les portes.

— Affirmatif, dit Perkins.

— Faites revenir les autres dans l'escalier. Une fois que vous aurez déclenché l'explosion, sortez en tirant. Ne vous arrêtez que lorsque vous aurez rejoint Mother.

— Et vous, là-haut ? demanda Perkins.

— Ziza, Russell et Rosa partent avec vous, dit Wynne.

— Et vous, alors ? dit Perkins.

— On a un camion bourré d'explosifs sur la route, là, en bas, une sorte de bombe roulante. Ils vont essayer de le lancer sur le bâtiment pour faire tout écrouler sur nous. Je reste en couverture jusqu'à ce que vous soyez à l'abri.

— Carson, lança la voix de Bixby, je ne…

— On ne discute pas, l'interrompit le capitaine.

Il dit à tout le monde d'attendre son ordre, puis il fit signe à Rosa de s'écarter et de lui laisser le fusil de précision. Rosa le regarda un bon moment.

— Je préférerais ne pas faire ça, dit-il.

Wynne lui dit d'emmener Ziza et Russell et de filer.

— Vous avez besoin d'un guetteur, dit Rosa.

— Je ferai le guetteur moi-même.

— Laissez-moi rester.

Wynne secoua la tête.

— Je n'aime pas ça, dit Rosa. Je proteste de la façon la plus formelle.

— J'en prends note de la façon la plus formelle, dit Wynne. Barrez-vous.

Le visage de Rosa se tendit et il scruta son capitaine. Il soupira très lentement et lâcha son fusil de précision. Il roula sur la droite pour laisser Wynne s'installer derrière l'arme, attendit qu'il lui passe la sienne. Puis il resta là un moment, sur le dos.

Wynne avait déjà collé son œil à la lunette. D'un coup de pouce, il enleva la sécurité, puis il la remit et regarda le sergent.

— Robbie, dit-il, ça va aller.

— Je ne sais pas, dit Rosa.

— Si je ne m'en sors pas, vous savez quoi faire ?

— Je sais.

— Faites en sorte de continuer la mission. Ne le laissez pas la faire capoter.

— Je ne le laisserai pas, dit Rosa.

Tendant le bras, il toucha l'épaule du capitaine, puis roula sur l'estomac et se mit à ramper en arrière, en direction de l'escalier.

Ils descendirent les marches, Russell suivant la silhouette svelte du sergent, prenant garde de ne pas trébucher. Tout en lui semblait flotter, et il entendit le capitaine faire feu : une fois, deux fois, trois fois. Ils rejoignirent le reste de l'équipe, rassemblée dans l'escalier, près du premier étage. Perkins tenait sa radio dans une main et le détonateur dans l'autre. Russell et Wheels échangèrent un regard puis un signe de la tête, pour se saluer ou se dire au revoir, et la voix du capitaine se fit entendre sur la radio de Perkins.

— Exécution.

Les hommes se recroquevillèrent sur eux-mêmes, se plaquant les mains sur les oreilles. Russell ferma les yeux et appuya le front contre le béton froid du mur. Il compta à rebours à partir de dix.

Neuf.

Huit.

Sept.

L'explosion le fit basculer sur le côté et quelque chose sembla se déglinguer à l'intérieur de sa poitrine. Quand il ouvrit les yeux, l'air était embrumé d'une très fine poussière, tout ce qui s'était accumulé au fils des années sur les murs et le plafond retombait maintenant et faisait tousser les hommes. Ils se relevèrent l'un après l'autre, les vêtements saupoudrés de gris clair, et la voix de Wynne sur la radio de Perkins disait, assourdie par le nuage :

— Allez-y, maintenant, allez, allez.

Ils s'élancèrent. Ils atteignirent le rez-de-chaussée, traversèrent l'entrée remplie de fumée, s'arrêtèrent une fraction de seconde devant les portes démolies, puis sortirent du bâtiment au pas de course. Ceux qui étaient devant lui se servaient de leurs fusils, mais Russell ne voyait pas sur quoi ils tiraient. Il courut, toussant et essayant de se racler la gorge, la lumière éclatante du soleil dans les yeux, le vert éclatant de l'herbe sous ses chaussures. Il avait perdu ses lunettes de soleil à un moment donné – impossible de se rappeler quand ou comment. Rosa était juste devant lui et il pouvait voir Wheels une cinquantaine de mètres plus loin. Les coups de feu tirés par le capitaine résonnaient derrière lui, et les tirs ennemis crépitaient dans les arbres, au sud.

Il atteignit une tranchée, puis un talus bas, qu'il escalada avant de s'élancer à toute vitesse vers les pins. Il venait d'arriver au sommet de la pente et avait retrouvé le terrain plat lorsque le bout de sa chaussure gauche se prit dans quelque chose et il trébucha. Tout arriva très vite : à un moment il était tout en mouvement, le vent lui cinglant les oreilles, et l'instant d'après il était étalé dans l'herbe, son fusil coincé sous lui. Il entendit plusieurs tirs très rapprochés, puis Ziza fut agenouillé près de lui, en train de l'aider à se relever. Russell sentit une douleur dans le bas du dos, et quand il ramassa son fusil, il s'aperçut qu'il avait enfoncé le bout dans le sol et que le canon était rempli de terre.

— Tu es blessé ? lui demanda Ziza.

— Je ne pense pas, dit Russell.

— Tu peux marcher ?

Russell répondit qu'il pouvait courir.

Ils repartirent alors à travers les arbres, esquivant les branches, la main de Ziza sur l'épaule de Russell tout le long du chemin. Ils dévalèrent une pente au milieu des pins, et il sentit les chevaux avant de les voir. Il sprinta sur un bout de la piste et déboucha dans la clairière où les autres étaient en train de dégager leurs montures de la ligne d'attache et de se hisser en selle. Bixby était déjà sur le dos de son cheval et il s'avança jusqu'à Russell.

— Va falloir que vous nous conduisiez pour sortir de là, dit-il.

— Vous conduire où ?

— Le capitaine dit de prendre la piste de l'autre côté et de gagner les montagnes.

Russell faillit lui demander l'autre côté de quoi, mais il connaissait déjà la réponse. Il resta un moment silencieux, secouant la tête.

— On va aller droit dans une embuscade, dit-il au sergent.

Bixby opina. Il demanda comment les chevaux allaient se comporter.

Russell supposa qu'ils se comporteraient bien mieux que lui-même. D'une secousse sur les rênes, il fit tourner Fella et mena les cavaliers sur le sentier des chèvres qui se faufilait à flanc de colline, parmi les pins.

Quand ils atteignirent la lisière des arbres, les chevaux commençaient déjà à hennir et à piétiner. Fella se tendit immédiatement sous lui et il se pencha pour lui tapoter l'encolure. Il entendit le claquement du fusil du capitaine, et il crut voir sa lunette miroiter au soleil, au sommet de la tour. Il n'arrivait pas à localiser les ennemis, mais des tirs partaient de leurs fusils, par intermittence, et il fit avancer Fella d'un pas prudent. Il entendait le clappement et le cliquetis des équipements tandis que les autres le suivaient, puis il y eut le craquement de balles qui passaient au-dessus d'eux. D'un coup de talon, il mit Fella au trot. Le bâtiment se trouvait maintenant à deux terrains de football d'eux, se dressant à leur gauche, tel un monolithe, sur le ciel du matin. Le bruit des sabots sur l'herbe se transforma en grondement qui se répercutait dans les poitrines, et le parfum de l'herbe écrasée emplit ses narines, puissant et très odorant. Il entendit encore une série de coups de feu, et quand il regarda vers le bâtiment, il vit que le camion suicide qu'ils avaient aperçu s'en approchait à une vitesse de 15 ou 20 km/h, puis le sillage de vapeur de deux roquettes traversa la plaine près du sol et deux explosions retentirent sur leur droite. Fella se rua en avant et partit au galop, les chevaux derrière l'imitèrent, tandis que les fusils se déchaînaient et que le bruit de chocs assourdis se répercutait à mesure que le bâtiment se rapprochait, et l'air piquait ses yeux que le froid faisait pleurer.

Il raffermit sa prise sur les rênes et, s'allongeant sur l'encolure de Fella, il lui parla, lui disant qu'elle s'en sortait très bien. Il sentit une forte secousse sur la grande poche extérieure de la jambe gauche de son pantalon, mais il n'essaya pas de voir de quoi il s'agissait. Le crépitement de mitrailleuse s'éloigna, et ils se retrouvèrent de l'autre côté de la tour; l'édifice se dressait maintenant entre eux et les ennemis, et d'un coup, les détonations leur parvinrent assourdies. Le terrain se mit à monter; il fit ralentir Fella au petit trot, et ils continuèrent à suivre la piste qui grimpait de plus en plus, tandis que les touffes d'herbe se balançaient dans le vent. Il revint au pas et sentit les poumons de son cheval qui s'emplissaient et se vidaient à un rythme soutenu, il jeta un coup d'œil derrière lui et vit les autres. Apparemment, personne n'avait été touché et, de manière inexplicable, personne n'avait été désarçonné. Ziza tenait les rênes de l'étalon du capitaine et les éclaireurs menaient les chevaux de secours. Russell s'essuya les yeux, arrêta Fella sur le flanc de la montagne, se retourna et vit que la tour paraissait toute petite de cette hauteur.

Quand Bixby le rejoignit, la première chose que Russell dit fut :

— Le capitaine Wynne.

Le sergent avait déjà sorti sa radio et elle était collée à son oreille.

— Underchild Premier, ici Underchild Quatre, vous me recevez ?

Il répétait le même message, sans arrêt, la voix de plus en plus forte, de plus en plus paniquée, puis il finit par laisser tomber tout protocole et se mit à hurler :

— Carson, vous êtes là ? Carson ?

— L'enfoiré, dit Rosa.

Il avait à peine prononcé le mot qu'une explosion fit trembler la terre, et les chevaux semblèrent hennir à l'unisson. Le cheval hongre sur lequel était monté Perkins se dressa sur ses jambes arrière, martelant l'air de ses sabots avant. Perkins fut éjecté au sol et sa monture, poussant un hennissement, partit au triple galop sur la piste. Personne ne le suivit. Ils avaient tous les yeux fixés sur le bâtiment et l'énorme langue de feu qui jaillissait du mur arrière. Ils virent l'édifice fumer et vaciller, ils le virent commencer à s'effondrer : le toit s'écroulait et les murs explosaient vers l'extérieur, puis un énorme nuage blanc en forme de champignon monta dans le ciel lumineux et limpide. Plusieurs hommes de l'équipe poussèrent un cri, et Bixby, contrôlant sa monture, la fit tourner pour s'élancer en direction de la plaine, Ox et Rosa le suivant de près. Seul le lieutenant Billings semblait avoir évalué la situation et, insérant deux doigts aux commissures des lèvres, il émit un sifflement strident qui les figea tous sur place.

Ils tournèrent pour le regarder.

— Revenez ici, dit-il.

Bixby le dévisagea sans rien dire. Puis il murmura quelque chose qui ressemblait au nom du capitaine.

— Il est mort, dit Billings.

— Allez vous faire foutre, dit Rosa.

Billings fit faire à son cheval un tour complet sur lui-même et les balaya du regard l'un après l'autre, puis il donna un léger coup de talon dans les côtes de sa monture palomino en tirant sur les rênes et s'engagea sur la piste qui montait. L'un après l'autre, les hommes le suivirent, muets, abasourdis. Le sentier les conduisit vers les hauteurs, puis ils pénétrèrent dans un bosquet de résineux et la vallée derrière eux fut masquée par les arbres. Russell comprit que désormais, il chevauchait sous les ordres du lieutenant et, de même qu'il ne doutait pas du battement de son cœur, il ne doutait pas un seul instant que cet homme allait abandonner la mission et les ramener à l'avant-poste, à l'ombre de la base Dodge.

Il se dit qu'il devrait se sentir soulagé, mais il se rendit compte qu'il était désespéré.

La piste montait, puis redescendait, les arbres disparurent, et ils débouchèrent dans une dépression de grès peu profonde, avec, à plusieurs centaines de mètres sur leur gauche, la vallée où la tour détruite n'était plus qu'un amas de ruines fumantes. Aucun d'eux ne put laisser son regard s'attarder sur les décombres, et quand Russell y jeta un bref coup d'œil, sa gorge se serra. Ils poursuivirent sur la ligne de crête, passant devant une formation rocheuse qui faisait penser à une baleine, avant de descendre une pente en file indienne et de longer un champ où des pieds de vigne chargés de raisins verts serpentaient sous le soleil.

Au détour du virage, à l'autre bout du champ, le capitaine était assis sur un petit muret de pierres qui courait au bord de la piste, les coudes appuyés sur ses cuisses, en train de boire au tuyau de sa réserve d'eau. Le lieutenant Billings ralentit son cheval et les autres mirent leur monture au pas. Wynne leva la tête pour les regarder tous un par un, ses yeux bleus paraissant plus sombres dans la lumière dorée du matin, ses cheveux blonds rendus grisonnants par la poussière qui avait aussi pratiquement blanchi son uniforme. Il n'avait pas le fusil de Rosa, mais à part la perte de l'arme et la poudre qui le couvrait de la tête aux pieds, rien n'indiquait qu'il avait pris part de près ou de loin à un combat.

Les hommes commencèrent à descendre de cheval et à s'approcher de lui – Bixby, Ox, Ziza et Russell suivant juste derrière –, tendant la main pour toucher leur capitaine, sur le bras, dans le dos ou sur l'épaule. Russell avait les yeux brûlants et humides et il effaçait des larmes de ses joues du revers de la main. Il avait l'impression qu'ils étaient en train d'accomplir un rituel pour lequel il n'avait pas de nom, quelque chose qui était resté en sommeil au plus profond de lui toutes ces années, assoupi et coulant dans son sang. Ils défilèrent devant Wynne comme des pèlerins devant un lieu saint, puis restèrent immobiles, l'air déconcertés. Russell jeta un coup d'œil et vit que Billings et Rosa se tenaient un peu à l'écart, Billings avec des éclairs de rage dans les yeux et Rosa la tête baissée, scrutant le sol à ses pieds. Le capitaine s'avança vers eux, s'approchant d'abord du lieutenant. Billings commençait déjà à reculer – il vint à l'esprit de Russell que Wynne pourrait le frapper – et quand le capitaine se trouva devant lui, il prit la tête du lieutenant entre ses deux mains, l'attira à lui et lui colla un baiser sur la joue, plus terrifiant, d'une certaine manière, que n'importe quel coup. Billings blêmit et quand le capitaine le libéra, il fit quelques pas en arrière, titubant comme s'il était sur le point de tomber. Il murmura quelque chose que Russell ne put entendre, puis il ne dit plus rien, tandis que Wynne allait déjà vers Rosa.

Le sergent était à genoux dans la poussière, et quand il leva les yeux, Russell vit qu'ils étaient mouillés. Wynne s'approcha et tendit une main que Rosa contempla un moment, secouant la tête. Il la saisit enfin. Le capitaine le tira pour qu'il se mette debout et le prit entre ses bras, et le sergent se mit à pleurer. Il répétait toujours la même chose, sans arrêt, une note de désolation dans la voix. Wynne le serra très fort contre lui, ses lèvres laissant échapper un bruit qui ressemblait à un "shhhhhhhh".

LE lendemain soir, les hommes avaient installé leur bivouac dans une ravine de grès, près du lit d'une rivière à sec, quand les éclaireurs revinrent au crépuscule et dirigèrent leurs montures au-delà de la lumière du feu. Les deux hommes échangèrent des murmures pressés en pachtoune, puis ils rejoignirent Wynne qui était assis entre Ox et Ziza, s'arrêtant à quelques pas du capitaine et effectuant une sorte de salut martial. Il y eut une série d'échanges entre les éclaireurs et Ziza, à la suite desquels Ziza se tourna vers Wynne et lui dit que le camp qu'ils cherchaient n'était plus qu'à deux jours de voyage.

Wynne le regarda un moment. Il planta sa fourchette en plastique dans le paquet de ration qu'il était en train de manger, s'essuya les coins de la bouche et se leva.

— Deux jours, répéta-t-il.

Mais il était impossible de dire si c'était une question. L'ombre du capitaine dansait dans la lumière du feu. Ziza demanda aux éclaireurs s'ils avaient aperçu l'ennemi.

Le plus grand des deux hommes inclina la tête vers l'autre, ils prononcèrent plusieurs phrases, puis le plus petit se mit à secouer la tête.

— Pas d'ennemis, dit le grand.

Il fit un geste large de la main, devant sa poitrine, comme une sorte de salut.

Rosa s'était approché pour se mêler à la discussion et Bixby ne tarda pas à les rejoindre. Voyant cette réunion informelle s'organiser entre les sergents, Russell se leva, épousseta le derrière de son pantalon et alla retrouver Wheels allongé dans son sac de couchage, la poitrine couverte par sa veste. Il avait les yeux ouverts.

— On voit vraiment bien les étoiles, dit-il.

Russell leva les yeux. Elles brillaient de tous leurs feux, et il s'en dégageait même une sensation de chaleur.

Wheels dit :

— Distributeurs automatiques.

— Qu'est-ce que tu dis ?

— J'étais étendu là, et je me suis rendu compte que j'avais oublié les distributeurs automatiques. Il m'a fallu un moment pour me rappeler à quoi ils ressemblaient.

Russell s'assit près de Wheels, à même le sol froid.

— Les banques aussi, d'ailleurs, poursuivit Wheels. Est-ce que tu t'es déjà fait la remarque qu'on était payés pour faire ça ?

— Ouais, dit Russell. Prime de risque.

— Prime de risque, répéta Wheels.

— Les panneaux de stop, dit Russell.

— Quoi ?

— J'ai oublié les panneaux de stop.

— Les stations de lavage de voitures, dit Wheels.

— Ouais. Les stations de lavage. (Russell se tut un instant.) Mon pick-up est toujours dans le garage du sergent.

— Cet enfoiré de radin, dit Wheels. Quand tu vas rentrer, il va te faire payer le gardiennage. Tu vas voir s'il va se gêner.

Il y eut quelques instants de silence. Russell entendait le murmure des hommes en train de discuter, mais il ne distinguait pas ce qu'ils disaient. Il dit à Wheels qu'ils s'apprêtaient à attaquer.

— Je m'en doute un peu, dit Wheels.

— T'as la frousse ? demanda Russell.

— Pas qu'un peu, répondit Wheels.

Russell l'observa un moment, il avait le visage argenté sous la lumière de la lune basse. Il cligna des yeux.

— On a failli y passer, aujourd'hui, dit Wheels. T'as réfléchi à ça ?

— J'essaie de pas trop y penser.

— Moi, j'y ai pas mal réfléchi.

Russell examina son ami. Il avait l'air pensif, un peu triste.

— Je ne sais même pas pourquoi on fait ça, reprit Wheels.

— Mais si, tu le sais, lui dit Russell. Les prisonniers.

— Y a pas de prisonniers, dit Wheels.

— C'est ce qu'on essaie de savoir, expliqua Russell. Tu as entendu le lieutenant : s'il y a des prisonniers, on ne peut pas simplement…

— S'il y a des prisonniers, c'est certainement pas la meilleure façon de les récupérer. On va finir par se faire prendre aussi. C'est comme le "Jeu de la Taupe".

— C'est quoi ? demanda Russell.

— On descend un taliban, il y en a un autre qui réapparaît plus loin. On envoie des gars pour l'avoir, nos gars se font capturer et il faut en envoyer encore plus. Alors, d'autres talibans se joignent à la lutte. Et ça n'arrête pas.

Russell resta silencieux un moment. Il n'avait jamais entendu Wheels parler de cette façon. Il lui demanda comment il ferait, lui.

Wheels ne répondit pas immédiatement. Puis il dit :

— Tu penses qu'il vaut combien, le collier que Ziza a sorti de la caisse de sable, ce matin ?

— Je n'en ai aucune idée, répondit Russell.

— Cent mille ? Deux cent mille ?

Russell leva les mains en l'air et secoua la tête.

— Mais qu'est-ce que ça a à faire avec tout ça ?

— Tant qu'ils auront ce genre de trésor planqué quelque part, ils continueront à tuer nos gars et à faire des prisonniers. Tu coupes le robinet à fric, et là, tu commences à avoir des résultats.

— Et d'après toi, on fait ça comment ?

— J'en sais rien, dit Wheels.

— Moi non plus, dit Russell, et je pense que ce genre de conversation ne sert qu'à nous embrouiller les idées alors que…

— Je connais quelqu'un qui a cédé au chant des sirènes, dit Wheels.

— Quel chant ?

— Celui du capitaine, dit Wheels. Avant, tu faisais preuve d'un peu plus de scepticémisme.

— Je pense qu'on ne peut pas se permettre ce genre de "scepticémisme", comme tu dis. Et qu'est-ce que ça peut nous apporter de bon ? Dans notre situation actuelle ?

Wheels lui jeta un coup d'œil, puis regarda à nouveau en direction des étoiles.

— Ouais, dit-il, t'as sûrement raison. C'est que je suis un peu secoué, avec ce qui s'est passé, c'est tout.

— Tout le monde est un peu secoué, je crois.

— Tout le monde, sauf le capitaine, dit Wheels.

Le lendemain matin, après le réveil, ils levèrent le camp. Personne ne disait mot. Le capitaine avait envoyé les éclaireurs en reconnaissance et le plan consistait à poursuivre leur route doucement, prudemment, pour ne pas gaspiller leur énergie, ni celle de leurs chevaux. Wynne ne voulait pas qu'ils aient à partir à l'assaut après toute une journée de cheval, et il ne voulait pas qu'un de ses hommes se blesse avant qu'ils aient atteint leur destination. Russell l'observait, à la tête de la colonne, assis sur l'étalon doré, les épaules redressées, les rênes dans la main gauche, comme s'il avait fait cela toute sa vie. Il essaya d'imaginer quel genre d'homme le capitaine aurait été s'il n'y avait pas eu ce conflit, mais son imagination lui fit défaut. Il était incapable de concevoir Wynne sans la guerre, ou la guerre sans Wynne. Ils semblaient avoir été faits l'un pour l'autre, et Russell se demanda, si tel était le cas, quel scénario avait été écrit pour lui-même ?

Ce soir-là, ils établirent leur bivouac dans la cuvette abritée d'une colline couverte de pins, et ils y attendirent les éclaireurs. Le capitaine avait dit plus de feu, et ils restèrent en alerte dans la pénombre, puis dans le crépuscule, et quand la nuit tomba, ils étaient assis sur leur couverture de selle, leur sac de couchage autour des épaules. Sans feu, il faisait froid et la nuit était si noire que Russell pouvait à peine distinguer les silhouettes des hommes qui se découpaient sur les étoiles. Wheels était assis à côté de lui.

Il se pencha et dit :

— Putain, ils sont censés nous retrouver comment, nos éclaireurs, dans cette obscurité ?

Russell n'en savait trop rien. Il répondit qu'ils y étaient peut-être habitués. Peut-être qu'ils avaient des aptitudes que les Américains n'avaient pas.

— J'espère de tout cœur qu'ils ont des aptitudes, dit Wheels. Des aptitudes et un projecteur.

Quand ils se réveillèrent le lendemain matin, les éclaireurs n'étaient toujours pas rentrés. Wynne discuta avec Ziza, puis avec Bixby ; ensuite, il ordonna aux hommes de se mettre en selle et de lever le camp. Le soleil montait et le jour était déjà chaud et éclatant, les flancs des montagnes fumaient autour d'eux et les arbres vibraient dans la chaleur. Russell sortit sa casquette de base-ball de sa sacoche droite et l'ajusta sur son crâne. Il regretta de ne pas avoir emporté une deuxième paire de lunettes de soleil, mais vers le milieu de l'après-midi, les nuages arrivèrent par l'est et une odeur de pluie emplit brusquement l'atmosphère. Le sentier de chèvres qu'ils suivaient se fit plus abrupt, et tandis qu'ils montaient une pente boisée, les chevaux se mirent à hennir doucement et à souffler. Fella ralentit, avançant au pas, posant nerveusement un sabot devant l'autre, puis elle finit par s'arrêter carrément. Russell essaya de donner de petits coups de talon pour la faire repartir, mais les muscles de son encolure s'étaient contractés ; il tendit la main et lui caressa le cou. Il se pencha pour lui parler, donna une secousse sur les rênes et elle se remit en marche. Les cavaliers franchirent la crête et suivirent le sentier qui serpentait au milieu des pins.

Descendant l'autre versant de la montagne, ils entrèrent dans un bosquet de pruniers et de cèdres, et c'est là qu'ils trouvèrent leurs éclaireurs.

Ziza chevauchait juste derrière le capitaine et il fut le premier à les voir. Il hurla quelque chose dans sa langue maternelle, sa voix de baryton bourrue habituelle s'élevant pour pousser une lamentation aiguë. Il sauta de sa monture et s'élança, tandis que le capitaine criait dans son dos et que les chevaux commençaient à avancer de biais et à déraper. Russell leva les yeux et vit les deux corps, suspendus la tête en bas aux branches d'un énorme chêne, entièrement nus, à l'exception de la *tagiyah* au sommet de leur crâne. Les corps se trouvaient à une vingtaine de mètres, peut-être, mais il vit que leur gorge avait été tranchée et faisait comme un large sourire rouge, et que leurs organes génitaux avaient été coupés. Ils avaient des plaies et des ecchymoses le long des jambes et sur le torse, et en certains endroits, leur peau était noire. Ziza avait atteint l'arbre et il s'était agenouillé sous eux dans la poussière. Il s'était porté garant de ces Afghans, il les avait bousculés et réprimandés chaque jour pendant le voyage, et maintenant il les pleurait, inconsolable. Quelques-uns des cavaliers commençaient à mettre pied à terre et à prendre leurs armes, d'autres restaient en selle, pâles comme s'ils avaient le mal de mer, le visage vidé de tout son sang. Billings s'avança vers les éclaireurs, mais Russell éleva la voix.

— Pas les chevaux ! cria-t-il. Ils n'ont pas besoin de voir ça.

Wheels était juste derrière lui. Il ajouta qu'aucun d'entre eux n'avait besoin de voir ça.

— Il a raison, dit Rosa. Si vous ne voulez pas faire le reste du chemin à pied, vous feriez mieux d'éloigner les chevaux le plus possible.

— On devrait peut-être leur mettre un bandeau, dit Russell.

— Il le faudrait, absolument, dit Rosa.

Le capitaine avait fait tourner son étalon pour les écouter.

— Robbie, dit-il, vous et Russ, emmenez-les jusqu'à ce replat, là-bas. Au moins, vous serez contre le vent.

Russell tira doucement sur les rênes et commença à conduire les autres, se baissant en passant sous les branches, surveillant le sol pour détecter d'éventuelles cavités. Ils atteignirent le replat couvert de mousse sur le flanc de la montagne, tendirent les lignes d'attache et immobilisèrent les chevaux, et pendant tout ce temps, Russell parla à Fella, lui disant que tout irait bien.

Quand ils redescendirent le versant, le capitaine avait noué les rênes de son étalon autour du tronc d'un jeune prunier et il était agenouillé près de Ziza, lui disant à voix basse des choses que Russell ne pouvait entendre. Les hommes avaient le fusil prêt à tirer, et Ox avait pris Morgan et Perkins pour établir un périmètre de sécurité. Russell s'avança lentement en direction des corps pendus ; les poils de ses bras étaient chargés d'électricité. Il portait son fusil serré contre sa poitrine et il jeta un coup d'œil circulaire vers les arbres, mais tout n'était qu'une vision floue de branches et de troncs, rien de distinct ; il semblait être incapable de cadrer quelque chose, d'empêcher le monde de trembler. Il s'appuya contre un cèdre et examina les éclaireurs.

On lui avait expliqué ce qui arriverait s'il était capturé par les talibans, ce qu'ils appelaient "la manière afghane" : castration ou éviscération, suivie d'une décapitation. Ceux qui avaient torturé leurs éclaireurs, quels qu'ils fussent, avaient décidé de ne pas leur couper la tête, mais en y regardant de plus près, Russell vit que les deux hommes avaient été scalpés. Des mouches s'agglutinaient sur leur crâne à vif et couraient sur la corde par laquelle ils étaient pendus. Il eut l'impression de regarder un film, avec seulement des sensations visuelles ; il n'y avait ni son ni odeur. Puis le vent tourna et lui parvinrent alors la puanteur métallique et les sanglots de Ziza. Il se sentit soudain submergé par tout cela et, se penchant en avant, il se mit à vomir.

L'instant d'après, Wheels était à côté de lui.

— Russ, dit-il doucement, allez.

Il gardait les yeux fixés sur le sol et Russell se demanda s'il avait seulement regardé. Il jeta un coup d'œil vers Wynne et Ziza, et vit que Billings se tenait debout derrière eux, examinant les éclaireurs avec détachement, par simple curiosité.

Il fit un geste en direction des deux corps.

— À votre avis, au bout de combien de temps ils ont déballé tout ce qu'ils savaient ?

Wynne se retourna pour le regarder, un genou toujours à terre, une main sur l'épaule de Ziza.

— Francis, dit-il.

— Pas de "Francis", dit Billings. C'est même pas la peine d'essayer. Ces hommes ont été torturés. Il y a gros à parier qu'ils ont vidé leur sac. Pour moi, il est clair que les talibans savent qui nous sommes, combien nous sommes. Et ils savent où nous…

Il fut interrompu au milieu de sa phrase. En un éclair, Ziza, qui était resté à genoux sous les corps de ses compatriotes, le dos tourné, avait pivoté et, sautant sur le lieutenant, il lui avait donné un coup de tête dans l'estomac, lui prenant les jambes et refermant les bras autour de ses genoux, et il avait projeté Billings à terre, puis, passant sur son côté droit, il avait lancé une jambe par-dessus sa poitrine et s'était installé à califourchon sur lui. La manœuvre tout entière ne lui avait pris que deux secondes, et Ziza était maintenant assis sur le lieutenant, le frappant avec ses coudes. Il eut le temps de lui assener trois ou quatre coups violents avant que le capitaine ne parvienne à l'arracher de Billings, agrippant le petit Afghan pour l'éloigner de sa victime. Les hommes observaient la scène. On aurait dit qu'ils ne savaient pas s'ils devaient intervenir ou pas, et ils devaient avoir le même sentiment que Russell, à savoir que le lieutenant s'en tirait finalement à bon compte. Il resta étendu sur le sol, les yeux fixés sur les branches auxquelles les deux corps suppliciés étaient suspendus comme des décorations cauchemardesques. Le lieutenant cligna des yeux plusieurs fois et essaya de se soulever sur un coude, puis il parut changer d'avis et se laissa retomber par terre. Il avait une entaille juste sous l'œil gauche et une autre plus haut sur le front, les coudes pointus de Ziza ayant fait éclater la peau. Wynne confia l'Afghan à Rosa qui s'était approché, au cas où il aurait pu être utile, et celui-ci conduisit Ziza plus loin au milieu des arbres, tandis que le commando jurait en dari ou en pachtoune – Russell était incapable de faire la différence. Le capitaine alla se pencher au-dessus de Billings.

— Ça va ? demanda-t-il.

Billings ne répondit pas. Il resta étendu, se tâtant l'arête du nez, la faisant jouer entre ses doigts, d'un côté d'abord, puis de l'autre.

Wynne l'observa. Puis il le toucha du bout de sa chaussure.

— Vous pouvez vous relever ?

Billings hocha la tête.

— Alors, relevez-vous, dit Wynne.

Il lui tendit une main, mais Billings la refusa et dit :

— Je suppose que vous pensez que c'est bien fait pour moi.

— Et vous, qu'est-ce que vous pensez ? demanda le capitaine.

LES hommes enterrèrent leurs éclaireurs dans une tombe commune et élevèrent un monticule de grès pour la protéger des loups et des chiens sauvages. Ziza dit une prière en pachtoune, les mains au niveau de la taille, les paumes tournées vers le ciel qui s'assombrissait. Ils se retirèrent un peu plus loin, dans les montagnes, à cinq cents mètres de là, pour bivouaquer dans le froid, sans feu, et quand ils s'éveillèrent le lendemain matin, ils constatèrent que Billings était parti avec son cheval. Les hommes se réunirent autour du capitaine dans la semi-obscurité de l'aube, essayant de déterminer la suite des opérations.

— Ils savent que nous sommes ici, dit Wynne. S'il y a un point sur lequel le lieutenant avait raison, c'est celui-ci.

— Qu'il aille se faire foutre, celui-là, dit Ox.

Rosa, lui, se demanda si Billings savait bien ce qu'il faisait.

— Il ne se plaît pas en notre compagnie, dit Rosa. Attendez un peu que les enfoirés qui ont pendu Haashim et Abdullah lui mettent le grappin dessus.

Wynne regarda Rosa un instant. Il admit que le lieutenant et lui étaient en désaccord, mais il ne lui souhaitait pas de tomber entre les mains des ennemis.

— Tu parles ! dit Rosa. Francis vendrait sa propre mère s'il pensait que ça lui épargnerait un seul cheveu de la tête.

— Mon premier souci, dit Wynne, c'est notre mission. On a toujours su que c'était risqué. On n'a jamais eu de garanties. J'aimerais savoir comment vous vous situez tous, par rapport à ça.

Les soldats restèrent un bon moment silencieux, certains regardant le capitaine, d'autres le sol.

Puis Bixby dit :

— À propos de savoir si on doit continuer ?

— À propos de ce que vous voulez, dit Wynne, faisant ensuite un geste en direction de Rosa.

— Étant donné notre situation, dit le jeune sergent, je pense qu'on a autant de risques d'être accrochés en revenant sur nos pas qu'en poursuivant. Autant faire ce qu'on est venus faire.

— Ou en tout cas, essayer, bordel, dit Ox.

— Exactement, dit Perkins.

— Puisqu'on est venus jusqu'ici, dit Hallum.

Morgan prit ensuite la parole, pour dire qu'il pensait la même chose, puis Ziza demanda s'ils étaient prêts à abandonner des prisonniers américains au même sort que celui de leurs éclaireurs.

Les hommes semblèrent y réfléchir. Wynne lança un regard en direction de Wheels et Russell, assis sur leur couverture de selle.

— Votre opinion ? demanda-t-il.

Russell ne s'était pas attendu à être impliqué dans la discussion, et, jetant un coup d'œil vers Wheels, il vit que son ami non plus.

— Je n'en ai pas, mon capitaine, dit-il.
— Pourquoi cela ?
Russell secoua la tête.
— Je ne me sens pas qualifié. Je ne connais pas les tenants et les aboutissants.
Wynne tourna son attention vers Wheels.
— Et vous, caporal ?
Wheels ne répondit pas. Il se contenta de pointer le doigt vers Russell, comme pour dire qu'il était d'accord avec son ami.
Bixby se racla la gorge.
— Mon capitaine, dit-il, nous avons perdu nos éclaireurs. Nous avons perdu le lieutenant Billings.
— Où voulez-vous en venir ? dit Wynne.
— Je me fais juste l'avocat du diable.
— Et pourquoi pas le mien ?
— Quand ne l'ai-je pas été ? dit Bixby.
— Mon capitaine, dit Russell.
Le capitaine se retourna vers lui. Il lui dit de poursuivre.
— Est-ce que je peux vous demander *votre* opinion ?
— Sur quoi ? demanda Wynne.
Russell s'éclaircit la gorge. Il se passa la main sur sa barbe.
— Je sais que vous ne pouvez pas nous dire s'ils détiennent nos prisonniers là où nous allons, mais admettons que ce soit le cas. Quelles sont nos chances de les faire sortir ?
Le capitaine leva le regard vers le ciel qui pâlissait et examina l'éclat de lune qui était posé sur l'horizon et s'évanouissait un peu plus à chaque instant. Puis son regard revint se fixer sur Russell.
— Je n'y ai jamais pensé en termes de chances, dit-il. Sinon, je n'aurais jamais accepté cette mission.

Ils chevauchèrent sur une piste de rocaille encaissée entre des pentes d'éboulis qui s'élevaient à perte de vue au-dessus d'eux. Vers le milieu de la matinée, la piste se rétrécit et la roche de chaque côté se fit plus abrupte, si bien qu'ils progressaient sur un sentier bordé de murs de grès, avec des couches rouges de sédiments solidifiés, et des couches blanches, traces des saisons passées, des siècles de saisons, figées dans les marbrures, et la paroi était lisse comme si elle avait été polie à la main. À une époque, cela avait peut-être été une rivière, ou peut-être était-ce simplement le vent qui, pendant des millénaires, avait fouetté la surface de grains de quartz et de feldspath. Au passage, Russell tendit la main et laissa ses doigts traîner sur la roche, froide comme de la glace au toucher et presque aussi lisse. Le clappement des sabots résonnait dans le défilé, et le son se répercutait entre les deux parois. Il n'y avait aucun vent et l'air avait une odeur de propre ; Russell se dit que c'était une histoire qui devrait être transmise de père en fils, mais il ne voyait pas comment cela serait possible, et il ne put s'empêcher de penser à Sara. Il avait pris l'habitude de repousser de telles pensées, mais à cet instant, elles refusaient de l'abandonner : Sara et une ferme. Sara, des enfants et une véranda. Sara à table, et la fumée qui monte des plats, et la sensation qu'ils ne sont pas seuls, et que les autres sont tous les siens. Elle était à lui, et les enfants étaient à lui, et il savait que ce rêve était aussi éloigné que les étoiles.

Les parois disparurent, et ils débouchèrent dans la lumière éclatante du soleil, tandis qu'une chaîne de montagnes basses s'étalait au nord comme une ombre massive. La pente commençait aux sabots des chevaux, et au loin, il y avait des trous dans le flanc de la montagne que Russell examina quelques secondes. Puis il leva ses jumelles et scruta à travers l'oculaire droit. Ce qu'il avait pris pour des trous était en fait de véritables entrées, et il aperçut une volée de marches taillées dans la pierre, menant à des arches noires. Tirant sur les rênes, il arrêta Fella et il sentit son estomac se décrocher. Il ouvrit la bouche pour dire quelque chose, mais les autres cavaliers avaient déjà vu. Wynne était assis sur son cheval, l'œil collé à sa lunette de fusil, et s'il était inquiet en voyant ce que Russell avait vu, il n'en dit pas un mot. Wheels était à une trentaine de mètres en arrière, les deux mains en visière au-dessus de ses yeux et il observait les hauteurs d'un air grave. Russell fit tourner son cheval et le remit en mouvement. Il éprouvait une légère sensation de vertige. L'air sentait le coton et la paille.

Au sud, il y avait une petite colline solitaire couverte de pins, et les cavaliers s'y dirigèrent, Wynne prenant un peu d'avance sur les autres, lançant son étalon doré au trot rapide, son fusil calé bien droit sur sa cuisse. Ils atteignirent tous l'autre côté de la colline, semblable à une île dans ce champ d'herbes hautes et d'orties, ils mirent pied à terre dans un bosquet de résineux et commencèrent à attacher leurs chevaux à des pieux. Ils se réunirent autour de Wynne et le capitaine s'adressa à eux d'une voix calme.

Wheels et Russell, annonça-t-il, resteraient avec les chevaux et couvriraient les arrières du groupe. Rosa allait grimper au sommet de la colline et s'y poster en observation. Wynne et Bixby guideraient les autres à l'entrée dans le flanc de la montagne – Ziza, Ox, Perkins, Hallum et Morgan – et ils verraient s'il s'agissait d'un bastion ennemi et s'il y avait bien des soldats prisonniers.

Le capitaine se tourna et regarda quelque chose sur le versant de la colline au-dessus de lui. Il observa un bon moment et se mordit la lèvre inférieure.

— Hallum, dit-il, vous restez à l'arrière avec le caporal Grimes. Russell vient avec nous.

Hallum ouvrit la bouche comme pour protester contre cette modification, mais Wynne lui lança un regard sévère qui mit un terme à sa tentative. Wynne se tourna vers Russell.

— Ça vous va ?

— Oui, mon capitaine, dit Russell.

Wynne hocha la tête. Puis il s'arrêta et resta immobile et silencieux quelques instants, et tous se turent. Russell entendait les chevaux balancer la queue. Le vent agitait les résineux sur la colline, les branches grinçaient en se frottant les unes contre les autres et les aiguilles de pin bruissaient doucement. Wynne leur fit signe de se préparer pour leurs missions respectives et ils commencèrent à se répartir les munitions et à remplir leurs chargeurs.

Russell mit un genou à terre un instant. Puis il se leva et alla vers les chevaux, se retourna et regarda par-dessus son épaule. Les hommes s'activaient. Il glissa une main dans une poche de son pantalon et en sortit le dollar en argent, il lança la pièce en l'air en la faisant tournoyer, l'attrapa dans le creux de sa main et la plaqua sur le dos de son autre main. C'était pile et il décida qu'il fallait que ça soit pile trois fois sur cinq. Il la lança une deuxième fois, et ce fut encore pile, et quand il la lança une troisième fois, la plaqua sur le dos de sa main et la découvrit, il vit une fois de plus l'aigle qui serrait les flèches et la branche, les ailes déployées, scintillant au soleil.

ILS grimpèrent la pente au petit trot, les sept soldats progressant en file indienne, un double nœud aux lacets, une lampe torche fixée sur leur fusil, accompagnés par le ballottement de leurs munitions et de leur harnachement, et par le bruit de leur souffle haletant.

Ils atteignirent l'escalier taillé à même le roc que Russell avait aperçu depuis le fond de la vallée et ils le montèrent en courant, Ox le précédant, ses cuisses tendant le tissu de son treillis. Les marches étaient sculptées dans le grès de manière étonnamment régulière, bien que les bords fussent ébréchés, le forçant à faire attention de ne pas perdre l'équilibre. L'escalier avait été construit de façon rectiligne, mais au bout d'une cinquantaine de mètres, il tournait à droite. Ils étaient tous à bout de souffle et les jambes de Russell étaient douloureuses. Après avoir gravi les dernières marches, ils débouchèrent, hors d'haleine, sur une sorte de terrasse plane, et là, devant eux, s'ouvrait la caverne.

Ils se déplacèrent rapidement et se répartirent de chaque côté de l'entrée. Il y avait un encadrement en grès, taillé à angle droit, et Russell s'agenouilla, examinant les marques laissées dans la roche par ce qui semblait être un marteau et un ciseau, des marques par centaines, par milliers. Il posa sa main gantée sur la pierre et sentit une étrange chaleur, bien que la paroi fût à l'ombre, puis il respira à fond pour retrouver son souffle. Il jeta un coup d'œil au capitaine, accroupi de l'autre côté de ce seuil ouvert sur l'intérieur de la montagne – deux mètres cinquante de haut, environ, et moins d'un mètre de large, parfaitement taillé et poncé par le temps. Wynne le regarda à son tour et hocha la tête, puis il fit également un signe en direction du sergent Ox. Ils se levèrent tous deux et entrèrent, les autres les suivant un par un.

Au bout d'une vingtaine de mètres, ils se retrouvèrent dans l'obscurité totale. Ils allumèrent leur lampe torche, les faisceaux se déplaçant sur les parois, éclairant le sol de pierre sous leurs pieds. Russell sentait une texture poudreuse sous ses semelles. Il regarda par-dessus son épaule et vit l'entrée en forme de fer à cheval s'amenuiser de plus en plus, puis le tunnel fit progressivement un virage et la lumière du monde extérieur disparut complètement.

Ils parcoururent encore une soixantaine de mètres. Il flottait dans ce couloir une odeur neutre de sédiment, puis des effluves riches et fertiles lui parvinrent. Ils se firent de plus en plus forts et Russell sentit une légère brise lui caresser les oreilles. La roche sous leurs pieds fut remplacée par quelque chose d'autre et les chaussures de Russell firent un bruit de succion, comme si elles se décollaient du sol. Il leva son fusil et, le pointant au-dessus de lui, il vit dans le faisceau de lumière que le plafond s'était élevé de cinq ou six mètres et qu'il était tapissé de formes brunes parcheminées, légèrement duveteuses. Elles frémirent quand la lumière les éclaira et Russell s'arrêta pour les examiner. Il cligna des yeux et regarda le sol, puis il leva son fusil et regarda à nouveau.

Des milliers de chauves-souris étaient accrochées au plafond, leurs minces ailes repliées sur leur corps. Russell se tassa contre le mur et mit un genou sur le sol couvert de guano. Il essaya de chasser l'odeur de sa tête, puis il vit les lumières des autres s'éloigner dans le couloir. Il toussa dans le creux de son épaule, se releva et courut pour les rattraper.

Le tunnel tournait, puis tournait encore, et il entendit le capitaine lancer "marches", et chaque homme murmurer le mot à celui qui le suivait. Le sol disparut, Russell pointa son fusil sur ses pieds et commença à descendre. Au bas d'une volée de marches, ils se retrouvèrent dans une salle. Wynne fit arrêter la colonne et ils se rassemblèrent autour de lui. Russell sentait son cœur battre contre son gilet pare-balles. Levant son fusil, il scruta le plafond, mais il n'y avait plus de chauves-souris. Il les sentait encore, mais il ne savait pas vraiment si c'était le souvenir de la sensation ou bien l'odeur elle-même. Il jeta un coup d'œil à Wynne, qu'il distinguait tout juste dans la lueur des lampes.

Le capitaine tira sa radio de sa ceinture et appuya sur le bouton "émission".

— Underchild Cinq, ici Underchild Premier.

Il abaissa la radio et attendit quelques secondes.

— Underchild Cinq, ici Underchild Premier, vous me recevez ?

Ils attendirent, mais il n'y eut aucune réponse.

Ox indiqua le plafond du doigt.

— C'est peut-être la roche.

Le capitaine hocha la tête.

— Essayez encore, dit Bixby.

Wynne appuya sur le bouton, mais la radio fit entendre un déclic et il relâcha le bouton. Il fronça les sourcils et regarda les hommes autour de lui. Il enfonça la touche et la relâcha, et la radio émit encore un déclic. Puis un autre déclic vint de l'autre bout de la salle, et les hommes se retournèrent tous ensemble vers l'origine du bruit, leurs lampes éclairant la roche.

Russell se jeta à plat ventre.

— Qu'est-ce que c'est que ce truc ? dit quelqu'un, mais Wynne le fit taire.

Ils étaient allongés ou accroupis. Wynne avait simplement posé un genou à terre. Il épaulait son fusil, examinant les parois.

Russell regarda les cercles de lumière blanche jouer sur le roc, se croisant et se recroisant, se mélangeant. Il éteignit sa lampe et commença à ramper à reculons et sur la gauche, traînant ses genoux et son ventre sur le sol de pierre humide. Les autres se mirent à éteindre leurs lampes aussi, les faisceaux disparaissant l'un après l'autre. Celui du capitaine fut le dernier et quand il pressa le bouton, l'obscurité les enveloppa comme un linceul.

Pendant quelques instants, Russell n'entendit rien d'autre que le sang qui se précipitait dans son crâne, puis il entendit le déclic de la radio du capitaine auquel répondit un autre déclic en provenance du noir complet devant eux. Wynne alluma sa lampe torche et sur la paroi à l'autre bout de la salle se projeta la silhouette mince d'un homme, nu jusqu'à la taille et tenant un fusil. Il leva une main devant ses yeux pour se protéger de la lumière et à l'instant où il fit ce geste, deux chuintements s'échappèrent du silencieux d'un des fusils, deux marques de la taille d'une pièce de dix cents apparurent sur la poitrine de l'homme, juste sous le sternum, et un brouillard rouge éclaboussa la paroi de la caverne. Le capitaine ordonna de cesser le feu et la silhouette s'avança en titubant, traînant son fusil derrière elle, les yeux lumineux. L'homme fit quelques pas, six ou sept, peut-être, puis il bascula sur un côté et resta étendu, tandis que sa poitrine continuait à se soulever. Russell alluma sa lampe torche, puis le canon d'un fusil lança un éclair à une vingtaine de mètres sur la droite et immédiatement, ce fut le chaos.

Les hommes se mirent à riposter et un autre fusil ouvrit le feu de l'autre côté de la salle, sur la gauche, cette fois, faisant un bruit comparable à celui d'une bombe de peinture que l'on agite – ce cliquetis métallique assourdi. Russell ôta la sécurité de son arme d'un coup de pouce et fit feu une fois, il recula rapidement de quelques pas, s'agenouilla et tira à nouveau. Les balles faisaient des étincelles sur les murs et ricochaient dans la salle, et la fumée des tirs flottait dans le faisceau des lampes. Un des hommes hurla qu'il était touché et un autre dit :

— Cessez le feu, cessez le feu.

Bixby, pensa Russell.

Quand les tirs s'arrêtèrent, plusieurs soldats s'avancèrent jusqu'à l'homme qu'ils avaient tué en premier, et Morgan alla vers celui qui avait tiré depuis leur flanc droit. Russell le suivit du regard tandis qu'il s'agenouillait un instant dans l'obscurité, avant de se tourner :

— Il est mort, dit Morgan.

— Salopard, dit une voix près du capitaine.

C'était Perkins. Russell s'approcha et regarda Bixby le retourner sur le dos et commencer à lui enlever son gilet pare-balles. Avec sa lampe, il balaya les jambes du blessé, puis son torse, et s'arrêta quand la lumière atteignit le sang qui coulait de son cou. Bixby avait sorti son kit de premiers secours et il appuya une compresse sur la blessure, mais la gaze fut immédiatement trempée, et le visage de Perkins était couleur de cendre. Wynne le scruta, puis il lança un coup d'œil à Ox.

— Assurez-vous que la voie est libre, dit-il.

Bixby était couché sur Perkins, l'oreille collée sur sa poitrine. Russell le vit incliner la tête de Perkins en arrière, lui pincer les narines et commencer à souffler dans sa bouche. Il vit le souffle de l'infirmier gonfler la poitrine de Perkins. Il vit la poitrine retomber.

— Il y a un autre tunnel, là, lança Morgan.

— Avec des traces de sang, ajouta Ox.

Wynne mit une main sur l'épaule de Bixby.

— C'est fini pour lui, Mother.

Bixby secoua la tête.

— Lâchez-le, dit Wynne.

Le sergent infirmier se recula et s'assit sur ses talons, et il posa ses paumes ensanglantées sur ses cuisses. Sa moustache et sa barbe étaient maculées de rouge. Puis il tendit la main et ferma les yeux du mort avec son pouce et son majeur, comme s'il faisait basculer les paupières d'une poupée. Wynne arracha de l'épaule de Perkins le badge indiquant son groupe sanguin – ce bruit dérangeant du Velcro, ces crochets et ces boucles de nylon. Il le glissa dans sa poche.

Les quatre hommes allèrent jusqu'au tunnel où Morgan et Ox étaient accroupis, un passage plus étroit, au plafond plus bas : ils allaient devoir rester courbés à l'intérieur. Ox éclaira l'entrée du tunnel avec sa lampe torche. Il se retourna et regarda Wynne.

— Vous voulez faire comment ? murmura-t-il.

Wynne secoua la tête.

— L'entonnoir de la mort, dit Morgan.

— Allons-y, tout simplement, dit Bixby, et les autres se tournèrent vers lui. Allez, qu'on en finisse, bon sang.

— Ça c'est un homme d'action, marmonna Morgan.

— Messieurs, dit le capitaine, et tout le monde se tut.

Quelques instants s'écoulèrent.

— Il y a une lueur, là-bas, dit Russell.

L'un après l'autre, ils éteignirent leur lampe torche. Russell pensait avoir vu luire quelque chose, un rougeoiement, le long des parois du tunnel. Ils restèrent assis dans le noir, attendant que revienne leur vision nocturne, que les bâtonnets et les cônes de leurs yeux s'adaptent, et Russell en venait à se dire qu'il l'avait seulement imaginée lorsqu'il détecta à nouveau une très faible lueur, une lumière rouge qui vacillait.

— Vous voyez ? demanda-t-il.

— Je la vois, dit Wynne.

— Qu'est-ce que vous voulez faire ? demanda Morgan.

Pendant un bon moment, personne ne répondit.

Puis le capitaine alluma sa lampe torche, se leva et s'engagea dans le tunnel. Ox alluma sa lampe et lui emboîta le pas. Suivi de Ziza. Puis de Morgan et Bixby.

Russell s'accroupit, et il regarda la lumière de leurs lampes s'éloigner dans le passage. La terreur le saisit au ventre. Il essaya de la refouler, mais il n'est pas toujours possible de réprimer certaines choses, et inexplicablement, il se mit à penser à Sara. Le contact de sa main fraîche sur son front. Il se dit qu'elle était le contraire de tout ceci, le contraire de cette situation dans laquelle il se trouvait – accroupi à l'entrée d'un tunnel, dans les entrailles d'une montagne, les joues encore humides du sang d'un compagnon, et la peur accrochée à son dos comme un petit diable. Puis il alluma sa lampe et se mit en mouvement.

Ils débouchèrent dans une salle longue et au plafond bas. Des torches de pommes de pin coincées dans des failles de la paroi en grès projetaient une lumière vacillante. Russell en compta huit. Il y avait des tas de boîtes de munitions et des rangées de caisses en bois empilées sur trois ou quatre niveaux. Plusieurs lits de camp étaient disposés dans un coin, avec des couvertures sur les lits et, dans le coin opposé, une cage en fer rudimentaire.

Ils entrèrent tous les six dans la salle et s'avancèrent lentement, le fusil épaulé. Du sable crissait sous leurs chaussures. Les faisceaux lumineux se déplaçaient sur les parois et le plafond, dans les moindres recoins, mais il n'y avait pas de SEAL ici, aucun prisonnier d'aucune sorte. Peut-être y en avait-il eu à une certaine époque, mais aujourd'hui, il n'y avait plus rien, à part des caisses et de la pierre.

Au centre de la salle était allongé le corps d'un taliban qu'ils avaient touché. L'homme était étendu sur le ventre et agonisait sur le sol, les doigts enfoncés dans la fine couche de graviers, comme s'il y creusait son chemin. Son *pakol* était tombé par terre, quelques pas derrière lui, et il portait un pantalon de treillis vert olive trop grand et des chaussures de ville noires, sans chaussettes. Il n'avait pas de chemise, et quand le capitaine s'avança et le retourna sur le dos du bout du pied, Russell vit deux trous de la taille d'une pièce de dix cents sous son sein gauche, et sa cage thoracique était couverte de sang artériel épais. À chaque expiration, le sang brillant jaillissait de ses blessures. Ses yeux étaient sombres et humides. Il était étendu sur le dos, et il les regardait fixement.

Le capitaine fit signe à Ziza de s'approcher et ils s'agenouillèrent tous deux au-dessus de l'homme. Wynne dit à Ziza de lui demander où c'était.

Ziza hocha la tête. Il s'éclaircit la gorge et s'adressa au mourant en pachtoune. Russell s'attendait à ce qu'il lui parle durement, mais la voix de Ziza était très calme, très douce.

Il était impossible de dire si l'homme le comprenait. Il ferma les yeux, puis les rouvrit. Il marmonna quelques mots, ou peut-être de simples sons, et Ziza se pencha plus près, collant l'oreille aux lèvres du taliban.

— Qu'est-ce qu'il dit ? demanda Wynne.

— Rien, répondit Ziza. Que des prières.

— Non, dit Wynne.

Il tendit le bras et sortit de son étui le couteau que Ziza portait dans son dos, et il montra la longue lame luisante au taliban.

— Tu vois ça ? demanda-t-il à l'homme. C'est moi qu'il faut prier.

Il fit signe à Ziza de traduire.

Le commando se tourna vers le taliban et commença à lui parler, mais brusquement, l'homme toussa. Puis il toussa à nouveau et du sang apparut sur ses lèvres. Il se souleva sur un coude, agrippa la main de Ziza et la serra convulsivement. Une veine saillit sur son front. Il se mit à parler avec insistance, haletant entre les mots, puis il lâcha Ziza et retomba sur le sol. Son visage se détendit. Il expira lentement et un râle monta des profondeurs de sa poitrine. Ziza tendit le bras et posa la main sur le côté de la gorge du taliban. Il resta ainsi un moment. Puis il regarda Wynne et secoua la tête.

Le capitaine demeura agenouillé sans rien dire. Quand il se releva, il avait toujours le couteau de Ziza à la main.

— Très bien, dit-il en se tournant pour faire face à ses hommes, et juste à ce moment-là, sa radio crachota et cliqueta.

La voix d'Hallum résonna dans le haut-parleur.

— Underchild Premier, vous me recevez ?

Les hommes se regardèrent. Wynne porta la radio à ses lèvres.

— Haut et clair, Underchild, transmettez.

— Vous avez de la visite. Terminé.

— Répétez, dit Wynne.

— Je répète : éléments à pied arrivant sur vous à six heures. Quinze, ou seize. Kalachnikov et RPG.

Wynne demanda s'ils se dirigeaient vers les chevaux.

— Négatif, dit Hallum. Ils se dirigent vers vous.

— Génial, dit Morgan.

Ils restèrent immobiles, dans la lumière des torches.

— Bien reçu, dit Wynne.

Il avait à peine dit cela que sa radio toussota à nouveau et ils entendirent le bruit d'une fusillade d'armes automatiques. Wynne fronça les sourcils et enfonça le bouton "émission".

— Underchild, vous êtes au contact ? Terminé.

Ils entendirent le crépitement des fusils. Ils entendirent des hommes crier. Une des voix ressemblait à celle de Wheels, mais Russell n'était pas certain.

— Il a laissé son pouce sur le bouton, dit Bixby.

Wynne jeta un coup d'œil à la radio dans sa main, puis en direction de Russell. Des tirs de fusils. Des hurlements. Des parasites.

Ils se mirent alors en mouvement, tous les six, courbés dans le tunnel, et ils retrouvèrent la salle où ils avaient essuyé les premiers tirs, passant à côté du corps de Perkins, leurs lampes torches éclairant la paroi marbrée. Quand ils atteignirent l'escalier de pierre qui menait au premier couloir, le capitaine s'arrêta. La salle était ici assez large pour que trois hommes puissent marcher de front ; Wynne s'accroupit près des marches et prit sa radio :

— Underchild Cinq, vous me recevez ?

— Haut et clair, Underchild. Transmettez.

— Qu'est-ce qui se passe dehors ? Terminé.

La voix était celle du sergent Rosa.

— Ils sont au contact, dit-il, juste en bas, au-dessous de moi, Grimes et Hallum. Je compte trois talibans équipés de RPG, et une demi-douzaine avec des armes légères qui se dirigent vers vous.

Wynne demanda à quelle distance.

— Ils entament juste la montée, dit Rosa.

Le capitaine regarda Ox, le visage éclairé par en dessous, comme une citrouille d'Halloween.

— Qu'est-ce que vous en pensez ? demanda-t-il.

— On peut pas les laisser faire exploser leurs roquettes à l'intérieur, dit Ox. Elles absorberaient tout l'oxygène et on serait asphyxiés.

— Ou elles nous brûleraient, dit Bixby.

— Ou elles nous brûleraient, confirma Ox.

Wynne hocha la tête. Il dit qu'il était ouvert à toute suggestion.

Ox reprit :

— Il faut qu'on les attaque tant qu'on a la gravité en notre faveur. Je préfère leur tirer dessus de haut en bas plutôt que le contraire.

— Tirs plongeants, dit Ziza.

— Exactement, dit Ox.

— On n'aura pas de quoi se mettre à couvert, dit Morgan. Pas dehors, sur cette terrasse.

— S'ils parviennent en haut de la pente avec ces lance-roquettes, on est foutus, lui répliqua Ox. Point final.

Wynne parut réfléchir à tout cela. Il prit sa radio.

— Cinq, dit-il. Nous nous déplaçons pour engager le combat d'en haut. Est-ce que vous pouvez avoir nos cibles en ligne de mire ? Terminé.

Rosa lui répondit par l'affirmative.

— Attendez les ordres, dit le capitaine.

— Compris, prêt à exécuter les ordres, dit Rosa.

Wynne glissa la radio dans sa poche, se tourna et se leva. Il fit signe à Ox de passer en tête dans l'escalier et se mit derrière lui, suivi de Morgan, Ziza et Bixby. Russell fermait la marche, serrant son fusil si fort qu'il ne sentait plus ses mains.

Ils émergèrent de la caverne dans le soleil de l'après-midi, posant un genou sur le grès de la corniche, avant de se mettre à plat ventre pour regarder au bord de la falaise. Russell s'agenouilla derrière Ziza, puis s'avança accroupi vers les marches taillées à même le roc qu'ils avaient grimpées plus tôt. Wynne et Ox étaient allongés tout au bord de la terrasse, regardant en bas avec la lunette de leur fusil. Russell épaula son arme et scruta le flanc de la montagne, là où l'escalier faisait un angle dans la dernière partie de la pente qui était très abrupte et, sans les marches, impraticable. Il entendit le bruissement et le cliquetis des équipements quand Bixby et Morgan se mirent en position. Il ne voyait pas les talibans et il cherchait ses jumelles dans la grande poche extérieure de son treillis quand il entendit le capitaine ôter la sécurité de son fusil. Puis Ox et Ziza en firent autant. Il colla son œil à la lunette de son fusil et il vit apparaître deux turbans noirs. Puis les visages sous les turbans, puis les épaules et les torses.

Le capitaine enfonça le bouton "émission" de sa radio.

— Exécution, dit-il.

Le premier taliban était entièrement visible, maintenant, grimpant les marches rapidement, le fusil tenu à deux mains contre sa poitrine, à une cinquantaine de mètres de là. Russell perçut le claquement du fusil de Rosa, et une seconde plus tard, une cavité s'ouvrit au milieu de la poitrine du taliban, et il fut projeté quelques pas en avant, puis il bascula la tête la première. L'homme qui le suivait se tourna pour regarder dans la direction du coup de feu, et Russell entendit un autre claquement et la tête de l'homme disparut dans une explosion rouge vif. Son corps s'écroula en arrière, puis glissa hors de vue.

Tout devint immédiatement silencieux. Il inspira, puis souffla. Il entendit Wynne appuyer sur le bouton "émission" et demander à Rosa ce que faisaient les autres talibans. Russell cala soigneusement la crosse de son fusil au creux de son épaule, décontracta sa main sur la poignée, l'ouvrant et la refermant plusieurs fois pour faire circuler le sang. Il sentait des picotements dans son cuir chevelu et un vent chaud agitait les poils humides de sa nuque. Ziza était à sa droite, et Russell jeta un rapide coup d'œil au commando étendu près de lui, l'œil rivé à sa lunette. Il se demanda si cet homme voyait des choses que lui ne voyait pas. Il se demanda s'ils allaient devoir se battre pour retourner jusqu'aux chevaux. L'idée que les chevaux avaient peut-être été tués dans les coups de feu échangés plus tôt lui traversa l'esprit, puis lui vint l'idée que Wheels avait peut-être été tué.

C'est alors que la fusillade commença, les balles sifflant tout près d'eux et faisant jaillir des étincelles sur les rochers. Russell ne voyait pas les tireurs, mais il se mit à les haïr instantanément. C'était là une chose qui le surprenait toujours : des hommes que vous ne connaissiez pas, à qui vous n'aviez jamais parlé, que vous n'aviez même jamais vus. Dès que le premier coup de feu claquait au-dessus de votre tête, de la bile remontait de votre estomac et vous haïssiez celui – quel qu'il fût – qui pointait son arme et pressait la détente. Et vous saviez qu'il vous haïssait aussi, et vous étiez liés l'un à l'autre, jusqu'à ce que l'un de vous meure, ou que vous soyez touchés tous les deux, et la haine se transformait en tristesse ou en rage, quelque chose d'autre que vous gardiez en vous, comme une tumeur. Russell appuya le menton sur le sol et s'efforça de penser à ne pas relever les talons. Ox tirait de courtes rafales avec son fusil-mitrailleur, et Ziza avait commencé à tirer aussi – espaçant soigneusement ses coups de feu, économisant ses munitions, se dit Russell. Il changea de position et jeta un coup d'œil à l'escalier en dessous avec sa lunette. Aucun taliban n'essayait de monter par l'escalier, et la voix de Rosa aboya dans la radio, comme un bégaiement métallique :

— Flanc droit ! Flanc droit ! Flanc droit !

Russell était juste en train d'enregistrer le sens des mots quand il entendit le *vouuufff* d'un lance-roquettes, suivi du faible sifflement de la roquette qui se dirigeait vers eux. Il tourna la tête à temps pour voir le sillage de vapeur qui montait le long de la falaise sur leur droite, puis il plaqua les deux mains sur sa nuque et cala son menton entre ses coudes. À peine avait-il fait cela qu'une explosion terrible se produisit et des débris de la paroi au-dessus d'eux se mirent à tomber. Une pluie de sable et de petites mottes de terre s'abattit tout autour et le nuage était si épais qu'il ne voyait plus rien. Il fut pris de quintes de toux et il avait de la poussière dans les yeux. Il aurait aimé avoir ses lunettes de soleil, perdues pendant l'attaque de la tour où ils avaient été pris au piège, et il lui vint à l'esprit qu'ils venaient de se faire prendre au piège une deuxième fois, sauf que cette fois-ci, c'était une souricière à laquelle ils s'attendaient et dans laquelle le capitaine les avait conduits. Il toussa à nouveau, se racla la gorge et cracha, puis il essaya de se débarrasser de la poussière dans ses yeux en clignant des paupières plusieurs fois. Il entendit le fusil de Rosa claquer une fois, deux fois, puis sa voix à la radio, leur disant de battre en retraite. Le nuage de particules commença à se déposer et Russell vit une chose qu'il eut du mal à croire : des talibans grimpant le flanc de la montagne.

Il était impossible de gravir cette pente, aussi instable qu'abrupte, et pourtant les trois silhouettes y parvenaient, à une vingtaine de mètres les uns des autres, et au pas de course. Ils portaient des turbans noirs et de longues chemises, noires également, et tout en montant, ils tiraient, le fusil à hauteur de hanche. Ils étaient à une centaine de mètres sous Russell, peut-être un peu moins. Le fusil de Ziza était déjà en action, et Ox s'était avancé pour s'agenouiller près de lui, tirant sur ces hommes qui montaient le versant escarpé, l'un d'eux s'écroulant et glissant en arrière, deux autres apparaissant au loin pour le remplacer. Le capitaine avait rampé jusqu'à Russell, ainsi que le sergent Bixby ; jetant un coup d'œil sur sa gauche, il vit que Morgan avait dégoupillé une grenade. Il se leva pour la balancer et sa tête fut violemment rejetée sur le côté et il bascula, disparaissant par-dessus le bord de la corniche. Russell cria son nom, mais il ne peut entendre le son de sa propre voix, et ce ne fut que lorsque l'explosion de la grenade retentit en bas de la pente que les autres tournèrent la tête. Bixby lança un regard perplexe en direction de Russell, mais l'expression sur le visage de Wynne indiquait qu'il avait tout de suite compris, et le capitaine se retourna vers les ennemis qui approchaient sur leur droite, et continua à tirer.

Puis la voix forte de Rosa résonna dans le haut-parleur de la radio. Ils étaient eux-mêmes pris sous le feu ennemi. Ils étaient cloués. Et il ajouta que la position du capitaine était sur le point d'être submergée, puis la radio se tut instantanément, et Russell entendit le fusil du sergent tirer tout en bas. Il y eut le claquement sec et saccadé des fusils, puis le crépitement sourd des Kalachnikov ennemies. Une autre roquette passa en chuintant au-dessus du rebord et explosa sur la paroi, plus près, cette fois. Russell avait les oreilles qui tintaient et des fragments de rocher criblèrent l'arrière de ses jambes. Il y avait de la fumée partout. Ils étaient tous en train de tousser. Les talibans ne pouvaient pas les atteindre directement avec leurs roquettes, mais ils utilisaient les explosions comme couverture pendant qu'ils grimpaient, et Russell comprit que quelques instants plus tard, ils se battraient au corps à corps. La poussière commença à se dissiper et l'odeur de la poudre était revenue, derrière ses yeux, âcre et piquante comme une poignée d'aiguilles, puis il entendit la voix du capitaine :

— Halte au feu. Tout le monde sur la corniche.

Russell ne savait pas sur quoi ils auraient bien pu tirer – aucun d'eux n'y voyait clair – et de toute façon, ils étaient tous collés au sol, attendant la mort.

Mais Wynne rampait à reculons, se dirigeant lentement vers le côté gauche de la corniche, soufflant aux autres de faire de même. Russell pensa qu'il les guidait vers la caverne, ce qui signifierait certainement la fin pour eux, enfermés et ensevelis, mais tel n'était pas le plan du capitaine.

Ils suivirent Wynne, tous les quatre, rampant sur le ventre, une dizaine de mètres, une vingtaine, se traînant en arrière sur le sable, jusqu'à ce que leurs chaussures touchent la paroi, au bout de la terrasse, et qu'ils ne puissent pas aller plus loin. Russell était à l'extrême bord gauche de la corniche, le bout de sa chaussure gauche au-dessus du vide, Ziza à côté de lui et le capitaine à la droite de Ziza. Puis le sergent Bixby. Et

Ox. Wynne leur parla à voix basse. Il désigna l'autre bout de la corniche, le bord d'où ils s'étaient retirés et où, d'un instant à l'autre, les talibans allaient apparaître.

— Faites-leur croire qu'ils nous ont tués, dit-il. Faites-leur croire qu'ils nous ont faits reculer vers l'intérieur. Ils vont se rassembler juste en dessous de nous. Ils vont venir vers nous tous de front. Ne tirez surtout pas avant de les voir tous jusqu'aux genoux. Si vous avez besoin de recharger, faites-le maintenant. Tirez d'abord sur les éléments les plus éloignés sur les côtés en revenant vers le centre. Bien compris ?

— Compris, répondirent-ils tous.

Russell éjecta son chargeur. À en juger d'après le poids, il avait encore peut-être dix ou onze balles dedans, et il le rangea dans sa poche, tira de sa ceinture un chargeur plein qu'il inséra dans son logement, tapant dessus avec le talon de la paume. Il tira en arrière la poignée de chargement et inclina le fusil sur la gauche pour s'assurer qu'il y avait une cartouche dans la chambre, puis il relâcha la poignée, la laissant revenir en place en claquant, prenant bien soin de ne pas la pousser, et enfonçant le bouton *forward assist* à deux ou trois reprises pour s'assurer que la cartouche était bien installée dans la chambre. Il affermit sa prise autour du fusil et cala les talons contre le sol, aligna sa colonne vertébrale, inspira et expira plusieurs fois très rapidement. Puis il colla son œil à son viseur et scruta le bord de la corniche, maintenant le point rouge à environ un mètre du sol, visant ce qui serait la partie médiane du corps. D'un coup de pouce, il ôta la sécurité et appuya la partie charnue de son index très légèrement sur la détente. Il se dit que ce seraient les dernières balles qu'il tirerait avec un fusil dans sa vie, puis il y eut un cri perçant, montant de la pente au-dessous d'eux, un glapissement étrange et inconnu, comme une douzaine de voix hurlant la même malédiction inintelligible, et Russell sentit sa vessie lâcher et l'entrejambe de son pantalon devenir tout chaud. Wynne, à cet instant, s'adressa à eux dans un murmure, et la voix du capitaine était comme une étroite passerelle sur laquelle Russell marchait, pas après pas – seuls ces mots lui permettant d'avancer alors que tout le reste le poussait à fermer les yeux et à s'effondrer. Le capitaine leur disait de rester tendus, de rester concentrés, de ne pas tirer avant de voir leurs cibles jusqu'aux genoux, et Russell parvint à poser les pieds sur les incitations de Wynne, progressant un peu à chaque fois, mais sans s'arrêter. Chaque mot était une brique sous ses pas, et il prit une profonde inspiration et cligna des yeux. À un moment, il scrutait un morceau de ciel vide dans son viseur, et l'instant d'après il y avait quatre hommes, vêtus d'une chemise longue et d'un turban. Cinq hommes. Six. Ils semblaient apparaître sur la corniche, sortant de nulle part – ils étaient huit, maintenant – lancés à toute vitesse. Ils portaient ces baskets bon marché que les Américains appellent des "Cheetahs" et tenaient leur arme très bas. Russell vit leur expression passer de la détermination à la perplexité, leurs yeux s'écarquillant de façon très nette. Il se rendit compte qu'ils étaient assez près pour qu'il puisse voir leurs yeux, à une quinzaine de mètres, peut-être, et d'un seul coup, ces hommes s'étaient mis à voler en éclats. Il avait lâché une demi-douzaine de balles, en tir rapide, tout comme Ziza et le capitaine, tandis que le sergent Ox mitraillait sans interruption. On aurait dit que leurs assaillants s'étaient heurtés à un mur bien réel, leurs corps étant rejetés en arrière tandis que leurs jambes continuaient à les porter vers l'avant, leurs vêtements s'envolant en lambeaux, un bras couvert d'une manche noire, séparé de son torse, tournoyant dans l'air sec du désert. Et puis, tout aussi vite qu'ils étaient apparus, les talibans se retrouvèrent étendus sur le dos, les jambes repliées sous eux, et Wynne, sans perdre de temps, se releva sur un genou, épaulant son fusil, imité par Ox, puis par Ziza. Les trois hommes se mirent debout et avancèrent, les hanches bloquées, ne bougeant que les genoux, tirant des balles supplémentaires dans les corps des talibans morts ou mourants près desquels ils passaient, expédiant leurs armes hors de portée d'un coup de pied. Russell jeta un rapide coup d'œil à Bixby, qui était lui-même toujours à plat ventre, puis il regarda à nouveau le capitaine, Ziza et Ox, qui avaient atteint le bord de la corniche, d'où ils tiraient maintenant vers le bas.

Et puis tout fut terminé. Wynne revenait vers eux, tripotant sa radio pour essayer d'avoir Hallum ou Rosa, et derrière lui, Ox, riant d'un air satisfait, une lumière chaude dans le regard, heureux comme un enfant. Ziza se mit à rire, et Russell s'aperçut qu'il était lui-même en train de sourire – il ne pouvait pas s'en empêcher –, sous l'effet de l'adrénaline, ressentant une euphorie capable de vous faire éclater la poitrine. Il entendit une fusillade de l'autre côté de la vallée, le long crépitement d'une Kalachnikov, puis deux coups de feu rapides en réponse. Puis plus rien.

Il se leva et suivit Bixby à l'entrée de la caverne où Ox se tenait près du capitaine. Il jeta un coup d'œil à Ziza. L'Afghan était toujours à la limite de la terrasse. Il regarda Russell et sourit, éjectant le chargeur de son fusil et le laissant tomber par terre. Il avait la main sur la poche à munitions fixée à sa ceinture quand un taliban se hissa au bord de la corniche, épaulant une Kalachnikov. Ziza se retourna et le vit juste au moment où il apparaissait, les deux hommes se trouvant à moins d'un mètre l'un de l'autre, et le commando lâcha son fusil, passant la main derrière son cou pour tirer son énorme couteau de son étui. Il le brandit et fit un pas en avant pour frapper son ennemi, mais le taliban vida son chargeur sur Ziza, le faisant s'écrouler à la renverse. Ox et le capitaine tournaient le dos aux deux hommes, mais Bixby leva son arme et fit feu, ratant sa cible à chaque fois. Le taliban le visa, mais il était à court de munitions, ou sa Kalachnikov s'enraya, et Russell lui tira deux balles dans le ventre.

Le taliban s'effondra brutalement, le fusil sur les genoux et les mains appuyées sur le sang clair qui inondait le devant de sa chemise. Le capitaine se retourna et fit feu ; le taliban fut projeté en arrière et resta étendu, immobile.

Les quatre hommes se précipitèrent auprès de Ziza et s'agenouillèrent autour de lui. Il était tombé sur un amas de morceaux de grès ; il avait des blessures en travers du bas-ventre, et des balles lui avaient perforé la gorge et le visage. Sa bouche était ouverte, les dents de devant avaient été pulvérisées et ses yeux bruns restaient grands ouverts sur le néant. Wynne posa la main sur la poitrine du commando et Ox se mit à jurer. Le capitaine arracha l'étiquette Velcro sur l'épaule de Ziza – A POS – et la garda à la main un instant. Puis il se leva, la glissa dans une de ses poches et repartit vers l'entrée de la caverne. Tout en marchant, il essaya à nouveau d'appeler Rosa.

— Qu'est-ce que vous pensez ? demanda Bixby.

— Je ne sais pas, dit le capitaine.

— Vous pensez que leurs radios sont hors d'usage ?

— J'ai dit que je ne savais pas, répondit Wynne.

Il essaya une fois encore d'appeler :

— Underchild, ici Premier, vous me recevez ?

Il resta là, attendant une réponse, les cheveux agités par le vent, les yeux d'un bleu très clair. Il se tourna pour regarder vers la vallée où ils avaient laissé les autres. Puis il se retourna et lança un regard en direction de Bixby et de Russell.

— Emmenez Russ et allez voir ce qui se passe, dit-il à Bixby. Restez en contact radio. Dès que vous voyez Wheels, vous l'attrapez et vous remontez ici en quatrième vitesse.

— Vous y retournez ? demanda Bixby.

— Ox et moi, dit le capitaine. Allez, en route. Je veux avoir repris la piste dans une heure.

— Et si on reprenait la piste maintenant ? suggéra Russell.

Le capitaine fronça les sourcils et ses yeux parurent se plisser.

— Allez, en route, dit-il.

RUSSELL et Bixby descendirent le versant de la montagne, glissant sur les éboulis et soulevant un nuage de poussière grise. Ils atteignirent le terrain plat et se dirigèrent vers le bosquet de résineux au pas de course. Il était encore à une centaine de mètres de là, puis soixante-quinze mètres, cinquante, vingt-cinq, ils couraient maintenant au milieu des feuilles et des branches. Ils émergèrent brusquement des broussailles, et quand ils entrèrent dans la clairière où les chevaux avaient été attachés, la première chose que vit Russell fut Hallum, étendu sur le dos, son gilet pare-balles plié près de lui ; ensuite, il vit Wheels, assis près d'Hallum, la radio posée sur son genou. Il était adossé à un arbre et un garrot lui enveloppait la cuisse gauche ; Russell s'avança et vit qu'Hallum était mort. Wheels leva les yeux vers Russell. Il avait reçu une balle dans la cuisse. Ses yeux frémissaient.

— On a été un peu occupés, dit-il.

Bixby commença à examiner la blessure ; après avoir coupé la jambe de pantalon avec une paire de cisailles médicales, il appuya sur la peau autour de la blessure avec le bout des doigts. Pour Russell, ça n'avait pas l'air d'être terrible, mais le sergent avait le visage grave.

— Où est Rosa ? demanda Russell.

— Toujours dans son perchoir, dit Wheels. Vous auriez dû entendre son fusil.

— On l'a entendu, dit Bixby.

Wheels secoua la tête.

— Comment il les a dégommés. Il va être fumasse qu'il y ait personne d'autre pour confirmer.

— Morgan et Perkins se sont fait avoir, dit Bixby.

— Zero aussi, ajouta Russell.

— Les talibans ? demanda Wheels.

Russell hocha la tête.

— Ils ont eu Ziza ? dit Wheels.

— Ouais.

— Perkins aussi ?

— Perkins aussi, dit Russell.

— Il est où, le capitaine ?

Russell allait répondre quand la radio se mit à grésiller.

— Underchild Cinq, vous me recevez ?

Wheels regarda l'appareil, puis il le prit et appuya sur le bouton.

— Je vous reçois, dit-il. Parlez.

— Quelle est votre situation ? Terminé.

— Nous avons perdu Hallum, dit Wheels. J'en ai pris une dans la jambe. Nous ne voyons pas Rosa. Sa radio ne fonctionne pas.

— Avez-vous vu le caporal Russell ?

— Il est assis juste à côté de moi, répondit Wheels.

— Passez-le-moi.

— Bien reçu, dit Wheels avant de donner la radio à Russell.

— Comment ça se présente, là-bas ? demanda le capitaine.

— Mal, dit Russell.

— Est-ce que vous êtes au contact ?

Russell lui répondit qu'ils ne l'étaient pas pour l'instant.

— Nous avons besoin d'aide ici, dit Wynne.

Juste au moment où il disait cela, ils entendirent le fusil de Rosa au sommet de la colline, au-dessus d'eux.

— Le sergent Rosa est en train de tirer sur l'ennemi.

— Bien, dit Wynne. Nous allons avoir besoin d'aide.

Russell resta silencieux un instant. Puis il répondit au capitaine qu'ils avaient eux-mêmes besoin d'aide.

Wynne ne répondit pas à Russell. Il dit :

— Passez-moi Mother.

Russell passa la radio au sergent Bixby.

— Remontez ici, lui dit Wynne. Vous et le caporal.

— Capitaine, j'ai un patient, répondit Bixby. La balle a traversé, mais elle a frôlé l'artère fémorale. Il pourrait à tout moment relever d'une urgence vitale.

— Pas de discussion, c'est un ordre impératif, dit le capitaine.

Bixby resta assis sans rien dire pendant quelques instants. Russell pouvait voir sur son visage le dilemme que l'infirmier affrontait. Il l'observa passer de ses lèvres à ses yeux, avant de refluer vers ses lèvres à nouveau.

— Maintenant ? demanda-t-il.

— Tout de suite, dit le capitaine.

Bixby se leva et épousseta son pantalon. Un autre coup de feu se fit entendre sur la colline – encore un tir de Rosa –

puis encore un autre, qui n'était pas de lui. Ils attendirent quelques secondes et Rosa répliqua au tir. Puis tout redevint silencieux.

— Bien reçu, dit Bixby, et il rendit la radio à Wheels.

Russell avait rechargé et réarmé le fusil de son ami, puis il avait empilé d'autres chargeurs près de lui, sur le sol. Il s'accroupit, examinant le visage de Wheels. Il avait peur pour son ami et il avait peur pour lui-même si quelque chose devait arriver à Wheels. Il sentait au plus profond de lui-même une sorte de vide béant, et il savait qu'il n'avait été en mesure de tenir le coup que parce que Wheels l'avait soutenu, d'une certaine manière. Ce n'est pas le genre de chose que l'on confie, et il se garda d'en parler en cet instant.

Au lieu de cela, il dit :

— Ça va aller ? Je veux dire, ici, en bas ?

— Je serai mieux ici, en bas, que vous là-haut, dit Wheels.

Russell lui répondit qu'il n'avait certainement pas tort. Il fit un geste en direction du fusil.

— Tu as assez de munitions ? Je peux aller chercher d'autres chargeurs dans ta sacoche de selle.

Wheels jeta un coup d'œil aux chargeurs disposés le long de sa jambe. Un marmonnement s'échappa de ses lèvres tandis qu'il comptait.

— Non, dit-il.

— Besoin d'eau ?

— J'ai pas soif.

— Faut quand même continuer à boire au tuyau de votre réserve, dit Bixby. Surtout avec ça, ajouta-t-il en pointant le doigt vers le garrot autour de la cuisse de Wheels.

La caverne était froide et silencieuse, et Bixby et Russell avancèrent épaule contre épaule, la lampe torche de leur fusil éclairant les parois de roche sombre.

Quand ils eurent franchi le tunnel étroit pour déboucher dans la salle éclairée de torches, ils virent que le capitaine et

Ox avaient enlevé le couvercle de dizaines de caisses, puis les avaient retournées et répandu leur contenu sur le sol couvert de poussière. D'innombrables cartouches, des centaines de grenades de l'époque soviétique. Des rations américaines et des uniformes américains tout neufs, et un grand nombre de pains de plastic, de la taille d'une brique, enveloppés dans du papier paraffiné, comme des plaquettes de beurre. Il y avait un petit tas de détonateurs et d'amorces. Un autre tas de mines antipersonnel à pression. Russell et le sergent Bixby s'avancèrent dans la salle, abaissant leur fusil et regardant autour d'eux. Bixby appela le capitaine, puis Russell tourna la tête et l'aperçut. Il était avec Ox, à l'autre bout de la salle, penché au-dessus de ce qui ressemblait à une petite cantine en métal, d'environ soixante centimètres de long sur trente de large et trente de hauteur. Il n'avait aucune idée du contenu de ce coffre, mais dès qu'il le vit, il eut l'impression que quelque chose en lui faisait une embardée et ses mains se mirent à trembler. Le capitaine se tourna vers eux et leur fit signe de s'approcher.

Russell se dirigea vers le capitaine. Il avait la sensation de flotter. Sa tête semblait dériver, portée par cet air aux effluves de clous de girofle. Il s'avança jusqu'au coffre, se pencha, ouvrit le couvercle et le laissa aussitôt retomber sur ses charnières rouillées. Puis il s'accroupit dans la lumière des torches, le regard baissé.

C'était de l'or. Des pièces d'or, des bracelets en or, des médaillons en or gros comme le poing – ces médaillons représentaient des visages de profil, mais il n'en reconnut aucun. Des colliers. Des boucles d'oreilles et des pendentifs. Une coupe en or parfaite. Il y avait des poignées en métal de chaque côté du coffre et Russell referma la main autour de l'une d'elles et tira. Rien. Autant essayer de soulever le sol.

Il mit une main sur son sternum et le massa, puis il saisit ses tempes entre son pouce et son majeur. Il avait l'impression que son monde était en train de se dissoudre et qu'il allait être malade. Il se leva en vacillant.

— Doucement, dit Bixby.

Wynne l'observait, ses yeux bleus fouillaient son visage. Le scrutaient. Le sondaient.

— Il faut sortir ça d'ici, dit-il. On va utiliser les caisses à munitions, répartir le contenu, pour que ce soit moins lourd, on va essayer de les descendre deux par deux. Vous et Ox sur une caisse. Bixby et moi sur une autre. On a là quelques centaines de kilos, probablement. Va falloir faire plusieurs voyages.

Russell essaya de parler, mais il avait la bouche tellement sèche que rien n'en sortit au début.

— Vous le saviez, bafouilla-t-il.

Wynne continuait à le dévisager.

— Vous le saviez depuis le début.

Wynne ne répondit pas. Il entendit Ox se racler la gorge.

Bixby les avertit :

— On est en train de gaspiller de la lumière du jour.

— Est-ce qu'il y a jamais eu des prisonniers ? demanda Russell.

— Nous ne savions pas ce qu'il y avait, répondit Wynne.

— Perkins et le sergent Morgan, poursuivit Russell.

— Bon, ça va, dit Ox.

— Ziza, insista Russell. Le sergent Hallum.

— Ça suffit, dit Ox.

Russell avait commencé à faire quelques pas en arrière. Lentement, les paumes des mains en avant. Comme quelqu'un qui est victime d'un vol.

Wynne ne le quittait pas des yeux. Il lui dit qu'il aurait le temps de poser des questions plus tard. Il lui demanda de leur donner un coup de main.

Russell continuait à reculer.

— Il y a Wheels dehors, avec une balle qui lui a traversé la jambe, dit-il.

— Je comprends cela, répliqua Wynne.

— Non, mon capitaine, dit Russell. Je ne crois pas que vous compreniez.

— Le capitaine vous a donné un ordre, intervint Ox.
— Nous n'allons pas sortir d'ici avec ça, lança Russell en désignant le coffre.
— Calmez-vous, lui dit Wynne.
— Si on évacue Wheels, il a une chance de s'en sortir.
— Bordel, dit Ox, amenez votre cul ici et aidez-nous à transporter cette caisse. Vous avez une idée de ce que ces enfoirés pourraient s'acheter avec ça ?

Russell se retirait toujours en direction du tunnel, pas après pas, avec une lenteur insoutenable.

Wynne reprit :

— Nos ennemis se serviront de tout ça pour tuer des milliers de personnes. Pensez-y une seconde : des hommes, des femmes et des enfants. Ce n'est pas l'un ou l'autre d'entre nous que cela concerne. Qu'est-ce que vous pensez que votre grand-père dirait si…

Russell leva son fusil et fixa le point rouge sur le visage du capitaine. Ses oreilles bourdonnaient et il avait l'impression que son sang refluait à la base de son cerveau. Il sentait qu'il était en train de se détacher de lui-même. Il se trouvait à cinq ou six mètres du capitaine, et compte tenu de la hauteur du viseur au-dessus du canon, les balles frapperaient Wynne à la gorge. Quand il ôta la sécurité, il entendit le léger déclic du sélecteur qui se mettait en place. Il entendit le bruit des torches qui brûlaient aux murs. Il ne l'aurait pas remarqué si le silence n'avait été total.

Le capitaine le dévisagea pendant un bon moment.

— Vous envisagez de me tirer dessus ?

Russell continuait à reculer vers le tunnel, les semelles de ses chaussures raclant le sol.

— Caporal, lança Ox, vous avez complètement perdu l'esprit ?
— Le fou, c'est pas moi.
— Vous feriez mieux de baisser cette arme, reprit Ox, et tout de suite.

Le capitaine dit :

— Je suis prêt à prendre vos états de service en considération. Je suis prêt à faire preuve d'indulgence. Mais d'abord, posez ce fusil.

— Vous dites encore un mot, lui répondit Russell, et je vous jure que je ne réponds plus de rien.

Le capitaine dit :

— Vous vous embarquez dans une voie dangereuse.

— *Posez. Cette. Arme. Par. Terre*, martela Ox.

Russell sentit son dos heurter le mur. L'ouverture du tunnel était juste à sa droite, mais il n'allait pas quitter le capitaine des yeux pour regarder. Il fit un pas de côté, puis un autre, s'accroupit et se mit à marcher ainsi à reculons. Il était à deux pas à l'intérieur du tunnel, la main gauche touchant le sol, maintenant son fusil à l'épaule par la poignée-pistolet, le point rouge se déplaçant sur la poitrine du capitaine.

Wynne dit :

— Vous vous rendez compte de ce que vous êtes en train de faire ?

— J'aurais dû m'en rendre compte beaucoup plus tôt, répondit Russell.

— Refus délibéré d'obéissance à un officier supérieur, continua Wynne. Ajoutez à cela acte de désertion.

— Vous pouvez aller au diable, mon capitaine.

— Ils peuvent vous passer par les armes pour ça, mon garçon. Vous comprenez cela ?

Russell secoua la tête. Non pas pour marquer son désaccord avec l'officier. Il essayait de faire sortir de son crâne la voix du capitaine.

Wynne le regarda fixement encore un moment. Son visage était solennel, presque triste. Puis son expression parut se radoucir. Il hocha la tête en direction de Russell et esquissa un sourire.

— Vous pouvez partir, lui dit-il.

Déjà, Russell était en train de se replier, l'arc de lumière de la torche s'éloignant devant lui, tandis qu'il s'enfonçait rapidement dans l'obscurité derrière lui. Il avait déjà pris la décision de vider son chargeur dans tout ce qui apparaîtrait dans le tunnel. Son bras était tout endolori à force de tenir son fusil et, au bout de quelques mètres, il serra son arme contre son corps et se concentra sur sa fuite. Il était à mi-chemin dans le tunnel, puis un peu plus loin, puis les parois disparurent et il déboucha dans la salle, resta accroupi un instant avant de se relever. Il fit un pas de côté et alluma la lampe torche de son fusil. Il s'attendit à entendre une grenade rouler dans le tunnel. Il attendit l'éclair aveuglant et la détonation qui allaient l'assommer.

Il recula dans la salle, les yeux fixés sur l'ouverture du tunnel, épaulant son arme, sa lampe projetant son cercle lumineux sur le rocher. Sa respiration était désordonnée et haletante.

Il repassa près du corps du sergent Perkins. Sa lampe éclaira une dizaine de douilles en cuivre. Du sang séché sur la pierre lisse du sol.

Il avança de quelques mètres encore.

Il prit une inspiration et souffla.

Puis il se retourna et se mit à courir.

QUAND Russell rejoignit Wheels, le ciel, en cette fin d'après-midi, commençait à perdre son éclat et des nuages dérivaient lentement en direction des montagnes, à l'est. Russell s'assit près de son ami, examinant l'orifice de la blessure sur sa cuisse, examinant la chair de part et d'autre du garrot. Il le regarda et lui dit :

— Le capitaine a complètement pété les plombs.

Wheels répondit :

— C'est seulement maintenant que tu t'en aperçois ?

Il raconta à Wheels l'histoire de la caisse pleine d'or, mais Wheels se contenta de secouer la tête, comme si cela ne le surprenait pas le moins du monde.

— Tu peux marcher ? demanda Russell.

— J'ai pas essayé.

Russell resta accroupi un moment. Puis il dit à Wheels qu'il revenait tout de suite, il se leva et traversa la clairière pour gagner l'endroit où les chevaux étaient attachés. Il s'avança jusqu'à Fella, dont les rênes étaient nouées à la ligne. Quand il passa une main sur l'encolure de l'animal, sa peau fit des vaguelettes, comme la surface d'un plan d'eau.

— Tout va bien, lui dit-il.

Il entendit Rosa tirer avec son fusil sur la colline, tout en haut, puis vint le crépitement d'armes automatiques, au loin. Il attendit la réplique de Rosa, mais le coup de feu ne vint jamais.

Il retraversa le bosquet et se faufila entre les arbres jusqu'à la clairière. Wheels était appuyé à un peuplier et tenait son pied gauche à quelques centimètres au-dessus du sol, la mâchoire crispée, et grinçant des dents.

— Tu peux monter à cheval ? lui demanda Russell.

— Bien sûr, répondit Wheels.

Il posa le pied sur le sol et ses yeux se révulsèrent ; Russell crut que Wheels allait s'évanouir. Il se précipita pour le soutenir, puis se pencha pour inspecter les blessures. Un liquide clair en suintait.

— Je crois bien qu'ils ont eu le sergent Rosa, dit Wheels.

— Je le crois aussi, dit Russell.

— Qu'est-ce que tu veux faire ?

— Et si on décampait ?

— Le capitaine va pas aimer ça, dit Wheels.

— Le capitaine peut aller se faire foutre, parole d'un gars de l'Oklahoma, répliqua Russell.

Il retourna aux chevaux, détacha Fella, se mit en selle, puis alla jusqu'à l'autre ligne d'attache et libéra le cheval de Wheels. L'étalon était nerveux, mais il se laissa mener sans problème, et Russell traversa le bosquet au pas pour regagner la clairière. Il alla jusqu'à Wheels, fit arrêter les deux chevaux et mit pied à terre.

Il parvint à amener son ami près du flanc de sa monture, et Wheels empoigna la corne du pommeau d'une main et saisit le troussequin de l'autre, puis il essaya de se hisser. Il se retourna et lança un coup d'œil à Russell.

— Je vais avoir besoin d'une petite poussette, dit-il.

Russell fit oui de la tête. Il croisa les doigts, fit un étrier de ses deux mains, se pencha et les glissa sous le talon gauche de Wheels.

— À trois, dit Russell. Un. Deux. Trois.

Russell était courbé au niveau de la taille et il donna une secousse, soulevant le pied de Wheels. Il sentit Wheels monter, puis il sentit quelque chose céder dans son dos, et une douleur fulgurante lui parcourut les jambes. Wheels se retrouva en place et Russell, vacillant, dut s'appuyer à un arbre. L'espace d'un instant, il crut qu'il avait été touché par une balle.

Wheels lui demanda si tout allait bien. Russell ne répondit pas. Il tituba jusqu'à son cheval, mit son pied dans l'étrier et se hissa sur sa selle. Une fois assis, il comprit que c'était sérieux et il serra les mâchoires si fort qu'il craignit de se briser une dent. Dans tout le bas du dos, il avait l'impression que ses os avaient été aspirés puis bourrés de coton, et une intense douleur électrique lui parcourait les jambes, comme si une migraine glacée se déplaçait le long de ses nerfs.

Russell prit les rênes, donna un petit coup sec et fit avancer son cheval; ils traversèrent la clairière, se faufilèrent entre les arbres, passant près des autres chevaux, près de l'étalon parfait du capitaine, et des coups de feu commencèrent à résonner derrière eux tandis qu'ils s'en allaient chevauchant sur la piste.

Ils chevauchèrent jusqu'à la tombée de la nuit, leur monture suivant la piste encaissée entre les hautes parois de grès. Chaque fois que son cheval posait un sabot sur le sol et à chaque mouvement de sa selle, une onde de douleur se propageait derrière les jambes de Russell. Il essayait de se pencher en avant pour soulager sa colonne vertébrale de son poids, mais s'il voulait continuer à cheval, il fallait bien s'en accommoder. Wheels avait commencé à glisser sur sa selle et, quand ils s'arrêtèrent dans un bois d'érables sycomores, à quelques centaines de mètres de la piste, le sang s'était remis à couler de sa blessure et Russell ne parvint pas à stopper le saignement.

Russell descendit de Fella et s'appuya contre la jument quelques instants. Il sentait le cœur de l'animal battre en rythme avec le sien, le sien se mettre à l'unisson de celui du cheval, et il essaya de trouver la façon de procéder pour descendre Wheels de sa monture. Puis il essaya d'imaginer comment le remettre en selle au moment où il faudrait repartir. Il fit un pas en arrière et regarda son cheval. Il avait baissé la tête et arrachait des touffes d'herbe. Il le caressa pendant quelques secondes.

— Allons te chercher un peu d'eau, dit-il.

Quand il s'approcha de Wheels, son ami avait les yeux fermés et Russell crut qu'il s'était évanoui. Il était sur le point de poser la main sur la cuisse de Wheels lorsque celui-ci dit :

— Qu'est-ce qu'on a à manger ?

— T'as faim ?

— Je meurs de faim, dit Wheels.

— On va te descendre de là.

— Tu veux faire ça comment ?

— Je suis ouvert à toute suggestion, dit Russell.

Wheels resta assis sans rien dire, le regard fixé au sol comme si c'était une chose vers laquelle il allait construire un pont. Il jeta un coup d'œil à Russell.

— On fait un sacré duo.

— Ouais, dit Russell.

— Comment va ton dos ?

— Ça fait mal.

— Qu'est-ce que tu crois que tu t'es fait ?

Russell ne savait pas.

— Et si je descends du côté droit, ici, en m'appuyant sur toi pour garder l'équilibre ?

— Tu penses pouvoir y arriver ? demanda Russell.

— Ouais, dit Wheels, je crois.

Finalement, cela fut plus facile qu'il ne l'avait cru, et Russell aida Wheels à descendre, puis à faire quelques pas pour aller jusqu'aux arbres, et ils installèrent leur campement, Russell étalant leur couverture de selle et leur sac de couchage avant de retourner aux chevaux pour prendre leurs rations. Alors qu'il se baissait pour passer sous les branches, Russell vit que Wheels s'était assis contre le tronc d'un érable sycomore, la jambe repliée, et qu'il examinait sa blessure. Il leva les yeux et vit Russell.

— Qu'est-ce que tu penses d'un feu de camp ? demanda-t-il.

— Je ne prendrais pas le risque, répondit Russell, et Wheels convint que c'était effectivement préférable.

Russell descendit jusqu'à un petit ruisseau et trouva un bassin d'eau trouble où il plongea sa gourde. Il resta accroupi là, observant la lune qui se reflétait à la surface de l'eau, puis il sortit sa gourde et se leva. Il se dit que leurs chances d'être encore vivants le lendemain matin étaient plutôt minces.

Ils ajoutèrent de l'eau du ruisseau à leurs rations – raviolis à la viande de bœuf, soupe aux pommes de terre et au cheddar, poudre pour boisson chocolatée – remuant ces mélanges pour obtenir diverses pâtes et liquides gluants. Russell avait traité l'eau avec des pastilles de purification et l'avait filtrée à travers un T-shirt, mais elle avait toujours un goût infect. Ils mangèrent tout, sans rien laisser, raclant même l'intérieur des emballages avec leur index avant de le sucer. Ils venaient de décider de se préparer un troisième repas et de le partager lorsqu'une terrible explosion résonna jusqu'au fond de la vallée et un grondement sourd secoua le sol. Des nuées d'oiseaux s'envolèrent des arbres. Ils restèrent figés sur place, le cœur martelant leur poitrine.

— Putain, c'était quoi ? dit Wheels.

Russell avait la bouche pleine de crème au chocolat. Il déglutit difficilement et regarda vers les étoiles.

— Un obus ? demanda Wheels.

— C'était pas un obus, lui répondit Russell. On aurait entendu le bruit du canon.

— C'était quoi, alors ?

Russell secoua la tête.

— Faudrait peut-être filer d'ici ?

— Sûrement.

— On y va ?

Russell y réfléchit quelques instants. Puis il dit que si quelque chose devait leur arriver, eh bien ça leur arriverait.

QUAND Russell se réveilla le lendemain matin, dans la lumière grise précédant l'aube, Wheels était assis, adossé à l'arbre, en train de manger une autre ration. Russell se réjouit de le voir installé ainsi, mais quand Wheels lui passa la gourde à laquelle il venait de boire, sa main lui donna l'impression qu'il venait de la retirer du feu. Russell posa la gourde et appuya le dos de la main sur le front de son ami.

— Tu as de la fièvre, lui dit-il.

— Sans blague, dit Wheels.

Ils furent sur la piste toute la journée. Vers midi, le dos de Russell se mit à le faire tellement souffrir qu'il vida le contenu des poches de son équipement et rangea le tout dans ses sacoches de selle. Puis il enleva son gilet pare-balles. La protection pesait un peu moins de quinze kilos et il se sentit plus léger après l'avoir ôtée, mais pas tant que ça. Wheels, malgré sa faiblesse causée par la perte de sang et par la fièvre, se tourna sur sa selle et regarda en arrière quand le gilet pare-balles tomba par terre. Il scruta Russell un moment.

— T'es à l'épreuve des balles, maintenant ? demanda-t-il.

Russell ne répondit pas et, au bout d'un moment, Wheels se retourna vers l'avant et ils poursuivirent leur chemin.

Ce soir-là, ils bivouaquèrent dans une étroite ravine, sous une saillie rocheuse, et il se mit à bruiner, puis à pleuvoir. Russell était étendu sur le dos, sur son sac de couchage, quand les gouttes commencèrent à tomber en oblique et il les observa zébrer le crépuscule. Son dos était dans un tel état qu'il lui fallait respirer très légèrement pour que cela soit supportable, et les décharges électriques parcouraient l'arrière de ses jambes, tandis que les orteils de son pied droit étaient complètement engourdis. Il avait deux comprimés de fentanyl dans sa trousse de secours, mais il les gardait pour plus tard – sans vraiment savoir à quoi il les destinait. Il roula sur le côté, se mit debout et marcha jusqu'à l'endroit où il avait entravé les chevaux, il sortit le poncho de sa sacoche, puis alla chercher celui de Wheels. Quand il revint, la fièvre de son ami avait disparu, mais sa respiration était très faible et le regard qu'il posa sur Russell paraissait venir de très loin. Ses yeux s'étaient calmés, ses pupilles étaient immobiles.

— N'y songe même pas, dit Russell. Tu m'entends, Brett ?

Wheels fit un geste en direction de sa jambe. Le sang avait complètement transpercé le pansement.

— J'en ai pas une quantité inépuisable, dit-il.

— Reste avec moi, dit Russell. Ne m'abandonne pas ici comme ça.

Wheels secoua la tête et ferma les yeux pendant quelques instants. Puis il humecta ses lèvres et regarda Russell.

— Ils vont te poser des questions sur lui. Dis-leur la vérité.

— C'est toi qui leur diras, dit Russell.

— Promets-moi quelque chose, dit Wheels.

Russell fit oui de la tête.

— N'essaie pas de protéger ce type.

— Je ne vois pas de quoi tu parles, dit Russell.

— Mais si, tu vois très bien. Quand ils te poseront des questions sur lui, dis-leur tout ce que tu as vu. Raconte-leur tout. Ne laisse rien de côté. N'essaie pas de le faire paraître meilleur qu'il ne l'est en réalité.

— Tu n'as pas à t'inquiéter à ce sujet, c'est pas moi qui vais le décrire comme quelqu'un de bien, dit Russell. Qu'on m'en donne l'occasion, ils vont m'entendre.

Russell se mit à rire, mais il clignait des paupières pour chasser ses larmes.

— Dis-leur seulement la vérité, dit Wheels.

— Tu m'as déjà entendu raconter des mensonges ?

— C'est justement ce que je dis. Ne commence pas maintenant. N'essaie pas de couvrir ce type. Je me fiche pas mal qu'il ait été un ranger.

— Pour moi, c'est pas un ranger, dit Russell.

Wheels sourit.

— Bien, dit-il. Ça, c'est bien.

Tendant la main, il tapota Russell sur le bras avant de poursuivre :

— Maintenant, arrête de me gonfler et laisse-moi dormir.

CETTE nuit-là, Russell fit une prière. Il ne se souvenait pas quand cela lui était arrivé pour la dernière fois. Il se représentait toujours Dieu comme une sorte d'amalgame entre son grand-père et un visage de vieillard dans le ciel ; il était étendu sur le dos, les yeux fixés sur la saillie de grès au-dessus de lui, demandant qu'ils puissent s'en sortir vivants. Il dit qu'il ne voulait pas mourir dans ce coin perdu, et qu'il ne voulait pas que son ami meure, et il demanda de pouvoir revoir Sara, et il demanda une bonne nuit de repos. Il pensa aussi à prier pour son dos, mais il se dit qu'il en avait déjà assez demandé à Dieu et il s'endormit progressivement, écoutant le bruit de la pluie sur les rochers et les ébrouements des chevaux.

Quand il s'éveilla, le soleil était déjà levé ; le ciel s'était éclairci, le temps avait fraîchi et sa respiration faisait de la buée. Son sac de couchage était humide et il se leva péniblement, s'étira, puis alla voir comment allait Wheels.

Son ami s'était assis au cours de la nuit, s'adossant au rocher et relevant les genoux sur sa poitrine. Ses yeux étaient ouverts et il était immobile, et Russell comprit avant même d'avoir vérifié son pouls. Il marcha jusqu'à la piste et se planta là, dans la lumière du matin. Des oiseaux gazouillaient dans les arbres, le ruisseau qui longeait la piste avait gonflé avec la pluie et, le visage enfoui dans ses mains, Russell se mit à pleurer, les sanglots montant en lui en de longs spasmes.

Il reprit la piste avant midi, le cheval de Wheels attaché à Fella, et son ami installé en travers de la selle, les poignets liés aux chevilles, le corps enveloppé dans ses couvertures nouées à chaque extrémité. En l'espace de quelques heures, la journée était devenue chaude, et Russell avançait sur le sentier, le dos martyrisé et l'esprit aussi engourdi que ses pieds. Il ne s'inquiétait plus de savoir s'il allait s'en sortir ou pas, par contre, il s'inquiétait pour les chevaux. Il suivait le même chemin que celui qu'ils avaient pris pour se rendre au camp ennemi, mais il ne se souvenait plus du terrain. Il se surprit en train de parler à Wheels. Il ne lui vint même pas à l'idée que c'était bizarre.

— Si jamais on se perd par ici, ils ne retrouveront de nous deux que des carcasses desséchées comme des sauterelles.

Il se retourna et jeta un coup d'œil au corps de son ami, et il vit des essaims de mouches à chaque extrémité de la couverture. Il arrêta Fella, puis revint quelques pas en arrière et se mit à chasser furieusement les mouches. Elles se dispersèrent pendant un moment, puis elles revinrent aussitôt. Il sentit sa gorge se serrer et les larmes commencèrent à couler, mais il les essuya du revers de la main, il fit tourner son cheval et repartit sur la piste.

Les jours suivants, il chevaucha, les heures se coulant les unes dans les autres, le jour se fondant dans la nuit. Sa montre s'était arrêtée. Il ne savait pas quand. Le soir du cinquième jour, il compta ses rations et s'aperçut qu'il ne lui restait que deux repas et la moitié d'un. Il n'avait aucune idée de la distance qu'il lui fallait encore parcourir, ni même pendant combien de temps il pourrait continuer, et les chevaux n'avaient plus que six boîtes d'avoine pour eux deux. Jusqu'à présent, il avait eu de la chance en ce qui concernait l'eau, mais il ne pouvait pas compter sur sa chance pour résister jusqu'au bout. Il bivouaqua sans faire de feu dans un défilé en hauteur, sur le flanc de la montagne, et inspecta les sabots des chevaux. Leur robe avait bien besoin d'être étrillée et leur queue avait poussé plus qu'il n'aurait fallu, mais à part cela, ils étaient en meilleur état qu'il n'aurait pu s'y attendre.

Cette nuit-là, il dormit par intermittence et se réveilla les yeux rougis, avant l'aube, et but une gorgée de sa gourde. L'engourdissement avait gagné le bas de ses jambes et il s'assit, malaxant les muscles avec ses doigts, mais le problème, ce n'était pas les muscles. Il lança un regard en direction du corps de Wheels, qu'il avait laissé sur le cheval, de peur d'être incapable de l'y remettre.

Il rit doucement, et il eut l'impression de rire pour Wheels, de rire comme son ami aurait ri. Puis il reprit ses esprits.

— Allez, dit-il. Il faut tenir.

Il chevaucha toute la matinée et tout l'après-midi, et quand vint le soir, il ne s'arrêta pas pour bivouaquer, il poursuivit son chemin au clair de lune, le regard absent, fixé sur les étoiles.

Le matin le trouva en train de descendre un étroit sentier qui serpentait vers le bas d'une montagne peu élevée, et il observa le soleil briser la ligne d'horizon et éclairer la chaîne des sommets escarpés à l'est. D'une secousse sur les rênes, il fit arrêter Fella et resta assis à regarder. Le cheval de Wheels fit encore quelques pas derrière lui, avant de s'arrêter aussi.

Russell avait épuisé toute son eau dans la nuit, il sentait sa langue gonflée dans sa bouche et il avait l'impression que sa tête allait éclater. Il avait presque appris à ignorer la douleur dans son dos, mais il était impossible d'ignorer les décharges électriques aiguës dans sa jambe droite et l'engourdissement qui avait gagné le genou. Il se tourna et regarda le cheval de Wheels et le corps de son ami ficelé en travers de sa selle, puis il leva les yeux vers le ciel. Tout là-haut, un charognard décrivait des cercles.

À midi, d'autres l'avaient rejoint : six vautours, tournoyant dans le ciel d'un bleu éclatant. Au début de la soirée, il s'arrêta dans un bouquet d'acacias secs et fendus, il descendit de cheval, puis tituba et s'écroula. Il resta assis, les jambes repliées sous lui. Il leva les mains et appuya les paumes sur ses yeux, puis il leva la tête vers Fella. La pouliche se tenait au-dessus de lui. Elle fit quelques pas en avant et vint donner un coup de museau sur l'épaule de Russell. Russell tendit la main et la caressa sous la mâchoire.

— Je ne sais pas, lui dit-il en secouant la tête. Je ne sais vraiment pas.

Il jeta un coup d'œil au-delà de Fella, en direction du cheval de Wheels, l'étalon qui commençait à ployer sous le poids de son ami. Il avait été sur le point de tenter quelque chose à ce sujet, mais maintenant, il était assis, tout simplement. Il lui apparut qu'il pourrait avoir des difficultés à se mettre debout, puis il lui apparut qu'il pourrait fort bien ne pas être du tout capable de se mettre debout. La sensation de fourmillement lui parcourait les jambes. Il se pencha et s'allongea sur le côté. Il ne prit pas la peine de sortir son sac de couchage ou sa couverture, et il ne prit pas la peine d'entraver les chevaux. S'il devait mourir dans la nuit, il voulait qu'ils aient la possibilité de s'échapper. Le crépuscule s'installa autour de lui, suivi d'une obscurité sans lune, et il resta couché, recroquevillé sur lui-même, dormant de manière intermittente, réveillé par les hurlements des loups, mais il aurait été bien incapable de dire s'ils étaient réels ou sortis de son imagination.

SANS la patrouille, il serait mort. Ils le trouvèrent au petit matin, affalé contre le tronc d'un arbre abattu par la foudre ; comme des apparitions fantomatiques, le groupe de miliciens afghans émergea de la brume, leur chef, Bari Gul, avançant d'un bon pas à la tête à la tête de la colonne. Russell observa ces combattants, ainsi que Bari, se souvenant que, la dernière fois qu'il l'avait vu, cet homme avait versé vingt litres d'essence dans le cou tranché d'un taliban avant d'y mettre le feu.

Les Afghans fabriquèrent une civière de fortune avec deux jeunes pins qu'ils taillèrent à la bonne dimension avec leurs machettes et une couverture qu'ils plièrent entre les deux. Bari ordonna à quatre de ses hommes de porter Russell et de le ramener au camp américain. La douleur et la déshydratation faisaient délirer Russell, et en jetant un coup d'œil, il vit que plusieurs Afghans avaient attrapé les rênes de Fella et essayaient de l'emmener. Il vit sa jeune jument enfoncer ses sabots dans la terre, s'ébrouer et secouer la tête, luttant contre un homme de petite taille qui tirait sur la bride. L'homme tira jusqu'à ce que la sueur se mette à couler sur son front, alors il affermit sa prise sur la courroie et ramassa une badine sur le sol avec laquelle il se mit à frapper le flanc de la pouliche. Fella poussa un hennissement et se cabra, et l'instant d'après, Russell s'était levé de sa civière et titubait en direction de l'homme, lui hurlant de la laisser tranquille, qu'il le tuerait s'il la touchait encore une fois. Les Afghans l'entourèrent, essayant de le faire reculer, mais Russell se débattit, donnant un coup au visage de l'un d'eux, en expédiant un autre à terre. Il avait pratiquement atteint Fella quand des essaims de mouches se mirent à voleter devant ses yeux. Le monde parut basculer sur son axe, et le sol se précipita à sa rencontre. Il resta étendu là, perdant conscience, puis revenant à lui plusieurs fois de suite. Bari Gul se pencha au-dessus de lui.

— Pas de souci à se faire, dit-il. L'animal aura ce qu'il faut.

Il sourit et sa main balaya l'espace entre eux.

— Tout, dit Bari.

Quand Russell reprit conscience, il était dans la tente de l'infirmerie de la base Dodge. La première chose dont il s'inquiéta fut son cheval, et la deuxième, le corps de son ami. Les docteurs qui s'occupaient de lui ne savaient rien au sujet des chevaux, mais ils lui dirent que le corps du caporal Grimes était en train d'être préparé pour être rapatrié, et le lendemain soir, Russell fut installé à bord d'un Black Hawk près d'une housse mortuaire contenant les restes de Wheels. L'hélicoptère décolla, décrivit un cercle au-dessus de l'éperon rocheux, puis prit la direction de Kaboul, au sud-ouest.

Il resta à l'hôpital de l'aéroport de Bagram un peu plus d'une semaine, relié à des perfusions salines et sous Dilaudid, un puissant antidouleur, et un après-midi, deux aides-soignants le mirent sur une civière roulante, le poussèrent dans un couloir, puis sur la piste de l'aéroport, et il fut placé à bord d'un C-130 équipé pour le transport des blessés de Kaboul à Riyad. Il demanda à l'un des deux hommes où on l'expédiait et le gars répondit :

— En Allemagne.

Puis il fixa la civière dans la carlingue et injecta un produit dans son cathéter.

Russell vomit deux fois pendant le vol, et quand ils atterrirent sur la base aérienne de Ramstein, on le sortit de l'avion pour le charger sur un camion qui le transporta non loin de là, puis il fut installé sur un chariot d'hôpital et conduit à l'intérieur d'un bâtiment. Des néons au plafond. Des chambres d'hôpital défilant sur sa droite et sur sa gauche. Des hommes sur des lits, des hommes qui se déplacent en boitant avec des béquilles dans les couloirs, des hommes assis dans des fauteuils roulants, vêtus de chemises en papier fin.

Ils firent des radiographies. Ils firent un scanner et une IRM. Le chirurgien qui vint le voir lui annonça qu'il avait un disque lombaire écrasé, avec double hernie et déchirure de l'anneau fibreux. Il illustrait ce qu'il disait avec des images sur lesquelles il pointait son stylo. Il dit que l'intervention qu'ils allaient pratiquer s'appelait une laminectomie. Ils allaient aspirer le disque au niveau L5-S1, souder cette partie de la colonne en pratiquant une greffe osseuse entre les vertèbres. Russell écouta le docteur très attentivement, et quand celui-ci eut terminé, Russell lui demanda si ça allait être douloureux.

— Vous serez sous anesthésie. C'est une intervention qui dure dix heures.

— Je veux dire, après, dit Russell. Comment je me sentirai après l'opération ?

— Comme si on vous avait roué de coups avec une batte de base-ball.

— Mais je guérirai ? demanda Russell. Je pourrai monter à nouveau ?

— Monter quoi ?

— Des chevaux, dit Russell.

Le docteur ajusta ses lunettes.

— Chaque chose en son temps, dit-il.

Russell était réveillé, mais l'anesthésie avait été si forte qu'il pouvait à peine ouvrir les yeux et ce qu'il entrevoyait était brillant et flou. Autour de lui, il entendait le bip des appareils et des moniteurs, le grognement des hommes dans les lits de chaque côté. Il restait étendu, le temps passant à des vitesses inhabituelles, et puis il vit une femme debout au pied de son lit.

— Comment vous sentez-vous ? lui demanda-t-elle.

— Mmmmm, dit-il.

Elle le découvrit et toucha son pied droit. Elle lui demanda s'il sentait sa main.

— Froide, dit-il.

— C'est bien. Vous commencez à avoir mal ?

— Oui, madame.

— Ne bougez pas, je reviens.

Il ne savait pas où elle s'imaginait qu'il aurait bien pu aller. Progressivement, il commençait à sentir sa colonne vertébrale, une sensation plus étrange que douloureuse, et puis l'infirmière réapparut, à côté de lui, cette fois-ci.

— Je vais mettre un petit quelque chose dans votre perfusion.

Il se demanda ce qu'était exactement ce "quelque chose", puis une impression de chaleur se diffusa dans son corps, et il eut le sentiment de pouvoir véritablement s'élever au-dessus du matelas.

— Vous vous sentez mieux ?

Il voulut lui répondre oui, il se sentait merveilleusement bien, mais il fut incapable d'ouvrir la bouche.

Puis on le poussait dans un couloir. Tout à coup, il retrouva l'usage de sa bouche et il se mit à parler à des gens qu'il ne pouvait pas voir tellement il avait du mal à ouvrir les yeux, ensuite il se retrouva dans un ascenseur avec un aide-soignant et ils montaient.

— Sans rancune, dit Russell à l'homme. Vous faisiez partie des bons.

— Merci, répondit l'aide-soignant.

Dans la chambre qui lui fut attribuée, une silhouette vint flotter près de son lit, et il sut, grâce à l'odeur d'eau de Cologne, que c'était son grand-père. Russell essaya d'ouvrir les paupières, mais maintenant elles ne s'ouvraient plus du tout, et il se dit : Tout ceci arrive vraiment, je ne suis pas en train de le rêver. Il tendit la main pour toucher l'homme, mais il n'avait aucune sensation dans les doigts, aucune sensation dans le visage. C'était comme si sa main n'était qu'une chose reliée à lui par un morceau de ficelle.

— Comment tu m'as retrouvé ?

— Je sais comment faire pour te trouver, dit son grand-père.

Russell était étendu dans cette chambre. Il y avait un faible bourdonnement. Il ne savait pas d'où il venait. Il voulut toucher son grand-père à nouveau, mais son bras semblait ne plus être avec lui, et il finit par pousser un long soupir, comme un pneu qui se dégonfle. Il avait l'impression que l'air n'en finissait plus de sortir. Puis il prit une inspiration. Il éprouvait une sensation brûlante dans les poumons, pas désagréable. Il dit à son grand-père qu'il avait fait quelque chose de mal.

— Qu'est-ce que tu as fait ?

— Je ne sais pas si je dois te le dire.

Son grand-père ne répondit pas pendant un bon moment. Le drap était frais sur les cuisses de Russell. La lumière était brillante et très chaude, et il avait le sentiment que s'il pouvait simplement décoller ses paupières, il aurait droit à une vision exceptionnelle et radieuse.

Russell était étendu – avec le bourdonnement de quelque chose qui se trouvait juste à sa gauche, la fraîcheur du drap sur ses jambes et la lumière qui palpitait, rouge, à travers ses paupières.

— J'ai désobéi, dit Russell. Je n'ai pas suivi les ordres.

Son grand-père voulut savoir comment il avait pu faire une chose pareille.

— Comment j'ai pu ne pas suivre ?

— Comment tu as pu ne pas suivre.

— Mes ordres ?

— Tes ordres, dit son grand-père.

Russell réfléchit un instant. Il dit que c'était parce qu'ils étaient mauvais.

— Bien, dit son grand-père.

— Je ne vais pas faire n'importe quoi. Il y a des choses que j'ai décidé de ne pas faire.

— Bien, répéta son grand-père.

Russell était étendu dans la chaude lumière bourdonnante. Il avait le sentiment qu'il devrait continuer et en terminer avec ça. Il se mit à pleurer, à un moment donné, mais sans faire de bruit. Son visage était humide. Puis son cou.

— Ils vont me virer, murmura-t-il. C'est sûr, ils vont me foutre à la porte.

— Ohhhhhhhh, dit son grand-père, je n'en sais rien.

— C'est sûr qu'ils vont le faire, dit Russell.

— Ohhhhhhhh, dit l'homme.

Il continua et dit d'autres choses. Il semblait être plus jeune, d'une certaine manière. Russell espérait que cet homme lui dirait qu'il était fier, mais ce n'est pas cela qu'il lui dit.

L'homme dit que le monde tournait de plus en plus vite, que les choses changeaient plus rapidement. On espérait qu'elles allaient rester les mêmes, mais bien sûr c'était impossible. Il dit que tout ça n'avait pas vraiment d'importance, parce qu'il avait toujours su que Russell se débrouillerait bien. Depuis que Russell était petit garçon, son grand-père l'avait toujours su.

— Peu importe ce qu'est devenue ta maman. Peu importe ce qui est arrivé à ton papa.

Pour finir, il dit que Russell avait pris de l'âge et qu'être soldat était un fardeau de jeune homme. Il dit qu'il aimerait voir Russell se tourner vers d'autres choses. Il ne dit pas ce qu'étaient ces autres choses.

— Qu'est-ce que je suis censé faire ? demanda-t-il.

Mais l'homme ne répondit pas.

Russell était étendu là. Il prit une profonde inspiration, creusant son estomac, et se força à ouvrir les yeux. Il y avait un pied à perfusion et le moniteur cardiaque, un tube transparent qui sortait des draps, rempli de liquide jaune, un autre, juste à côté, rempli de rouge. Il y avait un plateau et une carafe d'eau dessus, un vase en plastique avec des fleurs, mais son grand-père n'était plus là.

QUAND Russell se réveilla le lendemain matin, deux hommes étaient assis sur des chaises pliantes au fond de la pièce : un chauve barbu en vêtements militaires, l'autre, rasé de près, portant des lunettes à fine monture de métal, en chemise blanche, pantalon gris et chaussures de cuir verni noir. L'homme chauve était en uniforme de l'armée – vert sombre, avec les galons de commandant sur ses épaulettes – et l'écusson noir ornant le béret posé sur ses genoux indiquait son appartenance au 5e groupe des Forces Spéciales. Les deux hommes remarquèrent qu'il était réveillé et se tournèrent pour échanger un regard, puis ils se levèrent et chacun transporta sa chaise sur le carrelage brillant et l'installa près du lit de Russell. Ils restèrent debout quelques secondes. L'homme aux lunettes était le plus grand des deux, mais il semblait aussi plus mou, comme s'il passait ses journées derrière un bureau.

Il pointa le doigt vers l'homme chauve et dit :

— Voici le commandant Serra. Je m'appelle Fisk.

Russell se racla la gorge. Il sentit quelque chose descendre, quelque chose de dur et de piquant. Il leur demanda qui ils étaient.

— Je suis le commandant Serra, dit le plus petit. Voici l'agent spécial Fisk.

Russell le dévisagea.

— Agent de quoi ? demanda-t-il.

Fisk le regarda de toute sa hauteur. Il sourit. Ou plutôt, il sembla sourire. La lampe située derrière le lit de Russell se reflétait sur les verres de ses lunettes. Sous cet angle, on ne pouvait pas voir ses yeux.

Il remonta son pantalon et s'assit. Maintenant, Russell voyait ses yeux – des yeux marron très foncé, presque aussi sombres que ses pupilles.

Russell essaya de se pencher en avant, de se relever dans son lit, mais il s'aperçut que cela n'allait pas être possible. Il avait la bouche sèche. Il se passa la langue entre la joue et les gencives.

— J'aimerais parler à un conseiller juridique de l'armée, dit-il.

— Vous n'avez pas besoin d'un conseiller juridique, dit Fisk.

— J'aimerais avoir un avocat.

— Ceci n'est pas tribunal, dit Fisk.

Russell lui demanda ce que c'était, et l'homme parcourut la chambre du regard, de manière un peu trop théâtrale.

— Ça m'a tout l'air d'être un hôpital, dit Fisk.

— Nous sommes ici simplement pour parler, intervint le commandant.

— Parler, répéta Russell.

Cette fois-ci, Fisk sourit vraiment. Les coins de sa bouche se soulevèrent et ses lèvres s'entrouvrirent, laissant apparaître une rangée de dents très régulières. Il avait dû porter un appareil, à une certaine époque. Ce n'était pas possible autrement.

— Comment vous sentez-vous ? demanda-t-il.

— J'ai l'air de me sentir comment ?

— Patraque, répondit le commandant.

Fisk reprit :

— Nous avons quelques questions à vous poser au sujet de votre capitaine.

— Ce n'est pas mon capitaine, corrigea Russell.

— Vous savez bien ce qu'il veut dire, répliqua le commandant.

— Ce n'est pas un officier, leur dit Russell.

— Nous avons quelques questions, poursuivit le commandant Serra.

Russell tourna la tête et regarda vers la porte qui donnait dans la chambre, et il vit qu'elle était fermée. En principe, les infirmières venaient le voir tous les quarts d'heure, mais cela faisait un bon moment qu'aucune d'elles ne s'était manifestée.

Il resta étendu en silence. Il se dit que s'ils l'étouffaient avec son oreiller, ou le noyaient avec un gant de toilette et la carafe d'eau sur le plateau, près de son lit, il ne pourrait rien faire.

— Je vous écoute, dit-il.

Les deux hommes demeurèrent assis un instant, le regard fixe.

Puis le plus grand des deux, Fisk, commença :

— Nous croyons savoir que vous avez pris part à l'attaque d'un camp ennemi.

— J'ai pris part à un tas de choses, dit Russell.

— Nous croyons savoir que vous êtes passé au Pakistan avec le détachement opérationnel de Carson Wynne et que vous avez subi des pertes.

Russell se sentit tout à coup très en colère.

— Monsieur, vous n'avez aucune idée de ce que j'ai subi.

— Calmez-vous, dit Serra.

— Vous n'avez aucune idée.

— Calmez-vous, répéta Serra.

L'agent Fisk était le plus proche des deux, et Russell l'aurait volontiers frappé, mais il pouvait à peine lever les bras. Son dos commençait à lui faire mal, mais il ne voulait pas appuyer sur la pompe à morphine, de peur de se mettre à dire des choses qu'il regretterait par la suite.

— Le capitaine était à la recherche de quelque chose dans ce camp, dit Fisk. Nous aimerions que vous nous disiez quoi, exactement.

— Quel camp ? demanda Russell.

— Caporal, intervint Serra, fermant les yeux un instant et secouant brièvement la tête.

— Ça ne sert à rien de rendre les choses aussi difficiles, dit Fisk.

— Ouais, j'en doute pas, dit Russell.

— Qu'est-ce que le capitaine a trouvé dans le camp ?

— Pourquoi pensez-vous qu'il a trouvé quelque chose ? demanda Russell.

— Nous ne le "pensons" pas. Nous le *savons*.

— Vous savez que dalle, dit Russell. Sinon, vous ne seriez pas ici.

— Nous en savons plus que vous ne pourriez le penser, dit Fisk.

— Vous êtes quoi, la CIA ?

— Vous n'avez pas à vous inquiéter de cela, dit le commandant.

— NSA* ?

Serra secoua la tête.

— ISA** ?

---

* National Security Agency : organisme qui relève du ministère de la Défense.

** Intelligence Support Activity : unité de l'armée ayant pour fonction la collecte de renseignements secrets et le soutien aux opérations spéciales.

— Vous faites de notre entretien quelque chose qui n'a pas lieu d'être. Nous sommes ici simplement pour parler.

— Alors, parlez, dit Russell.

— Écoutez, dit Fisk. Nous savons que le capitaine a conduit son détachement jusqu'à ce camp. Nous savons…

— Quel camp ?

— Vous savez quel camp, dit Fisk. Nous croyons qu'il est sorti de ce camp. Nous…

— Je ne l'ai jamais vu sortir de quoi que ce soit, dit Russell, et il regretta aussitôt ses paroles.

Les deux hommes échangèrent un regard. Puis ils regardèrent Russell. Celui qui se faisait appeler l'agent Fisk – et qui n'était peut-être ni agent ni Fisk – se prit le menton entre l'index et le pouce.

— Est-ce vrai ?

Russell tourna la tête vers la porte.

— Est-ce vrai, caporal ?

— C'est ce que j'ai dit, non ?

— Vous ne l'avez jamais vu quitter le camp ?

— Qu'est-ce que je viens de dire ?

Fisk demanda :

— Quelle est la dernière chose que vous avez vue ? Avant de partir ?

Russell prit une inspiration, puis souffla. Il inspira encore une fois profondément. Il se dit que, s'ils devaient lui passer les menottes, ils n'avaient qu'à le faire et qu'ils en finissent. Il secoua la tête.

— Où étiez-vous ? demanda le commandant Serra.

— Où j'étais quand ?

— Pendant l'attaque, caporal. Où étiez-vous pendant l'attaque ?

— J'ai pris Brett et je suis parti.

Fisk dit :

— Le caporal Grimes ?

Russell acquiesça.

— Pourquoi êtes-vous parti ?

— Il était blessé. J'essayais de le sortir de là.

— Vous n'êtes pas parti avec le capitaine, dit Serra, d'une voix qui était presque un murmure.

Ce n'était pas une question et Russell tourna à nouveau le regard vers l'officier.

— Est-ce que vous avez vu le capitaine sortir du camp ? demanda Fisk. Vu de vos yeux ?

— C'était plutôt une caverne, dit Russell.

— L'avez-vous vu sortir de la caverne ? demanda Serra.

Russell le scruta un moment. Puis il secoua la tête.

— Ça veut dire *non* ? dit Fisk.

— Non.

Le visage de Fisk s'assombrit.

— "Non", vous n'avez pas vu le capitaine sortir, ou "non", ça ne veut pas dire *non* ?

— Je ne l'ai pas vu, dit Russell. Le capitaine Wynne.

— Pas vu sortir, précisa Serra.

— Affirmatif, dit Russell.

— De quel objet s'agissait-il ? demanda Fisk. Dans le camp...

— Dans la caverne, dit Serra.

— Dans la caverne, répéta Fisk. Qu'est-ce que le capitaine essayait de sortir ?

Russell resta étendu là, sans rien dire. La douleur dans son dos était brûlante et aiguë. Il la sentait remonter du coccyx, irradiant les muscles de part et d'autre de sa colonne vertébrale, se propageant dans les épaules et dans la nuque. La pompe à morphine était juste au-dessus de la barrière de son lit, près de sa main : un morceau de plastique beige semblable à la poignée d'une corde à sauter, avec un bouton à une extrémité, et un tuyau mince sortant de l'autre, relié à une boîte accrochée au support de perfusion. Il était sur le point de s'en saisir, mais il se reprit et serra le poing.

— J'ignore ce dont vous parlez, dit-il.

— Vous n'avez pas besoin de le protéger, dit Serra.

— Qu'est-ce que vous essayez de protéger ? dit Fisk.

Russell se dit qu'à cet instant, c'était lui-même qu'il essayait de protéger, mais il était évident que ça ne marchait pas.

— Pourquoi vous ne nous racontez pas ce qui est arrivé, une bonne fois pour toutes ? dit Fisk.

— Pourquoi vous n'allez pas vous faire foutre ? dit Russell.

Fisk ne broncha pas. Son visage resta impassible, pâle et exsangue.

— Caporal, intervint le commandant Serra, nous sommes ici simplement pour déterminer ce qui s'est passé. Des gens sont morts. Votre ami est mort. Votre officier commandant vous a ordonné de prendre part à une opération non autorisée sur le territoire d'un pays qui est censé être notre allié.

— Non autorisée, dit Russell, goûtant le mot.

— *Illégale* serait plus approprié, dit Fisk.

— Quelqu'un l'a pourtant autorisée, dit Russell. Nous sommes partis, un détachement de treize hommes. Nous avions une équipe de soutien au QG du 3e groupe des Forces Spéciales, et il y avait une section entière de la 82e qui assurait la protection. Il y avait des éclaireurs et des guetteurs afghans. Si vous essayez de me convaincre que c'était une sorte de mission improvisée, c'est que vous déconnez à pleins tubes.

Serra se cala contre le dossier de sa chaise. Il hocha la tête plusieurs fois.

— Ça se discute, en partie, dit-il.

— Bon Dieu, j'espère bien que ça se discute, répondit Russell. J'espère bien qu'on ne s'est pas retrouvés expédiés au Pakistan simplement parce qu'un type a fait un peu de zèle.

— Ce n'est pas ça que nous disons, dit Fisk. Je pense que le commandant fait allusion au fait que si cette mission a pu être approuvée à un certain niveau, elle fait actuellement l'objet de ce que vous pourriez appeler une *réévaluation.*

— Alors, pourquoi êtes-vous ici ?

— On est en train de la réévaluer, dit Serra.

Russell se tourna pour regarder la porte derrière lui. Il regarda la pompe à morphine. Il commençait à sentir les larmes lui monter aux yeux, mais il ne voulait pas que ces hommes puissent penser qu'ils l'avaient brisé. Il leur dit que, s'ils voulaient l'accuser de quelque chose, qu'ils le fassent et qu'ils en terminent.

— Vous accuser ? dit Fisk.

Serra le dévisagea un instant en plissant les paupières.

— Avez-vous l'impression que vous avez quelque chose à redouter ? demanda-t-il.

— Ce n'est pas le cas ?

Les deux hommes se regardèrent, puis se tournèrent à nouveau vers lui.

— Caporal, dit Serra, je vais recommander votre promotion.

Russell eut l'impression que son monde vacillait. Il lui sembla qu'il l'avait véritablement senti bouger, et il plaça les mains sur les barrières de chaque côté de son lit.

— Une promotion, dit-il.

— Il est prêt à faire cette recommandation, lui dit Fisk.

Recommandation, Russell essaya de répéter le mot, mais il ne put qu'articuler :

— Recandation.

Les deux hommes avaient les yeux fixés sur lui.

— Écoutez, reprit Serra, nous avons besoin que vous nous disiez ce que le capitaine a sorti du camp.

— De la caverne, corrigea Fisk.

— De la caverne, répéta Serra.

— À ma connaissance, il n'a rien sorti.

— Alors, qu'est-ce qu'il essayait de sortir ?

— Un coffre, dit Russell.

— Un coffre, dit Fisk.

— Et il y avait quoi dedans ? demanda Serra.

— De l'or, dit Russell.

— Et vous l'avez vu ? C'est quelque chose que vous avez vraiment vu ? insista Serra.

— De l'or comment ? s'enquit Fisk.

Russell ferma les yeux. Quand il les rouvrit, Fisk s'était levé de sa chaise et s'agrippait à la barrière du lit, les articulations exsangues, comme s'il s'agrippait à la balustrade d'un balcon.

— Écoutez, dit-il, je pense que vous ne comprenez pas vraiment à quel point tout ceci est important.

— Je pense, moi, que je comprends beaucoup de choses, répliqua Russell.

Fisk le scruta attentivement. Son visage était écarlate, maintenant. Ses joues, son cou et le dos de ses mains. Son corps tout entier avait rougi.

— Ce n'est pas ce que vous pensez, dit l'agent.

— Dites-moi ce que je pense, rétorqua Russell.

Serra s'éclaircit la gorge.

— Nous nous égarons, observa-t-il.

— Il faut qu'il nous dise, dit Fisk.

— Il est *en train* de nous dire, dit Serra, qui fit un geste en direction de la chaise que son compagnon avait quittée. Pourquoi ne pas vous asseoir ?

Fisk se tourna vers le commandant, mais celui-ci ne le regardait plus. La douleur dans la colonne vertébrale de Russell était comme une présence. Exactement comme une autre personne. Il glissa la main droite sous sa cuisse et la plaqua sur le matelas.

— Pourquoi ne me dites-vous pas ce que vous voulez ? demanda-t-il. Si c'est l'or, je ne l'ai pas sur moi.

— Ce que nous voulons, dit Fisk, c'est savoir exactement ce que vous avez vu. Est-ce que vous l'avez vu ?

— L'or ?

— Oui, l'or, dit Fisk.

Russell resta étendu un moment sans répondre. Puis il s'entendit dire :

— Ce n'était pas, comment dire, des barres.

— Des briques ? demanda Serra.

— Lingots, corrigea Fisk.

— Bon sang, dit Serra en regardant Fisk.

Russell scruta Fisk attentivement. Il se demanda pourquoi, s'ils voulaient envoyer quelqu'un, il avait fallu que ce soit quelqu'un comme cet homme. Puis il se souvint qu'ils avaient également envoyé Wynne.

Serra lui demanda de poursuivre.

— Il y avait toutes ces pièces, dit Russell. Des bracelets et d'autres trucs.

— Et c'était où ? demanda Fisk. Dans la caverne ?

Russell acquiesça.

— Vous êtes allé *à l'intérieur* ? demanda Serra.

— Oui.

— Avec le capitaine ?

— Avec le capitaine, confirma Russell.

Serra dit :

— Et puis, qu'est-ce qui s'est passé ?

— L'enfer s'est déchaîné, répondit Russell.

— Racontez-nous, intervint Fisk.

— Les talibans, dit Russell. Ils ont attendu qu'on soit à l'intérieur. Puis ils sont arrivés sur nos arrières. On s'est couchés à plat ventre sur cette sorte de corniche et on leur a tiré dessus. Ils ont tué notre interprète et le sergent Morgan. On avait déjà perdu le sergent Perkins. Puis il y a eu une autre fusillade à l'endroit où on avait laissé les chevaux et c'est à ce moment-là que Wheels a pris une balle dans la jambe. Nous sommes descendus pour voir où ils en étaient, et le sergent Hallum avait été tué. Alors, le capitaine nous a ordonné, au sergent Bixby et à moi, de retourner à l'intérieur de la caverne et là nous avons eu un désaccord. Je suppose que c'est comme ça qu'on pourrait l'appeler.

— C'était à quel sujet ? demanda Fisk. Ce désaccord.

— J'ai dit qu'il fallait sortir Wheels de là pendant qu'il en était encore temps, qu'il fallait *nous* sortir de là, par la même occasion, mais tout ce qui intéressait le capitaine, c'était ce foutu…

— Je voudrais vous montrer quelque chose, dit Fisk.

Il mit la main à la poche de sa chemise et en tira deux photographies, grandes comme des cartes à jouer. Il tendit la première à Russell. Elle était en noir et blanc et il l'examina un bon moment, clignant des paupières.

— Qu'est-ce que c'est ? demanda-t-il.

— Une photo satellite, dit Fisk. Des montagnes où tout s'est passé. Celle-ci a été prise il y a six mois. Vous voyez cette petite tache noire ?

Russell leva le cliché plus près de son visage et plissa les yeux.

— Ça, là ?

Fisk acquiesça.

— C'est l'entrée de votre caverne.

— Si vous le dites, dit Russell.

Fisk lui tendit la deuxième photo.

— Celle-ci a été prise hier.

Russell l'examina. Elle avait l'air d'être identique à la première.

— Je suis censé remarquer quoi ? demanda-t-il.

— L'entrée n'est plus là, dit Fisk.

Russell regarda à nouveau. Effectivement. Il jeta un coup d'œil à la première photographie, puis à la seconde, encore une fois. Le même cliché, ou presque le même. La seule différence, c'était l'absence de cette petite tache noire qui, aux dires de Fisk, était l'entrée de la caverne. Russell ne lui demanda pas comment il pouvait en être aussi sûr.

Il dit :

— Je ne comprends pas comment c'est possible.

— Là n'est pas le problème. Ce que nous essayons de savoir, c'est ce que le capitaine a fait de la boîte. Je veux que vous compreniez bien l'importance de tout ceci, caporal. On parle là d'un trésor. Il appartient au peuple afghan. Il appartient à leur gouvernement. Si le capitaine Wynne s'imagine qu'il peut sortir de là comme une fleur en emportant des millions de dollars, alors il…

— Il n'est pas sorti de là comme une fleur, absolument impossible, dit Russell.

— Pourquoi dites-vous cela ? demanda Fisk.

— C'est tout simplement impossible. Le capitaine et Ox…

Serra l'interrompit :

— Le sergent Boyle ?

— Le sergent Boyle, dit Russell en hochant la tête. À deux, ils auraient à peine pu faire trois mètres. Je ne suis même pas sûr qu'à quatre nous aurions pu remonter dans le tunnel, et encore moins redescendre le flanc de la montagne, avec ce coffre, et il n'y avait que le capitaine, le sergent Bixby et Ox.

Il regarda les deux photographies.

— Je ne sais pas quoi d'autre…

Puis il sentit se dresser les poils de sa nuque, et un frisson lui parcourut la colonne vertébrale. Quelque chose monta en lui et brusquement, il se mit à rire. C'était atrocement douloureux, mais il ne pouvait pas s'arrêter. Il étreignit les photos dans sa main gauche et la barrière du lit dans la droite.

— Qu'est-ce qu'il y a ? demanda Fisk.

Serra intervint :

— Caporal, qu'est-ce qui vous prend ?

— Il l'a fait sauter, dit Russell, tandis que les larmes commençaient à couler de ses yeux.

— Fait sauter quoi ? demanda Fisk. De quoi parlez-vous ?

— L'or, dit Russell. Il a tout fait sauter.

Fisk et Serra échangèrent un regard. Le commandant lui demanda de s'expliquer.

— Wheels et moi, on a entendu une explosion, mais on ne savait pas ce que c'était. On avait parcouru quelques kilomètres sur la piste, et on a pensé que c'était des mortiers, mais ce n'était pas un bruit de mortiers, et on…

Il s'interrompit et fut pris d'une quinte de toux. Il avait l'impression que son estomac était en feu.

— Ça n'a pas de sens, dit Fisk.

— Ça a beaucoup de sens, dit Russell. Il ne voulait pas que cet or tombe entre les mains des talibans. Il ne pouvait pas le sortir, donc il a choisi la solution qui était un moindre mal.

— Je n'y crois pas.

— N'y croyez pas si vous voulez, dit Russell en gloussant.

Serra dit :

— Avec quoi, du C-4 ?

— Bien sûr, dit Russell.

— Il en avait assez pour ça ?

— Plus qu'assez, dit Russell. Rien que ce que le sergent Perkins avait sur lui aurait pu faire sauter cette caverne. Et il y avait des caisses de munitions empilées jusqu'au plafond. Des obus d'artillerie. Ils auraient pu faire écrouler toute la montagne. C'est pour cette raison que votre cliché n'est pas bon.

Fisk avait l'air malade. Tout le sang avait reflué de son visage.

— Soyons clairs, dit-il. Vous êtes en train de nous dire que le capitaine, au lieu de transporter un coffre contenant un trésor afghan qui valait des mill…, d'une valeur *inestimable*, vous nous dites qu'il a mis une charge de C-4 et qu'il l'a fait sauter ?

— C'est exactement ce que je dis.

— Vous ne pensez pas qu'il est bien plus probable qu'ils aient réussi à le sortir ?

— Nan, dit Russell. Je pense qu'il est bien plus probable qu'il a fait sauter tout ce truc.

— C'est de la folie, dit Fisk.

Russell secoua la tête.

— Vous n'aviez donc aucune idée de la personne que vous envoyiez ?

Fisk resta assis quelques instants sans rien dire, examinant ses genoux. Puis il leva les yeux vers Russell. L'expression nauséeuse qu'il avait eue sur le visage avait laissé place à la fureur.

— Caporal, vous prenez cette affaire de façon extrêmement cavalière, lança-t-il.

— Je n'ai pas la moindre idée de ce que cela signifie, répondit Russell.

— Cela signifie que cette opération était d'une importance vitale pour notre coalition. Elle était censée…

— Bon, il faudrait savoir, l'interrompit Russell.

Fisk le regarda, perplexe.

— Il faudrait savoir quoi ?

— Quand vous pensiez que le capitaine s'était enfui avec votre or, l'opération était "illégale", mais maintenant qu'il a tout fait exploser, elle est "d'une importance vitale" ?

— Écoutez-moi bien, espèce de péquenot. Est-ce que vous avez la moindre idée du foin que ça va faire ? On a un officier des Forces Spéciales qui s'est volatilisé et pratiquement tout un détachement opérationnel porté disparu ou tué. Sans parler du fait que la raison même de ce foutu merdier a été, si l'on en croit votre avis d'expert, réduite en poussière.

Russell jeta un coup d'œil au commandant Serra, leva un doigt et le pointa vers Fisk.

— Est-ce que vous pouvez ôter cet individu de ma vue ?

— Caporal, dit Fisk, je crois que vous ne comprenez pas bien ce qui…

— Monsieur Fisk, dit Serra, j'aimerais que vous alliez attendre dehors.

Fisk se tourna vers le commandant et le regarda fixement. Il ouvrit la bouche pour parler. Puis ses lèvres se comprimèrent en un petit bouton rouge, et il se leva sans bruit de sa chaise et traversa la pièce. Arrivé à la porte, il se retourna et les examina tous les deux. Puis il ouvrit la porte et sortit dans le couloir en refermant derrière lui.

— C'est quoi son problème ? demanda Russell.

— Son problème, dit Serra, c'est que c'est un enfoiré.

— C'est sérieux, cette histoire de promotion ?

Serra acquiesça.

— Combien de temps vous avez encore à faire ?

— Sur mon engagement ?

— Oui, votre engagement, dit Serra.

Russell fit quelques calculs, mais son dos le faisait souffrir, il avait l'esprit embrumé, et il se trompait sûrement.

— J'aurais été libérable au cours du mois de mars. Il faudrait que je prolonge mon contrat.

— Alors, prolongez votre contrat, dit Serra.

Russell montra ses jambes, comme si c'était là qu'il était blessé.

— Ça va dépendre de tout ça, dit-il.

— Non, pas vraiment.

Russell plissa le front. Même ça, c'était douloureux.

— Ce que je veux dire, poursuivit Serra, c'est que vous n'auriez pas besoin de courir et de tirer.

Russell lui demanda ce qu'il serait censé faire, exactement.

— Vous seriez une sorte de formateur pour nous.

— Quoi…, dit Russell, le 5e groupe des Forces Spéciales ?

Le commandant hocha la tête.

— Et je formerais qui ?

— Des chevaux, dit Serra. Nous aimerions mettre en œuvre le modèle que vous avez contribué à créer.

— Le modèle, répéta Russell.

Serra hocha la tête.

— Je ne vois pas en quoi ça pouvait être un modèle pour quoi que ce soit.

— Nous ne sommes pas d'accord, dit Serra. Indépendamment de ce que nos amis de l'Agence peuvent croire. Je pense que ce que nous avons là, c'est une opération imparfaite dans son exécution, mais sur le plan de la conception, elle était irréprochable. Réfléchissez-y un instant.

— J'y ai déjà réfléchi, dit Russell, se rendant compte qu'il avait oublié de l'appeler "mon commandant".

L'officier dit :

— Ce que vous avez là, c'est un mode de transport pour nos hommes sur des terrains impraticables. Vous n'avez pas à vous soucier des moteurs, de pièces de rechange, ni même de mécanique. Vous n'avez pas à vous soucier du carburant. En tout cas, pas de l'essence. Vous respectez les consignes de silence. Vous transportez plus d'équipement que vous ne pourriez en mettre sur un véhicule tout-terrain. Et puis, il y a l'effet psychologique sur les populations locales. Il y a de grandes chances qu'elles nous soient plus favorables. Ces gens-là connaissent les chevaux. Ils les utilisent. C'est tout notre équipement et notre technologie qu'ils ne comprennent pas.

— J'ai déjà entendu tout ça, dit Russell.

Le commandant resta assis un moment, regardant Russell avec attention, une expression pensive sur le visage. Puis il se leva, ajusta son béret sur sa tête et tendit la main. Tout d'abord, Russell ne fut pas certain de comprendre ce qu'il faisait. Puis il leva la main également et prit celle du commandant, et celui-ci la secoua énergiquement.

— Pensez-y, dit Serra. Vous rentrez au pays, on dépose votre dossier de candidature pour les Forces Spéciales, et vous filez, direction Fort Campbell.

Il lâcha la main de Russell, traversa la pièce, ouvrit la porte et sortit dans le couloir, refermant derrière lui sans faire de bruit.

Russell resta immobile un moment. Il avait entendu des gens parler du "brouillard de la guerre", la confusion du feu de l'action, mais ces gens semblaient ne pas comprendre qu'il y avait quelque chose au-delà de cette confusion, au-delà du gris : des circonstances où l'univers se réduisait à du noir et blanc, à un soit/soit, et où les équations que vous parveniez à résoudre étaient à somme nulle. Reconnaître ces circonstances, c'était cela le véritable défi, et Russell se dit que, pour le capitaine, de telles alternatives se résumaient à opter en faveur des principes ou en faveur des individus. Ce jour-là, dans la caverne, Wynne avait choisi les premiers, et Russell les seconds. S'il fallait rejouer ce scénario mille fois, ils finiraient toujours par faire exactement le même choix.

Ce jour-là, Russell n'avait été capable de ne penser qu'à Wheels et à rien d'autre, et le capitaine était un personnage dont le masque était finalement tombé. Maintenant qu'il savait que Wynne avait fait exploser l'or, Russell ressentait les choses différemment. Il ne voulait pas aimer cet homme, mais il ne pouvait s'empêcher de l'admirer – sa pureté, son énergie –, et puis le gris apparut et vint le harceler, et il finit par se retrouver dans le brouillard. Il rendait toujours le capitaine responsable de la mort de Wheels, mais il savait que le principe pour lequel Wynne se battait était un principe noble. Et puis, au dernier moment, le capitaine l'avait laissé partir.

Russell était étendu dans son lit. Son dos le faisait souffrir, mais il ne pensait pas à son dos. Il pensait au capitaine, à ses yeux bleus incandescents, à ce sourire qui flottait sur ses lèvres comme si c'était lui qui avait donné l'impulsion initiale qui faisait que le monde tournait sur son axe. Et dans sa douleur, il sentait à nouveau l'attraction qu'exerçait sur lui cet homme, une force de gravité aussi puissante que celle d'une planète. Il ferma les yeux et essaya de le repousser. Il prit une inspiration et souffla. Quand il ouvrit les paupières, le capitaine était toujours avec lui – un autre fantôme qu'il lui faudrait porter tout au long de son existence. Russell tendit la main, saisit la poignée en plastique sur la barrière du lit et appuya sur le bouton.

Il attendit quelques instants.

Puis il appuya une seconde fois.

Russell resta à l'hôpital de la base aérienne de Ramstein pendant toute la fin du mois d'avril, puis deux semaines en mai, s'exerçant à marcher dans la partie peu profonde d'une piscine olympique, soulevant des poids d'un kilo et demi tout en essayant de garder son équilibre sur un gros ballon de gymnastique, allongé sur une table basse tandis qu'une masseuse allemande lui pétrissait les muscles situés de part et d'autre de l'endroit opéré. La cicatrice, quand il regardait dans un miroir, se présentait toujours comme une ligne irrégulière d'un rouge vif. On a du mal à croire que des chirurgiens puissent faire une incision aussi biscornue. Et après tous ces exercices, après le massage, il restait étendu sur des paquets de glace, les yeux fixés au plafond, le retour au pays paraissant toujours aussi éloigné et la guerre encore très proche.

Lors de sa dernière semaine sur la base, il se rendit en boitillant jusqu'au cybercafé du bâtiment. Il portait un pantalon de survêtement noir, un sweat-shirt gris avec le mot ARMY imprimé en noir sur la poitrine, et il se déplaçait avec une canne dans la main gauche. Ils avaient prélevé un peu d'os de sa hanche droite pour faire la greffe de soudure, et la douleur était intense. Les docteurs lui avaient dit qu'il pourrait se passer d'une canne assez rapidement, mais il en avait certainement besoin pour l'instant, et chaque pas constituait une lutte en soi. Il y avait un gardien assis à une table, dans le centre d'appel, mais il ne demanda pas à voir la pièce d'identité de Russell, il se contenta de regarder son visage, puis sa canne, et lui fit signe d'entrer. Russell alla s'installer devant l'ordinateur le plus proche et lança un navigateur. La personne qui l'avait précédé était allée sur Facebook, et Russell entra son adresse e-mail et son mot de passe. Puis il attendit quelques instants, les yeux fixés sur l'écran.

Il avait reçu 3342 demandes d'ajout à sa liste d'amis, et environ deux mille mises à jour. Il fit défiler et cliqua, essayant de trouver comment il pouvait désactiver son compte, mais cela le dépassait complètement et il finit par se déconnecter de Facebook et ouvrir la page d'accueil de CNN. Il se fichait pas mal des gros titres, il voulait simplement se débarrasser de Facebook. Il n'arrivait pas à se souvenir pourquoi il avait voulu aller sur Internet pour commencer, et il était sur le point de fermer le navigateur et se lever, quand il alla sur akologin.us.army.mil, inséra sa carte d'accès sécurisée dans le lecteur et renseigna son identifiant.

Il y avait les notes d'information du gouvernement, qu'il parcourait autrefois avant de les effacer et qu'aujourd'hui il ne prit même pas le peine de lire, quelques messages publicitaires qui avaient réussi à passer malgré les filtres du serveur, un e-mail d'un certain "sergent Dime", un de "B. Stafford Storm", et trois autres qui se succédaient de sdavidovich@mail.mil. Le premier avait pour titre "Essai" et le deuxième "C'est toi ?", et quand il les ouvrit, tous deux disaient : "C'est Sara. Réponds-moi pour que je sache si c'est la bonne adresse." Russell sentit sa gorge se serrer et son pouls s'accélérer, et quand il lut le dernier e-mail, il trouva un texte plus long :

Elijah,

Je ne sais pas si tu vas recevoir ce message, mais je me suis décidée à l'écrire quand même. Je t'ai écrit deux fois avant – mais peut-être que tu ne te sers pas de ta messagerie ? Je dois dire que tu n'as pas l'air d'être le genre à utiliser Internet. Moi non plus, d'ailleurs. (Là, je fais une exception pour toi, alors j'espère que tu apprécies, hein ?) Si tu reçois ce message, réponds-moi sans trop tarder, s'il te plaît, car je ne sais pas combien de temps cette adresse sera valable. Pas longtemps, j'imagine.

Ils m'ont virée, peut-être que tu es au courant. Tu sais, ce petit incident avec le Xanax et le séjour chez les cinglés, je croyais que ma tante avait pu "arranger" ça ? Eh bien, on dirait que ça n'a pas marché. "Les rouages de la justice tournent peut-être lentement dans cette grande machine verte, mais ils tournent tout de même." (C'est ce que m'a dit un sous-officier, textuellement. Il devrait faire du cinéma.) La police militaire m'a arrêtée à l'aéroport de Kandahâr, le mois dernier, la semaine après que tu étais parti avec tout le détachement. Ce n'est qu'une fois arrivée à l'aéroport Kennedy qu'ils m'ont informée des charges retenues contre moi. "Fausses déclarations", ils ont dit. Je pensais qu'ils étaient trop contents de trouver des gens qui s'engagent pour s'inquiéter de ce genre de choses, mais apparemment, ils sont juste contents, sans plus. Va comprendre. Ils voulaient même engager des poursuites, mais ma tante (la même qui était censée "arranger" mon problème au départ) a un bon avocat, et je m'en suis tirée avec un renvoi de l'armée pour manquement à l'honneur.

Et comme ça, je suis revenue à Reno. Je vis là, dans cet appartement, avec ma mère, et je travaille au Panera dans une rue, à deux pas de là. "Et en accompagnement, vous prendrez une pomme ou une baguette ?" C'est ça, ma vie, maintenant. Je pensais qu'avec mon temps de service là-bas, je pourrais retrouver mon ancien poste à l'hôpital, mais ce renvoi pour manquement à l'honneur a tout foutu en l'air. J'envisage de retourner à l'école pour passer mon diplôme d'infirmière. Mais en ce moment, ma motivation n'est pas terrible, alors je ne sais pas vraiment.

Bon sang. Je n'avais pas du tout l'intention de me lamenter, mais on dirait bien que c'est ce que je fais. C'est toi qui es à la guerre, et moi, je suis là, à essayer de te déprimer, apparemment. En fait, tout ne va pas si mal (c'est ce que je me dis). Au moins, je n'ai pas de Xanax.

Je plaisante, bien sûr.

J'en ai des TONNES !!!

Là aussi, je plaisante. (Et avec ceci, vous prendrez une baguette ?)

Après avoir écrit cette dernière phrase, je suis allée courir un peu. Tout ce que j'ai écrit jusqu'ici, ce n'est pas ce que j'avais envie de te dire. J'essayais de trouver le courage, j'imagine, mais ça ne marche pas. Alors je vais y aller carrément et cracher le morceau. De toute façon, tu ne recevras probablement jamais ce message. Et puis, j'avoue que je me suis servi un petit verre de vin après mon jogging.

Notre rencontre, Elijah, le temps qu'on a passé ensemble, nos conversations et cette nuit sur laquelle je n'en dirai pas plus… je n'arrête pas de penser à tout ça. Je sais que je suis en train de me conduire comme une adolescente, mais… en fait, je n'arrive pas à trouver comment finir cette phrase. MAIS. Tout est dans ce mot.

Je me mets à projeter de faire telle ou telle chose, ou à penser que je vais la faire, et puis je me retrouve en train de penser à toi. De me demander si tu vas bien. Je vais même jusqu'à prier pour toi. Et la meilleure, c'est que je ne sais même pas si je crois en Dieu !

Alors, qu'est-ce que j'espère ? Je n'en ai aucune idée. Je suppose que si tu décidais de ne pas me répondre, je comprendrais tout à fait, puisque ma famille ET l'armée pensent que je suis dingue, et je suis sûre que maintenant, tu le penses aussi. Je fantasme qu'on se donne un vrai rendez-vous pour sortir ensemble (est-ce que ce genre de rendez-vous existe encore ?), et je fantasme que nous avons un chien à nous (ouais, on n'a pas idée). J'ai d'autres fantasmes, mais je crois que je me suis suffisamment rendue ridicule pour l'instant, alors je me contenterai d'ajouter que j'espère vraiment avoir de tes nouvelles. (Vraiment.) S'il te plaît, réponds-moi vite. Si tu lis ceci, bien sûr.

Je t'embrasse,
Sara

PS : Dis bonjour de ma part à ton copain. (C'est quand même terrible, je n'arrive pas à me souvenir de son nom.)

RUSSELL finit le message, puis il le relut une autre fois, très lentement. Il cliqua sur la case répondre, tapota tant bien que mal sur le clavier avec ses deux index, disant à Sara qu'il avait reçu son message, qu'il pensait beaucoup à elle, qu'il avait été blessé, mais qu'il allait bien et qu'il serait de retour aux États-Unis dans une semaine. Il relut ce qu'il avait écrit. Puis il demanda un numéro de téléphone où il pourrait la joindre et il cliqua sur “Envoyer”.

Un message apparut immédiatement dans sa boîte. Cela semblait venir de l'adresse de Sara, mais il portait la mention “Undelivered mail”, et Russell jeta un coup d'œil au gardien, derrière le bureau, et lui demanda s'il pouvait l'aider.

L'homme se leva, s'approcha et se pencha par-dessus l'épaule de Russell. Il avait un léger accent allemand.

— Vous avez un problème ? dit-il.

— Je viens d'envoyer cet e-mail à une amie, et j'ai reçu ça, dit Russell, en essayant d'empêcher la panique de transparaître dans sa voix.

— C'est un message d'erreur, dit l'homme.

— Et ça veut dire quoi ?

— Vous avez fait “répondre” ?

— Oui, dit Russell.

— Et vous avez reçu ça immédiatement ?

— Exactement.

— L'adresse n'est pas bonne.

Russell regarda l'écran. Puis il se retourna et regarda l'homme.

— Pas bonne ?

— Probable qu'elle n'est plus valable, dit l'homme.

Russell hocha la tête. Il remercia le gardien et prit sa canne, se leva et se dirigea vers la sortie. L'homme lui demanda s'il voulait fermer sa session, et Russell lui répondit qu'il n'aurait jamais dû en ouvrir une.

IL atterrit à l'aéroport Kennedy une semaine plus tard. Après une escale d'une heure, il prit sa correspondance pour Raleigh. Il portait un uniforme tout neuf avec ses insignes de parachutiste et de ranger sur l'épaule gauche et le galon du 3e rangers sur la droite. Un homme assis en première classe voulut lui donner son siège et échanger avec le sien, mais Russell lui dit que ça allait comme ça et continua dans l'allée.

À Raleigh, un sergent nommé Kirby l'attendait pour le conduire à Fayetteville, à une heure de route, et ils se parlèrent à peine pendant le voyage. La radio était réglée sur une station de musique country et le sergent Kirby lui demanda s'il avait envie d'écouter autre chose. Russell lui répondit que la musique était très bien, et ce fut leur dernier échange jusqu'au moment où ils franchirent la barrière de Fort Bragg et s'arrêtèrent dans le garage.

Il remplit quelques formulaires dans le bureau et discuta quelques instants avec un lieutenant qui afficha son dossier sur l'écran de l'ordinateur et l'informa que son contrat avait expiré. Russell lui répondit qu'il était censé se rendre à Fort Campbell pour prolonger son engagement et le lieutenant lui dit qu'il pourrait s'occuper de tout cela là-bas.

Puis il demanda à Russell comment ça se passait en Afghanistan. Il venait de sortir de la formation des rangers et s'apprêtait à partir cet été avec sa propre section. Il demanda à Russell s'il avait un conseil à lui donner.

Russell resta assis un moment sans rien dire. Son dos se contractait et il chercha dans son sac, sortit son flacon d'hydrocodone et prit un comprimé avec la tasse de café qu'il était en train de boire.

— Écoutez le sergent de votre section, répondit-il finalement. Et n'enlevez pas votre casque.

Il passa la nuit en dehors de la base, chez un ami qui avait été dans le 3e rangers avant d'être transféré à la 82e aéroportée, ici, à Fort Bragg. Il était passé sergent-chef, maintenant, et Russell avait laissé son pick-up dans son garage, ainsi que quelques cartons dans son grenier. Deux boîtes de vêtements. Une autre boîte contenant des CD, des outils et une machine à café que sa tante lui avait envoyée en cadeau. Travis et lui passèrent la plus grande partie de la nuit à discuter sur la véranda, derrière la maison, Travis buvant du bourbon, Russell faisant semblant de boire.

— Ils m'attendent à Fort Campbell, dit Russell.

— Quand ?

— Hier, répondit Russell.

Travis souleva un sourcil et le regarda par-dessus son verre.

— Tu n'es pas en absence irrégulière, tout de même ?

— Non, répondit Russell. Mon contrat a expiré. Je le prolongerai quand je serai là-bas.

— Alors, à cet instant précis, tu es un civil, en fait ?

— En fait, oui, dit Russell.

— Ce putain de Fort Campbell.

Russell hocha la tête.

— Tu rejoins le 5e groupe des Forces Spéciales, ou quoi ?

— Ils veulent que je dresse des chevaux.

— Des chevaux ?

— Ouais, dit Russell.

Travis finit son verre et s'en versa un autre.

— Ces Bérets Verts, ricana-t-il. Quelle bande de dingos.

Russell lui dit qu'il n'avait pas idée.

Russell était sur la route avant 9 heures, le lendemain matin. Il atteignit la I-85, puis remonta jusqu'à l'embranchement de la I-40, où il prit la direction de l'ouest. La journée était claire et un peu fraîche, et il conduisait fenêtres baissées et déflecteurs entrouverts pour dévier le vent. Pour aller à Nashville, c'était sept heures de route, et il commença à monter dans les Smoky Mountains peu après midi, les crêtes couvertes de résineux se détachant sur le ciel bleu de Caroline, son pick-up peinant dans les lacets. C'était un vieux Ford F-150, un modèle d'exposition de 1974, que son grand-père avait acheté à Cleveland, en Oklahoma, à l'automne 1973. C'était le premier véhicule, et le seul, que Russell eût jamais possédé, et au fil des années, il avait refait le moteur, monté une nouvelle transmission, remplacé les amortisseurs deux fois et les garnitures de freins trois fois. Quand il était au lycée, il avait poncé toute la carrosserie à la main et l'avait repeinte, puis il avait fait rechromer les pare-chocs. Mais l'intérieur était comme il avait toujours été : tableau de bord en caoutchouc, volant en plastique fendu, boîte à gants et portières en métal, et une banquette sur laquelle Russell posait une couverture de selle semblable à celle qu'il avait mise sur Fella. Il ne pouvait pas penser à cette pouliche sans un pincement au cœur. Vous passez tant de temps sur le dos d'un animal et à chaque mouvement, à chaque secousse, un peu de vous se trouve propulsé dans le corps du cheval et un peu du cheval dans votre propre corps – un transfert de l'esprit qui s'opère par cette violente osmose, une sorte de convection par l'impact, par la collision.

Il atteignit Nashville tôt ce soir-là. À cet endroit, la I-40 croisait la I-24, que l'on pouvait prendre jusqu'à Fort Campbell. La circulation commençait à engorger l'autoroute, mais il roula à bonne allure et il ne tarda pas à voir un panneau annonçant la sortie vers la I-24 deux kilomètres plus loin. Puis il passa devant le panneau indiquant qu'il devait quitter la I-40 dans un kilomètre. Quand il parvint en haut d'une côte et aperçut l'embranchement de l'autoroute, il mit son clignotant, ralentit et se gara sur le bas-côté. Il resta là un bon moment, le moteur tournant au ralenti tandis que les véhicules passaient en trombe, les semi-remorques rugissant dans un souffle d'air qui balançait le pick-up sur ses amortisseurs et secouait la cabine. Il se glissa sur la banquette, ouvrit la portière côté passager et sortit. Il y avait une glissière de sécurité et, de l'autre côté, le flanc d'une colline herbue qui dévalait jusqu'à une bretelle d'accès, et Russell laissa sa canne, enjamba la glissière et se mit à descendre la pente. S'arrêtant à mi-chemin, il s'assit, les coudes sur les genoux, regardant vers les lumières qui brillaient dans les immeubles du centre-ville. Chet Atkins. Merle Travis. Patsy Cline. Tous ces noms sur les disques que son grand-père avait dans son bureau : ces gens avaient chanté et joué dans cette ville, et ils y étaient morts. Il resta assis là, repensant à son grand-père, à ce que le vieil homme lui avait dit quand il lui avait rendu visite dans sa chambre d'hôpital. Russell délirait, ou peut-être était-il sous l'effet hallucinatoire d'un narcotique, mais c'était bien la voix de son grand-père qu'il avait entendue, c'était son odeur, et les mots qu'il avait utilisés étaient les mots que son grand-père aurait pu utiliser. En d'autres termes, c'était réel et en même temps, ça ne l'était pas. C'était son grand-père et c'était un rêve.

Quand il se leva pour remonter la colline, l'air sur ses joues était froid, et les chauffeurs de poids lourds qui passaient klaxonnaient en voyant ce soldat américain tout seul, mais Russell en avait terminé avec la vie de soldat. Il regagna son pick-up, ouvrit la portière côté passager ; il baissa la fermeture éclair de sa veste et l'enleva, se pencha sur une des boîtes en carton et en tira un blouson Carhartt doublé de flanelle, glissa les bras dans les manches, puis grimpa dans la cabine.

RUSSELL faisait la queue au restaurant, dans la foule de l'heure du déjeuner. Des hommes en costume de ville, assis dans la salle à manger. Des femmes en jupe, chemisier, collant et hauts talons. Russell se retourna et vit son reflet dans le verre teinté de la vitrine, près de la porte d'entrée. Il portait une paire de bottes Tony Lama neuve qu'il avait achetée dans un magasin d'équipement pour cow-boys, à Amarillo. Un Levi's neuf et une chemise en jean sombre à boutons-pressions nacrés. Sa ceinture de cuir marron était neuve, elle aussi, mais il avait fixé la vieille boucle de son grand-père dessus, et il avait remis le dollar en argent au centre. Il avait coupé sa barbe, à l'hôtel, ce matin-là, et il s'était rasé pour la première fois depuis des mois. Il s'était planté devant le miroir, examinant ce visage lisse qui lui était étranger, la peau, pâle sur les joues et le menton, brunie sur le front et les tempes. Puis il s'était habillé et avait claudiqué dans la rue jusqu'à ce qu'il trouve un salon de coiffure pour hommes. Le coiffeur lui avait coupé les cheveux courts, lui avait passé du gel, et l'avait coiffé sur le côté, avec une raie. Dans son reflet, ses cheveux paraissaient encore un peu humides.

Le soleil du Nevada entrait de biais à travers les stores, le paysage au-delà des vitres était semblable à ce qu'il imaginait avoir laissé derrière lui. Des montagnes peu élevées au loin, bleutées dans la lumière de midi. La queue avança et il fit un pas en avant. Deux femmes devant lui pianotaient sur le clavier de leur téléphone. Devant elles, un homme de forte corpulence faisait la même chose. Un autre homme, près du comptoir, avait les yeux levés sur le menu affiché au mur, et derrière la caisse, il y avait Sara. Elle portait une visière noire sur la tête, avec le logo de l'établissement brodé sur le devant, un polo noir, avec le logo au-dessus du sein gauche. Elle ne l'avait pas encore remarqué. Elle paraissait nerveuse, et ses yeux verts passaient du client qui se tenait devant elle à sa caisse, avant de remonter vers le client. Une autre femme tenait la caisse à sa droite, et il y en avait encore une autre, plus loin sur sa droite, de l'autre côté d'une vitrine de pâtisseries. Sara tendit au client ce qui avait l'air d'être un de ces dessous-de-verre en plastique, avec des lumières rouges qui se mettent à clignoter pour vous avertir que votre commande est prête, un gobelet en plastique transparent et son ticket. L'homme qui suivait dans la queue s'avança et Russell fit un pas de plus derrière les deux femmes.

Elle avait un peu plus de maquillage que lorsqu'elle était dans l'avant-poste, un peu plus d'ombre à paupières et de rouge aux joues. Elle était plus mince que dans son souvenir. Un peu plus frêle. Elle avait laissé pousser ses cheveux, qu'elle attachait derrière la tête, en queue-de-cheval. D'où il était, Russell pouvait tout juste lire son nom sur son badge, et il vit que celui ou celle qui l'avait fait, avait ajouté un *h* à la fin. Il imagina la personne responsable en train de lui tendre son badge, et Sara restant un moment sans rien dire, un petit sourire au bord des lèvres. Peut-être aimait-elle l'idée de ne pas être tout à fait elle-même.

Elle donna au client son gobelet et son dessous-de-verre clignotant, et il se dirigea vers le distributeur de boissons gazeuses installé dans un renfoncement, dans le mur du fond. Elle dit qu'elle était prête à prendre la commande de la personne suivante. Elle ne l'avait toujours pas vu. Les deux femmes s'avancèrent ensemble et passèrent leur commande. Russell se tenait maintenant à moins de deux mètres d'elle. Il sentit son cœur s'emballer et sa gorge se serrer. La sueur se mit à couler dans sa nuque. Et curieusement, il pensa au capitaine Wynne, à leur conversation avant l'aube, juste avant l'assaut sur la tour, alors qu'ils étaient assis et sirotaient leur café, la seule fois où ils s'étaient trouvés seuls tous les deux. Non, c'était faux: ils s'étaient aussi trouvés seuls au corral, la première fois qu'ils s'étaient rencontrés. Ils avaient donc été seuls deux fois, exactement, et cette seconde fois, le capitaine l'avait questionné sur son père et sa mère, sur sa décision de s'engager dans les rangers, et après avoir écouté Russell, il était resté silencieux un moment. Ce n'était pas ce que le capitaine avait dit qu'il avait retenu. C'était l'expression sur son visage, son comportement tout entier, comme si ce qui était arrivé aux parents de Russell clarifiait un certain nombre de choses. Et Russell avait éprouvé une sensation étrange. Il était certain que le capitaine avait ressenti de la pitié à son égard. Wynne devait penser qu'il avait été brisé, aussi impitoyablement et aussi complètement que la volonté d'un cheval est brisée au cours du dressage. Russell n'avait pas aimé cette idée, et aujourd'hui, il l'aimait encore moins.

Parce que, qu'est-ce que cela changeait, qu'il eût été brisé ? Qu'est-ce que cela changeait s'il l'était encore ? Wynne avait utilisé l'expression "enfants de l'adversité", mais ce qu'il disait, en réalité, c'était que Russell s'était retrouvé dans cette situation particulière parce qu'il avait été abandonné. Ou traumatisé. Ou détruit. Et peut-être que ce qui l'embêtait le plus, c'était qu'il se demandait si Wynne n'avait pas vu juste. C'était comme cela que Sara lui était apparue. C'était une des raisons pour lesquelles il s'était senti attiré. Vous voyez quelqu'un comme ça, une femme comme ça, et quelque chose en vous vous fait tendre la main. En tout cas, ça s'était passé ainsi pour lui. Et alors qu'il se tenait là, à deux pas d'elle, il lui vint à l'esprit qu'elle ressentait peut-être la même chose à son égard.

Une des deux femmes chercha dans son sac à main et tendit sa carte bancaire. Sara la passa dans la machine et la lui rendit. Russell essaya de calmer ses pensées, et il eut l'envie soudaine de faire demi-tour et de détaler. Elle ne l'avait pas encore vu. Elle n'en saurait rien. Il avait une vie qui l'attendait à Fort Campbell, s'il le voulait. Il y ferait une chose qu'il connaissait. Une chose pour laquelle il était compétent. Un endroit, un but, des gens qu'il comprenait. La jeune femme qu'il avait devant lui était un territoire inconnu. Elle incarnait tout ce qu'il n'avait jamais véritablement essayé. Et elle pourrait être ce qui le détruirait, plus sûrement qu'une balle ou une bombe. Il réfléchit à tout cela. Il pouvait encore faire demi-tour et s'en aller. Quelques milliers de kilomètres dans son pick-up, quelques nuits d'hôtel à payer, une douzaine de pleins de carburant. Appelons ça un détour, des petites vacances d'été avant l'heure. Les femmes prirent leur gobelet et leur dessous-de-verre. Sara avait les yeux baissés sur sa caisse. Il avait encore quelques secondes, les dernières.

Les femmes se dirigèrent vers le distributeur de boissons gazeuses, et Russell s'avança, posa les mains sur le comptoir pour se stabiliser, prit une profonde inspiration, inhalant son parfum par la même occasion. Son esprit s'apaisa immédiatement et sa peur sembla s'éloigner. En expirant, il rejeta son désarroi et sa panique.

Sara avait toujours les yeux baissés. Elle appuya sur une touche et la caisse émit un bip, suivi d'un autre. Son visage se décontracta, elle mit une main à la bouche et s'éclaircit la gorge.

— Vous désirez ? lui demanda-t-elle, puis elle leva les yeux.

Ils apparurent, descendant la piste dans la lumière du petit matin, trois chevaux, trois cavaliers. Les chevaux étaient si décharnés qu'on voyait chacune de leurs côtes. Leurs sacoches avaient disparu, mais ils trébuchaient sous le poids de leurs cavaliers, eux aussi débarrassés de leurs sacs et de leurs cartouchières, leurs uniformes poussiéreux ayant pris la couleur de la montagne, le visage émacié couvert d'une poudre fine et la barbe blanchie comme de la craie. Une troupe grisâtre. Un escadron de fantômes. Seuls les yeux bleus de l'homme qui chevauchait à leur tête indiquaient qu'ils appartenaient au monde des vivants. Il avait un fusil accroché dans son dos et un pistolet dans un étui fixé sur sa cuisse. Les hommes qui le suivaient étaient armés de la même façon, et leurs gilets étaient parsemés de taches noires de sang séché. À l'est, le ciel se colorait d'une pâle nuance de rose, et quand le soleil commença à poindre au-dessus de l'horizon, cavaliers et montures furent baignés d'une lumière pourpre. L'étalon qui menait la colonne secoua sa tête massive et se mit à avancer de biais, mais le cavalier aux yeux bleus lui parla et le fit stopper d'une secousse sur les rênes. Les chevaux qui le suivaient s'arrêtèrent aussi et attendirent sur place, tout fumants. L'étalon s'ébroua et secoua la tête, les muscles saillants sous la superbe robe dorée. Il leva la patte avant et frappa le sol. De la buée se formait quand il soufflait dans l'air froid du matin. Le cavalier tendit la main pour le caresser sur l'encolure et l'étalon s'immobilisa. L'homme resta assis, le regard fixe. Puis il leva la main et fit un geste en direction du soleil levant, il tapota son cheval et ils reprirent leur route vers l'est, vers l'étrange pays qui s'étendait plus bas.

Remerciements

J'aimerais exprimer ma plus profonde gratitude à mon agent, Nat Sobel, et à mon éditeur, Eamon Dolan. Tous deux ont vu dans mon manuscrit quelque chose qui était meilleur que ce qui apparaissait sur la page. Puis ils m'ont aidé à le voir également. Mes remerciements vont aussi à ce détachement d'élite de Sobel Weber Associates : Judith Weber, Julie Stevenson et Adia Wright. De même qu'à cette section de qualité chez Eamon Dolan Books/HMH, en particulier Ben Hyman. Et à Kate Davis, commando des correctrices. Mes trois meilleurs amis ont joué un rôle déterminant dans l'accomplissement de ce projet : Clint Stewart, Mark Walling, Adam Schnier. Je n'y serais pas parvenu sans vous.

(Ni sans toi, Skeeter – mon petit moustique, tu continues à me sucer le sang.)

Un grand merci au sergent Chip Herrin, de la 509e division aéroportée, à Sheldon Kelly, du 5e groupe de Forces Spéciales/section études et observations, cow-boy extraordinaire : tu as vu le monde et tu y es retourné pour jeter un deuxième coup d'œil. J'adresse tout mon respect et ma reconnaissance aux membres des rangers et des Forces Spéciales qui ont répondu à toutes mes questions : je regrette de ne pouvoir mentionner vos noms.

J'aimerais enfin dire toute ma gratitude à Robbie Rosas, Nick Long et Jerry Redman : les plus mauvais tireurs en exercice. *Nous défions*, mes frères, *nous défions**.

* En français dans le texte. L'expression est parfois considérée comme un slogan des Forces Spéciales.

CATALOGUE

Edward Abbey
Désert solitaire
Un fou ordinaire
Le Gang de la Clef à Molette
Le Feu sur la montagne
Le Retour du Gang

Rick Bass
Le Livre de Yaak

Viken Berberian
Das Kapital

Ron Carlson
Le Signal
Cinq ciels

Kathleen Dean Moore
Petit traité de philosophie naturelle

James Dickey
Délivrance

Pete Fromm
Indian Creek
Avant la nuit
Chinook
Comment tout a commencé
Lucy in the sky

Samuel W. Gailey
Deep Winter

John Gierach
Traité du zen et de l'art de la pêche à la mouche
Truites & Cie
Même les truites ont du vague à l'âme
Là-bas, les truites…
Sexe, mort et pêche à la mouche

Aaron Gwyn
La Quête de Wynne

Roderick Haig-Brown
Le Printemps d'un pêcheur

John Haines
Vingt-cinq ans de solitude

Bruce Holbert
Animaux solitaires

Robert Hunter
Les Combattants de l'Arc-en-Ciel

Craig Johnson
Little Bird
Le Camp des Morts
L'Indien blanc
Enfants de poussière
Dark Horse
Molosses
Tous les démons sont ici

Phil Klay
Fin de mission

Adam Langer
Les Voleurs de Manhattan

Barry Lopez
Rêves arctiques

Bruce Machart
Le Sillage de l'oubli
Des hommes en devenir

William March
Compagnie K

Ayana Mathis
Les Douze Tribus d'Hattie

Howard McCord
L'Homme qui marchait sur la Lune

Larry McMurtry
Et tous mes amis seront des inconnus

John McPhee
Rencontres avec l'Archidruide

Kent Meyers
Twisted Tree

Melinda Moustakis
Alaska

Greg Olear
Totally Killer

Robert Olmstead
Le Voyage de Robey Childs

Doug Peacock
Une guerre dans la tête

Tom Robbins
Comme la grenouille sur son nénuphar
Une bien étrange attraction
Un parfum de jitterbug
Jambes fluettes, etc.

Rob Schultheis
L'Or des fous
Sortilèges de l'Ouest

Terry Southern
Texas Marijuana et autres saveurs

Mark Spragg
De flammes et d'argile

Wallace Stegner
Lettres pour le monde sauvage

Mark Sundeen
Le Making Of de "Toro"

Glendon Swarthout
Homesman

William G. Tapply
Dérive sanglante
Casco Bay
Dark Tiger

Terry Tempest Williams
Refuge

Alan Tennant
En vol

Jim Tenuto
La Rivière de sang

Trevanian
La Sanction
L'Expert
Shibumi
Incident à Twenty-Mile
The Main

David Vann
Sukkwan Island
Désolations
Impurs
Goat Mountain

Tony Vigorito
Dans un jour ou deux

John D. Voelker
Itinéraire d'un pêcheur à la mouche
Testament d'un pêcheur à la mouche

Lance Weller
Wilderness

William Wharton
Birdy

Benjamin Whitmer
Pike

Stephen Wright
Méditations en vert

Kim Zupan
Les Arpenteurs

Collection **NEONOIR**

Peter Farris
Dernier appel pour les vivants

Jake Hinkson
L'Enfer de Church Street

Matthew McBride
Frank Sinatra dans un mixeur

Todd Robinson
Cassandra

Benjamin Whitmer
Pike
Cry Father

S. Craig Zahler
Exécutions à Victory

Collection **totem**
des livres au format poche

Rick Bass
Les Derniers Grizzlys
Le Livre de Yaak

Larry Brown
Joe

Ron Carlson
Le Signal

Howard Fast
La Dernière Frontière

Pete Fromm
Indian Creek

Craig Johnson
Little Bird
Le Camp des Morts
L'Indien blanc
Enfants de poussière

Dorothy M. Johnson
Contrée indienne

Ross Macdonald
Cible mouvante
Noyade en eau douce
À chacun sa mort
Le Sourire d'ivoire
Trouver une victime
La Côte barbare

Bruce Machart
Le Sillage de l'oubli

Howard McCord
L'Homme qui marchait sur la Lune

Larry McMurtry
Lonesome Dove I
Lonesome Dove II
La Dernière Séance
Texasville

David Morrell
Premier sang

Tim O'Brien
À propos de courage
Au lac des Bois

Doug Peacock
Mes années grizzly

Tom Robbins
Même les cow-girls ont du vague à l'âme
Féroces infirmes retour des pays chauds
B comme Bière
Comme la grenouille sur son nénuphar
Un parfum de jitterburg

Mark Spragg
Une vie inachevée
Là où les rivières se séparent

Glendon Swarthout
Le Tireur

William G. Tapply
Dérive sanglante
Casco Bay
Dark Tiger

Jim Tenuto
La Rivière de sang

Trevanian
La Sanction
L'Expert

David Vann
Sukkwan Island
Désolations
Dernier jour sur terre

Kurt Vonnegut
Dieu vous bénisse, monsieur Rosewater
Le Petit Déjeuner des champions

Larry Watson
Montana 1948

Lance Weller
Wilderness

Tobias Wolff
Dans le jardin des martyrs nord-américains

Cet ouvrage a été imprimé sur du papier
dont les fibres de bois proviennent
de forêts durablement gérées

IMPRIM'VERT®

CET OUVRAGE A ÉTÉ COMPOSÉ PAR
ATLANT'COMMUNICATION
AU BERNARD (VENDÉE).

ACHEVÉ D'IMPRIMER
PAR L'IMPRIMERIE FLOCH À MAYENNE
EN MAI 2015
POUR LE COMPTE DES ÉDITIONS GALLMEISTER
14, RUE DU REGARD
PARIS 6e

DÉPÔT LÉGAL : JUIN 2015
N° D'IMPRESSION : 88464
IMPRIMÉ EN FRANCE